DISHONORABLE
UNEHRENHAFT

NATASHA KNIGHT

PROLOG 1

SOFIA

Juli 2016

Ich zitterte in dem Schwall kalter Luft, der mich traf, als sich die Türen der Basilika öffneten. Er brachte eine Warnung mit sich. Ein Omen.

Mein zukünftiger Ehemann stand am anderen Ende des Ganges, von Kopf bis Fuß schwarz gekleidet. Ein starker Kontrast zu meinem weißen Brautkleid.

Als wäre es eine Beerdigung.

Meine Beerdigung.

Er war umwerfend, obwohl ich ihn hasste. Seine triumphierenden Blicke verschlangen mich, ohne meine Augen jemals zu verlassen. Er hielt mich gefangen, wie ein Raubtier seine Beute. Ich fragte mich, ob sein Mund wässrig wurde, ob sich Speichel auf seiner Zunge sammelte, während er sich meine Unterwerfung, meine Hingabe ihm gegenüber, vorstellte.

Ich wusste, was heute Nacht von mir erwartet wurde. Was er und mein Großvater in dem Vertrag festgelegt hatten, der mich zum Eigentum von Raphael Amado machte. Wir mussten es vollziehen. Mein jungfräuliches Blut musste das Bettlaken beflecken. Mein Gesicht brannte vor Scham und Wut, jeder Schritt erinnerte mich daran, dass es der Teufel war, den ich heiraten würde. Ein Monster, das sich unter einer wunderschönen Maske versteckte. Und ich wusste, während ich auf mein unfreiwilliges, ungewolltes Schicksal zuschritt, dass ich meinem Großvater seinen Verrat niemals verzeihen würde.

PROLOG 2

RAPHAEL

Juli 2016

Sie stand wie eine Vestalin an den Türen, ihre goldbraunen Augen eiskalt, als ihr Blick den Gang hinunterfegte, um mit meinem zu kollidieren. Sie verbarg ihre Gedanken gut, aber wenn sie heute Abend unter mir lag, würde sie mir trotzdem gehören. Ich würde ihre Lust kennenlernen. Ihren Schmerz. Ich würde jeden Zentimeter von ihr besitzen.

Sie gehörte bereits mir, auch wenn sie den Gedanken nicht ertragen konnte. Ich fragte mich, ob ich sie heute Abend dazu zwingen müsste. Ob ich ihre Beine spreizen und sie festhalten müsste, um meinen Schwanz mit dem Blut ihrer Jungfräulichkeit zu tränken. Aber diesen Gedanken musste ich aus meinem Kopf verdrängen. Es war falsch, mit einem verdammten Ständer vor Gott und den hier versammelten Menschen zu stehen.

Ich beobachtete sie, als sie den Gang zum Altar entlang schritt: umwerfend, atemberaubend – und am Arm meines Zwillingsbruders. Sie hatte sich ihrem Großvater verweigert. Auch das war bewundernswert. Er verdiente nur ihren Hass.

Ihr dichtes, kastanienbraunes Haar war in komplizierten Zöpfen auf ihrem Kopf drapiert worden. Sogar unter der Spitze, die ihr bleiches Gesicht verhüllte, konnte ich ihre Augen sehen, hart und anklagend, im Widerspruch zu ihren weichen, vollen Lippen und ihren unschuldigen, fast engelsgleichen Zügen.

Als sie mich erreichte, nahm mein Bruder ihr den Schleier ab. Der Blick, den sie sich zuwarfen, ließ mich die Zähne zusammenbeißen. Sie waren schnell Freunde geworden.

Bevor er sie mir übergab, durchbohrte er mich mit einem Blick klarer Missbilligung. Als täte ich das, was ich tat, nur für mich. Und nicht auch für ihn. Als hätte ich nicht alles, was ich mir nahm, verdient, nach all dem, was ich durchgemacht hatte. Sein Blick beschuldigte mich, diese jungfräuliche Braut unrechtmäßig bekommen zu haben, als wäre *ich* eine Art Monster.

Nun, er hatte die letzten Jahre nicht das gleiche durchgemacht wie ich, also konnte er mich mal.

Ich verlagerte den Blick von meinem Bruder zu Sofia, ließ ihn über sie hinweg wandern und betrachtete sie in dem Kleid, das ich ausgewählt hatte. Sie kniff zwar ihre dunkel geschminkten Augen zusammen, aber sie widersetzte sich mir nicht. Nicht, als ich ihre Hand mit meiner bedeckte, nicht, als ich sie vor Gott auf die Knie zog. Und als die Zeit kam, uns das Versprechen zu geben, einander zu lieben, zu ehren und zu gehorchen – ja, ich achtete darauf, in ihr Gelübde den Gehorsam mit einzuschließen – sprach Sofia die Worte, die unser beider Schicksal besiegeln würden.

Ja, ich will.

Das war alles, was nötig war, damit sie mir gehörte.

Und als wir uns als Ehemann und Ehefrau ansahen, legte ich meine Hand um ihren Nacken und zog sie zu mir, eroberte ihren Mund mit meinem und demonstrierte dadurch jedem, der auch nur den geringsten Zweifel hatte, dass ich diese Frau besaß.

Dass sie mir gehörte.

Und was mir gehörte, würde mir keiner mehr nehmen.

Denn ich würde jeden verdammten Bastard töten, der es versuchte.

1

SOFIA

Weihnachten 2015

Die Weihnachtsferien waren mir die liebste Jahreszeit, und dieses Jahr hatte uns die St. Sebastian's Preparatory School eine ganze Woche zusätzlich frei gegeben, weil der fünfundzwanzigste auf einen Samstag fiel. Es war mein letztes Jahr an der Privatschule. So anstrengend das Lernen auch war, und so prüde die Nonnen auch sein mochten, es gefiel mir irgendwie dort. Das alte Herrenhaus, in dem die Mädchen untergebracht waren, war wunderschön. Die Jungs wohnten am anderen Ende des riesigen Grundstücks in einem moderneren Herrenhaus. Ich liebte das Gelände, den dichten Wald, der die abgelegene Schule umgab, und sogar das kleine Zimmer, das ich mir mit einer anderen Schülerin teilte.

Das Herrenhaus meines Großvaters war zwar auch schön, aber ganz anders als die Schule. Es war immer ein bittersüßer Moment, die vertraute Kurve der gewundenen Auffahrt entlang zu fahren und das große, weiße Steinhaus zu erblicken. Ich vermisste meine Eltern, besonders meine Mutter. Das schien sich nie zu ändern.

Dann sah ich das Gesicht meiner Schwester Lina, die aus dem Fenster schaute. Ich wünschte mir, Lina würde die gleiche Schule besuchen wie ich. Sie war sehr begabt am Klavier – anders als ich – deshalb ging sie auf eine spezielle Musikakademie in der Nähe von zu Hause. Sie klagte immer darüber, dass ihre armen Finger wund wären, aber ich wusste, wie sehr sie das Spielen liebte.

Wir hielten vor der Haustür an, hinter einem SUV, den ich nicht kannte.

„Wessen Auto ist das?“, fragte ich Stephen, einen Mann, der für meinen Großvater gearbeitet hatte, seit Lina und ich in dessen Haus gezogen waren.

„Raphael Amado. Er kam heute früh an, nur eine Stunde, bevor ich aufbrach, um dich zu holen.“

Meine Schule war etwa zwei Autostunden vom Haus meines Großvaters entfernt, und jedes Weihnachten schickte mein Großvater Stephen, um mich abzuholen. Nur einmal durfte meine Schwester ihn begleiten.

„Raphael Amado?“ Der Name sagte mir gar nichts.

„Geschäftsfreund.“

Er stieg aus dem Auto und sein Blick in Richtung des Hauses war ernster, als er es auf der Rückfahrt gewesen war.

Bevor ich fragen konnte, ob alles in Ordnung war, bewegten sich die Vorhänge, und Lina verschwand hinter dem Fenster. Ich vermutete, dass sie zur Haustür rannte.

„Ich bringe dein Gepäck, Sofia. Deine Schwester wartet, also geh rein. Sie war schon darüber verärgert, dass sie nicht mitkommen durfte.“

Stephen war immer so viel netter als Großvater. „Ich hoffe, dass er sie nicht in den Ferien zum Lernen zwingen wird.“

Er öffnete den Kofferraum und lud meine beiden Koffer aus, als wären seine Gedanken woanders. Ich blickte in den SUV und bemerkte einen Mann, der hinter dem Lenkrad saß.

„Euer Großvater will nur das Beste für euch beide.“

Das war manchmal schwer zu glauben.

Rauch stieg aus den Schornsteinen auf. Die Haustür flog auf, Lina rannte heraus und blieb nur wenige Schritte nach der Tür stehen. Sie trug keine Schuhe und stand in der eisigen Morgenluft da, die

Arme um sich selbst gelegt. Wir würden ein weißes Weihnachten feiern.

„Lina!“ Ich rannte die Treppe hinauf zu ihr und umarmte sie fest. Ihr voller Name war Katalina Guardia, aber wir nannten sie schon immer Lina.

„Endlich! Hier ist es ohne dich so langweilig!“

Wir zogen uns zurück, um uns gegenseitig anschauen zu können. Lina, mit ihren sechzehn Jahren knapp zwei Jahre jünger als ich, war jetzt fast so groß wie ich.

„Verdammt!“ Ich schüttelte den Kopf.

„Darfst du das überhaupt sagen?“ Sie zwinkerte mir zu.

„Du siehst wundervoll aus. Und so groß! Das hast du von Dad.“

Ihr Lächeln verblasste. Unsere Eltern waren am Tag nach Weihnachten vor elf Jahren gestorben. Es war ihre erste gemeinsame Reise zu zweit seit Linas Geburt und eine Art zweite Hochzeitsreise nach Thailand. Ihre Leichen waren nach dem Tsunami nie geborgen worden.

„Nein, du bist mir immer noch einen halben Zentimeter voraus.“

Sie zuckte mit den Schultern und zog mich nach drinnen.

„Es ist eiskalt. Komm rein.“

„Sofia!“

Marjorie kam um die Ecke gerannt. Ich schenkte ihr ein breites Lächeln und ließ mich von ihr in eine warme, sanfte Umarmung ziehen. „Marjorie. Ich habe dich so sehr vermisst."

„Ich dich auch, Liebling. Ich dich auch."

Nachdem unsere Eltern ums Leben gekommen waren und Großvater uns bei sich aufgenommen hatte, hatte er mehrere Kindermädchen eingestellt. Marjorie war am Längsten geblieben. Als wir jünger waren, war sie hauptberuflich unser Kindermädchen gewesen, das bei uns gewohnt hatte. Sie hatte uns im Wesentlichen großgezogen. Jetzt kam sie nur noch drei Tage die Woche. Lina war damals drei, fast vier und ich fünf Jahre alt gewesen. Ich wusste, dass Linas Erinnerungen an unsere Eltern vage waren, wenn sie überhaupt welche hatte, und da auch meine Bilder von ihnen verblasst waren, war Marjorie zu einer Quelle der Wärme und des Mitgefühls in einem ansonsten kalten Haus geworden.

„Psst, jetzt", sagte Stephen, als er uns hinein folgte und die Tür schloss.

Marjorie richtete sich auf und warf einen Blick zum Arbeitszimmer.

„Warum müssen wir leise sein?" Ganz sicher könnte Großvater uns bei unserem Wiedersehen ein paar Freudenschreie verzeihen. Es war Monate her, dass ich meine Schwester oder Marjorie gesehen hatte.

Lina deutete auf die geschlossene Arbeitszimmertür. „Er ist in einer Besprechung mit Mr. Amado.

Er war diese Woche bereits an drei Tagen hier und Großvater ist sehr verschwiegen darüber."

„Wer ist er?"

„Keine Ahnung. Ich habe ihn noch nicht mal gesehen. Er will mich ihm nicht vorstellen und ich schwöre, er lässt ihn nur rein und raus, nachdem er sich vergewissert hat, dass die Luft rein ist und ich außer Sichtweite bin. Seltsam."

„Das ist seltsam." Ich wandte mich an Stephen. „Ich schaue nur kurz rein und sage hallo." Obwohl man bei meinem Großvater nicht *kurz reinschaute*. Er war nicht wie ein normaler Großvater. Er blieb ziemlich auf Distanz, und ehrlich gesagt, fühlte es sich immer so an, als wären wir für ihn eher eine Verpflichtung, eine Last. Nun, zumindest ich. Für Lina schien er etwas mehr Zuneigung zu empfinden und ich wusste, dass sich ihr Verhältnis in den letzten vier Jahren verbessert hatte.

Er schüttelte den Kopf. „Ich bin mir sicher, dass sie bald rauskommen. Warum esst ihr nicht erst zu Mittag?"

„Ja, kommt schon. Ich habe bereits den Tisch für uns drei gedeckt", sagte Marjorie.

„Siehst du, seltsam", flüsterte Lina mir ins Ohr. „Wir sind gleich da, Marjorie."

Marjorie nickte und ging in Richtung Küche und Stephen verschwand auch irgendwo hin. Lina führte mich ins Wohnzimmer, wo der riesige Weihnachtsbaum zum Schmücken bereitstand. Ich lächelte ein wenig, als ich die offenen Schachteln mit dem Christbaumschmuck sah. Es war ein Ritual, das Lina und ich nach dem Tod unserer Eltern eingeführt hatten. Sie war zu jung dafür, aber ich hatte Erinnerungen daran, wie wir im kleinen Haus unserer Eltern gemeinsam den Weihnachtsbaum geschmückt hatten. Es war eine bittersüße Erinnerung.

Lina nahm meine Hand. „Lass uns zu Mittag essen. Ich will alles hören. Du weißt schon, Jungs, Klatsch und Tratsch, wer was mit wem macht. Obwohl du mir das wohl später erzählen musst, wenn wir allein sind." Sie wackelte mit den Augenbrauen.

Ich verdrehte die Augen. „Es gibt nicht viel zu erzählen. Die Nonnen sind wie verdammte Polizisten."

„Ach, komm schon. Ich bin die meisten Tage hier drin eingesperrt, mit Tutoren und Klavierlehrern. Erfinde etwas, wenn es sein muss."

„Nun, es *gibt* da dieses eine Mädchen ...", begann ich, während wir in die Küche gingen.

Nach dem Mittagessen begann Lina mit dem Auspacken des Christbaumschmucks, während ich in mein Schlafzimmer ging, um mich umzuziehen. Wir mussten auch heute Morgen noch unsere Uniformen tragen, obwohl die meisten von uns über die Ferien nach Hause fuhren. Die wenigen Schülerinnen und Schüler, die die Ferien in der Schule verbrachten, taten mir leid.

Ich war oben auf der Treppe, als ich bemerkte, dass ich meine Handtasche im Foyer vergessen hatte. Ich ging wieder hinunter, um sie zu holen, denn ich wollte sehen, ob ich Nachrichten auf dem Handy hatte, als ich eine sehr tiefe Männerstimme hörte, die ich nicht kannte.

„Es ist getan, alter Mann."

Ich erstarrte unten an der Treppe. *Alter Mann?*

„Das können Sie nicht tun."

Die Stimme meines Großvaters war streng, sein Tonfall wütend und aufgebracht. So hatte ich ihn noch nie zuvor gehört. Er sprach immer leise und erhob nie seine Stimme, denn das war nicht nötig. Obwohl er in den späten Sechzigern war, war er noch immer ein beeindruckender Mann.

Meine Mutter war sein einziges überlebendes Kind gewesen und ich erinnerte mich noch gut an den Abend, als ich meinen Großvater kennengelernt hatte. Unsere Eltern hatten uns nie hierhergebracht und Lina war noch ein Baby gewesen, als er eines Abends zu uns nach Hause kam. Ich konnte die Panik, die meine Mutter ausgestrahlt hatte, fast spüren. Er hatte in unserem Flur gestanden, zu groß, zu mächtig für dieses kleine Haus. Als er mich ansah, hatte mich sein harter Gesichtsausdruck dazu veranlasst, mich hinter den Beinen meiner Mutter zu verstecken. Man hatte uns ins Bett geschickt, aber ich wusste genau, wann er gegangen war. Ich hatte in dieser Nacht nicht schlafen können, wegen der plötzlichen Angst, die ich angesichts des Streits meiner Eltern und des Weinens meiner Mutter empfand.

„*Sie* waren das, alter Mann. Das haben Sie sich selbst zuzuschreiben."

Ich vermutete, dass die unbekannte Person Raphael Amado war.

Schwere Schritte hallten auf den Marmorböden wider. Ich stand wie erstarrt am Fuße der Treppe. Ich konnte mich nicht bewegen, obwohl ich wusste, dass ich verschwinden sollte. Ich umklammerte das Geländer und atmete nicht mehr, als der Fremde vor meinen Augen auftauchte.

Zuerst sah er mich nicht, denn er war sehr tief in Gedanken versunken. Sein Gesicht, angespannt und hart, verriet keine Gefühle, aber er sah anders aus, als ich es vermutet hatte.

„Amado!", brüllte mein Großvater.

Raphael Amado blieb stehen.

Ich musste ein Geräusch gemacht haben, denn er drehte den Kopf. Als seine Blicke meine trafen, keuchte ich auf und klammerte mich noch fester an das Geländer. Ein kalter Schauer ließ mir das Blut in den Adern gefrieren. Er war jünger, als ich erwartet hatte. Viel jünger als ich erwartet hatte. Und ... wunderschön. Noch nie zuvor hatte ich einen Mann als schön beschrieben. Er war groß, mit dunklem

Haar und gebräunter Haut sowie stahlblauen Augen, die nicht zu seinen dunklen Zügen zu passen schienen. Sie durchbohrten mich und nagelten mich dort fest, wo ich stand, so dass ich mich, selbst wenn ich es gewollt hätte, nicht hätte bewegen können. Ich hatte das Gefühl, nicht atmen zu können, solange er meinen Blick gefangenhielt. Ich konnte die Wut sehen, die hinter dem Eis dieser Gletscheraugen brannte.

„Sofia." Mein Großvater erstarrte, als er mich sah. Er sagte nicht hallo. Er lächelte nicht.

Der Blick des Fremden glitt über meine Uniform, bevor er kurz zu meinem Gesicht zurückkehrte. Dann schaute er weg und entließ mich aus meiner Erstarrung.

„Geh auf dein Zimmer." Obwohl Großvater mit mir sprach, blieben seine Augen auf den Mann gerichtet.

Ich öffnete den Mund und wollte etwas sagen, irgendetwas gegen den Befehl, der zu einer Fünfjährigen gepasst hätte.

Ich sah, wie sich eine Seite von Raphael Amados Mund nach oben zog, während er mich beobachtete.

„Jetzt!", bellte Großvater.

Ich drehte mich um und sprang die Treppe hinauf, wobei ich vergaß, warum ich überhaupt heruntergekommen war. Alles erschien plötzlich so belanglos.

„Sechs Monate, alter Mann. Dann komme ich zurück und nehme mir, was mir zusteht.“

Das hörte ich Raphael Amado sagen, kurz bevor ich mein Zimmer erreichte. Die Haustür öffnete sich und schlug dann zu. Ich ging zum Fenster, sah Raphael auf den Rücksitz des SUVs steigen und beobachtete, wie er in Richtung der Grundstückseinfahrt verschwand.

Eine Stunde später schickte mein Großvater nach mir und rief mich in sein Arbeitszimmer, einen Ort, an den ich nur ein paar Mal eingeladen worden war. Als ich diesen düsteren Raum betrat, sah ich ihn hinter seinem großen, antiken Schreibtisch sitzend, das Gesicht grau, die Augen wie Stahl.

Ich hatte mir eine andere Art von Wiedersehen vorgestellt, nachdem ich vier Monate in der Schule gewesen war. Ich war nicht einmal an Thanksgiving nach Hause gekommen. Obwohl sich das Leben hier nie änderte, auch nicht in den Ferien. Wenigstens kam ich raus, weil ich zur Schule ging. Lina musste hier wohnen. Ich verstand manchmal nicht, warum er das wollte, warum er private Klavierstunden für sie bezahlte. Ich hatte nie das Gefühl gehabt, dass er sie oder das Klavierspielen fördern wollte – solch ein Mann war er nie gewesen – aber als er ihr Talent entdeckt hatte, stellte er die besten Lehrer für sie ein. Ich mochte es nicht, sie hier alleine zu wissen. Ich mochte das Gefühl nicht, dass meine kleine Schwester schutzlos und allein hier war. Gott sei Dank gab es Marjorie.

„Schließ die Tür und setz dich, Sofia."

Das Gefühl einer bösen Vorahnung legte sich wie ein Zementblock in meinen Bauch, als die Tür hinter mir zufiel. Ich nahm den Platz ein, auf den er zeigte. Er hatte mich kaum angeschaut, als er es sagte, und als er sprach, ähnelte es eher einem Geschäftsvorgang als der Tatsache, dass er seine Enkelin einem Fremden überließ. Ich erfuhr, wer Raphael Amado war, zumindest das, was Großvater mir zu sagen bereit war. Ich erfuhr mein Schicksal. Eine Zukunft, über die für mich entschieden worden war, aus Gründen, die ich nicht erfahren durfte. Und als mein Herz immer schwerer wurde und mein Magen sich anfühlte, als würde er das Mittagessen, das ich gegessen hatte, wieder von sich geben, wusste ich, dass sich mein Leben unwiderruflich ändern würde – nein, dass es sich bereits unwiderruflich geändert hatte.

Nach einer Weile hörte ich ihn nicht einmal mehr. Er sprach fast gefühllos, wie die kalte, herzlose Maschine, die er war, und alles, was ich mir vorstellen konnte, alles, was ich sah, war eine tiefe, dunkle Schlucht und mich, wie ich auf einer Klippe stand, die unter meinen Füßen zerbröckelte, Augenblicke vor dem Sturz in den Abgrund – mein Leben – vorbei.

Sechs Monate.

Ich hatte noch sechs Monate, bevor er mich holen würde.

Ich war es, was Raphael Amado zustand.

Ich war das, was er meinte.

Er würde an meinem achtzehnten Geburtstag kommen. Am selben Tag, an dem ich meinen Abschluss in St. Sebastian machte. Was ein Tag der Freude sein sollte, würde der Tag meiner Opferung werden. Denn ich gehörte nicht mehr mir selbst. Mein Leben wurde eingetauscht. Ich gehörte jetzt ihm.

Mein Großvater, ein Mann, der mich beschützen sollte, überließ mich einem Fremden.

Angesichts der spärlichen Details, die Großvater mir mitteilte, war ich mir nicht sicher, wen ich hassen, wem ich die Schuld geben und wen ich bemitleiden sollte. Alles, was ich wusste, war, dass ich in sechs Monaten von hier weggeholt und gezwungen werden würde, Raphael Amado zu heiraten. Ich würde sein Eigentum werden, um eine Schuld zu begleichen, die mein Großvater auf sich geladen hatte.

Das Bild der beiden auf dem Flur kam mir in den Sinn. Ich hatte noch nie einen Mann gesehen, der meinem Großvater die Stirn geboten hatte. Raphael Amado hatte nicht nachgegeben. Ganz im Gegenteil. Er hatte im Haus meines Großvaters gestanden, als würde es ihm gehören. Als hätte er jedes Recht dazu. Und er hatte meinem Großvater gesagt, was er tun würde, ohne Raum für Diskussionen zu lassen, ohne Zweifel daran, was passieren *würde*.

Jeder Mann, der meinen Großvater zum Nachgeben bewegen konnte, war beeindruckend.

Ich wusste, dass Raphael Amado ein Mann war, vor dem man sich in Acht nehmen musste.

Und in sechs Monaten würde ich ihm gehören.

2

SOFIA

6 Monate später

Dreiundzwanzigster Juni. Nur noch eine Woche bis zur Abschlussfeier.

„Das ist alles, meine Damen und Herren. Gut gemacht. Wir werden es morgen noch einmal durchgehen."

Schwester Lorelai entließ uns, und neunzig Schüler, die diesjährige Abschlussklasse, begannen gleichzeitig zu reden. Unsere Schuhe klangen laut auf der hölzernen Plattform, die im Ostgarten des Grundstücks aufgestellt worden war.

„Später gibt es eine Party am Pool", flüsterte Cathy unserer Fünfergruppe zu. „Die Eingeladenen sind handverlesen. Wir stehen natürlich alle auf der Gästeliste." Sie zwinkerte und hakte sich bei Mary ein.

„Badeanzug optional?“, fragte Mary.

„Klar!“, sagte Cathy ganz nah an Marys Ohr.

Sie kicherten beide. Mir selbst war nicht gerade zum Lachen zumute.

„Sofia, komm schon. Du hast die letzten drei Partys verpasst! Du kannst heute Abend nicht schwänzen“, sagte Cathy. „Die Prüfungen sind vorbei, du hast keine Ausrede mehr.“

Ich lächelte sie an, aber meine Gedanken waren woanders. „Wie bitte? Heute Abend?“

Sie hob die Augenbrauen. „Party? Jungs?“

„Ähm ...“

„Ich habe erst gestern einen neuen Bikini mit der Post bekommen!“, sagte Mary. „Ich muss ihn dir zeigen.“

„Ich gehe erst schnell in mein Zimmer“, sagte ich und löste mich von der Gruppe, als wir das Herrenhaus erreichten, in dem wir untergebracht waren.

Mary murmelte etwas, aber das war mir egal. Sie hatten keine Ahnung, was in einer Woche mit mir geschehen würde. Und eine Party war das Letzte, worauf ich Lust hatte.

Es war kurz nach sieben Uhr abends. Es gab noch eine halbe Stunde lang Abendessen, aber ich war nicht sehr hungrig. Ich stieg die Treppe in den zweiten Stock hinauf, wo Cathy und ich uns ein Zimmer teilten, dankbar, dass ich allein sein würde.

Eine Woche bis zu meinem achtzehnten Geburtstag.

Wie würde es ablaufen? Würde ich zuerst nach Hause gehen können? Würde er einfach auftauchen, um mich abzuholen? Würde er jemanden schicken?

Ich schauderte, denn die Erinnerung an seine kalten blauen Augen war noch frisch in meinem Gedächtnis.

Ich hatte in den letzten sechs Monaten oft von diesen Augen geträumt – und in den letzten zwei Wochen jede Nacht. Diese intensiven, arktischen Augen. Er war mein Feind, obwohl ich nicht wusste, warum. Nein, das stimmte nicht. Ich wusste, warum. Weil mein Nachname Guardia war. Mein Name reichte, um mich zu hassen, da ich ihn mit meinem Großvater teilte.

Ich hatte mich immer gefragt, warum Lina und ich den Nachnamen der Mutter und nicht den unseres Vaters hatten. Jetzt verstand ich es. Er war erforderlich für die Erbschaft. Die Erben des Guardia-Vermögens mussten diesen Nachnamen tragen.

An jenem Tag vor sechs Monaten im Arbeitszimmer hatte ich erfahren, dass meine Mutter von zu Hause weggelaufen war, um meinen Vater zu heiraten. Und ich wusste, dass ich recht gehabt hatte. Dass unser Großvater nur wenig Zuneigung für uns empfand, abgesehen von Besitzansprüchen uns gegenüber. Uns bei sich aufzunehmen, war keine Freundlichkeit gewesen. Es war sein Sieg über meine tote Mutter. Über ihre Sünde, sich in einen Mann zu verlieben, den er nicht gebilligt hatte.

Ich hatte erfahren, dass er mit Raphaels Vater Geschäfte gemacht hatte, die Lina und mich angreifbar und verwundbar machten. Das war alles, was er gesagt hatte. Er hatte mir gesagt, dass Raphael dazu berechtigt sei, etwas „*Geliebtes*“ zu verlangen – als ob er mich je lieb gehabt hätte – und dass ich, wenn ich das Beste für meine Schwester wollte, diesem Wunsch besser nachkäme. Es sei die einzige Möglichkeit, Lina zu retten, sagte er.

Das war alles, was er zu sagen hatte.

Nach diesem einen Mal hatten wir nicht mehr darüber gesprochen. Ich hatte Lina lange Zeit nichts davon erzählt, und als ich es schließlich tat, sagte ich ihr nur, was ich unbedingt sagen musste, und hatte den Grund für meine Zustimmung geheim gehalten. Dieses Weihnachten war genauso schlimm gewesen wie das, an dem wir unsere Eltern verloren hatten, weil ich jetzt nicht nur meine Schwester, sondern auch mich selbst verlieren würde.

Da mein Großvater es nicht schaffte, Raphael das Geld zurückzuzahlen, das er ihm schuldete, nahm Raphael stattdessen mich. Er würde mich wegen meines Erbes heiraten – fünfzig Prozent des Weinguts würden mir an meinem einundzwanzigsten Geburtstag gehören.

Bei dieser … Transaktion ging es nicht um mich. Sie lief zwischen Raphael Amado und meinem Großvater ab. Ich war nur ein Kollateralschaden.

Ich wusste, dass mein Großvater mir nicht die

ganze Geschichte erzählt hatte. Es lag in Raphaels Augen zu viel Wut, zu viel Zorn, als dass es hier nur um Geld gegangen wäre. Mein Großvater hatte Raphael etwas Schreckliches angetan. Ich wusste es. Ich hoffte nur, dass Raphael mich nicht für seine Sünden bestrafen würde.

Nachdem ich im Januar in die Schule zurückgekehrt war, rief ich jeden Abend an, um mit Lina zu sprechen, und fuhr nicht einmal in den Winterferien nach Hause. Aber Lina hatte in die Schule kommen dürfen, um sie mit mir zu verbringen, wofür ich dankbar war. Da hatte ich ihr von der Vereinbarung erzählt, die mich an Raphael Amado binden würde.

Schließlich erreichte ich mein Zimmer, und meine Tagträumereien hatten ein Ende. Ich runzelte die Stirn. Die Tür stand einen Spalt breit offen. Das war seltsam. Cathy und ich legten beide Wert darauf, hinter uns abzuschließen. Die Schwestern hatten strenge Regeln, um niemanden zur Sünde zu verführen – in diesem Fall war diese Sünde der Diebstahl. Alle Türen hatten Schlösser. Ich vermutete, dass Cathy in all der Eile und Aufregung vergessen hatte, die Tür hinter sich abzuschließen. Obwohl das genauso gut ich gewesen sein konnte. Ich war momentan sehr durcheinander.

Ich drückte die Tür auf und keuchte, wobei meine Hand nach oben schnellte, um meinen Mund zu bedecken.

Er sah zu groß aus, wie er so hier stand, und mein Zimmer war plötzlich zu klein, und ich konnte nicht atmen.

Raphael Amado schloss das Buch – mein Buch – und legte es auf den Nachttisch. Er trug die Haare kürzer, seit ich ihn das letzte Mal gesehen hatte, aber ein Bart, der bestimmt schon seit zwei Tagen wuchs, bedeckte die harte Linie seines Kinns. Er trug dunkle Jeans und ein marineblaues Hemd, hatte die Ärmel hochgekrempelt und sah lässiger aus als das letzte Mal, als ich ihn gesehen hatte. Dunkle Haare wuchsen auf kräftigen, gebräunten Unterarmen. Mein Blick wanderte nach oben und ich stellte mir die Konturen seines Bizeps', seiner Brust und seiner breiten Schultern vor.

Die ganze Zeit über sah er mich an.

Und ich stand wie eine zitternde Taubstumme vor ihm.

„Schwester Amelia ließ mich herein", sagte er, sein Tonfall leicht, sein Körper entspannt. Er legte den Kopf zur Seite und ein kleines Lächeln umspielte seine Lippen. „Ich hoffe, du hast nichts dagegen."

Als er sprach, zwang ich meinen Blick auf sein Gesicht. Seine Augen sahen genauso aus wie in meinen Albträumen, obwohl sie nicht so wild waren wie an jenem Tag im Haus meines Großvaters. Nicht so wütend. Aber trotzdem umgab sie eine Härte und mein Verstand schrie in meinem Kopf eine Warnung.

Dieser Mann war gefährlich. Seine Seele war dunkel. Und wenn ich nicht vorsichtig war, würde er mich in die Hölle zerren.

„Doch“, brachte ich mit zitternder Stimme hervor. „Es stört mich.“

Er antwortete nicht. Stattdessen ließ er seinen Blick durch den Raum schweifen und ich versuchte, es durch seine Augen zu sehen.

Er machte einen Schritt und hob einen BH auf, der halb von einem Stuhl hing, und ließ ihn dann wieder fallen. „Du bist unordentlich. Oder deine Mitbewohnerin?“

„Mit einer Inspektion habe ich nicht gerechnet.“

„Keine Inspektion. Zumindest nicht von deinem Zimmer.“

„Was machen Sie hier?“

„Ich bin nur neugierig, denke ich.“

„Es ist noch nicht an der Zeit.“ Das war es nicht, da war ich mir sicher. Ich hatte bis zur Abschlussfeier Zeit. Und ich war noch keine achtzehn Jahre alt. Er konnte mich nicht vor meinem achtzehnten Geburtstag haben. Ich hatte noch sieben Tage Zeit.

Er unterbrach die Inspizierung des Raumes, wandte mir seinen Blick zu und musterte mich langsam von Kopf bis Fuß. Ich schluckte, blinzelte schnell, senkte den Blick, als er meinen fand, zwang mich dann aber wieder, ihn anzusehen.

Ich durfte keine Angst zeigen, egal, was passierte.

Das würde ich nicht.

„Mir gefällt die Uniform."

„Was wollen Sie?"

„Komm rein. Schließ die Tür."

Ich schüttelte den Kopf.

„Ich sagte komm rein. Mach dir keine Sorgen. Du bist immer noch sicher vor mir. Ich werde dich nicht berühren."

Mich berühren? Mein Gott. Er würde mich früh genug berühren.

Ich biss mir auf die Lippe, musterte sein Gesicht und stellte mir vor, wie mir dieser Mann nahe war, sein Gesicht an meinem, seine Hände auf mir. Sein Mund ...

„Sofia."

Seine tiefe, leise Stimme machte aus meinem Namen ein Kommando. Ich betrat das Zimmer und schloss die Tür hinter mir, wobei ich die Hände auf dem Türknauf an meinem Rücken ließ.

Er ging zu meinem Schreibtisch und hob die kleine Schneekugel auf. Es war ein Weihnachtsmotiv. Eine Familie um einen Baum herum: Mutter, Vater und zwei kleine Mädchen, die sich an den Händen hielten und einen Kreis bildeten.

„Ein wenig spät dafür, oder?"

Ich ging zu ihm, um sie ihm aus den Händen zu nehmen. Als meine Finger seine berührten, bekam ich einen elektrischen Schlag. Ich keuchte und erstarrte einen Moment lang. Ich blinzelte ein paar Mal und fand endlich meine Stimme wieder. „Das ist nicht Ihre." Ich nahm die Schneekugel und stellte sie hin.

Er lächelte, trat ein wenig zur Seite und sperrte mich zwischen sich und dem Schreibtisch ein. Er stand zu nah, sein Körper war zu groß. Er verbrauchte zu viel Sauerstoff und ich konnte nur noch verzweifelt nach Luft schnappen.

„Aber *du* bist es."

Sein Blick suchte mein Gesicht, blieb an meinem Mund haften.

„Meine, meine ich."

Meine Haut kribbelte, jedes Nervenende war lebendig, mein Körper befand sich in Alarmbereitschaft. „Warum?", fragte ich, unfähig, von ihm wegzusehen. Seine Augen waren so durchdringend, dass ich es wissen wollte, trotz der Warnungen, die mein Gehirn aussandte.

„Entschädigung." Sein Blick blieb ruhig, und er beobachtete mich, während ich das verdaute.

Aber er und mein Großvater sprachen in Rätseln und warfen mir nur Teile eines Puzzles hin, das ich ohne weitere Informationen nicht zusammensetzen konnte.

Er war mir so nahe. Ich nahm den Geruch von Aftershave wahr, verlockend und verräterisch und sehr, sehr falsch. So wie er.

Ein Mundwinkel hob sich zu einem Lächeln und ich zuckte zusammen, als er die Hand hob. Aber er schüttelte den Kopf ein wenig, bevor er mir die Haarsträhne, die sich aus der Klammer gelöst hatte, hinter das Ohr steckte.

„Sanfte Sofia. Hübsche Sofia."

Er kam mir näher, seine Brust berührte meine, und ich keuchte. Er atmete tief ein.

„Süße, unschuldige Sofia."

Ich schauderte, meine Brustwarzen zogen sich zusammen und streiften seine harte Brust. Er trat zurück und sein Blick fiel auf die dunklen Spitzen. Ich wusste, dass sie gegen meine weiße Uniformbluse drückten, und ich wusste auch, dass er es sah. Ich blinzelte, schaute überall hin, nur nicht zu ihm. Mir war heiß, Schweiß sammelte sich in meinen Achseln und auf meiner Stirn. Er war das Gegenteil davon, gesammelt und entspannt und hatte sich und seinen Körper völlig unter Kontrolle, während meiner mich verriet und Dinge fühlte, die ich noch nie zuvor bei jemandem empfunden hatte.

Ich wusste, dass er vierundzwanzig Jahre alt war. Er war erfahren. Er war auch ein Krimineller, wie sein Vater. Aber einer, der so charmant war, dass er Schwester Amelia dazu gebracht hatte, ihn in mein Schlafzimmer zu lassen.

„Jungs sind in diesem Gebäude nicht erlaubt", sagte ich überflüssigerweise und zwang mich, zu ihm hochzuschauen.

Sein Lächeln wurde breiter und erreichte seine Augen, als würde ihn das plötzlich schrecklich amüsieren.

„Ich bin kein Junge."

Nein. Nein, das war er nicht.

Er trat zurück, aber nur ein wenig. „Mache ich dich nervös?"

„Nein", antwortete ich zu schnell.

Er legte seine Hände über meine. Ich bemerkte, dass ich die Schreibtischkante so fest umklammerte, dass meine Knöchel weiß waren.

„Nein. Überhaupt nicht", sagte er.

Ich brach den Blickkontakt ab und er trat zwei Schritte weg. Als ich aufblickte, griff er in seine Tasche, um einen Umschlag herauszunehmen.

„Ich bin eigentlich gekommen, um dir etwas zu geben."

„Was?"

Er hielt es mir hin.

„Ich erwarte nicht, dass dein Großvater sehr mitteilsam war. Obwohl du das wahrscheinlich schon weißt, da er dich aufgezogen hat."

„Er hat mich nicht aufzogen." Das war Marjorie gewesen.

Er machte eine Geste, um mir zu sagen, ich solle den Umschlag nehmen. Das tat ich auch.

„Was ist das?"

Er sah mich an. „Die Wahrheit."

Ein Schauder lief durch mich hindurch. Ich warf einen Blick auf den Umschlag in meiner Hand.

„Er wird mich nicht vermissen, falls Sie das denken. Sie tun ihm nicht weh, indem Sie mich nehmen."

Er blickte mich intensiv an, antwortete aber nicht auf meinen Kommentar. Stattdessen streckte er die Hand aus, nahm meine Hand und erschreckte mich dadurch. Seine Augen hielten meine und das Lächeln blieb auf seinem Gesicht, als er mir meinen Absolventenring vom Finger zog.

Ich schüttelte mich aus meiner Benommenheit heraus. „Der gehört mir!"

Er steckte ihn sich auf den kleinen Finger. Er rutschte etwa bis zur Hälfte.

„Ich brauche ihn, um sicher zu sein, dass dir dein Ehering passt."

Ehering. Wir würden heiraten. Ich ihn. Er mich.

Jedes Haar meines Körpers stand mir bei dem Gedanken daran, was er von mir erwarten würde, zu Berge.

„Ich werde hier sein, um dich nach deinem Abschluss mit nach Hause zu nehmen." Raphael drehte sich um und ging zur Tür. „Sieh zu, dass du bereit bist."

„Es ist kein zu Hause. Nicht für mich."

„Und das Haus deines Großvaters ist es?", fragte er mit kaum einem Blick in meine Richtung.

„Können Sie nicht vergessen, was er Ihnen

schuldet? Das, von dem Sie glauben, ich könne es zurückzahlen?“

Er drehte sich zu mir um.

„Vergessen Sie die Schulden“, fügte ich fast flüsternd hinzu.

Seine Augen verdunkelten sich. „Leider muss Vergebung dem Vergessen vorausgehen und leider kommt beides nicht in Frage.“

Sein Blick huschte noch einmal über mich hinweg.

„Du solltest etwas essen. Du bist zu dünn.“ Er verschwand durch die Tür.

Ich fiel auf mein Bett, umklammerte den Umschlag, den er mir gegeben hatte, und mein Herz raste. Schritte und Gelächter durchbrachen die Stille, und Cathy und Mary schoben die Zimmertür auf.

„Kein Wunder, dass du nicht an der Party interessiert bist!“, sagte Mary.

Sie hatten keine Ahnung.

3

RAPHAEL

Sie hielten mich für das Monster. Die Bestie, die das unschuldige Mädchen rauben würde, obwohl *sie* die Tiere waren. *Er* war die Bestie, die sie verkaufte, um seinen dreckigen Hals zu retten.

Ich zwinkerte Schwester Amelia zu, als ich ging. Draußen stieg ich auf mein Motorrad, und als ich den Motor startete, blickte ich nach oben. Zwei Gesichter sahen aus dem Fenster von Sofias Zimmer, aber keines davon gehörte ihr. Ich legte den Gang ein und raste vom Gelände in Richtung Stadt. Ich brauchte die lange Fahrt. Die Freiheit der Geschwindigkeit. Die Gefahr.

Letzteres war eines der wenigen Dinge, die meinen Kopf freimachten.

Sofia hatte Gewicht verloren, seit ich sie das letzte Mal gesehen hatte. Ihr Gesicht sah dünner aus, ihre Uniform saß lockerer. Aber das war zu erwarten gewesen. Ich vermutete, dass sie sich mehr als nur ein wenig Sorgen um ihre Zukunft machte.

Zumindest aber war ich kein Lügner. Wenigstens ging ich offen damit um, wer ich war. Sie kam nirgendwo hin, wo es schlimmer war als zu Hause. Vielleicht sogar ein bisschen besser. Von mir würde sie immer die Wahrheit erfahren. Das Leben mit mir würde nicht einfach sein, aber aufrichtig.

Noch eine Woche. Dann würde ich diesen Ort verlassen. Nach Hause gehen.

Zu Hause.

Scheiße.

Was war das überhaupt? Und wo war das? Hatte Rache eine Heimat? Denn das würde passen. Das war das Einzige, das passte.

Ich hatte die letzten sechs Jahre meines Lebens hinter Gittern verbracht. Ich hatte meinen Vater mit bloßen Händen getötet. Obwohl das Urteil aufgehoben und die Tat zur Notwehr erklärt worden war, wusste ich es besser. Ich hatte den Mann getötet, der uns hätte beschützen sollen, der sein Leben hätte dafür geben sollen, um meine Mutter und meine Brüder zu beschützen. Mich. Ich hatte meinen eigenen verdammten Vater getötet, nachdem er uns vernichtet hatte, nachdem er das einzige Gute in unserem Leben in Brand gesteckt hatte.

Zwischen meiner und Sofias Kindheit gab es verdammt tolle Übereinstimmungen. Das brachte mich fast dazu, die Berufswahl meines Bruders, Damon, zu verstehen. Fast.

Aber darum ging es jetzt nicht.

Zu Marcus Guardias Leidwesen war ich nicht im Gefängnis verrottet. Und nun, da mein Leben wieder in der Spur war, würde ich das von Sofia zerstören.

Es gab Eines, das das Gefängnis mit einem Mann machte. Es gab dir Zeit. Und in dieser Zeit hatte ich meine Prioritäten gesetzt. Die Dinge, die zählten. Früher war das für mich die Familie gewesen. Aber sie war jetzt Asche. Jetzt bestand meine Priorität darin, diejenigen zu bestrafen, die der Auslöser für das gewesen waren, was passiert war. Für das, das zu dem Feuer geführt hatte, das alles Lebenswerte zerstört hatte.

Denn trotz aller Pracht und seinem Gehabe war Marcus Guardia ein schwacher Mann. Ein Feigling. Er hatte mir seine Enkelin fast aufgedrängt. Vielleicht glaubte er, dass ich es nicht durchziehen würde. Oder vielleicht war sie ihm einfach scheißegal. Nur das Geld war ihm nicht scheißegal. Ich würde einen beträchtlichen Teil des Guardia-Vermögens bekommen, und ich würde bestimmen, was zum Teufel mit dem Weingut passierte.

Meine Gedanken schweiften zurück zu Sofia. Sie war unschuldig. Das wusste ich. Und hätte ich noch etwas Menschlichkeit in mir, hätte ich Mitleid mit ihr. Mit ihrer misslichen Lage. Ihr ganzes Leben lang hatte dieser Mann sie benutzt. Als ihr Betreuer und ihr gesetzlicher Vormund hatte er ihr Vertrauen missbraucht. Ihres und das ihrer Schwester. Und sie hatte nicht die leiseste Ahnung davon.

Ich wusste, dass er nicht nur das Geld verprasste, das ihr und ihrer Schwester gehörte – sein Taschengeld würde ihm nicht den Luxus bieten, den er gewohnt war – sondern dass er seine Enkelkinder geradezu bestahl. Wofür zum Teufel er dieses Geld ausgab, wusste ich nicht. Der Mann musste inzwischen fast siebzig Jahre alt sein. Es war unmöglich, dass er lange genug lebte, um es auszugeben. Obwohl Schlangen wie er nie zu sterben schienen.

Ich wusste, dass Sofia genauso ein Opfer war wie ich, aber sie würde ihre Zukunft ertragen müssen. Ihr Schicksal wurde an dem gleichen Tag besiegelt, an dem meines vor sechs Jahren besiegelt wurde. Und letztlich war ich es, der den maximalen Preis dafür bezahlt hatte. Ich hatte so viel verloren. Ich war derjenige, der unter gewalttätigen, wütenden Männern leben musste, die dich vergewaltigen oder töten und ihr Abendessen von deinem kaputten Körper essen wollten, wenn sie fertig waren. Gott sei Dank brauchte es genau einen Vorfall, um ihnen klarzumachen, dass sie sich nicht mit mir anlegen sollten.

Ich beschleunigte und schüttelte meine Gedanken ab.

Das war jetzt alles Vergangenheit. Ich musste nie mehr dorthin zurückkehren.

Und wenn ich nicht schlief, konnten mich nicht einmal die Albträume heimsuchen.

ICH KAM FAST ZU SPÄT ZUR ABSCHLUSSFEIER.

Ich hätte warten können, bis sie mit ihrer Familie nach Hause fuhr. Hätte ihr ein paar kostbare Stunden mit ihrer Schwester schenken können. Aber ich wollte es nicht.

Sofias Großvater und ihre Schwester saßen in der zweiten Reihe hinter den Studenten. Die Sonne schien kräftig, der Himmel war klar, die Hitze im Juni erdrückend. Die warmen Temperaturen machten mir nichts aus. Es war die Luftfeuchtigkeit, auf die ich verzichten könnte.

In der Toskana wäre es auch heiß, aber nicht so feucht, nicht wie Philadelphia.

Sofia blickte sich um und winkte ihrer Schwester zu, aber ihr Lächeln verblasste, als sie ihren Großvater sah. Ich fragte mich, wie viel ihre Schwester wusste. Sie wusste, dass wir heiraten würden. Aber hatte Sofia ihr die Einzelheiten dieser unheiligen Verbindung anvertraut?

Hatte Sofia gelesen, was ich ihr gegeben hatte, oder hatte sie den Kopf in den Sand gesteckt, unfähig oder nicht willens, die Gründe für ihr Schicksal zu erfahren und zu verstehen?

Die Zeremonie begann und das Summen der Gespräche verstummte, so dass ich ganz in Ruhe beobachten konnte. Ich machte mir nicht die Mühe, Platz zu nehmen, sondern lehnte mich stattdessen an einen Baum hinter der letzten Stuhlreihe. Es wurden Reden gehalten und die Leute applaudierten zu gegebener Zeit. Alles sehr langweilig, um ehrlich zu sein. Sofia rutschte auf ihrem Platz herum, entweder, weil er unbequem war oder, wahrscheinlicher, weil sie nervös war. Die Studenten standen auf, immer eine Reihe nach der anderen, als die Namen aufgerufen wurden.

Sofia kam an die Reihe und ich richtete mich auf, als sie aufstand und sich umdrehte. Diesmal traf ihr Blick meinen. Sogar aus dieser Entfernung sah ich, wie sich diese seltsamen, blass karamellfarbenen Augen weiteten, die zarte Haut um sie herum verquollen und rosa. Sie hatte geweint.

Sie stolperte, als sich das Mädchen hinter ihr schneller bewegte als sie, fing sich aber und schaute geradeaus, als sie zur Tribüne ging. Auf der Treppe warf sie mir noch einen Blick zu. Als ihr Name aufgerufen wurde, ging sie langsam über die Bühne. Ihre Beine schienen schwer zu sein, als sie die letzten Schritte in Freiheit machte, die Hand des Rektors schüttelte und ihr Diplom entgegennahm. Die Familien klatschten und jubelten, Sofia hielt den Kopf erhoben und weigerte sich, auch nur einem Blick zu begegnen, unfähig oder nicht willens zu lächeln, als sie, anstatt ihren Platz wieder einzunehmen, auf mich zuging.

Das war eine Überraschung. Ich erwartete ein sanftmütiges, rückgratloses, unterwürfiges Mädchen.

Ich legte den Kopf zur Seite.

Als sie mich erreichte, nahm sie ihren Hut ab.

„Herzlichen Glückwunsch“, sagte ich mit einem Lächeln.

„Fick dich.“

Mein Lächeln wurde breiter. Ganz und gar nicht sanftmütig. Ich hätte das Feuer sehen müssen, das in diesen normalerweise weichen, bernsteinfarbenen Augen loderte.

„Bist du hergekommen, um mir das zu sagen? Wenn du denkst, ich hätte deinen Geburtstag vergessen–“

„Glauben Sie, dass das, was Sie mir gegeben haben, irgendetwas ändert?“

Ich zuckte mit den Schultern. „Nicht für mich“, sagte ich beiläufiger, als es ihr wahrscheinlich gefiel.

„Glauben Sie, dass es einen Unterschied macht?“

„Das ist mir egal, ehrlich. Wie ich schon sagte, als ich es dir gab, es ist die Wahrheit.“ Ich glaube, sie hörte mich überhaupt nicht.

„Glauben Sie, dass ich Ihre Lügen glaube?“

„Nochmals, es interessiert mich nicht.“

„Lassen Sie sich gesagt sein, dass ich mich bei jedem Schritt des Weges wehren werde."

„Ich hoffe es."

„Sofia?"

Ihre Schwester kam auf uns zu. Marcus Guardia stand weiter entfernt und unterhielt sich mit einer der Nonnen, beobachtete uns aber. Sein Gesicht verriet nichts, das Lächeln war falsch. Er war immerhin ein aufrechter Bürger. Ein Philanthrop, der dem heiligen Sebastian und vielen anderen Institutionen großzügig spendete.

Wenn sie es verdammt nochmal nur wüssten.

Meine Hände ballten sich zu Fäusten. Ich wollte das Arschloch umbringen.

„Ich werde es Ihnen niemals leichtmachen."

Sofia lenkte meine Aufmerksamkeit wieder auf sich.

„Ich hoffe, dass du es nicht tun wirst."

Linas vorsichtiger Blick fiel auf mich. Auch wenn es das erste Mal war, dass ich sie zusammen sah, hätte ich gewusst, dass sie Schwestern waren. Abgesehen von der Augenfarbe – die von Lina waren moosgrün – und ihrem dunklen Haar war die Ähnlichkeit ihrer Gesichtszüge auffallend.

„Sofia."

Jetzt zog Lina ihre Schwester zu sich. Sofia riss ihren wütenden Blick von meinem los und wischte sich mit den Handrücken über die Augen.

Gut. Zumindest wusste sie, was sie zu erwarten

hatte. Die heutigen Tränen waren die ersten von vielen. Ich hatte Jahre des Hasses zu verarbeiten und sie würde mein Prügelknabe sein. Buchstäblich, wenn sie nicht aufpasste.

„Hey." Lina nahm das Gesicht ihrer Schwester in die Hände und legte ihre Stirn an die von Sofia.

Ich beobachtete sie neugierig. Meine Brüder und ich standen uns nicht nahe. Damon war mein Zwillingsbruder und wir hatten eine besondere Verbindung, sogar jetzt noch, trotz all des Hasses und der Wut, aber wir waren nicht wie sie.

Ich schnaubte und schüttelte den Kopf.

„Okay?", fragte Lina.

Sofia nickte. „Ich muss gehen."

„Ich weiß." Lina ließ sie los, trat zurück und griff um ihren Nacken, um die Halskette zu öffnen, die sie trug.

Sofia schüttelte den Kopf. „Mom hat dir die gegeben."

„Psst."

Ich bemerkte, dass ihnen beiden die Tränen in den Augen glitzerten. Lina legte die Halskette um Sofias Nacken und schloss sie. Sofia berührte den Anhänger.

„Ich habe das Bild ausgetauscht", sagte Lina leise.

„Mein Gott, ihr tut so, als würdet ihr euch nie wiedersehen", sagte ich.

Beide Schwestern wandten sich mir zu.

Ich erhob beide Hände, die Handflächen nach oben, in einer spöttischen Entschuldigung.

„Ich will Sie hier nicht haben", sagte Sofia zu mir.

„Das ist aber schade."

Sie ballte die Hände zu Fäusten und schloss die Augen, ich wusste, dass es ihr alles abverlangte, um das zu sagen, was sie als Nächstes hervorbrachte.

„Lassen Sie mich von meiner Schwester Abschied nehmen." Sie biss die Zähne zusammen. „Bitte."

Meine Augenbrauen hoben sich. „Wow. Eine Bitte."

Sie spitzte die Lippen. „Gehen Sie einfach zum Auto und geben Sie mir eine verdammte Minute."

„Erlauben die Nonnen diese Art von Sprache?", spottete ich.

„Sofia."

Ihre Schwester versuchte, sie wegzuziehen, aber Sofia blieb stehen.

„Ich hasse Sie."

„Du kennst mich nicht einmal."

„Ich weiß genug."

Ich zuckte mit den Schultern.

„Gehen Sie", befahl sie und zeigte auf das Auto.

Zuerst lachte ich, aber im nächsten Augenblick verhärtete sich mein Gesicht, und ich trat so nah an sie heran, dass sie zurückwich. „Sprich noch einmal so mit mir und es wird dir leidtun", zischte ich.

„Es tut mir jetzt schon leid“, sagte sie mit zitternder Stimme.

Lina fing Sofias Hände und zwang sie, sie anzusehen. Ich zog mich zurück.

„Sofia?“ Linas Augen wurden feucht.

Sofia schüttelte den Kopf und versuchte zu lächeln. „Es wird schon werden. Es ist alles in Ordnung.“

„Ruf mich jeden Tag an, okay?“

Ich konnte die Mühe sehen, die es Sofia kostete, ihre Tränen zurückzuhalten.

„Wir müssen den Flug erwischen“, sagte ich und schaute auf meine Uhr.

Sie umarmten einander fest und es war Sofia, die sich schließlich schniefend löste.

„Willst du dich von deinem Großvater verabschieden?“, fragte ich, obwohl ich die Antwort ziemlich genau kannte.

„Nein“, sagte Sofia. „Ich bin bereit.“

„Ich hoffe um deinetwillen, dass du es bist.“

4

SOFIA

In dem Umschlag, den Raphael mir gegeben hatte, befanden sich drei Blätter, Teile eines größeren Dokuments. Als ich ihn fragte, was das sei, hatte er nur zwei Worte gesagt. Die *Wahrheit.* Aber das konnte nicht stimmen. Das konnte nicht sein. Großvater war nicht so hasserfüllt. Wir waren *seine* Familie, die Einzigen, die ihm noch an Familie geblieben waren.

Der Abend, an dem ich als Kind meinen Großvater kennengelernt hatte, war auch der Abend gewesen, an dem wir den einundzwanzigsten Geburtstag meiner Mutter gefeiert hatten. Der Zeitpunkt seines Besuchs machte vollkommen Sinn, da ich nun die Einzelheiten meines eigenen Erbes kannte. Denn, obwohl ich meinen Großvater immer für allmächtig gehalten hatte, hatte er über eine Sache keine Kontrolle. Zumindest nicht komplett.

Denn an ihrem einundzwanzigsten Geburtstag erhielt meine Mutter das Sagen über das Weingut Guardia. Mein Großvater erhielt lediglich eine Zuwendung, deren Höhe sie bestimmte.

Eine Sache, die ich nicht gewusst hatte, war, dass mein Großvater den Nachnamen meiner Großmutter angenommen hatte. Sie war Sofia Guardia gewesen, meine Namensvetterin. Er war nie das Oberhaupt der Familie gewesen. Nicht wirklich. Selbst wenn er den Anschein erwecken wollte, er sei es gewesen. Ich vermutete, dass er, als meine Großmutter noch vor meiner Geburt gestorben war, weiterhin sein Taschengeld erhalten und im Haus der Familie gelebt hatte, aber nur dank meiner Mutter. Sie war die Erbin. Ohne sie hatte er nichts.

Und jetzt, wo sie weg war, hatte er ohne Lina und mich nichts mehr.

Das hatte Raphael mir gegeben. Geschichte. Die Vergangenheit und der Beweis für die Unehrlichkeit meines Großvaters. Er hatte uns bestohlen. Er hatte meine Mutter bestohlen, und jetzt bestahl er Lina und mich. Er hatte sogar ein Offshore-Konto, auf das er Geldsummen überwiesen hatte, die zu klein waren, um aufzufallen, aber groß genug, um einen verschwenderischen Lebensstil zu führen. Aber wozu brauchte er es? Er hatte bereits alles, was er wollte, oder?

Dass meine Mutter weggelaufen war, bedeutete, dass mein Großvater die Kontrolle verloren hatte, zumindest für eine Weile. Es war selbstverständlich, dass er nach dem Tod unserer Eltern unser Vormund werden würde. Und mit uns hatte Großvater die Kontrolle wiedererlangt, die er verloren hatte.

Als wir es uns auf unseren Plätzen in der Business-Class bequem gemacht hatten, warf ich dem Mann neben mir einen Blick zu. Diesem Fremden, den ich heiraten würde. Einem Mann, mit dem ich zusammenleben würde. Ich wusste nicht, was er von mir erwartete. Die Ehe würde nur auf dem Papier bestehen. Ich bedeutete für ihn die Hälfte des Guardia-Vermögens. An meinem einundzwanzigsten Geburtstag würde ich erben. Und er würde mir dieses Erbe entwenden, genau, wie es mein Großvater mein ganzes Leben lang getan hatte.

Was würde nach den drei Jahren mit mir geschehen?

In den vergangenen sechs Monaten hatte ich meine gesamte Freizeit damit verbracht, so viel wie möglich über Raphael Amado und die Familie Amado zu erfahren. Ich wusste, dass er vierundzwanzig Jahre alt war und dass er zwei Brüder hatte, von denen einer sein Zwilling war. Seine Familie war an zwei Orten zu Hause, einmal in den Staaten und dann noch in Italien, wo die Geschwister die meiste Zeit ihrer Kindheit verbracht hatten. Seine Mutter war Italienerin, sein Vater Amerikaner, und Raphael und seine Brüder waren in Amerika geboren. Ich wusste, dass er vor sechs Jahren bei einem Brand seine Mutter verloren hatte, einem Brand, den sein Vater absichtlich in dem Haus in der Toskana gelegt hatte. Und ich wusste, dass Raphael einige Monate nach diesem Brand wegen Mordes an seinem Vater angeklagt worden war. Er hatte dafür sechs Jahre in einem italienischen Gefängnis verbracht, und erst vor acht Monaten war das Urteil aufgehoben und Raphaels Name reingewaschen worden.

Er hatte keine Zeit vergeudet, mich zu holen, oder?

Aber was war mein Großvater ihm schuldig? Das wusste ich nicht.

Ich erfuhr, dass sein Vater ein Krimineller mit Verbindungen zu ziemlich miesen Leuten gewesen war. Ich wusste, dass er der Brandstiftung beschuldigt worden war, aber er war umgekommen, bevor er vor Gericht gestellt werden konnte. Raphaels Mutter war in dem Feuer gestorben und ich wusste tief in meinem Herzen, dass ihr Tod und vielleicht auch die Art, wie sie gestorben war, die Ursache für Raphaels Wut waren. Das waren die Ursachen für die Gewalt, die den Tod seines Vaters herbeigeführt hatten.

Aber wenn ich ihn jetzt ansah, sah ich keine Gewalt.

Ich musste allerdings vorsichtig sein. Ich konnte diesen Verbrecher nicht romantisieren. Ich durfte mich nicht von seinem Äußeren täuschen lassen.

„Willst du mich den ganzen Flug über anstarren?“, fragte er, ohne aufzuschauen.

Ich blinzelte und merkte, dass ich genau das getan hatte, und es war nicht unbemerkt geblieben.

„Was schuldet Ihnen mein Großvater?“

Er faltete seine Zeitschrift zusammen und wandte sich an mich. „Er hat nichts erwähnt?“

Er verhielt sich so entspannt, aber ich wusste, dass er es nicht war. „Sie wissen, dass er das nicht getan hat.“

„Hast du verstanden, was in dem Umschlag war?“

„Ich bin nicht dumm, Raphael. Ich begreife durchaus, was Sie mich glauben machen wollen.“

„Dass dein Großvater dich beklaut?“

Ich schüttelte den Kopf, noch nicht ganz überzeugt. Ich kaute immer noch daran. „In den Zeitungen stand, Sie hätten Ihren Vater getötet.“

Er blieb so ruhig, dass es schien, als wäre er aus Stein gemeißelt. Es dauerte eine ganze Minute, bis er sich räusperte und sprach, und ich wusste, dass es hier mehr gab als das, was ich online gelesen hatte.

„Stand das drin?“

Ich sah in seine Augen, dunkel und tief wie ein stürmisches Meer. Raue Gewässer, die mich gegen zerklüftete Klippen schleudern und zerstören konnten.

„Sie sagten mir neulich Abend, dass Sie mir die Wahrheit sagen würden. Ich bitte jetzt darum.“ Ich machte eine Pause. „Sie schulden mir die ganze Geschichte ...“

„Ich schulde dir gar nichts“, sagte er ruhig.

„Hat Ihr Vater das Feuer gelegt? Wurde das bewiesen?“

„Die Medien lieben es, diesen Scheiß hochzupuschen, oder?“

Er schlug die Zeitschrift wieder auf, wandte sich von mir ab und ließ mich einfach stehen.

„Sie machen ihn für den Tod Ihrer Mutter verantwortlich“, sagte ich, obwohl ich mir darüber nicht ganz sicher war. Ich hatte nur Zeitungsartikel und Ausschnitte aus öffentlichen Aufzeichnungen gelesen, da etwas anderes nicht zugänglich war.

„Spricht mich das dann frei? Ein Leben für ein Leben?“

„Ich weiß nicht, ob Sie um Absolution bitten, Raphael.“

Er sah mich wieder an und nickte. „Kluges Mädchen.“

„Die Prozessakten sind verschwunden. Mehr konnte ich nicht in Erfahrung bringen.“

„Vielleicht ist das am besten so.“

„Ein paar Monate zuvor hatten Sie ihre Mutter verloren. Ihr Vater wurde des Brandes beschuldigt, der fast nicht nur ihr Haus, sondern ihr gesamtes

Erbe zerstört hätte. Der Generationen ausgelöscht hätte."

„Mach keinen Heiligen aus mir. Das bin ich nicht."

„Ich weiß, dass Sie kein Heiliger sind. Ich will nur wissen, was mein Großvater damit zu tun hat."

Er klappte erneut die Zeitschrift zu und steckte sie diesmal in die Sitztasche. „Wenn du so neugierig bist, warum hast du ihn dann nicht gefragt?"

Weil ich Angst vor seiner Antwort hatte.

Ich wandte den Blick ab.

„Hast du keine wichtigeren Fragen? Fragen, die sich auf dich, auf dein Schicksal beziehen. Auf meine Erwartungen an meine Ehefrau?"

Ehefrau.

Ich wusste, worauf er hinauswollte.

„Habe ich da ein Wörtchen mitzureden?", fragte ich, ohne nachzudenken. „Der Vertrag", stellte ich klar und sah ihn an. „Die Ehe." Ich zögerte. „Was wird ..." Ich räusperte mich. „Wird sie nur auf dem Papier bestehen?" Ich zwang mich, die Worte auszusprechen.

Sein Blick strich über mich hinweg und ein kleines Lächeln hob einen seiner Mundwinkel. „Du überraschst mich. Was genau hat sich dein schmutziger kleiner Verstand vorgestellt, Sofia?"

Ich keuchte, zog mich zurück.

Er lächelte. „Nun, was? Ich bin sehr neugierig darauf."

„Nein!“

Während ich spürte, wie die Farbe aus meinem Gesicht wich, kam die Flugbegleiterin, um unsere Getränkebestellungen entgegenzunehmen.

„Champagner?“, fragte er.

„Ich bin achtzehn“, erinnerte ich ihn unnötigerweise.

Er lächelte. „Dann eben Wodka.“

Machte er Witze? Er wandte sich an die Flugbegleiterin.

„Mineralwasser für meine Verlobte und einen Whiskey pur für mich, bitte.“

Verlobte.

„Fliegen Sie nach Italien, um dort zu heiraten?“

Raphael lächelte und nickte.

„Oh, wie romantisch! Herzlichen Glückwunsch!“

Sie musste meinen Gesichtsausdruck gesehen haben, denn sie räusperte sich schnell und verschwand.

„Ich bin keine Bestie, Sofia“, sagte Raphael und alle Lässigkeit war aus seinen Zügen verschwunden.

„Aber was Sie mir antun werden ...“

„Ich habe die letzten sechs Jahre meines Lebens hinter Gittern verbracht. Die Gier deines Großvaters hat meine Familie zerstört und hätte mich beinahe vernichtet. Denk zur Abwechslung mal darüber nach, anstatt über dein belangloses kleines Leben nachzudenken.“

„Ich–“ Ich *was*? Was sollte ich sagen? Dass mein

Leben nicht belanglos war? Dass ich wichtig war? Dass ich an andere Dinge dachte und nicht nur an mich selbst?

„Frag mich, wie es war, eingesperrt zu werden, weil ich einen Mörder umgebracht habe. Frag mich, wie es war, sechs Jahre im Gefängnis zu verbringen, bis das Urteil aufgehoben wurde."

„Raphael–"

„Frag mich."

„Das brauche ich nicht. Ich kann mir vorstellen, wie schrecklich es war."

„Schlimmer, als du dir vorstellen kannst. Schlimmer, als ich mir vorstellen konnte."

Ich blickte suchend in seine Augen, aus denen all die Überheblichkeit, all die Kälte verschwunden waren. Es gab keinen Platz für beides, nicht, wenn so viel Schmerz sie erfüllte. Es war dieser Moment, der die Dinge für mich veränderte. Er brachte mich dazu, ihn als etwas anderes zu sehen, als etwas anderes als eine Bestie.

„Lassen Sie mich nicht dafür bezahlen. Bitte", sagte ich, und meine Stimme war so klein wie ich mich fühlte.

Er blickte mich an und ich konnte den Kampf hinter seinen Augen sehen. Diesen Krieg von Gut und Böse.

„Mach keinen Heiligen aus mir. Das bin ich nicht."

Ich schüttelte den Kopf, als ich mich an seine Worte erinnerte. Nein. Das durfte ich nicht tun. Er hatte mich selbst davor gewarnt. Ich war ein unerfahrenes Mädchen. Raphael war ein Mann. Ein Mann, der getötet hatte. Ich war wahrscheinlich ein Spielzeug für ihn. Langweilig. Er würde mich wahrscheinlich nur ficken, um sich die Zeit zu vertreiben.

„Warum waren Sie in der Schule? Warum haben Sie mir erzählt, dass mein Großvater uns bestohlen hat?"

„Weil es die Wahrheit ist. Das ist eine Sache, die du immer von mir zu hören bekommst, Sofia. Die Wahrheit. Ich werde dich nicht anlügen."

„Na und? Ich meine, das macht es nicht einfacher."

„Hier geht es nicht darum, es einfacher zu machen. Es gibt kein *einfach*."

„Hassen Sie mich so sehr?"

„Ich hasse nicht *dich*. Ich hasse deinen Namen", schnappte er.

Seine plötzliche Wut erschreckte mich. Die Flugbegleiterin kam mit unseren Getränken zurück und brachte uns eine Speisekarte für das Abendessen. Ich nahm meine, machte mir aber nicht die Mühe, sie mir anzusehen. Ich wusste, dass er es auch nicht tat, obwohl sie seine Aufmerksamkeit zu fesseln schien.

„Als wir uns das letzte Mal sahen, sagtest du mir, ich solle vergessen, was geschehen ist. Ich sagte dir, dass das unmöglich sei. Das bedeutet nicht, dass ich es nicht will", sagte er. „Es gibt Dinge, für die ich

Jahre meines Lebens geben würde, um sie zu vergessen, Sofia.“

Diese letzten Worte, die er ganz leise sprach, ließen mich aufhorchen. Sie veranlassten mich dazu, ihn zu studieren, sein Gesicht, seine Augen, die auf die Speisekarte gerichtet waren, anstatt mich anzuschauen. Teilweise verstand ich ihn. Ich verstand, warum er glaubte, das tun zu müssen. Das machte es nicht richtig, bei weitem nicht. Und ich würde trotzdem diejenige sein, die für Sünden bestraft wurde, die ich nicht begangen hatte. Ich würde diejenige sein, die–

Er unterbrach meine Gedanken, als er sich plötzlich an mich wandte.

„Es muss nicht schrecklich für dich sein. Drei Jahre, dann bist du frei. Eine Ehe nur auf dem Papier. Ich sorge sogar dafür, dass du danach nicht auf der Straße landest, wenn du ein braves Mädchen bist.“

Das Blau seiner Augen leuchtete. Wie ein tödlicher Wirbelsturm verbargen sich so viele Emotionen dahinter.

„Und wenn ich nein sage?“, fragte ich.

Es dauerte einen Moment, bis er antwortete, und das tat er auch erst, nachdem er mein Gesicht, meine Augen studiert hatte.

„Du hast bereits ja gesagt.“

„Ich kann meine Meinung ändern.“

„Dieses Gespräch ist Zeitverschwendung. Du

wirst deine Meinung nicht ändern, denn wenn du das tust, werde ich deine Familie zerstören. Auch wenn es dir egal ist, ob dein Großvater im Gefängnis verrottet, deine Schwester ist dir nicht egal."

Er sagte es mit einer solchen Kälte, einem solchen Hass, dass mir bei seinen Worten tatsächlich übel wurde.

„Du und Lina, ihr steht euch sehr nahe."

Es war ein so abrupter Themenwechsel, dass es mich überraschte. „Ich liebe sie. Ich werde alles tun, um sie zu beschützen." Ich senkte meinen Blick auf meinen Schoß.

„Ich weiß. Das macht die Sache so verdammt einfach."

Die Flugbegleiterin kehrte zurück, um unsere Essensbestellung entgegenzunehmen, und der Mann, den ich flüchtig erblickt hatte, der Mann unter dem Hass, verschwand.

„Ich bin nicht hungrig", sagte ich und gab die Karte zurück.

„Sie nimmt das Steak. Wir beide."

„Ich sagte, ich bin nicht hungrig."

„Du musst essen."

„Es geht mir gut."

„Steak", wiederholte er in Richtung der Flugbegleiterin.

„Ich esse kein rotes Fleisch."

Er sah mich an, als würde er mir nicht glauben, aber er spielte mit. „Dann das Huhn für meine

Verlobte. Und noch ein Getränk für mich, bitte. Ich werde es wahrscheinlich brauchen."

Sie nickte und ging weg.

„Ich bin nicht hungrig. Ich werde es nicht essen."

„Das wirst du. Du bist zu dünn geworden."

„Liegt an der Aussicht auf meine Zukunft."

„Autsch."

„Wenn es wahr ist, was Sie gesagt haben, dass mein Großvater uns bestiehlt–" Es laut auszusprechen, machte es wahr. „Kann ich dann Linas Erbe schützen?"

Er zuckte mit den Schultern. „Ich kann dir helfen, oder ich kann dir wehtun. Wähle die Kämpfe, die du mit mir führst, sorgfältig aus."

Was zum Teufel sollte das bedeuten?

„Erzähl mir etwas." Er neigte sich näher heran und flüsterte jetzt. „Ein hübsches Mädchen wie du. Du musst doch Freunde an der Schule gehabt haben?"

Alle Ernsthaftigkeit war verschwunden. Er war wieder das großspurige, arrogante Arschloch Raphael. Ich starrte ihn an, dann wandte ich meinen Blick dem Fenster zu, auf den sich verdunkelnden Himmel. Wir würden über Nacht fliegen.

„Keine Freunde?"

„Das geht Sie nichts an."

„Komm schon, es ist ein langer Flug. Und es werden drei lange Jahre sein."

„Es war nicht erlaubt. Außerdem haben mich die Jungs in der Schule nicht interessiert."

„Das kann ich sehen. Du scheinst älter zu sein, als du tatsächlich bist. Du brauchst einen Mann, der mit dir umgehen kann."

Ich sah ihn an. „Und Sie denken, Sie wären dieser Mann?", fragte ich und legte den Kopf zur Seite.

„Bin ich."

Ich leckte mir über die Lippen und nippte an meinem Getränk. Sein Blick fiel auf meinen Mund und der Ausdruck in seinen Augen ließ meinen Bauch flattern und mein Gesicht vor Hitze erröten.

„Ich habe gesehen, wie dein Körper auf mich reagiert, Sofia", sagte er mit einem leisen, drohenden Flüstern. „Wusstest du, dass Erregung sogar einen Geruch hat? Deiner ist wunderbar. Weich. Jungfräulich vielleicht?", fragte er.

Ich antwortete nicht, aber das war wohl auch nicht nötig, nicht bei der Hitze, die ich plötzlich verspürte.

Raphaels Augenbrauen hoben sich, er legte eine Hand auf mein Knie und schob sie innen an meinem Oberschenkel entlang nach oben. Ich hätte Jeans tragen sollen. Eine zu große, ausgebeulte Jeans. Stattdessen trug ich ein süßes Sommerkleid.

Ich schob seine Hand weg. „Fassen Sie mich nicht an. Mein Körper reagiert in keiner Weise auf Sie."

„Da bin ich anderer Meinung." Er kitzelte mich in der Kniekehle. „Selbst jetzt werden deine Pupillen groß, deine Brustwarzen sind hart, du leckst dir die Lippen. Und ..."

Er brachte seinen Mund an mein Ohr, dann neigte er sein Gesicht, um den rasenden Puls an meinem Nacken zu küssen und mir den Atem zu nehmen.

„Dein Herz schlägt wie verrückt", flüsterte er.

Ich schauderte. Sein Atem verursachte Gänsehaut in meinem Nacken und Wärme bildete sich zwischen meinen Beinen.

Ich schob ihn weg, als die Flugbegleiterin kam, um die Tische für das Abendessen vorzubereiten. Raphael lächelte mich an. Offensichtlich genoss er mein Unbehagen, und als die Flugbegleiterin ging, beugte er sich wieder zu mir.

„Hattest du jemals einen Orgasmus, Sofia? Hast du deine Finger in den Slip geschoben und dich zum Kommen gebracht? Hast du nachts im Bett gelegen und dein Gesicht in das Kissen gedrückt, um das lustvolle Stöhnen zu dämpfen?"

Er leckte sich die Lippen, nahm sein Glas und sah mich über dessen Rand hinweg an.

„Hast du jemals die Berührung eines Mannes gespürt?" Er lächelte. „Dein Gesichtsausdruck sagt mir nein. Sag mir nicht, dass ich recht habe. Dass du noch Jungf–"

„Stop!", rief ich und versuchte, von meinem Platz

aufzuspringen, wurde aber auf halbem Weg vom Sicherheitsgurt aufgehalten.

„Ich glaube, sie wollen noch nicht, dass wir aufstehen, Liebling."

Einige Köpfe hatten sich gedreht, um uns zu beobachten, *mich* zu beobachten. Peinlich berührt setzte ich mich wieder hin. „Ich hasse Sie, Raphael Amado."

Er verdrehte die Augen. „Das ist mir egal, Sofia Guardia. Das ist das Schöne daran."

5

SOFIA

Als wir in Florenz landeten, waren wir schon über dreizehn Stunden unterwegs gewesen. Die Fahrt zum Amado-Grundstück dauerte eine weitere Stunde und fünfzehn Minuten. Außerhalb von Florenz in der Nähe einer Stadt namens San Gimignano gelegen, kam das Haus – oder besser gesagt das Anwesen – nur wenige Minuten, nachdem wir die Landstraße verlassen hatten, in Sichtweite. Die hohen Eisentore der Einfahrt standen offen, der einzige sichtbare Weg in das von Steinmauern umgebene Anwesen.

Wir saßen auf dem Rücksitz einer dunklen Limousine mit getönten Scheiben. Als der Fahrer durch das Tor gefahren war, blickte ich zurück zu den Drachen auf den beiden Säulen. Sie nahmen unterschiedliche Posen ein, einer auf den Hinterbeinen sitzend, der andere mit ausgestreckten

Flügeln, bereit, abzuheben. Die Augen der beiden schienen mir zu folgen.

Ich schauderte und blickte zu Raphael, der einen seltsamen Gesichtsausdruck hatte, während er das Land betrachtete, die ansteigenden Hügel, das grüne Gras, die scheinbar unendlichen Hektar Land.

„Es ist wunderschön."

„Danke." Er lächelte.

Das war vielleicht das erste authentische Lächeln, das ich von ihm sah.

„Sie heißt Villa Bellini und ist seit Jahrhunderten im Besitz der Familie Bellini – der Familie meiner Mutter. Jetzt gehört sie mir."

„Nicht Ihnen und Ihren Brüdern?"

Er schüttelte den Kopf. „Sie geht immer als Ganzes an den Erstgeborenen."

„Wow. Das ist verrückt. Was ist mit Ihren Brüdern? Und Sie haben einen Zwillingsbruder, wie funktioniert das?"

„Damon ist mein Zwilling, aber er wurde drei Minuten nach mir geboren, was mich zum Erstgeborenen macht."

„Erzählen Sie mir von ihnen. Damon und Zachariah, richtig?"

„Damon wohnt in der Nähe. Du wirst ihn bald kennenlernen. Ich bin mir sicher, dass er unbedingt meine zukünftige Braut kennenlernen möchte", sagte er sarkastisch. „Zachariah ging zum Militär, als er achtzehn wurde. Ich kann es ihm nicht verübeln.

Ich weiß nicht, wo er ist. Irgendwo im Einsatz, nehme ich an."

„Sie wissen es nicht? Das beunruhigt Sie nicht?" Er beantwortete meine Frage nicht, sondern schien stattdessen in Erinnerungen abzudriften.

„Wir sind in Philadelphia geboren – unsere Eltern wollten sichergehen, dass wir die amerikanische Staatsbürgerschaft bekommen – aber wir verbrachten die meiste Zeit hier. Da das Weingut voll produzierte, war es einfach."

„Ihr Englisch ist fließend und Sie haben keinen Akzent."

„Wir besuchten internationale Schulen."

„Ah. Der Name Amado ist portugiesisch?"

„Mein Vater ist – oder war – Amerikaner portugiesischer Abstammung und wurde in Amerika geboren."

„Ich habe es nachgeschlagen. Es bedeutet *„einer, den Gott liebt*", sagte ich.

Sein Gesicht verhärtete sich und er drehte sich zu mir um. Als er sprach, war seine Stimme angespannter.

„Ich glaube nicht an Gott, Sofia. Kein Gott würde zulassen, dass das, was meiner Familie passiert ist, geschieht." Er blickte aus dem Fenster. „Wobei du die Ironie darin sehen wirst, wenn du Damon triffst."

„Raphael ist der Name eines Erzengels. Das ist auch ironisch, nicht wahr?"

„Ich schätze, euer Gott amüsiert sich auf meine Kosten."

Wenige Augenblicke später kam das Haus in Sicht. Ich wollte mir nichts anmerken lassen, aber ohne dass ich es verhindern konnte, gab ich ein ehrfürchtiges Raunen von mir.

„Es sind Reparaturen nötig", sagte Raphael. „Mein Bruder ließ einen Teil des Hauses absperren. Das Geld war ... knapp, während ich im Gefängnis war."

„Wir sind Business-Class geflogen", warf ich ein. Er fuhr fort und ignorierte meinen Kommentar.

„Insgesamt siebzehn Schlafzimmer, von denen im Moment nur sechs nutzbar sind, ein Innenhof, ein großer Swimmingpool, eine modernisierte Küche und so weiter."

„Und so weiter? Ist das für Sie selbstverständlich?"

Er drehte sich zu mir um. „Ich nehme nichts als selbstverständlich hin."

„Das Haus der Guardia hier ist – nach dem, was ich weiß, weil ich noch nie dort war – eher eine Fabrik, in der geerntet und produziert wird. Dieses Haus dagegen ist wunderschön. Elegant. Ist das oder war das der Weinberg?", fragte ich, als das Auto vor einem Gebäude zum Stehen kam, das sich neben einem riesigen Feld befand, welches wie die verkohlten Überreste eines Weinbergs aussah.

„Ja." Er sah mich direkt an. „Der, den mein Vater

niedergebrannt hat. Um das Geld von der Versicherung zu kassieren. Du wolltest wissen, was dein Großvater mit dem zu tun hatte, was mir passiert ist. Das ist es. Mein Vater schuldete deinem Großvater Geld. Er stellte meinem Vater ein Ultimatum, auf Leben oder Tod, und mein Vater steckte das Anwesen in Brand, um ihm das Geld zurückzuzahlen und sein wertloses Leben zu retten. Dabei hat er meine Mutter getötet."

Er sprach die Worte schnell, als wollte er verhindern, dass sie ihn trafen.

„Sie hätte nicht dort sein sollen", sagte ich. Das hatte ich gelesen. Dass seine Mutter mit Kopfschmerzen nach Hause gekommen war und sich hingelegt hatte. Sein Vater hatte das nicht gewusst.

„Das war sie aber. Das ist alles, was zählt. Und wenn sie nicht zu Hause gewesen wäre, hätte sie das Wissen umgebracht, dass er ihr Vermögen zerstört hat. Also war sie so oder so am Ende."

Er holte tief Luft und sah mich nicht mehr an.

„Und der Bastard konnte nicht einmal seine Spuren verwischen. Die Versicherung zahlte ihm am Ende keinen Cent und er kam trotzdem zu Tode."

„Warum schuldete er Großvater Geld? Er führte das Familienunternehmen, warum sollte er–"

„Die Wahrheit, Sofia. Kannst du sie ertragen?"

„Raphael–"

„Die Frage, warum dein Großvater dem so einfach zugestimmt hat, dich mir zu geben?"

Konnte ich mit dieser Wahrheit umgehen?

„Ich habe zum einen Beweise für seine Abmachung mit meinem Vater. Er würde ins Gefängnis gehen, wenn das in die falschen Hände geriete. Er würde alles verlieren und du auch."

Gott. Das konnte nicht wahr sein. Mein Großvater war nicht böse.

„Ich glaube Ihnen nicht."

„Fakten sind Fakten."

„Das Weingut Guardia ist ein legitimes Geschäft. Ein erfolgreiches."

„Sicher, er versteckt sich hinter dem *legitimen* Geschäft. Ja."

„Raphael ..."

Der Wagen hielt an. Raphael öffnete seine Tür und stieg aus. In meinem Kopf wirbelten Raphaels 'Fakten' herum und ich brauchte eine Minute, um meine Tür zu öffnen. Ich stieg aus und starrte nur auf das große Anwesen, dann betrachtete ich das Haus näher und bemerkte, dass ein Teil davon schwarz vom Feuer war.

Es handelte sich um ein riesiges, zweistöckiges Gebäude, dessen Mauern und Farbe perfekt in die toskanische Landschaft passten. Die Eingangstüren waren hinter drei Bögen eingelassen, die im zweiten Stock dupliziert wurden. In beiden Stockwerken standen große Fenster, die mit komplizierten Schmiedearbeiten verziert waren, offen, und ich fragte mich, ob das Haus klimatisiert war.

Raphael lief los, um die ältere Frau zu begrüßen, die mit einem breiten Lächeln auf dem Gesicht aus dem Haus gekommen war und sich die Hände an der Schürze abwischte. Ich sah zu, wie sie sich umarmten, sah, wie sie ihm den Rücken rieb, sich dann aufrichtete, seine Hände hielt und ihn ansah. Sie wischte sich über die Augen und ließ ihn dann los. Als Raphael sich mir zuwandte, verpasste ich den Ausdruck der Zärtlichkeit auf seinem Gesicht nicht, auch wenn dieser verschwand, als er mich ansah.

Dann kam noch jemand aus dem Haus. Ich blinzelte und warf einen Blick auf Raphael. Ich wusste, dass sie Zwillinge waren, aber es war trotzdem seltsam, die beiden persönlich zu sehen. Unglaublich, wie die Natur das Leben so makellos vervielfältigen konnte. Damon war so groß wie Raphael, sein Haar war genauso dunkel, sein Körperbau genauso stark und kräftig. Das einzige, was sie unterschied, waren ihre Augen. Damon wirkte freundlicher.

Er begrüßte seinen Bruder mit einem Händedruck und ich konnte am Gesichtsausdruck beider Brüder sehen, dass ihre Beziehung angespannt war.

Damon sah mich an und lächelte. Die Brüder näherten sich mir gleichzeitig. Sie zu beobachten war fast surreal.

„Sie müssen Sofia sein."

Seine Stimme war so tief wie die von Raphael, hatte aber einen ganz anderen Tonfall. Ich fragte mich, ob Raphael so klingen würde, wenn er nicht die letzten Jahre seines Lebens hinter Gittern verbracht hätte. Wenn es für ihn anders gelaufen wäre.

„Ich bin Damon Amado, Raphaels Bruder. Willkommen in Italien."

„Vielen Dank. Schön, Sie kennenzulernen, Damon."

„Damon ist die etwas nettere Version von mir."

Raphael stellte sich neben mich und legte mir besitzergreifend eine Hand in den Nacken, während er den Blick seines Bruders hielt.

„Er ist gläubiger und all das."

Damon reagierte nicht auf den Seitenhieb seines Bruders, sondern richtete seinen Blick auf mich.

„Raphael hat sich sehr geheimnisvoll über Sie geäußert."

Ich sah in seinen Augen, dass er wusste, dass dies keine normale Liebesgeschichte war. Überhaupt keine Liebesgeschichte, um ehrlich zu sein.

„Ich freue mich darauf, Sie kennen zu lernen", fügte Damon hinzu.

Raphael schnaubte. „Erstaunlich, wie zwei Menschen, die sich einen Mutterleib teilten, so unterschiedlich sein können, nicht wahr?", fragte er niemanden direkt.

Damon fuhr fort, zog mich von Raphael weg und führte mich zum Haus.

„Sie werden immer einen Freund in mir haben, Sofia", sagte er leise.

Ich war mir nicht sicher, ob ich die Einzige war, die es hören sollte, aber die Art und Weise, wie er es sagte, ließ meine Augen feucht werden.

„Was habe ich gesagt? Ein Heiliger", murmelte Raphael und stieß im Vorbeigehen mit seiner Schulter gegen die von Damon.

„Das ist Maria, sie ist die Köchin und kümmert sich so ziemlich um alles, was mit dem Haus zu tun hat", sagte Damon, als er mich der älteren Frau vorstellte. „Sie ist schon so lange in unserer Familie, wie ich mich erinnern kann."

Daher die offensichtliche Verbindung zwischen ihr und Raphael.

Sie schenkte mir ein höfliches Lächeln und sagte etwas auf italienisch.

„Spricht aber nur Italienisch."

Raphael übernahm mich von seinem Bruder. Ich fühlte mich wie ein Jo-Jo.

„Ich habe ein wenig italienisch gelernt", sagte ich. Ich befreite mich von Raphael und begrüßte die Frau mit meinem passablen Italienisch. Ihrem Gesichtsausdruck nach schätzte sie es.

„Ich bringe dich rein. Maria hat das Mittagessen fertig, also musst du mit dem Auspacken warten."

Als wir das Haus betraten, kamen drei Männer um die Ecke. Raphael sprach italienisch mit ihnen, schüttelte ihnen die Hand, drehte sich dann zu mir um, um mir ihre Namen zu nennen, wobei er mich nicht wirklich vorstellte, sondern mir nur sagte, wer sie waren. Offenbar Cousins, die für ihn arbeiteten. Die, wie ich vermutete, viel hier sein würden. Ich konnte mir nur den Namen des Ersten merken: Eric.

Der Geruch des Essens, der aus der Küche kam, ließ meinen Magen knurren. Obwohl ich todmüde war, würde ich essen, was immer diese Frau gekocht hatte.

„Ich kann nicht bleiben. Ich werde im Seminar erwartet", sagte Damon. „Aber ich wollte hier sein, um Sie kennenzulernen."

Seminar?

„Ich werde in ein paar Tagen wiederkommen. Wenn Sie irgendetwas brauchen –"

Bevor ich antworten konnte, tat es Raphael.

„Das wird sie nicht", sagte er, wobei er ihn unterbrach.

Damon zog eine Visitenkarte heraus und reichte sie mir trotzdem, als hätte Raphael gar nichts gesagt. Ich vermutete, dass sich das nicht viele Leute bei Raphael trauten.

„Meine Handynummer steht auf der Rückseite und Sie können mich auch immer hier finden."

Ich schaute auf die Visitenkarte. *St. Mark's Seminary* mit einer Adresse in Florenz.

„Sie sind Priester?" War das die Ironie, die Raphael erwähnte?

„Ich studiere. Bin noch nicht ordiniert."

„Oh.“ Ich sah ihn mit anderen Augen an.

Raphael zog mich zu sich heran und, als hätte er meine Gedanken erraten, sagte er: „So gut ist er nun auch wieder nicht. Lass dich nicht täuschen, Sofia. Ich kann dir gleich sagen, dass du dich vor jedem männlichen Amado in Acht nehmen solltest.“

Damon verdrehte die Augen. „Auf Wiedersehen, Raphael. Ob du es glaubst oder nicht, es ist schön, dich wieder zu Hause zu haben“, sagte er. „Ich glaube, es wird dir guttun, hier zu sein.“

Raphael betrachtete seinen Bruder, und einen Moment lang dachte ich, er würde etwas auch nur entfernt Nettes sagen, aber das tat er nicht. Stattdessen wandte er den Blick ab und entließ ihn.

„Auf Wiedersehen, Bruder.“

Damon ging und Raphael führte mich hinein, wo der Fahrer bereits unsere Taschen nach oben trug. Ich geriet kurz in Panik und fragte mich, wie die Schlafsituation wohl sein würde. Unsere Ehe würde nur auf dem Papier bestehen, aber bedeutete das, dass er nicht versuchen würde, mich zu berühren? Würde das bedeuten, dass er andere Frauen haben würde?

Ich warf einen Blick in seine Richtung und realisierte, dass er keine Schwierigkeiten haben würde, so viele zu finden, wie er wollte, verheiratet oder nicht.

„Kann ich ein paar Minuten haben?“ Es kam steifer heraus, als ich es beabsichtigt hatte.

Raphael sah mich an.

„Ich würde mir gerne etwas Wasser ins Gesicht spritzen und mich vor dem Mittagessen umziehen", fügte ich hinzu.

Er nickte. „Ich bringe dich auf dein Zimmer."

Mein Zimmer. Bestätigte das, dass wir uns keines teilten?

Raphael sagte etwas zu Maria, die in die Küche ging, und führte mich die Treppe hinauf in den ersten Stock. Während wir gingen, achtete ich auf jedes Detail des Hauses.

„Wie alt ist das Haus?"

„Über dreihundert Jahre."

„Das älteste Gebäude in St. Sebastian war siebzig Jahre alt."

„Ich gebe dir später eine Führung." Auf dem Treppenabsatz im ersten Stock sah ich, wie die Bögen, die zu denen an der Eingangstür passten, das helle Sonnenlicht hereinließen, eingerahmt von einem unglaublich blauen Himmel.

„Sie müssen in einer klaren Nacht eine unglaubliche Aussicht haben."

„Oh ja."

Raphael wirkte nostalgisch. Fast traurig. Zumindest für eine Millisekunde.

„Hier entlang."

Ich folgte ihm durch den Flur bis zur dritten Tür. Er öffnete sie und ich trat ein. Meine Koffer waren bereits auf Gepäckablagen arrangiert, die

die einzigen modernen Dinge in dem großen Raum mit dem großen Bett waren. Es war umgeben von sorgfältig drapierten Vorhängen, sowie kunstvoll geschnitzten hölzernen Kopf- und Fußteilen. Blau war hier das Thema und die Vorhänge an den malerischen Fenstern passten zu denen am Bett. Die Fenster standen offen, und obwohl es draußen so warm war, bemerkte ich, dass es sich hier drinnen ziemlich kühl anfühlte, auch wenn es etwas muffig roch. Raphael schien es im selben Moment wie ich zu bemerken.

„Der Raum wurde eine Weile nicht benutzt."

„Er ist wunderschön." Ich drehte mich im Kreis und fragte mich, wie alt die Einrichtung wohl war.

„Das Badezimmer ist hier."

Ich folgte ihm in ein Nebenzimmer, das nicht sehr groß war, aber groß genug, um eine von der Dusche getrennte Badewanne unterzubringen. Weißer Marmor mit Goldadern bedeckte Boden, Decke und Wände, obwohl die Einrichtung ziemlich alt aussah. Er drehte den Wasserhahn auf.

„Auf dem neuesten Stand. Du solltest dich hier sehr wohl fühlen."

„Sobald wir ... Ähm ... Vergessen Sie's."

„Was?"

Ich zögerte, räusperte mich und stellte die Frage. „Werde ich dieses Zimmer behalten, wenn wir verheiratet sind?"

„Stößt dich die Vorstellung ab, mit mir ein Bett zu teilen?“

„Ich ... Sie sagten ...“

Er lachte. „Mach dir keine Sorgen. Ich bin es nicht gewohnt, meine Frauen zwingen zu müssen.“

Ich vermutete, das bedeutete: *Ja, ich würde diesen Raum behalten*. Aber ich fühlte mich gleichzeitig wie eine Idiotin.

„Ich wollte nicht–“

„Lass dir nicht zu viel Zeit.“ Er verließ das Badezimmer. „Wir essen hinten zu Mittag. Findest du den Weg?“

„Ich glaube, ich schaffe eine Treppe und einen Ausgang.“

„Ich vermute, dass die Ausbildung an einer Privatschule doch einigen Nutzen hat.“

Warum war ich diejenige, die sich wie eine Idiotin fühlte?

Er ließ mich allein und ich ging zum Fenster, von wo aus ich beobachten konnte, wie Maria und zwei Frauen eine große Tafel vorbereiteten. Sie sah aus, als könnten dort ein Dutzend Leute speisen, aber es war nur für zwei Personen gedeckt. Raphaels dunkle Haarpracht erschien und ich sah zu, wie die beiden Mädchen, die Maria halfen, beinahe einen Knicks vor ihm machten. Er schüttelte ihnen die Hand und ihr Lachen hallte bis in mein Zimmer. Aus irgendeinem Grund legte sich das Gefühl der Eifersucht in meinen Magen.

Er schaute einen Moment später hoch und überraschte mich. Verlegen trat ich zurück, schüttelte den Kopf und öffnete einen meiner Koffer, um mir etwas zum Umziehen zu holen, bevor ich mich zum Mittagessen auf den Weg machte. Ich brauchte offenbar eine Dusche und ein Nickerchen. Die Erschöpfung ließ mich Dinge denken und fühlen, die ich auf keinen Fall denken oder fühlen sollte.

DAS REISEN ZWISCHEN DEN ZEITZONEN MACHTE ES mir schwer, Schlaf zu finden, und als ich am nächsten Tag gegen drei Uhr morgens aufwachte, war ich nicht überrascht. Nachdem ich mich eine halbe Stunde lang hin- und hergewälzt hatte, gab ich auf. Ich war hellwach. Ich warf die Bettdecke zurück, stand auf und ging zu einem der Fenster. Nachdem ich den Vorhang weggeschoben hatte, blickte ich zu dem weiten, samtenen, mitternachtsblauen Himmel, der mit funkelnden Sternen übersät war. Mehr, als ich zu Hause oder in der Schule je gesehen hatte. Es war eine klare Nacht und ich hatte das Gefühl, ewig weit sehen zu können. Die wenigen Wolken, die vorbeischwebten, glänzten silbern im Mondlicht.

Es war ruhig und ich sah erneut den Schatten des zerstörten Weinbergs. Es erschien mir unmöglich, dass ihn Raphaels Vater niedergebrannt hatte. Und noch unmöglicher, dass er es getan hatte, um meinem Großvater eine Schuld zurückzahlen zu können.

Ich wusste nicht viel über den Weinanbau oder die Weinherstellung. Das kam mir jetzt seltsam vor, wenn man bedachte, woher das Geld meiner Familie stammte. Ich fragte mich, ob man das Land neu bepflanzen und wiederbeleben könnte. Es erschien mir wie eine Verschwendung und als eine Schande, es tot zurückzulassen, so, wie es jetzt war.

Obwohl es in gewisser Weise passte. Ein Teil von Raphael war auch tot.

Ich schauderte und ließ den Vorhang fallen, wobei ich meine Arme um mich schlang. Ich hob einen Pullover auf, den ich auf die Stuhllehne gehängt hatte, legte ihn mir über die Schultern und schlüpfte in ein Paar Flip-Flops. Ich würde in die Küche gehen und mir eine Tasse Tee machen.

Ich blickte sowohl nach rechts als auch nach links, aber der Flur war ruhig. Ich fragte mich, welches Zimmer Raphael gehörte, als ich die Treppe hinunter und durch das Wohnzimmer in die Küche ging. Sie war offensichtlich erweitert worden und war, so wie die Wand aussah, ursprünglich nur etwa halb so groß gewesen. Ich drückte die Tür auf, ging hinein und schaltete das Licht ein. Sie kam mir fast unheimlich vor, da ich jetzt alleine hier war, aber ich schob diesen Gedanken beiseite und fand den Wasserkessel, füllte ihn mit Wasser und stellte ihn auf einen der sechs Brenner. Dann machte ich mich auf die Suche nach einer Tasse und Teebeuteln.

In diesem Moment ging draußen ein Licht an und erschreckte mich. Ein Bewegungsmelder? Die Tür öffnete sich, bevor meine Vorstellungskraft weitere Bilder heraufbeschwören konnte, und Raphael kam herein. Er blieb in der Tür stehen, genauso überrascht mich zu sehen, wie ich überrascht war, ihn zu sehen.

Er sah anders aus, sein Haar war unordentlich, sein Gesicht entspannt, die übliche Arroganz verschwunden. Er trug Jeans und ein eng anliegendes weißes T-Shirt mit V-Ausschnitt, das fest an seinen Schultern und Armen anlag und mir einen Blick auf die darunter liegenden Muskeln bot.

Ich schluckte.

Er stampfte sich den Dreck von den Schuhen und zog sie aus, dann kam er ganz herein und schloss die Tür.

Der Teekessel pfiff, aber ich konnte ihn nur weiter anstarren. Er hob die Augenbrauen, und als ich mich nicht bewegte, kam er auf mich zu, ein wenig zu nah, näher als nötig. Seine Brust berührte meine und ich nahm den schwachen Geruch von Schweiß und Schmierfett wahr, bevor ich so weit zurücktrat, wie es der Tresen erlaubte.

Er grinste.

Ich wusste, dass er es mochte, wenn ich mich unwohl fühlte. Es schien ihm ein krankes Vergnügen zu bereiten. Wahrscheinlich war es eher so, dass er gerne mit mir spielte, weil ich es ihm so verdammt einfach machte.

Er schaltete den Brenner aus.

Ich räusperte mich und blinzelte. „Ich konnte nicht schlafen. Wollte mir einen Tee machen."

Er nickte und streckte sich über meinen Kopf, wobei sich ein Mundwinkel nach oben zog, als ich mich wegduckte. Es fühlte sich seltsam an, ihm so nahe zu sein.

„Warum mache ich dich so nervös, Sofia?", fragte er und stellte eine Tasse auf den Tresen.

Ich drehte mich um, sah hoch und fand ein Sortiment von Teebeuteln im Schrank. „Das tun Sie nicht", sagte ich schwach und konzentrierte mich darauf, die Aufschrift auf jeder Schachtel zu lesen.

„Ich habe dir gesagt, dass ich nicht vorhabe, mit dir ins Bett zu gehen. Ich dachte, das würde dich beruhigen."

Ich konzentrierte mich darauf, einen Teebeutel zu öffnen.

„Es sei denn, du willst es. Ich stehe der Idee natürlich offen gegenüber."

„Sie spielen gerne mit mir", sagte ich und beobachtete das Wasser, während er meinen Becher füllte.

„Ja. Es ist so einfach."

Er stellte den Teekessel ab und ging zum Waschbecken. Auf dem Weg dorthin warf er einen Blick auf sein T-Shirt, das ziemlich dreckig war. Er zog es sich über den Kopf und warf es in einen Schacht an einer der Wände. Ein Wäscheschacht. Ich hatte auch einen in meinem Zimmer. Raphael stand mit dem Rücken zu mir, schrubbte sich die Hände und spritzte sich Wasser ins Gesicht. Ich war mir nicht sicher, ob es die Spuren waren, die mir zuerst auffielen, dünne silberne Linien, die sich über die Haut zogen, oder sein kräftiger Rücken, dessen Muskeln sich bei den Bewegungen anspannten.

Als er sich zu mir umdrehte, schluckte ich und zwang mich, meinen Mund zu schließen. Ich hatte noch nie zuvor einen Mann in Natura gesehen, der ihm nahekam. Er war perfekt, sein Gesicht, sein Körper – perfekt, abgesehen von diesen unzähligen Narben.

„Kannst du mir das Handtuch rüber werfen?"

„Was?"

„Das Handtuch. Hinter dir."

Ich drehte mich um. „Oh." Ich fühlte mich dumm, nervös. Wie eine unerfahrene Idiotin. Ich warf das Handtuch und er fing es auf. Während er sich abtrocknete, konnte ich nichts anderes tun, als ihn anzustarren. Vor allem seine Hände.

Seine Hände.

Groß und schwielig und ...

Ich schüttelte den Kopf, um meine Gedanken zu vertreiben. Wie konnte ich mich zu diesem Mann hingezogen fühlen? „Ich werde nach oben gehen."

„Nein."

Er ging zu einem anderen Schrank und nahm ein Glas und eine Flasche heraus. Whiskey vermutlich.

„Setzen."

Er setzte sich an den Tisch, und dann, als ich mich immer noch nicht bewegte, schob er mit einem nackten Fuß einen Stuhl heraus.

„Setz dich, Sofia. Ich beiße nicht."

Mit schweren Beinen setzte ich mich zu ihm an den Tisch. Er beobachtete mich, während er die Flasche öffnete und etwa zwei Finger breit in sein Glas goss. Dann schenkte er mir etwas davon in meinen Tee ein.

„Was machen Sie da?"

„Es wird dir helfen zu schlafen." Er lehnte sich in seinem Stuhl zurück und trank.

„Ich trinke nicht."

„Vielleicht solltest du damit anfangen. Etwas lockerer werden."

„Lockerer? Sie … Sie haben mich entführt!"

„Übertreibe nicht. Ich kann mich nicht daran erinnern, dass ich dich k.o. geschlagen und weggeschleppt habe. Außerdem ist das nicht gerade ein Kerker, in den ich dich gebracht habe."

„Sie wissen, was ich meine."

„Lass es gut sein, Sofia. Der Whiskey wird dir beim Einschlafen helfen. Das ist alles." Er schien plötzlich müde zu sein.

„Es ist nur“, fing ich an, nahm die Tasse und schnupperte daran. Plötzlich war es mir etwas peinlich. „Ich habe nur noch nie wirklich viel getrunken.“

Seine Augenbrauen hoben sich. „Setzen wir das Trinken auch auf die Liste der Dinge, die du noch nie getan hast?“

Ich warf ihm einen bösen Blick zu, sah dann aber weg. Ich wusste genau, worauf er sich bezog. Entschlossen, ihm nichts mehr zu liefern, womit er mich ärgern konnte, nahm ich einen winzigen Schluck. Meine Lippen brannten.

„Was verstehst du unter viel? Ihr habt mit Sicherheit an deiner Schule Partys gefeiert, auch wenn dein spießiger alter Großvater den Schnaps weggesperrt hat.“

„Natürlich gab es Partys.“ Ich hatte nur die meiste Zeit nicht daran teilgenommen. Ich hatte nie viel dafür übrig und zog es vor, die Zeit mit Lesen oder Lernen zu verbringen. „Ich habe etwas Bier und Wein getrunken.“

„Hast du einen Wein deiner Familie probiert?“

Ich lächelte. „Lina und ich haben uns zu Weihnachten einen Schluck erschlichen.“

„Böse Mädchen“, sagte er, sein Ausdruck wieder spöttisch.

„Machen Sie sich nicht über mich lustig.“

„Hältst du dich gerne an die Regeln?“

„Brechen Sie sie gerne?“

„Das macht viel mehr Spaß, als immer das zu tun, was einem gesagt wird."

Warum war es mir wichtig, was er von mir dachte? Ob er mich unglaublich langweilig fand? Warum interessierte mich das? „Ich habe einfach nie viel darüber nachgedacht, sie nicht zu befolgen." Und warum zum Teufel verteidigte ich mich?

„Wirklich?"

„Ich bin mir sicher, dass ich angesichts Ihrer farbenfrohen Vergangenheit sehr langweilig bin." Sein Gesicht wurde härter und ich wünschte, ich hätte das nicht gesagt. Was mit seinem Vater passiert war, war nicht seine Schuld. Das wusste ich. „Es tut mir leid. Ich wollte nicht ..."

„Es ist in Ordnung." Er leerte sein Glas und schenkte sich ein weiteres ein.

„Wo waren Sie?", fragte ich, während ich mir seiner Nacktheit auf der anderen Seite des Tisches sehr bewusst war und versuchte, ihn nicht anzustarren.

„Maria erzählte mir, dass sie Probleme mit dem Arbeitstruck gehabt hätten. Ich wollte mal nachsehen."

„Arbeitstruck?"

„Es gibt Felder auf der anderen Seite des Grundstücks. Wir verkaufen Heu an örtliche Bauern. Ich führe dich später herum."

„Reicht das Geld für den Unterhalt dieses Hauses?"

Er lachte. „Nicht einmal annähernd. Als meine Mutter starb, hinterließ sie meinen Brüdern und mir ein beträchtliches Erbe. Das meiste davon ist in die Reparatur des Hauses geflossen. Nach dem Brand blieb nicht viel für den Unterhalt übrig. Glücklicherweise habe ich noch andere Einkommensquellen."

„Andere Quellen wie die Vereinbarungen über mich?"

„Nun, ich habe keine anderen Bräute im Schrank, aber ja, so in der Art."

„Konnten Sie ihn reparieren?"

Er sah verwirrt aus.

„Den Truck, meine ich."

„Willst du wirklich etwas über den Truck wissen? Hast du keine weiteren Fragen, nichts anderes, worüber du lieber reden willst?"

Ich hatte etwa eine Million Fragen. Ich musste nur den Mut aufbringen, sie zu stellen. „Ich habe vorhin gelogen. Sie machen mich nervös, Raphael." Ich wusste nicht, warum ich es sagte, ich wusste nur, dass ich es tun musste.

Sein Gesichtsausdruck veränderte sich. Damit hatte er nicht gerechnet. „Was, glaubst du, wird dir passieren? Was glaubst du, was ich tun werde?"

„Alles, was Sie wollen."

Er beugte sich nach vorne, einen Ellenbogen auf den Tisch gestützt, das Kinn in der Hand. Seine Augen, das Blau so unglaublich hell, studierten mich genau, und ich fragte mich, ob sie mich durchdringen und meine Gedanken direkt aus meinem Kopf herauspicken konnten, bevor ich überhaupt die Chance hatte, sie zu verarbeiten.

„Ich werde dir nicht wehtun, Sofia."

„Warum mussten Sie mich dann mitnehmen?"

Er lehnte sich zurück. „Das schon wieder."

„Entschuldigen Sie, dass ich Sie langweile, aber wir reden hier über mein Leben."

„Ich habe dir einen Gefallen getan. Ich habe dir die Augen geöffnet."

„Indem Sie mir sagten, dass mein Großvater ein Dieb sei. Dass er meine Schwester und mich bestohlen hat."

„Ziehst du es vor, den Kopf in den Sand zu stecken? Das ändert die Dinge nicht. Werde verdammt noch mal erwachsen." Er kippte seinen Whiskey hinunter.

Ich schob den Stuhl zurück. „Ficken Sie sich, Raphael. Versetzen Sie sich mal für einen Sekundenbruchteil in meine Lage und sagen Sie mir dann, ich solle verdammt noch mal erwachsen werden", sagte ich, während ich aufstand.

„Setz dich", knurrte er.

„Nein."

„Setz dich einfach hin, verdammt. Stell mir eine Frage. Eine andere."

„Werden Sie aufhören, sich idiotisch zu benehmen?"

Er schenkte mir ein schiefes Lächeln. „Ich werde

es versuchen, aber keine Versprechungen. Das liegt in meiner Natur."

Ich zögerte.

„Setz dich hin und rede mit mir", sagte er schließlich.

Ich war mir nicht sicher, ob es sein Tonfall oder seine Worte waren, die mich dazu brachten, mich wieder hinzusetzen, seinen Augen zu begegnen und zumindest das Gefühl zu haben, ihm jetzt ein wenig mehr auf Augenhöhe zu begegnen.

Er nickte anerkennend.

„Ist das Ihr Zuhause?", fragte ich.

Er atmete tief ein. Nahm sich Zeit zum Antworten und ich dachte darüber nach, was er mir vorhin gesagt hatte, was er versprochen hatte. Die Wahrheit.

„Ja, ich schätze, das ist es."

„Warum?"

„Weil hier alles gut war. Hier erinnere ich mich an meine Mutter. Hier erinnere ich mich an meine Brüder und mich als Kinder." Er hielt inne. „Ich erinnere mich daran, dass ich meistens glücklich war."

Es war seltsam, ihn diesen letzten Teil sagen zu hören. Irgendwie tat es mir fast weh, das zu hören. Ich fühlte die Einsamkeit, die von ihm ausging, und mir wurde klar, dass sie immer da war, jedes Mal, wenn ich in seiner Nähe war. Egal, was passiert war, egal, aus welchen verrückten Gründen ich mitten in der Nacht in diesem schönen Haus in der Toskana diesem schönen Biest gegenübersaß, das war es, was immer von ihm ausging. Die Einsamkeit. Vielleicht war das der Grund, warum ich ihm Fragen stellen musste. Vielleicht war das der Grund, warum ich ihn kennenlernen wollte. Es war naiv, das wusste ich, und diese kleine Stimme in meinem Kopf warnte mich erneut, aber ich fühlte seinen Schmerz direkt unter dieser kühlen, distanzierten Oberfläche.

Raphael litt. Er litt unglaublich.

„Es ist normal, wenn man seine Mutter vermisst“, sagte ich. „Und die Geschwister und die Vergangenheit.“

Er sah einen Moment lang verwirrt aus und ich konnte nur daran denken, wie sehr das, was ich gerade gesagt hatte, auch auf mich zutraf.

Wir saßen schweigend da und ich trank meinen Tee aus. Raphael kippte meine Tasse, um in sie hineinzuschauen, und bevor ich ihn davon abhalten konnte, hatte er noch mehr Whisky hineingegossen. Nicht viel, vielleicht die Hälfte von dem, was er getrunken hatte. Er gab sie mir zurück und ich hob sie hoch. Es war unangenehmer, ihn pur zu trinken als mit dem Tee vermischt, aber ich tat es, weil ich die Wärme, das Kribbeln in meiner Wirbelsäule mochte und mich dabei sogar ein wenig entspannte.

Ich war es, die das lange Schweigen schließlich mit meinem eigenen Geständnis brach.

„Als meine Mutter siebzehn war, brannte sie

mit meinem Vater durch. Sie lief von Großvater weg, weil sie mit mir schwanger war." Ich fühlte, wie er mich ansah, und ich fragte mich, warum ich ihm das erzählte. Obwohl, vermutlich kannte er die Geschichte längst. Es schien sogar, als wüsste er mehr über mich als ich selbst. „Denken Sie manchmal an Ihren Vater? Darüber, warum er es getan hat? Obwohl er nicht die Absicht hatte, Ihrer Mutter körperlich Schaden zuzufügen, wusste er denn nicht, wie sehr es sie verletzen würde, selbst, wenn man seine Beweggründe in Betracht zieht?"

Die Temperatur im Raum schien um etwa tausend Grad zu sinken und ich bedauerte in dem Moment, als ich die Frage gestellt hatte, dass die Worte über meine Lippen gekommen waren.

„Mein Vater war ein Bastard, ein Feigling, ein Betrüger und schließlich ein Mörder. Aber er war verzweifelt."

Das Schweigen hing schwer in der Luft zwischen uns, bis ich endlich meine Stimme wiederfand. „Es tut mir leid."

Er hob die Augenbrauen und neigte das Glas in meine Richtung, bevor er es leerte.

„Wollen Sie mich nur wegen des Geldes? Haben Sie mich deshalb genommen, weil mein Großvater nicht zahlen konnte?" Ich war nach dem zweiten Whiskey etwas mutiger geworden. „Ich meine, Sie müssen warten, bis ich 21 bin, um die Anteile zu bekommen. Was, wenn ich Ihnen die Anteile nicht überschreibe?"

„Willst du, dass ich mehr als deine Anteile will?", fragte er.

Ich richtete meinen Blick auf seinen, überrascht von seiner Frage.

„Die Wahrheit, Sofia."

Mein Gesicht wurde heiß, sowohl durch die Frage als auch durch die Intensität seines Blickes. Ich konnte ihm nicht antworten; ich wusste selbst nicht, was ich wollte.

„Ich hätte nie gedacht, dass ich mal verheiratet sein würde ... So. Das ist alles." Ich griff nach der Flasche und schenkte mir nach.

„Zu viel Wahrheit?", fragte er und sah mich eindringlich an. Er hatte mich durchschaut.

Ich schwenkte den Whiskey in meiner Tasse, trank ihn und schenkte mir noch etwas nach.

„Du solltest lieber nicht so schnell trinken", sagte er.

„Sie sagten, ich solle Ihnen meine wirklichen Fragen stellen. Also stelle ich sie. Jetzt müssen Sie antworten."

Er lächelte. „Ich habe gefragt, ob es Dinge gibt, über die du gerne reden willst. Ich habe nicht gesagt, dass ich darüber reden würde."

Er nahm die Flasche und verschloss sie.

„Das ist nicht wirklich fair", sagte ich.

„Das Leben ist nicht fair."

Seine Augen sagten mir, wie tief er diese Wahrheit verinnerlicht hatte.

„Werden Sie mir wehtun, wenn ich mich weigere zu unterschreiben?“, fragte ich, bevor ich mich zwang, noch mehr von dem Whiskey hinunterzuschlucken, unsicher, warum oder woher genau diese Frage kam.

Er studierte mich und schüttelte dann schnaubend den Kopf. „Das ist genug“, sagte er, während er aufstand. „Ab ins Bett.“

„Ich bin noch nicht fertig.“ Ich griff nach der Flasche, aber er umfasste mein Handgelenk.

„Ich sagte, es ist genug.“

Ich betrachtete seine riesige Hand, die sich um mein winziges Handgelenk gelegt hatte. Er könnte es mir in einer Sekunde brechen. Es würde ihn wahrscheinlich weder viel Mühe noch Energie kosten.

„Komm schon.“

Er kam um den Tisch herum an meine Seite. Konnte er sehen, was ich dachte? Vielleicht, denn er ließ mein Handgelenk los, und seine Hand rutschte nach unten, um stattdessen meine Hand zu nehmen.

„Ich bringe dich ins Bett.“

Er zog mich auf die Füße.

„Ich meine, Sie werden mir doch sowieso wehtun, oder?“ Ich zerrte und befreite mich. Nun, eher fiel ich auf meinen Stuhl, denn meine Beine waren zu schwach, um mich aufrecht zu halten.

Er beobachtete mich und seufzte tief.

„Was ist mit unserer Hochzeitsnacht?“, flüsterte ich. „So sollte sie nicht sein.“

„Erinnere mich daran, dir nie wieder Whiskey zu geben.“

Ich wischte mir über die Augen. Würde er antworten?

„Dachte mein Großvater, Sie würden mit mir schlafen?“

„Komm schon, steh auf.“

„Ich meine, Sie können mich zu allem zwingen, was Sie wollen. Sie sind größer als ich. Stärker als ich.“ Mein Blick wanderte über die nun verschwommene Breite seiner Brust. „Vielleicht mögen Sie so etwas sogar.“

„Ich bin es nicht gewohnt, Frauen zu zwingen, Sofia, und ich habe nicht die Absicht, dich zu etwas zu zwingen, das du nicht willst.“ Er machte eine Pause. „Ich habe dir bereits gesagt, dass ich dir nicht wehtun werde.“

„Vielleicht gefällt es Ihnen, Macht über mich zu haben. Mich zur Unterwerfung zu zwingen.“

„Das ergibt keinen Sinn.“

„Werden Sie es tun? Ist es das, was Sie wollen? Mich zwingen?“

Er lachte. Eine Hand auf der Tischkante, beugte er sich über mich und seine Augen schienen mich ewig zu studieren.

„Ich glaube, du bist neugierig, Liebling, neugieriger, als dir lieb ist."

Hatte er mich gerade *Liebling* genannt? Mein Kopf fühlte sich schwer an.

„Aber heute ist nicht die Nacht für diese Diskussion, obwohl ich sie gerne mit dir führen würde. Komm jetzt! Steh auf."

„Ich bin nicht müde." Warum klangen meine Worte so undeutlich?

Ein Lächeln breitete sich auf seinem Gesicht aus und er zwinkerte mir zu, als er nach mir griff. „Verdammt, vielleicht sollte ich dir öfter Whiskey geben, nicht seltener." Und er zog mich auf die Füße.

6

RAPHAEL

Sofia sah so verwirrt aus, wie sie dasaß, dass es bezaubernd war. Sogar fast liebenswert.

„Aufstehen. Ich bringe dich ins Bett.“ Ich zog sie auf die Füße. Es war das erste Mal, dass ich sie wirklich hielt, und sie fühlte sich kleiner und leichter an, als ich es erwartet hatte. Zerbrechlicher.

„Das tätest du doch gerne, oder nicht?“

Ah, wir waren beim Du.

Sie versuchte, allein zu stehen und schwankte. Ihre zierliche Hand schoss heraus, um mich zu packen und sich an mir festzuhalten. In dem Moment, in dem wir uns berührten, erstarrten wir beide. Ich blickte auf ihre Hand hinunter, die blass und zart an meiner Brust lag. Ich hatte seit dem späten Frühjahr im Freien gearbeitet, deshalb hatte meine Haut ein sattes Goldbraun, wodurch ihr sanftes Weiß einen schönen Kontrast dazu bildete.

Ich dachte, sie würde sich zurückziehen, und wenn sie den Whiskey nicht getrunken hätte, hätte sie es vielleicht getan. Verdammt, es wäre klug von ihr. Bis jetzt hatte ich nur mit ihr gespielt, sie etwas aufgezogen, aber etwas an ihrer unschuldigen, vielleicht auch naiven Direktheit faszinierte mich. Und als sie ihre Hand über meine Brust gleiten ließ, sanft erforschte, wie sich meine Haut anfühlte, sie über meine Schulter, dann den Bizeps, dann hinauf zu meinem Gesicht, zu den Stoppeln an meinem Kinn gleiten ließ, wusste ich, dass das, was ich gesagt hatte, richtiger war, als sie wahrscheinlich zugeben wollte. Sie war neugierig.

„Du fühlst dich gut an." Sie schwankte. „Weicher, als ich dachte."

Ich lächelte und legte einen Arm um ihre Taille. „Du fühlst dich auch gut an, aber du wirst es morgen so sehr bereuen, mir das gesagt zu haben", sagte ich und hob sie in meine Arme. Ihre Augen schlossen sich flatternd und öffneten sich einen Augenblick später wieder, als ich sie aus der Küche und die Treppe hinauftrug.

„Ich schlafe nicht mit dir", sagte sie lallend und ihre Augen schlossen sich wieder.

Ich lachte. „Mach dir keine Sorgen. Ich mag es nicht, wenn meine Frauen so betrunken sind."

Wir waren halb die Treppe hoch gestiegen, als sie ihre Hand wieder flach auf meine Brust legte und den Kopf hob. „Viele Frauen?", fragte sie.

„Du bist betrunken, Sofia." Wir erreichten ihre Tür und ich drückte sie auf. Sie wandte ihr Gesicht meiner Brust zu.

Ihr Gesichtsausdruck wurde besorgt. „Ich bin noch Jungfrau", sagte sie kopfschüttelnd. „Dumm, was?"

„Nicht dumm. Und zu deiner Information, das habe ich bereits herausgefunden."

„Es ist dumm." Sie lächelte. „Du riechst gut, arbeitisch und wie ein Mann."

Ich lachte. „Ich hoffe wirklich so sehr, dass du dich morgen früh daran erinnerst." Ich zog die Bettdecke zurück und setzte sie ab, nahm ihr die Flip-Flops von den Füßen und zog ihr den Pullover aus. Ich konnte mich nicht beherrschen, meinen Blick nicht über das kleine Tank-Top und die Shorts, die sie trug, und die ganze Haut, die dadurch sichtbar war, schweifen zu lassen. Ich legte sie hin und zog ihr die Decke bis zum Kinn hoch. Als ich sie ansah, schlief sie bereits und schnarchte leise. Das brachte mich zum Lächeln, und aus irgendeinem Grund beugte ich mich hinunter, um sie auf die Stirn zu küssen. Sie rührte sich nicht. Ich schüttelte den Kopf und ging durch die Tür, schloss sie hinter mir und ging dann in mein Schlafzimmer, wo ich eine kalte Dusche nahm, bevor ich ins Bett ging.

Sie war süß und unschuldig und verängstigt.

Und ich würde ihre Welt trotzdem Stück für Stück zerstören.

Sie wusste nicht, was ich mit dem Geschäft ihrer Familie machen würde. Sie dachte, ich würde ihr Erbe nehmen und abhauen. Sie dachte, sie würde ihre Schwester retten, indem sie sich selbst opferte. Nun, wenn sie mich nicht hasste, bis die Erbschaft fällig wurde, würde sie es tun, sobald sie verstanden hatte, was ich vorhatte. Bis dahin wäre es allerdings zu spät.

Nicht, dass es darauf ankäme. Sie hatte recht, als sie sagte, dass ich keine Absolution suchte. Ich hatte kein Interesse an Vergebung. Hass und Verrat hatten jede Güte, jede Ehre in mir verbrannt.

Und es war mir völlig egal, ob sie mich hasste oder nicht.

Es war nach zehn Uhr morgens, als Sofia die Treppe herunterkam. Maria und ihre Mitarbeiterinnen waren bereits mit Backen beschäftigt und ich war gerade hereingekommen, um mir eine zweite Tasse Kaffee zu holen. Sie hatte ihr nasses Haar zu einem unordentlichen Knoten gebunden und trug ein blassrosa Sommerkleid. Außerdem sah sie aus, als würde sie sich mehr als nur ein wenig unwohl fühlen.

„Guten Morgen“, sagte ich.

Sie wurde rot, dann räusperte sie sich. „Guten Morgen.“

„Kaffee oder Tee?"

„Ähm, Kaffee, bitte."

„Frisch gebackenes Brot zum Frühstück?", fragte ich.

Sie warf einen Blick auf den Tresen, auf den Maria einen Korb mit Broten und kleinen Kuchen gestellt hatte. „Das riecht wunderbar." Sie sah Maria an und wiederholte dasselbe auf Italienisch. Sie hatte einen starken Akzent und der Satzbau war falsch, aber es war verständlich. Maria nickte dankbar.

„Kopfschmerzen?", fragte ich und machte damit klar, dass sie wusste, dass ich mich an die Nacht erinnerte.

„Mit geht es gut."

Lügnerin. „Falls du zufällig später welche bekommst, in diesem Schrank ist Aspirin. Komm schon, wir essen draußen."

Ich trug unsere Kaffeetassen und sie folgte mir nach draußen. Ich sah ihr zu, wie sie die Umgebung betrachtete, das schöne Auf und Ab der Hügel, die weiten grünen Felder. Den toten Weinberg. Wir setzten uns an den Tisch und sie nahm ein Stück Brot und bestrich es mit Butter.

„Dein Bruder sagte, er sei im Seminar?"

„Ja. Er will Priester werden."

„Er ist erst vierundzwanzig. Ich glaube, ich kenne Priester nur als alte Männer."

„Unsere Mutter war eine fromme Katholikin. Sie muss ihm etwas davon vererbt haben."

„Und du glaubst nicht mal an Gott."

Ich zuckte mit den Schultern.

„Du stehst keinem deiner Brüder nahe. Wirklich nicht? Nicht mal, obwohl Damon dein Zwilling ist."

Ich schüttelte den Kopf.

„Das kann ich mir gar nicht vorstellen. Ich wüsste nicht, was ich ohne Lina machen würde."

Zwischen uns dehnte sich ein unbehagliches Schweigen aus.

„Ich habe etwas Geschäftliches auf einem benachbarten Bauernhof zu erledigen, also werde ich den größten Teil des Tages weg sein."

„Kann ich mitkommen? Ich will nicht den ganzen Tag allein hier rumsitzen."

„Die Schneiderin wird am Nachmittag kommen, um dir das Brautkleid anzupassen."

„Ein Brautkleid? Ich nahm an, es würde eine standesamtliche Trauung sein."

„Vor Gott und der Kirche."

Sie fragte nicht weiter nach. „Du sagtest, du würdest mich herumführen."

„Später." Ich blickte auf die Uhr.

„Ich bin schon fertig. Du wirst nicht zu spät kommen."

Sie trank ihren Kaffee aus und ließ das Brot liegen. Sie musste wirklich mehr essen. „Iss dein Frühstück auf. Ich kann ein paar Minuten warten."

Nachdem sie gegessen hatte, führte ich sie zu der großen Garage. Sie war im gleichen Stil wie das Haus gebaut und bot genügend Platz für drei Autos, aber zwei Abteile davon waren mit alten Geräten für den Weinberg, die wir nicht mehr benutzten, vollgestellt. Im dritten stand der Truck, an dem ich gearbeitet hatte, ein Chevy aus den 1970er Jahren.

„Der ist sehr alt. Läuft er noch?“, fragte sie, als wir uns näherten.

„Ich hoffe es. Ich habe letzte Nacht und heute Morgen zwei Stunden daran gearbeitet.“ Ich war seit halb sechs auf.

„Du hast nicht viel geschlafen.“

Ich zuckte mit den Schultern.

Sie berührte den Rost und zog eine alte Farbschicht ab, öffnete dann die Tür und kletterte hinein, während ich mich auf dem Fahrersitz niederließ.

„Ist er sicher?“

„Sonst würde ich dich nicht damit herumfahren.“

Sie warf mir einen schnellen Blick zu, als ich das sagte, und schnallte sich dann an. Der Motor stotterte, dann brüllte er auf, und wir fuhren los.

„Ich hoffe, der Wind macht dir nichts aus.“ Ich öffnete beide Fenster ganz. „Ich habe die Klimaanlage noch nicht wirklich zum Laufen gebracht.“

„Nein. Es gefällt mir. Wie groß ist das Grundstück?“

„Etwa zweihundert Hektar. Einhundert davon sind Weinberge."

„Die nicht mehr bewirtschaftet werden. Was für eine Verschwendung."

„Es ist wirklich eine Verschwendung."

„Vielleicht könntest du neu anfangen ... wieder anpflanzen ... das Vermächtnis deiner Mutter wiederherstellen."

Meine Kehle wurde eng und es fiel mir schwer zu schlucken. „Diese Felder hier sind an Nachbarn verpachtet", sagte ich und ignorierte, was sie gerade gesagt hatte.

„Sind das Kühe?"

„Ja. Ein halbes Dutzend oder so. Sie haben nicht genug Platz, wir schon, also ist es ein guter Tausch."

„Und es ist schön, die Tiere zu sehen. Gibt es Pferde?"

„Reitest du?"

Sie schüttelte den Kopf. „Ich hatte nur ein paar Stunden, aber es gefällt mir."

Ich nickte.

„Was ist das?" Sie zeigte auf ein steinernes Gebäude in der Ferne.

„Die Kapelle. Sie steht schon so lange wie das Haus." Wir fuhren zu dem Gebäude, bei dem ein Teil des Daches fehlte. Ich stellte den Motor ab und wir stiegen aus.

„Das ist unglaublich."

Sofia stieg die beiden Stufen hinauf und schob

die schwere Holztür auf. Ich blieb im hinteren Teil und beobachtete, wie sie jedes Detail ansah und jede Oberfläche berührte, während sie sich auf den Altar zubewegte. Es gab nur sechs Kirchenbänke, drei auf jeder Seite, so klein war sie. Das Dach war an einer Ecke eingestürzt, aber der Altar und der größte Teil des Gebäudes waren immer noch vor Regen oder Schnee geschützt. An der Außenseite und an einigen Innenwänden krochen schon grüne Gewächse entlang.

„Der Altar ist intakt."

Sie senkte den Kopf und machte das Kreuzzeichen, dann stieg sie die drei Stufen hinauf, um die Kerzen- und Wachsstümpfe am Steinaltar und das Kruzifix an der Wand zu berühren.

„Sie strahlt Energie aus", sagte sie flüsternd, sah mich aber nicht voll an. „Weißt du, wann sie zuletzt benutzt wurde?"

„Als meine Mutter noch lebte."

„Oh."

Sie ging weiter, bis zu einem Beichtstuhl, dessen Holz verrottete.

„Es ist fast so, als wäre erst gestern Weihrauch verbrannt worden."

Sie schob die Überreste des alten, staubigen Vorhangs zurück, um in den Beichtstuhl zu blicken, und wandte sich dann zu mir um.

„Spürst du sie, diese Energie?"

Ich hatte die Hände in den Taschen und schüttelte den Kopf. Es gab eine Zeit, in der ich das getan hatte. Aber die war vorbei. „Jetzt nicht mehr." Sie sah mich an, als täte ich ihr leid. „Wir sollten gehen."

„Wenn du die Vergangenheit loslässt, wird sie dich vielleicht auch loslassen."

Ihre Worte erschreckten mich und ich fand einen Moment lang keine Antwort. Ihr Blick hielt mich fest und einen Augenblick lang war ich neidisch auf die Zuversicht, die in diesen unschuldigen Augen aufblitzte.

Doch dann erinnerte mich die Realität daran, warum sie hier war. „Wer sagt, dass ich sie loslassen will?"

Sofia schien direkt in sich zusammenzusinken. Ich deutete zur Tür. „Lass uns gehen."

„Wirst du sie restaurieren? Die Kapelle?"

„Nein."

„Kann ich dir eine Frage stellen?"

„Bittest du mich jetzt um Erlaubnis?"

Sie zuckte mit den Schultern. „Anscheinend."

„Ich kann nicht versprechen, dass ich antworten werde, aber es steht dir frei zu fragen."

„Was glaubst du, in welche Dinge mein Großvater verwickelt ist? Im Flugzeug sagtest du *zum einen*. Das bedeutet, es gibt noch mehr?"

„Heißt das, dass du mir glaubst?"

„Du musst verstehen, wie schwer es ist, das zu begreifen. Er nahm Lina und mich auf, er bezahlte–"

„Er lebt von eurer Erbschaft. *Ihr* bezahlt das alles."

Sie senkte den Kopf und schüttelte ihn einmal. Ich ließ es fallen. Es würde dauern, bis sie das akzeptieren konnte. Das könnte sie haben. Verdammt, Zeit war alles, was wir hatten.

„Stell keine Fragen, deren Antworten du nicht wirklich wissen willst. Ob du es glaubst oder nicht, du bist es nicht, die ich verletzen möchte."

„Ich bin ein Kollateralschaden. Ich weiß."

„Auf geht's."

Diesmal kam sie ohne Widerstand mit mir. Wir fuhren schweigend, bis ich durch die Tore eines benachbarten Bauernhofs bog. „Komm mit", sagte ich, stellte den Motor ab und erblickte etwa sechs Kinder, die sich im Schuppen des alten Lambertini zusammenkauerten. Sein Hund hatte vor kurzem Welpen bekommen.

„Wo sind wir?"

„Das ist der Hof der Lambertinis. Sie haben das Land für ihre Kühe gepachtet. Ich muss einiges mit Lambertini besprechen. Du wirst auf mich warten müssen."

Lambertini stand auf und wischte sich die Hände an einem Handtuch ab. Die Pfeife hing ihm schräg aus dem Mund und das Lächeln war breit auf seiner vom Wetter gegerbten Haut, als er auf uns zukam und seine Hand ausstreckte, um meine zu schütteln.

„Raphael."

Er zog mich zu sich und umarmte mich, wobei er mir einen Klaps auf den Rücken gab.

„Schön, Sie zu Hause zu sehen", sagte er auf italienisch.

„Es ist schön, zu Hause zu sein, Mr. Lambertini."

Er drehte sich zu Sofia um und hielt ihr die Hand hin.

„Das ist Sofia, meine Verlobte."

Sofia lächelte und sagte Hallo, als er ihre beiden Hände in eine von seinen nahm.

„Sind das Welpen?", fragte sie.

„Warum gehst du nicht zu ihnen, während wir reden", sagte ich zu ihr.

Sie nickte und ging. Ich folgte Lambertini nach drinnen, wo wir über Angelegenheiten, die die Farm betrafen, diskutierten, bevor sein Gesicht ernst wurde. Er erzählte mir, dass vor einigen Wochen Männer bei ihm gewesen wären. Ich vermutete, dass es Moriartys Männer waren, die mich jetzt, da ich zurück war, suchten. Er wusste nicht, wer sie gewesen waren, aber seinem Gesichtsausdruck nach waren sie nicht übermäßig freundlich gewesen, was meinen Verdacht nur bestätigte.

„Ich kümmere mich darum", war alles, was ich sagte. Mein Vater hatte Feinde gehabt, was bedeutete, dass auch ich Feinde hatte. Wenn er Schulden hatte, und ich war mir ziemlich sicher, dass er welche gehabt hatte, dann würden sie hinter mir her sein, um seine Schulden zu begleichen.

Wir gingen wieder nach draußen und ich sah Sofia, die ihr italienisch bei den Kindern ausprobierte, einen der Welpen auf dem Schoß.

„Nimm ihn“, sagte der alte Mann, deutend und lächelnd.

Sie blickte mich an.

„Er sagt, du kannst einen haben.“

„Was?“

Sie blickte von ihm auf den Welpen und zu mir. Sie wollte mich nicht um Erlaubnis bitten. Ich konnte den Stolz in ihren Augen sehen.

„Ich hatte einmal einen Welpen“, sagte sie stattdessen und streichelte das kleine Ding.

Ich sagte nichts. Sie richtete ihre großen karamellfarbenen Augen auf meine.

„Darf ich?“ Sie biss sich auf die Lippe.

Ich nickte. Das konnte ich für sie tun. Verdammt, es war nicht viel.

„Wirklich?“

Ihre Augen funkelten und sie schenkte mir das größte Lächeln, das ich bisher gesehen hatte.

„Sind Sie sich sicher?“, fragte sie Lambertini.

Er nickte.

„Ich danke Ihnen vielmals. Vielen Dank!“

„Wir müssen gehen“, sagte ich und machte mich auf den Weg zum Truck.

Sie stoppte mich, indem sie auf mich zukam.

„Danke."

Leicht durcheinander sah ich sie eine Minute lang an, dann nickte ich. Irgendwie fühlte ich mich unwohl. Sogar unbeholfen. Es war nur ein Hund. Keine große Sache.

„Behalt das Ding einfach unter Kontrolle", sagte ich und ging um sie herum, um die Beifahrertür zu öffnen.

„Das werde ich."

Sie stieg ein und ihre volle Aufmerksamkeit galt dem Welpen. Sie winkte zum Abschied, als wir aus dem Hof fuhren.

„Lina und ich hatten einen Welpen bekommen, kurz bevor unsere Eltern starben. Sie hatten ihn uns erst drei Wochen vor ihrer Abreise geschenkt. Großvater wollte nicht, dass wir ihn mit in das neue Haus nahmen. Es brach Lina das Herz, sich von ihm verabschieden zu müssen. Mir auch."

Ich ließ meine Blicke auf der Straße. Wir alle hatten eine verdammt beschissene Vergangenheit.

„Ja, nun, was soll ich sagen? Dein Großvater ist ein Arsch."

Sie streckte die Hand aus, um meine Schulter zu berühren, und erschreckte mich damit. Ich sah sie an.

„Vielen Dank, wirklich."

„Sei noch nicht so dankbar. Es gibt nichts umsonst. Ich lasse mir etwas einfallen, wie du es mir später zurückzahlen kannst."

7

SOFIA

Als ich heute Morgen mit Kopfschmerzen und vagen Erinnerungen an das, was ich letzte Nacht gesagt haben könnte, aufgewacht war, hatte ich nicht erwartet, dass ich später am selben Tag noch von einem Ohr bis zum anderen grinsen würde. Aber da war ich nun und trug meinen nagelneuen Welpen ins Haus. Ich beschloss, ihn Charlie zu nennen.

Raphael hatte mich überrascht. Auch wenn es mit dem kryptischen *„Ich lasse mir etwas einfallen, wie du es mir später zurückzahlen kannst"* endete. Die Erinnerung daran ließ mich erschaudern.

Gestern Nacht hatte mich der Whiskey schwer getroffen. Zum einen war ich, gelinde gesagt, eine unerfahrene Trinkerin, und zum anderen hatte ich einen Jetlag und war erschöpft. Ich erinnerte mich an fast alles, hoffte aber, dass ich Teile davon geträumt hatte, vor allem den letzten Teil, als ich ihm gesagt hatte, er rieche gut, und arbeitisch – was für ein Wort war *arbeitisch* überhaupt – und wie ein Mann. Gott. Wie peinlich. Und als ob das noch nicht genug wäre, erinnerte ich mich auch deutlich daran, dass ich ihm erzählt hatte, ich sei noch Jungfrau.

Raphael hatte gesagt, er müsste noch arbeiten und ließ mich im Haus zurück, wo ich auf die Schneiderin warten sollte.

Maria tätschelte Charlie den Kopf, aber von der Art, wie sie zusammenzuckte, als seine nasse Nase ihre Hand berührte, wusste ich, dass sie nicht an Tiere gewöhnt war. Sie gab mir eine Schüssel für sein Wasser und ich stellte sie in die Ecke, damit Charlie trinken konnte. Die beiden Frauen, die für sie arbeiteten, Tessa und Nicola, konnten nicht genug von ihm bekommen.

Ich beobachtete sie, während Maria ihnen sagte, was sie ihm füttern konnten. Sie waren hübsch. Wahrscheinlich in meinem Alter, vielleicht ein oder zwei Jahre älter. Es waren dieselben Frauen, die sich selbst übertroffen hatten, als es um meinen zukünftigen Ehemann gegangen war. Ich wollte sie nicht mögen, aber ich musste zugeben, dass sie nett zu mir waren und sich sofort in Charlie verliebt hatten, so wie ich. Zumindest waren sie netter als Maria. Die ältere Frau schien sich eher zurückzuhalten und zu beobachten. Ich wusste, dass ihre Beziehung zu Raphael wahrscheinlich der einer Mutter am nächsten kam. Sah sie mich als Bedrohung? Wusste sie etwas über unsere Situation?

Als es mittags an der Tür klingelte, fragte ich, ob Charlie in der Küche bleiben dürfe, während ich meine Anprobe hatte, was Maria erlaubte. Ich öffnete die Tür und eine ältere Frau mit weißen Haaren stand davor.

„Hallo."

Die Schneiderin stellte sich in gebrochenem Englisch vor und kam herein.

„Ich weiß gar nicht, wo das Kleid ist –"

„Man sagte mir, es sei in Ihrem Zimmer."

„Oh." Sie wusste mehr als ich. „Ich schätze, wir sollten nach oben gehen. Möchten Sie etwas trinken?"

„Nein, danke."

„Okay. Dann hier entlang." Sie folgte mir die Treppe hinauf und ich gab zu, dass meine Neugierde wuchs. Als wir mein Zimmer betraten, sah ich den langen weißen Kleidersack an der Schranktür hängen. „Ich habe es nicht gesehen", sagte ich, während sie ihre Sachen abstellte.

„Es ist wunderschön", sagte sie, ging selbstbewusst auf den Kleidersack zu und öffnete den Reißverschluss. „Raphaels Mutter, Renata, trug es."

Seine Mutter hatte das Hochzeitskleid getragen, das ich tragen sollte?

„Schrecklich, wie sie gestorben ist", fuhr sie fort.

Ich nickte nur und beobachtete, wie sie das lange

Spitzenkleid herausholte. Sie sah es genau an und lächelte anerkennend.

„Perfekter Zustand. Es gehörte Renatas Familie. Getragen von mindestens vier Frauen."

Ich berührte die zarte, komplizierte Spitze und fragte mich, wie alt es wohl sei. Und warum zum Teufel er wollte, dass ich es trug.

„Es ist wunderschön." Das Kleid hatte lange Ärmel und einen tiefen V-Ausschnitt über einer schlanken Taille, von der es gerade nach unten fiel, um mit einer leichten Schleppe zu enden. Die Größe könnte mir sogar passen.

Die Schneiderin sah mich genau an. „Es sollte Ihnen passen. Kommen Sie."

Ich zog mich aus, sie half mir, in das Kleid zu steigen, und knöpfte dann eine scheinbar endlose Anzahl von Perlenknöpfen zu, die mir vom unteren Rücken bis zu den Schultern reichten. Erst dann erlaubte sie mir, mich im Spiegel zu betrachten.

Mir fehlten die Worte. Ich hätte nie gedacht, dass ich einmal ein Spitzenkleid tragen würde. Nicht, dass ich in der Schule viel über meine Hochzeit nachgedacht hätte. Einige Mädchen taten das, aber ich nicht.

Es musste nur ein wenig abgeändert werden. Ich lächelte, als ich nach oben griff, um mir die Haare aus dem Gesicht zu streichen und dabei bemerkte, dass die Ärmel an den Handgelenken ausgestellt waren, was dem Kleid ein eher mittelalterliches

Aussehen verlieh. Die Länge würde perfekt zu den hochhackigen Schuhen passen, die Raphael ebenfalls für mich bereitgestellt hatte.

Ich stand still, während die Näherin arbeitete, und fragte mich, wo genau wir heiraten würden. Er hatte vor Gott und den Menschen gesagt. Meinte er damit, dass wir in einer Kirche heiraten würden? Und warum wollte er, dass ich das trug? Wäre es nicht besser, wenn er es für die Frau aufhob, die er wirklich lieben würde? Nach mir, nachdem die drei Jahre vergangen waren und er keine Verwendung für mich hatte und sein wahres Glück finden konnte – sein Happy End?

Mir wurde bei diesem Gedanken tatsächlich übel.

Die Schneiderin piekte mich nicht ein einziges Mal mit den etwa hundert Stecknadeln, die sie benutzt haben musste, bevor sie schließlich zufrieden war. Dann öffnete sie einen weiteren Kleidersack, den ich nicht gesehen hatte. Er hatte sich hinter der Tasche befunden, in der das Kleid gewesen war. In diesem war ein einfacher weißer Schleier, der mit Spitze desselben Musters umrandet war. Sie zog mir die Spange aus dem Haar und legte mir den Schleier an. Er war an den Rändern etwas vergilbt, aber das Ergebnis war nicht weniger atemberaubend.

In diesem Moment öffnete sich die Tür. Wir drehten uns beide um und sahen Raphael dort stehen. Sein Mund klappte auf und er sprach nicht. Schließlich bewegte ich mich, zog mir den Schleier vom Kopf und sah ihn an.

„Es bringt Unglück, wenn der Bräutigam die Braut vor der Hochzeit sieht“, sagte die Schneiderin augenzwinkernd.

Bemerkte sie die Spannungen zwischen uns nicht?

„Das ist keine gewöhnliche Hochzeit“, murmelte ich.

Raphael räusperte sich und riss seinen Blick von mir weg. „Brauchen Sie irgendetwas?“, fragte er die Schneiderin.

„Nein, es ist alles in Ordnung. Sie werden es in ein paar Tagen wiederhaben. Es gibt nicht allzu viel zu tun.“

„Gut.“ Er schaute mich noch einmal an und sein Gesichtsausdruck war seltsam – angespannt. Dann nickte er, ging wieder nach draußen und schloss die Tür. Die Näherin half mir beim Ausziehen und legte das Kleid vorsichtig wieder in die Tasche. Nachdem sie ihre Sachen gepackt hatte, verabschiedete sie sich und ging.

Da ich den Jetlag spürte, legte ich mich hin, um ein paar Minuten lang die Augen zu schließen. Aber aus diesen wenigen Minuten wurden zwei Stunden voller Albträume.

Ich träumte von Lina und Großvater, aber Großvater hatte in meinem Traum Hörner, die ihm aus dem Kopf wuchsen. Hörner und vergilbte, verfaulende Zähne. Lina war kleiner, jünger. Sie war verletzlicher. Und obwohl ich da war, schien es so, als wäre ich es nicht. Ich konnte zusehen, aber ich konnte nicht die Hand ausstrecken und sie berühren, und sie konnte mich nicht hören, wenn ich sprach, wenn ich ihr sagte, sie solle weglaufen, weil Großvater sie durch das Haus verfolgte.

Erst, als ich mich schließlich in einem Spiegel erblickte, wachte ich auf. Ich war verschwitzt und die Laken hatten sich um meinen Körper verknotet.

Ich hatte in meinem Traum dieses Hochzeitskleid getragen, aber es sah nicht so aus wie in der Realität. Es war blutverschmiert und von Feuer und Tod geschwärzt, es stank so sehr, dass ich schwören konnte, es jetzt immer noch zu riechen, als würde es an meinen Nasenlöchern hängen.

Nachdem ich mich von den Laken gelöst hatte, nahm ich mein Handy und rief Lina an. Sie nahm beim zweiten Klingeln flüsternd den Anruf an.

„Ich bin so froh, dass ich dich erwischt habe", sagte ich.

„Ich auch. Ich habe auf deinen Anruf gewartet. Ich wollte dich nicht anrufen, weil ich davon ausgegangen bin, dass dich die Zeitverschiebung durcheinanderbringen würde."

„Mach dir darüber keine Sorgen, ruf mich einfach an, wann immer du willst."

„Du auch."

„Warum flüsterst du?"

„Ich verstecke mich im Badezimmer. Klavierstunde."

„Oh." Ihr Zeitplan war eng getaktet und das Einzige, was mir Trost gab, war das Wissen, dass ihr die Arbeit, oder zumindest das Endergebnis, tatsächlich Spaß machte.

„Wie geht es dir? Wie ist es dort?"

„Okay", sagte ich. „Es ist eigentlich ein wirklich schönes Haus. Seine Familie hat hier ein Anwesen, wobei, ich schätze, es gehört jetzt ihm."

„Hast du seine Brüder getroffen?"

„Nur einen. Damon. Er will Priester werden."

„Priester?"

„Ich weiß, ich war auch schockiert. Ich meine, wir reden über die Familie Amado. Das einzig Legale an ihnen war der Weinberg, der zerstört wurde. Es ist kein Geheimnis, wer ihr Vater war und was er getan hat."

„Beurteile sie nicht alle nach den Taten ihres Vaters."

Sie hatte das genauer getroffen, als ihr bewusst war, angesichts der Taten unseres Großvaters. „Du bist viel netter als ich, Lina."

„Wie ist er? Raphael, meine ich?"

Ich zuckte mit den Schultern. Ehrlich gesagt, wurde ich nicht schlau aus ihm. Was sollte ich ihr sagen? „Ich weiß es noch nicht, glaube ich. Er hat mir einen Welpen geschenkt."

„Wirklich? Wow! Das ist schön."

„Es war eine einzige freundliche Geste. Er ist kein netter Mensch, Lina. Das dürfen wir nie vergessen."

„Vielleicht versucht er, es zu sein?"

„Ich will nicht naiv sein." Aber ich wollte es glauben. Es würde die Sache erträglich machen.

„Gib ihm eine Chance."

„Wie soll ich das, wenn ich weiß, dass der Grund für all das mein Erbe ist? Er wird mich deswegen heiraten, mich gefangen halten, und was dann? Was wird nach drei Jahren geschehen?"

„Drei Jahre, dann bist du frei. Eine Ehe nur auf dem Papier. Ich sorge sogar dafür, dass du danach nicht auf der Straße stehst, wenn du ein braves Mädchen bist."

„Niemand weiß, was in Zukunft passieren wird. Du bist diejenige, die mir das immer gesagt hat, wenn ich am Boden lag."

„Er will, dass ich das Hochzeitskleid seiner Mutter trage."

„Was?"

„Ich verstehe es nicht, Lina. Ich glaube, er liebt es, mich kirre zu machen, aber das ist einfach seltsam. Warum sollte er so etwas wollen?"

„Sofia, ich mag ihn nicht, weil er dich mir weggenommen hat. Mir gefällt nicht, was er dir antut, uns antut. Aber er könnte wirklich schrecklich zu dir sein. Er könnte dich einsperren und den Schlüssel wegwerfen. Es ist nicht ja so, als könnte Großvater ihn aufhalten, wenn er es wollte ..."

„Ich weiß, dass er es nicht kann."

„Mein Punkt ist, gib ihm eine Chance. Du kennst ihn nicht. Er ist durch die Hölle gegangen. Vielleicht sucht auch er etwas. Vielleicht versucht er, seinen Frieden zu finden."

„Oder er will Rache."

„Du musst ihm eine Chance geben, das herauszufinden. Ihn durchschauen."

„Auf wessen Seite stehst du?"

„Auf deiner. Immer auf deiner. Aber für die nächsten drei Jahre steckst du dort fest. Ich will nicht, dass es für dich die Hölle wird."

„Ich wünschte, du wärst hier."

„Großvater wird dem niemals zustimmen. Das weißt du."

„Ich weiß."

Ich hörte die Stimme ihres Lehrers, der nach ihr rief. „Einen Moment", antwortete sie. „Ich muss los", sagte sie zu mir. „Ich rufe dich nach der Stunde zurück, okay?"

„Okay."

„Hey, sei nicht traurig."

Ich nickte, aber meine Augen füllten sich mit Tränen.

„Schick mir Fotos von dem Welpen. Wie heißt er?"

„Charlie."

„Wie unser Charlie."

„Erinnerst du dich an ihn?"

„Ich erinnere mich daran, dass ich ihn verloren habe", sagte sie.

„Es tut mir leid."

„Es war nicht deine Schuld. Du warst fünf."

„Ich weiß."

„Ich muss aufhören, Sofia. Ich liebe dich."

„Ich liebe dich."

Wir legten auf und ich stieg aus dem Bett. Es war kurz vor fünf Uhr nachmittags, und die Hitze war heute sehr drückend. Ich wühlte in meinen Koffern, fand meinen Bikini und zog ihn an. Erst würde ich nach Charlie sehen und dann schwimmen gehen. Ein wenig Bewegung würde meinen Kopf freimachen. Dann würde ich Lina Fotos von allem schicken.

Sie hatte recht. Ich kannte ihn nicht. Ich wusste nur, dass er durch die Hölle gegangen war. Ich wollte nur nicht, dass er mir jetzt das Gleiche antat. Aber die nächsten drei Jahre würde ich ihm gehören.

Ich schnappte mir ein Handtuch aus meinem Badezimmer und ging auf den Flur hinaus. Zumindest erwartete er nicht, dass ich mit ihm das Bett teilte. Das hätte ein Trost, eine Befreiung sein sollen, aber aus irgendeinem Grund fühlte ich mich dadurch nur etwas ... weniger wert. Als wäre ich nicht gut genug.

Nachdem ich noch Charlie besucht hatte, der

auf den kühlen Fliesen in der Küche schlief, ging ich zum Pool. Ich entdeckte Raphael erst, als es zu spät war. Als er mich schon gesehen hatte und ich mich nicht mehr wegschleichen konnte.

Er lehnte am hinteren Ende des Beckens am Rand. Ich vermutete, dass er geschwommen war, denn er schien schwer zu atmen. Die Muskeln seiner Arme und seines Rückens spannten sich an, als er seinen Körper aus dem Wasser hob und hinausstieg. Er trug eine eng anliegende Badehose und die Sonne glitzerte auf seiner nassen Haut. Ich schaute schnell weg und zwang meine Beine dazu, sich zu bewegen, während er sein Handtuch aufhob. Er rieb sich trocken und beobachtete mich währenddessen.

Ich setzte mich auf die am weitesten von ihm entfernte Liege auf der gegenüberliegenden Seite des rechteckigen Beckens. Das Wasser glitzerte in der Sonne. Ich sehnte mich danach, darin unterzutauchen, war aber zu verlegen dazu, als er sich näherte und direkt vor meinem Stuhl stehen blieb. Wasser tropfte von seinem nassen Haar auf mich. Ich hatte mir außer dem Bikini nichts angezogen, sondern nur das Handtuch um mich geschlungen, also saß ich nun auf der Kante der Liege und presste es fest an mich.

Raphael atmete tief aus und ließ sich auf eine Liege fallen.

„Wenn du das Handtuch noch fester umklammerst, kann es passieren, dass du dir einen Knöchel brichst."

Ich lockerte den Halt am Handtuch und sah ihn an.

„Wo ist dein Welpe?", fragte er.

„Schläft in der Küche. Hier draußen ist es ihm wahrscheinlich zu heiß."

„Zu heiß für alle. Geh in den Pool und kühl dich ab."

„Ist schon okay."

„Du bist also nur hergekommen, um hier zu sitzen und den Pool *anzuschauen*?"

Ich zuckte mit den Schultern.

Er lachte und legte sich zurück, schloss die Augen und wandte sein Gesicht der Sonne zu. „Wie du willst."

Ich wandte meine Aufmerksamkeit wieder dem Wasser zu. Nachdem er einige Minuten geschwiegen hatte, löste ich das Handtuch, überprüfte, ob seine Augen noch geschlossen waren, und ging schnell zum Rand des Schwimmbeckens. Ich testete das Wasser mit den Zehen und stieg die fünf Stufen hinunter, bevor ich losschwamm. Ich tauchte unter und schwamm bis zum anderen Ende, bevor ich wieder hochkam. Ich warf einen Blick zu Raphael, der mich nun beobachtete. Ich tauchte wieder unter. Als ich erneut Luft holte, bemerkte ich, dass er sich mir im Wasser angeschlossen hatte.

Mein Herz schlug schnell, als er zu mir

schwamm. Sein dunkler Kopf teilte das Wasser wie ein Hai, als er mit zwei kräftigen Schlägen an meiner Seite war, dann hatte er mich in die Enge getrieben, und seine Arme fingen mich am Beckenrand ein.

„Eine Sache, die ich früh im Leben gelernt habe, ist: Lass deine Feinde nie deine Angst sehen." Er kam näher, sein nasses Gesicht nur Zentimeter von meinem entfernt. „Lass sie diese nie an dir riechen, denn sie ist wie eine verdammte Droge." Er atmete tief ein. „Du kannst davon high werden, Sofia."

„Bist du mein Feind?", fragte ich und konzentrierte mich auf dieses eine Wort. Über den Rest konnte ich nicht nachdenken. Ich wusste, dass es wahr war.

„Ich bin nicht dein Freund, oder?"

„Nein."

„Deine Augen verraten dein Verlangen, Sofia. Deinen Hunger."

„Du siehst nicht sehr klar, Raphael."

„Ich sehe sehr klar. Und ich lese dich wie ein verdammtes Buch."

Ich schaute weg, war mir sehr bewusst, dass sein Körper meinem so nahe war, sehr bewusst, wie sich meine Lippen teilten und meine Zunge hervorschnellte, um darüber zu lecken. Und wie er diese kleine unwillkürliche Bewegung sehr genau beobachtete.

„Du bist neugierig, Sofia. Gib es wenigstens dir selbst gegenüber zu. Oder bist du ein Feigling?"

„Ich bin kein Feigling. Und du liegst falsch."

„Wirklich?"

„Lass mich gehen."

„Ich berühre dich nicht."

Sein Blick strich über mein Gesicht und fiel dann auf meine Lippen.

Ich tauchte ab, rutschte unter seinem Arm hindurch und schwamm zum flacheren Rand des Beckens. Doch bevor ich hinaussteigen konnte, war er hinter mir, und dieses Mal berührte er mich. Sein Körper drückte sich an meinen, seine Brust an meinem Rücken, und er hielt mich fest.

„Du willst, dass ich dich berühre", flüsterte er mir ins Ohr. „Oder nicht?"

Als sich seine Lippen um mein Ohrläppchen legten, holte ich tief Luft. Es war, als würde das Gefühl direkt durch mich hindurch schießen. Es zog sich bis in mein Innerstes und erweckte etwas anderes. Etwas, das passierte, wann immer er in meiner Nähe war.

Eine seiner Hände glitt nach unten, legte sich auf meine Taille, und er drehte mich, bis ich ihn ansah.

„Was machst du da?", fragte ich, atemlos, gefangen.

„Ich habe dir gesagt, dass ich einen Weg finden werde, wie du es mir zurückzahlen kannst."

„Was?" Ich geriet in Panik und suchte auf beiden Seiten nach einer Fluchtmöglichkeit, wusste aber, dass ich nirgendwo hingehen würde, solange er es nicht erlaubte. Körperlich war ich ihm nicht gewachsen.

„Schhh. Sei einfach still."

Wasser tropfte mir in die Augen und ich blinzelte. In diesem Moment schloss sich sein Mund über meinem, feucht und kühl, und mit Chlorgeschmack an den Lippen.

Ich gab einen Laut von mir und drückte gegen seine Brust. Das war es, was ich tun sollte. Ich sollte Widerstand leisten. Aber er rührte sich nicht und ließ mich nicht los, nicht mit seinem Körper, nicht mit seinem Mund. Stattdessen öffneten seine Lippen meine und die Stoppeln an seinem Kinn kratzten an meiner Wange, als er seine Zunge in meinen Mund schob. Gegen meinen bewussten Willen öffnete ich ihn. Er drang tiefer in meinen Mund ein und ich tat etwas, das genau das Gegenteil von dem war, was mir mein Gehirn sagte, nämlich, Widerstand zu leisten. Stattdessen schmeckte ich ihn. Ich schmeckte seine Zunge, seine Lippen, seinen Atem, und für einen kurzen Moment erwiderte ich den Kuss.

In diesem Moment brach Raphael den Kuss.

Ich öffnete die Augen und sah, wie er mich beobachtete, seine Augen dunkler, der Sieg in ihnen ein Hohn, der mich beschämte.

„Du willst es, Sofia. Du willst es so verdammt dringend, dass ich es an dir riechen kann."

8

RAPHAEL

„Lass mich los.“ Sofia versuchte, mich wegzustoßen, aber ich war noch nicht bereit, sie gehen zu lassen.

„Zwing mich dazu.“

Sie versuchte es wieder. „Ich meine es ernst.“

„Oder was? Was willst du machen, wenn ich dich nicht loslasse?“

Frustration zog sich über ihre Stirn. Es dauerte eine ganze Minute, bis sie meine Frage mit ihrer eigenen beantwortete.

„Was kann ich tun?“

Sie sah mir ins Gesicht, als würde sie tatsächlich eine Antwort von mir erwarten.

Von mir.

„Nichts. Das ist der Punkt“, sagte ich.

„Das ist ein Spiel für dich.“

„Nein, kein Spiel.“

„Was dann? Ich verstehe nicht, was du von mir willst. Du sagst mir, diese Ehe wird nur auf dem Papier bestehen. Du sagst mir, dass du mich hasst, und doch-“

„Ich habe dir gesagt, dass ich deinen Namen hasse. Es gibt einen Unterschied zwischen dem Hass auf deinen Namen und dem Hass auf dich.“

„Spielt das eine Rolle?“

Ich sah, wie ihre Verwirrung und Frustration sichtlich zunahmen, während sie verzweifelt nach einem Ausweg suchte.

„Mir ist kalt.“

Sie keuchte, als ich meine Hände um ihre zu schmale Taille legte und versuchte sofort, sie loszuwerden. Als ich sie aus dem Pool hob und auf die Kante setzte, atmete sie tief aus. Ihr Gesicht war rot, vermutlich, weil sie sich wegen ihrer Panik schämte.

Ich stieg aus dem Pool, holte ihr Handtuch und wickelte es ihr um die Schultern, bevor ich mich neben sie setzte.

„Danke.“

Ich nickte.

„Ich verstehe nicht, was du willst“, sagte sie.

Ich sah sie an, wie sie dasaß, das Handtuch eng um sich geschlungen, zitternd trotz der Hitze. Ihr nasses Haar klebte an ihrer Haut, und sie weigerte sich sehr lange, mich anzuschauen.

Was genau wollte ich? Was wollte ich von ihr? Es war – letzten Endes – eine Geschäftstransaktion.

Schulden. Sie war hier, um eine Schuld zu begleichen.

Aber wollte ich sie wirklich dafür bestrafen?

Wozu machte es mich, wenn ich das tat? So hatte ich mir das nicht vorgestellt, aber sie hier zu haben, sie in meiner Nähe zu haben, warm und weich und so verdammt unschuldig ... ich könnte sie haben, das war der Punkt. Ich bräuchte sie nicht einmal zu zwingen. Sie wollte mich und ich verwendete ihr Verlangen gegen sie. Ich verhöhnte sie damit.

„Sieh mich an, Sofia."

Das tat sie und ihre blassen Augen suchten meine. In ihnen sah ich Erniedrigung. Ich sah Traurigkeit. Ungewissheit. Ich sah Verwundbarkeit und eine Einsamkeit, eine Sehnsucht, eine Hoffnung, die ich wiedererkannte. Eine, die ich nicht ignorieren konnte. Eine, die drohte, einen Teil von mir wiederzubeleben, den ich vor langer Zeit begraben hatte.

Einen, den ich begraben lassen wollte.

Ich kannte nur einen Weg, um das zu beenden, und ich musste es verdammt noch mal tun. Und zwar jetzt.

Zorn kochte in mir. Wut über meine eigene Schwäche. Meine Schwäche in ihrer Nähe.

„Du gehörst mir", sagte ich, packte ihr Kinn fester als nötig und drehte ihr Gesicht zu mir.

„Stopp!"

„Wenn ich dich verdammt nochmal küssen will, werde ich dich verdammt nochmal küssen." Um meinen Standpunkt zu beweisen, drückte ich meine Lippen auf ihre. Dieses Mal öffneten sie sich nicht. Sie gaben nicht nach, wie sie es noch vor wenigen Augenblicken getan hatten.

Gut. Das war gut. Das war der Punkt.

Ich ließ sie los und sie versuchte, wegzurutschen, zerkratzte sich den Oberschenkel am Rand des Pools, als sie versuchte, meinem Halt zu entkommen, aber stattdessen landete sie auf dem Rücken, und ich lag auf ihr.

„Hör auf damit."

Sie wehrte sich unter mir, aber das Kranke war, dass es mich nur noch mehr erregte. Ihr Widerstand machte mich an und ich bemerkte den genauen Moment, als sie es begriff.

„Du willst verdammt noch mal nicht, dass ich aufhöre." Ich küsste sie wieder, und dieses Mal ließ ich eine Hand zwischen ihre Beine gleiten und umschloss ihr Geschlecht.

Sie keuchte und ich drückte fester.

„Du. Willst. Nicht. Dass. Ich. Aufhöre, Sofia."

Der nächste Kuss war härter, meine Zähne gruben sich in ihre Lippen und der metallische Geschmack von Blut, von ihrem Blut, ließ mich aufstöhnen.

„Gib es zu", forderte ich.

„Ich will es nicht!", schrie sie. Sie wehrte sich verzweifelt unter mir, ihre kleinen Fäuste trommelten gegen meine Schultern, und ihre Hände zerrten an meinen Haaren.

„Mehr“, sagte ich, küsste sie wieder, drückte ihre Pussy. „Das macht meinen Schwanz nur noch härter.“

„Das bist nicht du. Ich weiß es. Ich weiß es.“

„Du weißt gar nichts. Ich könnte dich zwingen.“

„Das wirst du nicht! Du hast es gesagt.“

„Ich könnte es. Und du wärst nass für mich.“

„Nein.“

„Was, wenn ich meine Hand in deinen Badeanzug schiebe, Sofia?

Sie schüttelte verzweifelt den Kopf, aber es hatte nur den Effekt, dass sie die Beine weiter spreizte, obwohl sie versuchte, sich von mir zu befreien.

„Würdest du dich besser fühlen, wenn du so tun würdest, als hätte ich dich dazu gezwungen?

„Bitte“, bettelte sie.

„Bitte. Ist das ein Ja?“

„Nein, Raphael, lass mich los. Das bist nicht du.“

Ich zog mich nach oben, kniete mich über sie, ließ ihre Pussy los und legte meine Hand um ihre Kehle. „Das bin genau ich!“, brüllte ich, Jahre der Wut jetzt in Worte gefasst. Warum zum Teufel glaubte sie, mich zu kennen, wenn ich mich selbst nicht kannte?

Ich drückte zu und sie umklammerte meinen Unterarm und versuchte, mich wegzuziehen. Ihr Gesicht wurde rot, ihre Augen groß wie Untertassen, und das Kranke war, die Angst in ihnen setzte nur etwas in Brand, das bereits wie ein verdammtes Feuer in mir loderte.

„Ich habe meinen Vater mit bloßen Händen getötet, Sofia. Und du glaubst, ich würde dir nichts tun?“

„Selbstverteidigung ist nicht dasselbe wie Mord“, brachte sie hervor, während ihr Tränen aus den Augenwinkeln liefen.

„Deine Angst macht mich hart“, flüsterte ich ihr ins Gesicht. „Das sollte dich zu Tode erschrecken.“ Ich drückte noch einmal zu, dann ließ ich ihre Kehle los und richtete mich auf, um sie von oben anzusehen. Sie legte ihre Hände an die Kehle, drehte ihren Kopf und hustete. Ich beobachtete sie, bis sie mir schließlich ihren Blick wieder zuwandte.

„Das tut es“, murmelte sie. „Du tust es. Du machst mir eine Scheißangst.“

Ihre Augen fesselten mich, das Blatt wendete sich, obwohl der Klang der Niederlage in ihrer Stimme zu hören war.

„Du gewinnst, Raphael. Glaubst du, ich weiß das nicht? Dass du schon gewonnen hast?“

Ich setzte mich aufrechter hin, mein Gewicht auf meinen Schenkeln, so dass ich sie nicht mehr zerdrückte.

„Du hast mir gesagt, dass du keine Bestie sein würdest, aber schau dich an“, sagte sie. „Du kannst mich dazu bringen, alles zu tun, was du willst. Wir beide wissen das. Du kannst dir nehmen, was immer du willst, du kannst mir alles nehmen. Du kannst mich –"

Ihre Stimme brach und sie beendete den Satz nicht.

„Du könntest mich wegsperren und es gäbe nichts, was ich dagegen tun könnte. Aber weißt du, was noch beschissener ist, als dass dich meine Angst anmacht?"

Ihre Stimme brach und weitere Tränen sammelten sich in ihren Augen.

„Die Tatsache, dass ich weiß, dass ich von ganzem Herzen glaube, dass es nicht das ist, was du willst. Dass du nicht so bist."

Ich blinzelte ein paar Mal und fuhr mir mit der Hand durchs Haar.

Sie bewegte sich, zog ihre Beine unter meinen hervor und stolperte auf die Füße. Sie griff nach ihrem Handtuch und hielt es sich vor die Brust, eine weitere Barriere zwischen uns, während ich zu ihren Füßen kniete. Unfähig, mich zu bewegen. Unfähig, sie auch nur anzuschauen.

Unter ihr.

Sie machte einen weiten Bogen um mich herum, während sie rückwärts stolperte. Weg von mir und zum Haus. Ich drehte mich um, sah zu, wie sie ging, sah, wie sie rannte und wie das Wasser von ihr heruntertropfte, als sie im Haus verschwand.

Und alles, was ich tun konnte, war, dort zu sitzen. Alles, was ich tun konnte, war nichts.

Ich war ein Monster. Ich wusste es. Ich wusste es schon seit langer Zeit.

Pass auf, wenn du gegen die Monster kämpfst, dass du nicht zu einem wirst.

Meine Mutter hatte mir das immer gesagt. Ihr verdammtes Lieblingszitat von Nietzsche.

Ich kämpfte auch für sie. Ich hatte gegen ihn gekämpft. Und immer verlor ich. Ich wusste immer, dass ich verlieren würde, aber ich tat es trotzdem, und ich nahm die Strafen auf mich, ertrug die Konsequenzen.

Ich hatte wohl nicht bemerkt, wann die Verwandlung stattgefunden hatte. Wann mich das Monster besiegt hatte. Meinen Willen übernommen und mich selbst zu einem gemacht hatte. Wie meinen Vater.

Ich taumelte wie ein Betrunkener auf die Füße und ging ins Haus, hinauf in mein Zimmer, unfähig, ihre geschlossene Tür auch nur anzuschauen. Ich machte mir keine Mühe zu duschen. Ich zog nur eine Jeans und ein T-Shirt an, stieg ins Auto und fuhr los. Ich wusste nicht, wohin ich überhaupt fuhr, bis ich vor den Toren des Seminars anhielt. Ich war noch nie zuvor hier gewesen. Damon hatte mir von seinen Plänen erzählt, während ich im Gefängnis war. Davor hatten wir nicht wirklich viel miteinander geredet. Damon und ich, wir waren so gegensätzlich wie nur irgendwie möglich. Aber vermutlich waren das nur zwei verschiedene Wege, um zu überleben.

Mein Vater war ein zweitklassiger Krimineller gewesen. Er war nie organisiert genug oder klug genug, um an die Spitze des Spiels zu kommen. Er hatte immer Schulden. Ein Schläger zum Anheuern. Aber charmant. Immer charmant. Der Mann konnte reden und machte sich groß. Brachte die Leute dazu, alles zu glauben, was er wollte. So hatte sich meine Mutter in ihn verliebt, da war ich mir sicher. So oder durch die Tatsache, dass Liebe wirklich verdammt blind machte.

Die körperlichen Misshandlungen begannen erst, als ich zwölf war. Ich war schon immer ein großes Kind gewesen, also hatte er wohl das Gefühl, ich wäre ihm gewachsen. Als könne er mir die Scheiße aus dem Leib prügeln, weil ich es verdammt noch mal ertragen und überleben würde. Ich fragte mich immer, wie lange er Mom geschlagen hatte, bevor ich wirklich den Beweis dafür sah. Sie hatte uns von dieser Seite von ihm abgeschirmt, solange sie konnte.

Sofias Gesicht zu sehen, ihre Angst, ihren Mut trotz der Angst – denn sie war mutig, sie war nicht der Feigling, als den ich sie bezeichnet hatte – erinnerte mich an sie. An meine Mutter.

Und mein Spiegelbild in ihren Augen zu sehen,

erschreckte mich zu Tode, denn was ich dort sah, das war nicht ich. Es war er.

Ich schaute auf die Uhr. Es war fast acht Uhr abends. Weit nach der Besuchszeit, aber das war mir egal.

Als ich die Türen verschlossen fand, scrollte ich durch mein Handy, fand Damons Nummer und wählte sie. Es klingelte viermal, und dann ging die Mailbox ran. Ich ging um das Grundstück herum und probierte alle Türen aus, als schließlich, ein paar Minuten später, mein Handy klingelte. Es war Damon.

„Raphael?" Er klang überrascht.

„Ja, ich bin's."

„Alles in Ordnung?"

„Ich bin draußen."

„Draußen?"

„Draußen vor dem Seminar. Die Türen sind verdammt noch mal verschlossen."

„Warte dort. Ich bin gleich unten."

Wir legten auf und ich ging zurück zur Haustür, die sich ein paar Minuten später öffnete. Damon stand auf der anderen Seite, gekleidet in seine Soutane. Ich musste zweimal hinsehen. Es war seltsam, meinen Zwillingsbruder so zu sehen.

„Bist du dir verdammt sicher, dass du das tun willst?", fragte ich. „Dein verdammtes Leben wegwerfen."

„Senke deine Stimme und achte auf deine Sprache hier drin."

Er ließ mich rein und schloss die Tür ab. Ich folgte ihm in ein privates Zimmer. Er bot mir einen Platz an, aber ich ging stattdessen auf und ab. „Hast du etwas zu trinken?"

Er nickte und holte eine Flasche Whiskey aus einem Schrank. Er schenkte uns beiden ein Glas ein. Ich leerte meines in einem Zug. Obwohl er die Augenbrauen hob, schenkte er mir nach und setzte sich wieder hin. Ich blieb stehen.

„Was ist los?"

„Ich bin wie er, nicht wahr?", fragte ich, nicht sicher, was ich hier wollte. Ich kam mir schwach vor, weil ich überhaupt hier war.

Er sah mich lange an. „Wie unser Vater?"

Ich nickte einmal.

„Sag mir, auf welche Weise du wie er bist. Gib mir einen verdammten Hinweis."

Ich schmunzelte. „Darfst du das sagen? Wird dein Gott dich nicht niederstrecken oder so einen Scheiß?"

Er warf mir einen strengen Blick zu. „Einen Hinweis."

Ich schüttelte den Kopf und trank noch mehr Whiskey. „Ich mache ihr eine Scheißangst."

Sein Gesichtsausdruck veränderte sich, aber er lächelte verhalten. „Nun, hör auf damit."

„So einfach ist das nicht."

„Es ist genau so einfach. Was hast du gemacht?"

Scheiße. „Nichts", murmelte ich, aber ich konnte seinen Augen nicht ganz begegnen.

Er hob die Augenbrauen. „Ist sie verletzt? Körperlich?"

„Nein."

„Nochmals, wie bist du wie unser Vater?"

Damon wusste von dem Missbrauch. Er hatte gesehen, wie ich ihn ertrug. Er war dazu gezwungen worden, zuzusehen. Unser Vater war ein böser, manipulativer, teuflischer Mann gewesen.

Ich blieb stehen. „Es tut mir nicht leid, dass er tot ist", sagte ich schließlich. „Ich wünschte nur, ich hätte es schon früher getan. Bevor Mom–"

„Es ist nicht deine Schuld. Nichts davon ist deine Schuld. Wann kriegst du das endlich in deinen Dickschädel?"

„Ich wusste, was er ihr antat."

„Du hast es zu spät erfahren. Wir alle."

„Ich hätte es früher wissen müssen. Ich hätte es wissen müssen, als er mit mir aufhörte." Mein Vater vergriff sich nur an denen, die er überwältigen konnte. Er ging nie das Risiko ein, verlieren zu können. Und als ich stärker wurde als er, ließ er mich in Ruhe.

„Hör auf, dir die Schuld zu geben. Sie hat es auch nicht getan."

„Ich war bei Lambertini auf dem Bauernhof. Er sagte, dass Männer dort gewesen wären. Männer, die mit unserem Vater Geschäfte gemacht hatten. Ich vermute Moriarty."

„Ruf die Polizei. Lass sie sich darum kümmern, Raphael."

„Ich werde ein Exempel statuieren."

„So wie du es mit Sofia tust? Man fickt mit Raphael Amado und bezahlt dafür? Ist das die Botschaft, die du vermitteln willst?"

„Ich habe keine andere Wahl."

„Doch, die hast du. Du kannst dich dafür entscheiden, die Vergangenheit ruhen zu lassen. Lass die Polizei das regeln."

„Ich bin ein Mörder."

„Es war Notwehr. Unser Vater hätte dich getötet. Das war für alle offensichtlich, auch für den Richter."

„Trotzdem verbrachte ich sechs Jahre–"

„Und das Urteil wurde aufgehoben." Damon leerte sein Glas. „Ich schätze, du musst herausfinden, was du willst, Raphael. Finde heraus, wer du bist. Ob du das Leben, das unser Vater führte, fortsetzen oder begraben willst. Tue stattdessen Gutes. Du hast das Land. Du kannst es neu bepflanzen, ein ehrliches Leben führen."

Ich schnaubte, als er das Wort ‚ehrlich' aussprach.

„Es würde Mom stolz machen", fügte er hinzu. „Und es wäre die ultimative Rache. Hol dir zurück, was uns unser Vater gestohlen hat."

„Der Tod ist endgültig, Bruder."

„Denkst du, ich wüsste das nicht?"

Ich leerte mein Glas und sah ihn direkt an. Ich hatte wohl nie darüber nachgedacht, dass auch mein Bruder trauern würde, aber er tat es. Das taten wir alle, auch Zachariah. Immer noch. Sechs verdammte Jahre später. „Ich habe eine Frage an dich." Er wartete darauf, dass ich sie ihm stellte. „Warum sagst du mir nicht, dass ich Sofia gehen lassen soll?"

Er sah mich lange an und seine Augen verengten sich ein wenig. Zum ersten Mal seit langer Zeit sah ich das Amado-Blut, das in seinen Adern floss.

„Obwohl es falsch ist, was du tust, glaube ich, dass sie gut für dich ist."

Ich lachte laut auf. „Was zum Teufel macht das aus dir, Bruder, wenn nicht einen Komplizen?"

Er stand auf und kam lächelnd zu mir. „Ich bin vor allem dein Bruder", sagte er. „Ich will, dass du glücklich bist. Endlich."

9

SOFIA

Es war nicht schwer, Raphael nach dem Vorfall am Pool aus dem Weg zu gehen. Er schien mir auch aus dem Weg zu gehen. Er aß anscheinend immer schon vor mir und ich blieb in meinem Zimmer, wenn ich nicht nach unten gehen musste, um mich um Charlie zu kümmern. Ich wusste die meiste Zeit nicht, wo Raphael war, und es sollte mir auch egal sein. Aber das war es nicht.

Es gab zwei Seiten an ihm und er verwandelte sich mit tödlicher Präzision im Sekundenbruchteil. Seine Dämonen waren so dunkel und so mächtig, dass er, wenn sie ihre Köpfe erhoben und ihn überwältigten, die furchterregendste Bestie von allen wurde. Ein Mann voller Hass und Rache. Aber waren es nicht genau diese Dinge, die ihn gebrochen hatten?

Aber dieser Zwiespalt, er machte ihn nur noch gefährlicher, denn dieser Schmerz, er könnte auch mich verschlingen. Er könnte mich zerstören, wie er ihn zerstört hatte.

Ich konnte ihn immer noch auf meinen Lippen spüren, seinen Mund auf meinem, seine Zunge an meiner eigenen, als ich mich ihm geöffnet hatte. Wie ein Narr hatte ich so verdammt leicht nachgegeben. Er hatte mich noch nicht einmal zwingen müssen. Wenn er das getan hätte, wäre es einfacher gewesen. Wenn er mich gezwungen hätte, könnte ich ihn hassen. Dann müsste ich nicht mich dafür hassen, dass er recht hatte. Ich wollte ihn.

Zwei Tage nach dem ersten Termin kam die Schneiderin für eine weitere Anprobe vorbei, und bald war mein Kleid fertig. Ich ließ es im Schlafzimmer hängen, versteckt im Kleidersack. Ich wollte nicht darüber nachdenken.

Am dritten Abend aß ich wieder einmal in der Küche bei Charlie. Einerseits hatte ich Angst davor, dass Raphael hereinkommen könnte, aber ich hatte es auch satt, allein zu sein und war bereit, ihm entgegenzutreten. Bereit, es hinter mich zu bringen.

Aber das Haus war ruhig, abgesehen von dem leichten Regen, der an die Fenster trommelte. Es fühlte sich seltsam an, alleine in einem so großen, alten Haus zu sein. Charlie verschlang sein Futter und rollte sich zu meinen Füßen zusammen, um wieder zu schlafen. Irgendwie beneidete ich ihn um sein Leben.

Ich kippte mehr als die Hälfte meines Essens in den Mülleimer und spülte meinen Teller ab, dann ließ ich Charlie schlafen, während ich mich im Haus umsah und darauf achtete, die Küchentür für ihn offen stehen zu lassen.

Wohn- und Esszimmer waren frisch geputzt und gesaugt worden. Ich ging an ihnen vorbei, da ich wusste, dass Raphaels Arbeitszimmer am Ende des Flurs lag. Ich war mir nicht sicher, was ich tun wollte, nicht wirklich. Nicht, bis ich direkt vor seiner Tür stand. Schuldgefühle ließen mich über die Schulter blicken, bevor ich nach dem Türknauf griff und ihn drehte. War es Erleichterung oder Enttäuschung, ihn verschlossen vorzufinden?

Ich ging zurück in die Küche. Vielleicht war es gut, dass ich nicht in das Arbeitszimmer kam. Ich bemerkte ein Licht unter einer geschlossenen Tür, die ich noch nicht geöffnet hatte. Nachdem ich einmal geklopft hatte, wartete ich, aber als niemand antwortete, öffnete ich sie. Sie knarrte und mein Herz raste, denn ich wusste nicht, was ich vorfinden würde. Ich war genauso nervös und darauf eingestellt, Raphael zu begegnen, wie einem Geist.

Aber keiner von beiden begrüßte mich. Stattdessen stand ich da und schaute eine Steintreppe hinunter. Der Geruch und die Kälte verrieten mir, dass dies der Keller war.

„Hallo? Ist da unten jemand?“

Keine Antwort. Ich ging zwei Stufen hinunter, dann noch zwei weitere, bis ich in den kühlen, feuchten Raum blicken konnte. Er war groß und gut beleuchtet, mit Steinmauern, die aussahen, als wären sie älter als das Haus selbst.

Meine Ballerinas machten keine Geräusche. Ich zählte mit, als ich die insgesamt vierzehn Stufen hinunterstieg. Die Kälte ließ mich meine Arme um mich schlingen, während ich mich umblickte. Entlang der Wände standen eingepackte Gegenstände, vermutlich alte Möbel oder Geräte. Einige der Abdeckungen waren kürzlich abgenommen worden. Das konnte ich an dem Staub erkennen. Jemand war vor nicht allzu langer Zeit hier gewesen. In der Mitte des Raumes stand eine Stele. Angezogen von ihr ging ich darauf zu. Sie war alt, wie alles andere hier, das Holz aufwendig geschnitzt, auch wenn es ein wenig morsch war. Sie war robust und wahrscheinlich einmal schön gewesen. Sie war tief in den Boden eingegraben worden, und als ich aufblickte, wusste ich genau, wozu sie benutzt worden war. Die Kälte, die ich zuvor gefühlt hatte, zog nun einen eisigen Finger an meiner Wirbelsäule entlang und setzte sich in meinem Nacken fest.

Eisenketten hingen von oben herab. Handschellen mit Schlössern daran standen offen.

Das Bild von Raphaels Rücken blitzte vor meinen Augen auf. Ich schüttelte den Kopf.

Nein. Nicht, was du denkst. Unmöglich.

Das Geräusch von Schritten erschreckte mich und ich sprang zurück, bemerkte zum ersten Mal eine fast höhlenartige Öffnung in der hinteren Wand und erkannte, dass dort der Geruch von feuchter Erde herkam. Voller Panik wollte ich rennen, denn jeder Horrorfilm, den ich je gesehen hatte, lief vor meinen Augen ab. Aber die Angst lähmte meine Beine und ich stand wie angewurzelt dort, sah hin, die Hände um meinen Hals gelegt, mein Mund offen, mein Atem eingefroren.

Würde ich schreien? Würde überhaupt ein Geräusch kommen, wenn ich es versuchte? Oder würde mich die Angst verstummen lassen?

Das Geräusch kam näher und einen Augenblick später erschien Raphael an der Mündung des Tunnels. Ich schrie auf und er erstarrte. Sein nasses Hemd und seine Haare klebten förmlich an ihm.

„Sofia?“

Ich bedeckte mein Gesicht und erst da wurde mir klar, wie angespannt ich gewesen war, wie viel Angst ich gehabt hatte. Ich lachte, ein seltsames, fast manisches Geräusch. „Ich dachte ...“ Ich atmete zitternd ein und wischte mir die Augen ab. Warum weinte ich? Warum jetzt?

„Du siehst aus, als hättest du einen Geist gesehen“, sagte er.

„Ich dachte, du wärst einer“, sagte ich.

Er trat ins Licht. Seine Wangen und die Nasenspitze waren rot vor Kälte, der Geruch des Tunnels hing an ihm.

„Kein Gespenst."

Sein Blick fiel auf die Stele, und als er weiter in den Raum kam, hatte ich das Gefühl, er achte darauf, einen großen Abstand zwischen sich und ihr zu lassen.

„Was machst du hier?"

Ich schüttelte den Kopf. „Ich sah mich nur im Haus um und bemerkte das Licht."

„Du solltest nicht hier unten sein."

Er trat näher. Ich roch Alkohol in seinem Atem.

„Wo kommst du her?"

Er zeigte hinter sich. „Der Tunnel führt zur Kapelle."

„Du warst in der Kapelle? Jetzt? Es ist Nacht und es regnet."

Er ging zu einem Tisch und hatte mir den Rücken zugewandt, als er antwortete.

„Ich hatte das Grab meiner Mutter seit sechs Jahren nicht mehr besucht."

„Oh, Gott." Ich ging zu ihm, hob meine Hand, um sie auf seine Schulter zu legen, hielt aber inne, ohne ihn zu berühren. „Es tut mir leid." Ich bemerkte den Flachmann, den er in seine hintere Jeanstasche gesteckt hatte.

Raphael griff nach einem der Laken, zog es aber nicht herunter. Als er sich zu mir umdrehte, sah ich, wie sich seine Augen verdunkelt hatten, wie schnell sein Blick von einer Ecke zur anderen sprang und unweigerlich immer wieder auf der Stele landete.

„Du gehörst nicht hierher, Sofia."

Seine Stimme war dunkel und leise und er machte einen Schritt auf mich zu. Ich machte einen zurück. Seine nasse, kalte Hand legte sich um meinen Arm und stoppte mich. Er kam mir näher, bis sein feuchter Körper fast meinen berührte. Er betrachtete mein Gesicht, meinen Mund, meinen Hals, die Schwellung meiner Brüste, während ich schwere, tiefe Atemzüge nahm. Sein Blick kehrte zu meinem zurück und wir blieben so, sahen einander an, eine Ewigkeit lang. Sein T-Shirt durchweichte mein Kleid. Die Hand, die meinen Arm hielt, rutschte zu meinem Handgelenk, und seine andere legte sich um mich herum, erst um meine Taille, dann höher, zwischen meine Schulterblätter, eisig auf meinem Nacken, dann meinen Kopf wiegend. Ohne ein Wort beugte er sich hinunter und kühle, nasse Lippen bedeckten meine.

Ich keuchte, aber er schluckte das Geräusch hinunter und seine Hand an meinem Hinterkopf hielt mich an Ort und Stelle, während sich seine Lippen langsam und weich über meine bewegten und mich schmeckten. Als seine Zunge tastete, öffnete ich mich, und er glitt hinein. Ich neigte den Kopf und er drückte sich an mich. Als er das tat, fühlte ich ihn, seine Härte, an meinem Bauch.

Ich wollte den Kuss beenden.

Ich tat es.

Aber er hielt mich fest und eroberte meinen Mund erneut, und dieses Mal ersetzte Dringlichkeit die sanftere Erforschung von vorhin. Sein Kuss war hungrig, fast gierig, und sein Verlangen schien dasselbe in mir zu wecken. Ich hob eine Hand und legte sie auf seinen Arm, ich mochte das Gefühl harter Muskeln dort. Irgendwie fühlte ich mich sicher. Mein Körper gab nach, entspannte sich an ihm, und meine Augen schlossen sich flatternd.

Aber dann brach er den Kuss ab und lehnte seine Stirn an meine.

Sein Atem ging schwer. Seine Hände bewegten sich zu meinen Hüften und hielten mich fest.

„Ich bin kaputt. Gebrochen“, sagte er. „Du musst nach oben gehen.“

Ich hob den Kopf, um ihn anzuschauen, in seine Augen zu blicken. Sie verrieten so viel, was er nicht sagte, und es fühlte sich seltsam an, dass ich diesen Mann erst seit ein paar Tagen kannte. Ich sollte ihn hassen. Ihn fürchten. Und ich fürchtete ihn auch, aber da war noch etwas anderes, eine Anziehungskraft, die zu stark war, um sie ignorieren zu können.

So dominant er sein konnte, so barsch er mir auch Befehle gab, schien Raphaels Verwundbarkeit die Ränder seiner Härte zu berühren, sie zu mildern, auch wenn er versuchte, das zu verbergen, sie zu begraben, und alles, was ich denken konnte, war, dass er verloren war.

Mit zitternden Fingern berührte ich sein Gesicht.

Eine seiner Hände schob sich tiefer, dann wieder nach oben, und glitt über meinen Bauch. Seine Haut brannte sich durch die dünne Baumwolle meines Kleides, während er meinen Bauch und meine Brust streichelte, und als sein Finger meine harte Brustwarze berührte, fühlte sich das in meinem Innersten an, als würde er mich zwischen meinen Beinen berühren.

„Ich will dich, Sofia. Aber ich bin betrunken und möchte, dass du nach oben in dein Zimmer gehst und die Tür abschließt, verstanden?" Sein warmer Whiskey-Atem kitzelte mein Gesicht.

„Du wirst mir nicht wehtun." War ich mir da wirklich so sicher?

„Ich werde dir wehtun. Du kennst mich nicht."

„Das sagst du mir immer wieder."

„Vielleicht solltest du anfangen, es zu glauben."

Er umschloss über dem Kleid meine Brust, und ich keuchte, sah zu, wie sich seine Hand bewegte, wie seine Finger mit meiner Brustwarze spielten. Weder das Kleid noch der BH boten Schutz.

„Du hättest mir neulich wehtun können, aber das hast du nicht", sagte ich.

Er starrte mir in die Augen und kniff in eine Brustwarze, als wolle er seinen Standpunkt beweisen. Als ich einen kleinen Schrei von mir gab, ließ er sie los und trat zurück, um sich mit einer Hand das T-Shirt auszuziehen.

„Berühre mich“, sagte er.

Ich sah ihn an, schluckte, als etwas in meinem Bauch flatterte. Wir sahen beide zu, wie meine Hände zitterten, als meine Fingerspitzen seine vom Regen feuchte Haut berührten. Ich streichelte ihn leicht, sanft. Ich fragte mich, ob er über mich lachen würde, über meine Unerfahrenheit, aber das tat er nicht. Er stand da und ließ mich ihn berühren, ließ mich sein Herz unter seiner Haut schlagen spüren. Aber als meine Erkundung mutiger wurde und meine Finger über feste Muskeln und die Spur dunkler Haare, die in seiner Jeans verschwanden, nach unten wanderten, packte er grob mein Handgelenk.

Ich keuchte und mein Kopf schnappte nach oben.

„Ich sagte dir, du sollst nach oben in dein Zimmer gehen und deine Tür abschließen. Ich bin betrunken. Ich werde dir wehtun.“

„Du hast mir auch gesagt, ich solle dich berühren.“

Er drückte mein Handgelenk.

„Du hattest übrigens recht. Ich will es. Ich will dich.“ Ich schluckte, nicht sicher, was zur Hölle ich tat, wohin das führen würde. „Küss mich noch einmal, Raphael.“

Ein Feuer brannte hinter seinen Augen. Meine Lippen öffneten sich und ich leckte darüber. Raphael drückte mich an die Wand, sein Mund presste sich auf meinen, in einem Kuss, so intensiv, so voll von allem, dass es schmerzte, mich verbrannte. Es war, als würde er sein Zeichen hinterlassen. Mich beanspruchen. Er legte die Handfläche einer Hand auf meinen Bauch, während mein Hinterkopf gegen den kalten, schmerzhaft zerklüfteten Stein drückte.

„Wenn du nicht noch Jungfrau wärst, würde ich dich hier und jetzt ficken, an der Wand."

Die Worte erklangen mit einer rauen, heiseren Stimme. Er gab mir keine Chance zu antworten. Ihm zu sagen, dass er es tun solle. Denn ein Teil von mir mochte diese Seite von ihm. Diese beschädigte, dunkle, gebrochene Seele. Er sehnte sich danach, ihn zu berühren. Diesen gebrochenen Teil von ihm zu berühren. Den Teil, der ihn offen und verloren und gefährlich machte.

Stattdessen drückte er seinen Mund wieder auf meinen. Ich gab einen Laut von mir, keinen Protest, aber auch kein Nachgeben. Ich wusste, dass er betrunken war. Ich konnte es auf seiner Zunge schmecken. Ich mochte es, ich wollte es. Ich wollte ihn. Aber nicht auf diese Weise. Nicht beim ersten Mal.

Raphael zog sich zurück, atmete schwer. Er warf

mir einen harten Blick zu, dann trat er zurück und drehte mir den Rücken zu. Trotzdem wusste ich, dass sein Blick auf die Stele gerichtet war.

„Dein Rücken, Raphael", sagte ich, trat näher und berührte die unregelmäßige, unebene Haut. Narbengewebe.

Er wirbelte herum und packte mein Handgelenk so fest, dass ich stolperte.

„Fass. Mich. Nicht. An." Er drückte es fester zusammen. „Nicht meinen Rücken."

„Du tust mir weh!", quietschte ich nach einem Moment.

Es war, als würde er Zeit brauchen, um meine Worte zu verarbeiten, denn es dauerte, bis er mich losließ und wegging. Er wandte den Blick ab und fuhr sich mit der Hand durchs Haar.

„Ich habe es dir gesagt", murmelte er, richtete sich dann auf und zog das Fläschchen aus seiner Gesäßtasche. „Whiskey?"

Er bot ihn mir nicht ernsthaft an, aber ich schüttelte trotzdem den Kopf. Er nahm einen großen Schluck. Langsam kehrte die Härte zurück, als würde man Beton auf einen zerbrochenen Boden gießen. Ich sah, wie es vor meinen Augen geschah.

„Du solltest nicht hier unten sein, Sofia. Dieser Ort–" Er sah sich um und schüttelte den Kopf. „Hier spukt es."

„Spuken?" Ich wollte ihn zurück, den Mann, den ich gerade gesehen hatte, den, den ich nur flüchtig erblickt hatte. Aber er redete wirr und wollte mich nicht anschauen. Etwas sagte mir, dass ich ihn nach oben bringen musste. Ihn aus diesem Keller herausholen.

„Zu viel Schmerz und Leid und Hass." Er spuckte das letzte Wort aus.

„Komm mit mir nach oben, Raphael."

Er schüttelte den Kopf. Das Licht glitzerte in seinen zu hellen Augen. „Geh", sagte er.

„Nicht ohne dich."

„Ich gehöre hierher."

Er trank.

Ich ging wieder zu ihm, diesmal zögernd, und hob meine Hand, um seinen Arm zu berühren, seinen Handrücken. Er beobachtete es, beobachtete die Fortschritte bei meinen Berührungen.

„Du gehörst nicht hierher. Niemand gehört hierher", sagte ich.

Er sah nur mich an.

„Komm mit mir nach oben. Ich bitte dich."

„Du kennst mich doch gar nicht. Du weißt gar nichts über mich. Du hast nicht die geringste verdammte Ahnung, wozu ich fähig bin."

„Ich glaube, ich kenne dich besser, als du denkst. Und du hast recht. Hier gibt es zu viel Schmerz. Du musst mit mir nach oben kommen."

„Warum? Warum interessiert dich das? Ich meine, schau, was ich dir antue."

Ich antwortete nicht darauf. Ich konnte es nicht,

da ich selbst die Antwort nicht wusste. Alles, was ich wusste, war, dass ich ihn da unten nicht allein lassen konnte. Nicht jetzt. Niemals.

„Es ist kalt.“ Ich nahm seine Hand und zog ihn – oder versuchte es – in Richtung Treppe, aber es war, als würde ich versuchen, diese Stele zu bewegen. „Mir ist kalt. Bring mich nach oben.“

Er antwortete nicht, sondern sah mich nur an. Ich war mir nicht sicher, wie viel von dem Whiskey er schon getrunken hatte. Er schien nicht betrunken zu sein, aber er war auch nicht er selbst.

„Komm schon, mir ist kalt.“

In diesem Moment erklang Charlies kläffendes Bellen vom oberen Ende der Treppe. Ich sah zu ihm hoch. Er stand am Rand der Treppe, noch zu klein und vielleicht zu ängstlich, um den ersten Sprung nach unten zu wagen. Als ich mich wieder zu Raphael umdrehte, sah ich, dass er mich mit einem seltsamen Ausdruck in den Augen beobachtete. Ich konnte ihn nicht benennen. Konnte nicht ausdrücken, was es war.

„Komm mit mir, Raphael.“ Dieses Mal ließ er sich von mir nach oben führen. „Charlie wird sich verletzen, wenn er versucht herunterzukommen.“ Langsam gingen wir nach oben und Charlie sprang um unsere Beine herum, als wir oben ankamen. Ich machte das Licht aus und schloss die Tür hinter uns. Er ließ sich von mir durch das Haus führen und in den ersten Stock hinauf. „Du frierst“, sagte ich, als wir mein Schlafzimmer erreichten.

Er stand einfach da und sah mir zu.

Ich öffnete die Tür und zog ihn mit mir hinein, nicht sicher, ob es die beste Idee war, nicht, wenn er mich so seltsam ansah. Aus dem Badezimmer holte ich mir ein Handtuch, trocknete ihm das Haar, die Schultern und die Brust und legte dann das Handtuch auf das Bett. Unsicher bei dem, was ich tat, unsicher, ob ich es überhaupt tun sollte, begann ich, seine Jeans zu öffnen, erst den Knopf, dann den Reißverschluss. Er stand still und ich kniete mich hin, um ihm Schuhe und Socken auszuziehen, bis er barfuß dastand, mit nacktem Oberkörper, die Jeans offen, das Dunkelgrau seines Slips sichtbar.

Ich schob ihm die Jeans von den Hüften, aber der nasse Stoff klebte an seinen Oberschenkeln.

Ich schluckte schwer, beugte mich erneut hinunter, und er trat heraus.

„Sofia“, sagte er, als ich mich aufrichtete.

„Schhh.“ Ich zog die Bettdecke zurück. „Wir werden einfach schlafen.“ Ich meinte es ernst. Nichts würde passieren. Noch nicht.

Seine Stirn war gerunzelt und seine Augen hatten etwas von ihrem seltsamen Glanz verloren. Er nickte, und als ich gegen seine Brust drückte, legte er sich ins Bett. Ich zog die Decke über ihn und beobachtete, wie sich die starken Muskeln seiner

Arme und Schultern bewegten, als er sich auf die Seite drehte.

Charlie versuchte dreimal, auf das Bett zu springen. Schließlich hob ich ihn hoch und legte ihn zu Raphaels Füßen hin, bevor ich mir mein Tank Top und meine Shorts schnappte und mich im Badezimmer umzog. Als ich zurückkam, lag Raphael da und beobachtete mich. Ich zog die Decke zurück und kletterte ins Bett, drehte ihm den Rücken zu und achtete darauf, ihn nicht zu berühren. Aber dann legte sich sein schwerer Arm über meine Taille und zog mich zu ihm. Mein Herz raste und mein Atem stockte, als er sich um mich legte, sich sein großer Körper um meinen schlang, sein Arm zur Ruhe kam, sich seine Hand auf meinen Bauch legte und er mich fest an sich drückte.

Keiner von uns sprach, aber ich wusste, dass es lange dauern würde, bis er einschlief.

Schließlich wurde sein Atem gleichmäßiger und ich schloss die Augen. Mein Körper war zu müde, um noch länger gegen die Erschöpfung anzukämpfen und sein Körper war zu warm, als dass ich mich nicht zusammenrollen und an ihn drücken konnte.

„Ich habe noch nie so bei einer Frau geschlafen. Niemals."

Ich blinzelte, sprach aber nicht.

„Ich wollte nie, dass sie blieben", sagte er. Er zog mich fester an sich.

„Raphael–“

„Schlaf, Sofia. Es wird nichts passieren.“

Ich berührte seinen Handrücken mit meinem, schloss die Augen und schlief ein, und als ich am Morgen aufwachte und die Sonne durch die Vorhänge schien, war er weg, seine Seite des Bettes kalt.

10

RAPHAEL

Ich saß in meinem Arbeitszimmer hinter verschlossener Tür und las zum hundertsten Mal den Nachtrag zu dem Vertrag, den ihr Großvater gemacht hatte. So sehr ich ihn dafür hasste, ein Teil von mir wollte es, freute sich darüber.

Das war der kranke Teil. Der Teil, vor dem ich versucht hatte, sie zu warnen. Der Teil, von dem sie sich sicher war, dass er nicht existierte.

Ich schüttelte den Kopf, als meine Gedanken wieder zur letzten Nacht wanderten. Ich sollte ein Schloss an der Kellertür anbringen. Ich durfte sie nicht noch einmal dort hinuntergehen lassen. Sie durfte nicht sehen, was unter diesen Laken war. Verdammt, ich sollte diese Tür versiegeln. Vielleicht könnte ich dann die Dinge vergessen, die in diesem Raum geschehen waren.

Letzte Nacht war das erste Mal seit mehr als sechs Jahren, dass ich dort gewesen war. Es regnete und ich musste in die Kapelle gehen. Zu dem Friedhof dahinter. Diesen Teil hatte ich Sofia nicht gezeigt, als wir in der kleinen Kirche gewesen waren. Es erschien mir zu persönlich, zu privat. Meine Ausrede, den Tunnel wegen des Regens zu benutzen, war fadenscheinig. Es war mir egal, ob ich nass wurde, und wenn, dann hätte ich fahren können.

Ich hatte wissen wollen, ob dieser Raum immer noch Macht über mich hatte. Ob mich das Grauen darin noch immer verfolgte. Ich hatte gedacht, dass ich stärker wäre. Dass die Zeit meine Haut zäher gemacht hätte. Dass sechs Jahre in dem verdammten Gefängnis diese Erinnerungen zerquetscht hätten, aber das hatten sie nicht. Nichts konnte das. Jedes Mal, wenn ich die Treppe hinunterging, wurde ich wieder dieser kleine Junge, dieser verängstigte kleine Junge, der sich in seine verdammten Hosen pisste.

Ich knirschte mit den Zähnen.

Es könnte schlimmer sein. Ich könnte stattdessen wie er sein. Wie mein Vater. Verdammt, ich war mir nicht sicher, dass ich es nicht war. War es nicht besser, das Opfer zu sein?

Nein, Scheiße, nein. Es war nie besser, das Opfer zu sein. Ich musste mich daran erinnern, und was ich vielleicht brauchte, waren mehr verdammte Besuche in dieser Hölle, nicht weniger.

Vielleicht brauchte ich es, dass jemand die Peitsche nahm. Um es mir zu zeigen. Um mich abzuhärten.

Sofias warmer Körper, der sich die ganze Nacht an meinen gedrückt hatte, das Geräusch ihres ruhigen Atmens, das Gefühl ihrer Sanftheit, als sie sich endlich in meinen Armen entspannte, hatte mich endlich ausatmen lassen.

In meinen Armen.

Scheiße.

Sie hatte mich überrascht, als ich in den Keller zurückgekehrt war. Das war der letzte Ort, an dem ich jemals erwartet hätte, sie zu finden. Sie hätte ihn nie sehen sollen. Sie gehörte nicht in diese Welt. Ich meinte, was ich sagte. Die Vergangenheit suchte diesen Keller heim, und diese Vergangenheit war voller Schrecken. Sie gehörte nicht dorthin und ich wäre verdammt, wenn ich zugelassen hätte, dass sie sie berührte. Sie beschmutzte. Ihr ihre Unschuld nahm.

Aber tat ich nicht dasselbe? Stahl ich sie ihr nicht? Ich brauchte die Vergangenheit nicht, um sie zu beschmutzen. Ich machte alleine einen ganz guten Job. Ich wollte sie. Und die Art, wie ich sie wollte, war anders als die, die ich vorgehabt hatte, die ich geplant hatte. Sie sollte Angst vor mir haben. Das war der Plan. Aber sie letzte Nacht zu halten, sie in meinen Armen zu halten, wie sie sich um mich kümmerte ... sich um mich kümmerte? Warum hatte sie das getan? Ich verstand es nicht. Es machte keinen Sinn.

Ich stand auf und ging zum Fenster. In der Ferne, weit genug von den Frauen entfernt, um nicht aufdringlich zu wirken, aber nah genug, um seine Arbeit zu tun, stand Eric. Nach meinem Gespräch mit Lambertini hatte ich darüber nachgedacht, noch ein paar Männer einzustellen.

Von meinem Platz hinter dem Vorhang aus beobachtete ich Sofia. Sie trug ein kurzes türkisfarbenes Sommerkleid und ihr langes, nasses Haar war mit einer Spange zusammengebunden. Vermutlich hatte sie geduscht. Ich musste mit ihr über ihre Garderobe sprechen. Der Gedanke, dass irgendjemand anders das sah, was mir gehörte, störte mich.

Sie war gerade nach draußen gegangen. Charlie, den ich heute Morgen um fünf Uhr rausgelassen hatte, während sie schlief, rannte zu ihr, und sie nahm ihn die Arme. Ein Lächeln erhellte ihr Gesicht, aber ich sah, wie sie sich umsah, und als Nicola nach draußen ging und Sofia mit ihr sprach, wusste ich, dass sie nach mir fragte.

Ich hatte Maria gesagt, dass ich nicht gestört werden dürfe. Sie sollte sagen, ich sei weg.

Ich war wirklich kaputt. Ein Arschloch. Letzte Nacht hatte sie mich gesehen. Wirklich gesehen. Und sie war nicht weggelaufen. Nicht einmal, als ich mich der Dunkelheit hingegeben hatte, nur für eine kleine Weile. Das Gegenteil war der Fall gewesen.

Sie war bei mir geblieben und hatte sich geweigert, mich dort zurückzulassen. Sie hatte mir gesagt, dass ich dort nicht hingehörte. Dass niemand dorthin gehörte.

Sie kennt dich nicht.

Sie setzte sich an den Tisch auf der Terrasse und nippte an ihrem Kaffee. Als sie in Richtung des Arbeitszimmers blickte, versteckte ich mich hinter den Vorhängen.

Ich wollte sie. Ich wollte mehr, als sie nur zu ficken. Ich wollte alles von ihr haben.

Vielleicht war es das Gefängnis. Vielleicht war es, wie ein Tier eingesperrt zu sein.

Ich hatte Sofia gesagt, dass die Ehe nur auf dem Papier existieren würde, aber dann hatte ich angefangen, über sie zu fantasieren. Über unsere Hochzeitsnacht. Darüber, wie ich ihre Beine spreizte und sie zur Meinen machte. Aber das wollte ich nicht. Wenn sie nein sagte, würde ich aufhören. Ich würde ihr nicht wehtun, nicht so. Aber es machte mich verdammt hart, auch nur daran zu denken, und das war der Teil, der mir am meisten Angst machte. Ich durfte nicht zulassen, dass es mich packte, egal, was passierte.

Vielleicht war es doch nicht das Gefängnis, das mir das angetan hatte. Vielleicht war es ihre Unschuld. Ihre Reinheit. Vielleicht war es ein schwacher Versuch meinerseits, mich zu läutern.

Verdammt, vielleicht suchte ich die ganze Zeit nach Absolution und wusste es nicht einmal.

Alles, was ich wusste, war, dass es nicht so laufen sollte.

Aber warum nicht? Warum konnte ich sie nicht haben? Sie gehörte bereits mir. Warum konnte ich nicht alles von ihr haben?

Ich schüttelte den Kopf und kehrte zu meinem Schreibtisch zurück. Dort nahm ich einen Stift und unterschrieb den Nachtrag, dann griff ich nach meinem Handy, um meinen Anwalt anzurufen. Ich musste das Ganze in Ordnung bringen. Mich vorbereiten. Ich musste mich zwingen, mich darauf zu konzentrieren, nicht auf die Dinge, die Sofia gesagt hatte, nicht auf den Blick in ihren karamellfarbenen Augen, nicht auf die Zartheit ihrer Berührung, die Glätte ihrer Haut.

Nicht auf den Gedanken, wie sehr sie mich hassen würde, wenn sie erfuhr, wozu ich gerade zugestimmt hatte.

11

SOFIA

Nach dem Vorfall im Keller sah ich Raphael drei Tage lang nicht mehr. Maria sagte nur, er sei geschäftlich verreist. Ich hatte keine Ahnung, wie ich verpasst hatte, dass er an diesem Morgen das Bett verließ. Ich fragte mich, um wie viel Uhr er gegangen war. Ich hatte nicht einmal gespürt, wie er sich bewegte, als er aus dem Bett gestiegen war. Alles, was ich wusste, war, dass ich wie ein Stein in der Wärme und Sicherheit seiner Arme geschlafen hatte. Dieser Mann, der mich praktisch entführt hatte – er war derjenige, der mich so sicher fühlen ließ, wie ich mich seit Jahren nicht mehr gefühlt hatte. Seit meine Eltern ums Leben gekommen waren.

Ich war noch so jung gewesen, aber da Lina jünger war, war ich gewissermaßen ihre Beschützerin geworden. Es war nicht einmal eine bewusste

Entscheidung gewesen. Es fühlte sich gut an, endlich mal loszulassen. So gut, dass mir klar wurde, wie lange ich mich zurückgehalten hatte.

Aber was war jetzt mit Lina? Was würde mit ihr passieren, jetzt, wo ich weg war? Wer würde sie beschützen?

Diese Idiotie, sich in Raphaels Armen sicher zu fühlen, was war das? Sollte ich davor nicht am meisten Angst haben?

Aber das Bild von ihm in jener Nacht im Keller, von seinen Augen, ich bekam es nicht aus meinem Kopf.

Raphael Amado war gebrochen. Ich fragte mich, wie lange schon. Wer ihn gebrochen hatte. Die Narben auf seinem Rücken erzählten eine schreckliche Geschichte. Wie alt war er gewesen, als es passiert war? Dem Narbengewebe nach zu urteilen, war es keine einmalige Sache gewesen. Nicht einmal annähernd.

Es war am späten Nachmittag des dritten Tages und die Schatten begannen, länger zu werden. Als Eric nach drinnen ging, um zu Abend zu essen, schlich ich mich davon, denn ich hatte es satt, ständig beobachtet zu werden. Ich brauchte frische Luft und Bewegung, um meinen Kopf frei zu bekommen, und ehrlich gesagt hoffte ich, dass ich ihm begegnen würde. Ich wollte Raphael sehen, um dem entgegen zu treten – was auch immer es war.

Ich merkte nicht, dass ich auf dem Weg zur

Kapelle war, bis ich dort ankam. Ich dachte über den Tunnel nach, der vom Haus hierherführte, aber ich zitterte schon bei dem Gedanken, so lange so tief unter der Erde zu sein. Ich hatte noch nie unter Platzangst gelitten, aber das machte mir Angst.

Anstatt zur Vordertür der Kapelle zu gehen, ging ich hinten herum. Es fühlte sich ein wenig falsch an, hierher zu kommen, ohne dass Raphael es wusste, aber ich wollte das Grab seiner Mutter sehen. Sehen, wo er in dieser Nacht gewesen war.

Der zugewachsene Weg hielt mich auf, aber schließlich schob ich das knarrende kleine Tor an der Seite der Kirche auf. Ich fragte mich, wie ich den Friedhof am ersten Tag, an dem wir hier gewesen waren, übersehen konnte, als er mir die Kapelle gezeigt hatte, aber das kniehohe Gras verbarg die Grabsteine gut. Während ich das Unkraut beiseite schob, zählte ich über ein Dutzend Grabsteine, die meisten von ihnen flache Steine im Boden, einige höher. Es war nicht schwer, das Grab seiner Mutter zu finden. Es war das einzige, bei dem Unkraut und überwucherndes Gras entfernt worden waren – buchstäblich auseinandergerissen – und vor dem eine einzige verwelkte Löwenzahnblüte lag.

Er hatte eine Löwenzahnblüte zurückgelassen. Wahrscheinlich hatte er sie neben dem Grab gepflückt. Ich wurde traurig, als ich das sah, als ich daran dachte, wie er hergekommen war und begriff, dass er nach all der Zeit seine Mutter mit leeren

Händen besucht hatte. Ich dachte daran, wie alleine er gewesen war. Wie er an der Stelle gesessen hatte, wo ich jetzt stand. Und alles, was ich fühlte, war Einsamkeit. Es war fast zu viel.

Das Geräusch eines brechenden Astes erschreckte mich und ließ mich umherwirbeln, die Hand an mein Herz gedrückt.

„Ich wollte Sie nicht erschrecken."

Einen winzigen Moment lang dachte ich, es sei Raphael. Aber dann lächelte Damon und ich hoffte, dass er meine Enttäuschung nicht sah.

Ich zwang mich zu einem Lächeln. „Nein, das haben Sie nicht. Ich bin nur nervös." Verlegen deutete ich auf die Umgebung. „Dämmerung auf einem Friedhof. Wahrscheinlich nicht meine klügste Entscheidung."

Damon kam auf mich zu. „Ich bin heute sehr früh hier. Ich komme gerne in die Kapelle, wenn ich hier bin." Er schaute auf das Grab. „Er will nicht, dass es jemand pflegt."

Ich folgte seinem Blick zum Löwenzahn.

„Warum nicht?"

Damon schüttelte den Kopf und sah mich an, die Ähnlichkeit ihrer Gesichtszüge fiel mir auf.

„Wie ich meinen Bruder kenne, fühlt er sich schuldig an ihrem Tod. So ist er nun mal. So hart er äußerlich auch ist, er frisst alles in sich hinein. Das hat er immer getan."

Ein plötzlicher Windstoß ließ mich zittern.

Damon zog den Pullover, den er trug, aus und legte ihn mir über die Schultern. Die Geste war freundschaftlich, und vielleicht lag es daran, dass er fast ein Priester war, dass ich sie nicht anders auffasste. Ich bemerkte, dass er darunter ein schwarzes T-Shirt trug, bemerkte, dass er wie sein Bruder gebaut war, und wandte schnell den Blick ab.

„Komm, lassen Sie uns hineingehen. Es wird nicht viel wärmer sein, aber dann sind Sie aus dem Wind heraus."

Ich stieg die Treppe hinauf, Damon hinter mir. Er drückte die Tür auf und ich trat ein.

„Wie haben Sie es überhaupt geschafft, allein hierher zu kommen?

„Sie meinen Eric?"

Er nickte.

„Er aß gerade zu Abend."

„Das wird Raphael nicht gefallen."

„Wie schade. Ich sehe sowieso nicht ein, warum er mich bewachen lassen muss."

„Es ist zu Ihrem Schutz. Und Marias und des Personals. Unser Vater hatte Feinde."

„Ich weiß. Es ist trotzdem seltsam." Wir setzten uns in eine Kirchenbank. „Kann ich Sie etwas fragen?"

„Sicher."

„Ich weiß, es klingt seltsam, aber die Sache mit dem Priesteramt –" Ich schüttelte den Kopf. „Es tut mir leid, es geht mich eigentlich nichts an, aber ich möchte es einfach nur verstehen."

„Das ist in Ordnung. Ich denke, es ist eine normale Frage, aber ich habe nicht wirklich eine Antwort. Keine, die einen Sinn ergibt. Es ist einfach ... ein Gefühl."

Ich nickte, obwohl ich mir nicht sicher war, ob ich verstand, was er meinte.

Er fuhr fort. „Mir gefällt es hier. Es beruhigt mich immer irgendwie. Obwohl ich in einem Priesterseminar lebe und täglich die Messe besuche, fühle ich mich in dieser kleinen Kapelle irgendwie anders."

„Es ist ein besonderer Ort."

„Vielleicht gefallen mir die Zeremonien der katholischen Kirche. Die Disziplin. Sie beruhigt mich auch, nehme ich an. Aber vielleicht versuche ich auch nur, der Vergangenheit zu entfliehen. Wer ich bin. Dem Blut in meinen Adern." Wir sahen beide auf den Altar, als er sprach.

„Auch Sie halten an der Schuld fest."

„Nein, das ist anders."

„Waren Sie jemals verliebt?", fragte ich, bevor ich mich selbst bremsen konnte.

Er lächelte mich an und zuckte mit den Schultern. „Ich hatte eine Phase, in der ich mich jede Nacht in eine andere Frau verliebte."

Ich fühlte, wie ich errötete.

„Wie behandelt Sie mein Bruder?“, fragte er.

„Er ist ... anders, als ich erwartet habe.“

„Er ist kein Monster, Sofia. Als ich Sie traf, dachte ich, Sie könnten ihm helfen, das zu erkennen. Aber Sie müssen es zuerst sehen.“

„Das tue ich. Das ist die Sache. Ich verstehe ihn nur einfach nicht, denke ich. Ich habe erwartet, dass er grausam ist. Oder noch schlimmer. Es würde mehr Sinn machen, wenn er es wäre.“ Wir saßen eine Minute lang still da, die Augen auf den Altar gerichtet. Als eine kleine Maus über die Oberfläche des Altars huschte, erschrak ich.

„Ich glaube, sie lebt hier“, sagte Damon mit einem Lächeln. „Scheint immer hier zu sein, wenn ich hier bin.“

„Ich denke, es ist gut, dass die Kapelle von irgendeinem ... Wesen benutzt wird, auch wenn es nur eine Maus ist.“ Ich drehte mich zu ihm um. „Damon, ich bin mir sicher, dass das sehr persönlich ist, aber... ich weiß nicht, wie ich es ausdrücken soll.“

„Fragen Sie einfach.“

Er war so offen und es war so einfach, mit ihm zu reden. „Raphael hat Narben auf dem Rücken.“

Damons Gesicht verdunkelte sich und er wandte seinen Blick ab.

„Und neulich Abend war ich im Keller. Ich fand ihn dort. Er sagte, er sei am Grab eurer Mutter gewesen, und ich weiß, dass er getrunken hatte, und er –

er war nicht er selbst.“ Ich zögerte, entschied mich dann aber ihm zu sagen, was ich dachte. „Ich sah die Stele.“

Er nickte und wandte seine Aufmerksamkeit wieder dem Altar zu. „Unser Vater war kein sanfter Mann, Sofia“, sagte er ernst, bevor er mich wieder ansah. „Und Raphael war ein guter Bruder. Er beschützte mich und Zacharias.“

„Was–“

„Den Rest muss er erzählen.“

Die Tür, die gegen die Wand knallte, erschreckte uns beide. Ich zuckte zusammen, keuchte und wir drehten uns beide um, um hinter uns zu schauen. Raphael stand am Eingang der Kapelle, eine Hand flach gegen die Tür gedrückt, die er gerade an die Wand geschlagen hatte, die andere zur Faust geballt an seiner Seite, sein Gesicht hart.

Damon stand auf. „Bruder.“

„Gemütlich hier drinnen“, sagte Raphael, und sein Blick bewegte sich von seinem Bruder zu mir. Die Anschuldigung in seinen Augen war eisig. „Ich habe dich gesucht.“

„Du warst nicht zu Hause“, sagte ich und fühlte mich schuldig, aber ich wusste nicht, warum.

„Du solltest nicht alleine hierherkommen. Es ist bald dunkel.“

„Du verschwindest einfach und erwartest, dass ich rumsitze und auf dich warte?“

Raphael ignorierte meinen Kommentar, aber er leugnete es nicht. Er richtete seine Aufmerksamkeit auf Damon und legte den Kopf zur Seite. „Was hast du ihr erzählt?“

„Er hat mir gar nichts gesagt.“ Ich verschränkte die Arme vor der Brust. „Du bist verschwunden“, wiederholte ich.

Wieder schaute er mich nicht an. Das war eine Sache zwischen den Brüdern.

„Ich komme immer in die Kapelle, das weißt du doch. Diesmal bin ich nur zufällig Sofia begegnet“, sagte Damon.

„Was erwartest du, was ich hier Tag für Tag alleine machen soll?“, fragte ich. „Wenn du einfach ohne ein Wort verschwindest?“ Ich ärgerte mich darüber, ignoriert zu werden, ärgerte mich über mich selbst wegen der Emotionen, den Schmerz in meiner Stimme. Aber hatte er nicht neulich Abend etwas gefühlt? Als er mich so gehalten hatte, hatte das nichts bedeutet?

Raphael und Damon starrten einander an.

„Raphael, sei nicht dumm“, sagte Damon, als würden sie irgendwie ohne Worte miteinander kommunizieren.

„Ich bin dumm, wenn ich meine Verlobte nirgendwo finden kann, und wenn ich sie endlich finde, sitzt sie gemütlich irgendwo, den Pullover meines Bruders um die Schultern geschlungen, und ihr beide flüstert miteinander?“

„Was zum Teufel willst du damit andeuten?“, fragte Damon und trat in den Gang, auf Raphael zu.

Raphael sah mich an. „Du gehörst nicht hierher, Sofia.“

Ich atmete kurz aus und trat auch aus der Kirchenbank heraus. „Es gibt zwei Orte, an die ich nicht gehöre. Ich weiß nicht einmal, warum du mich hier haben willst.“

„Ich bringe dich zurück zum Haus“, sagte er ausdruckslos.

Ich ging auf die Tür zu, dann bemerkte ich, dass ich noch Damons Pullover anhatte und zog ihn herunter, um ihn ihm zurückzugeben. „Ich finde den Weg.“ Aber er stand in der Tür und rührte sich nicht vom Fleck.

„Nein, das wirst du nicht.“ Er nahm meinen Arm.

„Lass mich los.“

„Raphael“, begann Damon und trat auf uns zu.

„Du hältst dich da raus. Sie gehört mir.“

„Ich bin ein Mensch! Ich gehöre niemandem!“

„Falsch.“

Mit einem schnellen, kalten Lächeln brachte Raphael mich aus der Kirche heraus und die Stufen hinunter. Die Nacht brach schnell herein und ich musste zugeben, dass er wahrscheinlich recht hatte, dass ich nicht alleine zurückgefunden hätte.

„Warum tust du das?“, fragte ich, als er mich nicht losließ, sondern weiter in einem Tempo ging, das zu schnell war, als dass ich ohne Stolpern mithalten könnte. „Lass mich los. Ich bin doch kein Kind. Oder eine Gefangene, was das betrifft. Was ist los mit dir?“

Er blieb stehen.

Ich stolperte.

Nachdem er mich aufgefangen hatte, öffnete er die Beifahrertür des Trucks, aber ich grub meine Fersen in den Boden.

„Steig ein.“

„Nein, erst, wenn du mir sagst, warum du so komisch bist.“

„Ich habe dich gesucht“, sagte er schließlich, die Augen vorsichtig, die Gefühle verschlossen.

„Du bist derjenige, der mitten in der Nacht verschwunden ist. Der verschwunden ist und nicht zurückkam.“

„Es war Morgen. Dein Hund hat gekläfft. Steig in den Wagen. Maria wartet mit dem Abendessen. Eric hätte dich nicht entkommen lassen dürfen.“

„Ich mag es nicht, die ganze Zeit verfolgt und beobachtet zu werden.“

„Es ist zu deinem Schutz.“

Ich wollte nicht über Eric sprechen. „Ich verstehe dich nicht, Raphael. Ich dachte, nach dieser Nacht ...“

„Nach dieser Nacht?“

Wie er es fragte, so beiläufig, als wäre es nichts

gewesen. Als wäre nichts passiert. Ich kam mir so verdammt blöd vor, dass ich zögerte.

„Ich will nicht, dass du mit meinem Bruder rumhängst", sagte er.

„Wir hingen nicht herum. Ich wollte nur sehen –"

„Das Grab meiner Mutter? Du wolltest sehen, warum ich so abgefuckt bin?"

Er packte mich an beiden Armen, hielt mich zu fest.

„Du tust mir weh."

„Steig in den verdammten Truck."

„Warum bist du so wütend?"

„Verdammt, steig ein."

Er hob mich hoch, setzte mich in den Truck und schloss die Tür, bevor ich protestieren konnte. Er ging auf die andere Seite und stieg ein. Ich sah, dass Damon uns von der Kapellentür aus beobachtete.

„Was ist mit deinem Bruder?"

Raphael griff herüber, um mich anzuschnallen, wendete dann den Truck und fuhr zu schnell weg.

„Er ist ein großer Junge. Er findet den Weg zurück."

„Warum bist du so wütend?"

„Ich habe es dir neulich Nacht gesagt, Sofia. Ich bin am Arsch. Das ist alles. Was auch immer du dir vorstellst, was zwischen uns passiert ist, vergiss es."

„Was ich mir vorgestellt habe?", fragte ich, mittlerweile selbst wütend.

Er warf mir einen Seitenblick zu.

„Fahr langsamer."

„Du willst etwas über meinen Rücken wissen? Über die Narben?"

Er fuhr nicht langsamer, die Hände um das Lenkrad geklammert, am Haus vorbei und in Richtung des Tores an der Grundstücksgrenze.

„Ist es das, was du Damon gefragt hast?"

„Wo fahren wir hin? Und fahr langsamer."

„Mein Vater peitschte mich aus. Es war seine besondere Strafe nur für mich. Ich bin mir sicher, dass dir mein Bruder alles darüber erzählt hat."

Ich beobachtete sein Gesicht und bekam jetzt wirklich Angst, als wir auf die Straße holperten, die Räder durchdrehten und Dreck hochschleuderten.

„Dutzende Male. Dort unten in dem Keller. Und das ist noch nicht das Schlimmste."

„Raphael–" Ich streckte meine Hand aus, um ihn zu berühren, zog sie aber zurück.

„Ich musste es noch einmal sehen. Das war alles, worum es in dieser Nacht ging. Ich war betrunken."

„Bitte fahr langsamer. Du machst mir Angst." In diesem Moment trafen wir auf ein Schlagloch. Ich stieß einen kleinen Schrei aus und mein Sicherheitsgurt straffte sich, als ich meine Hände zum Armaturenbrett ausstreckte.

Er lachte, aber das Geräusch war seltsam, überhaupt nicht wie ein Lachen, aber er bremste den Wagen ab.

„Hast du Angst vor mir oder vor meiner Fahrweise“, fragte er.

„Beides“, antwortete ich ehrlich. „Er hat mir nichts über deine Narben erzählt. Er sagte mir, dass du ein guter Bruder warst. Sie beschützt hast. Das war alles.“

Er sah mich an und studierte meine Augen im schwachen Licht des Armaturenbretts.

„Ich fragte ihn und er sagte, du müsstest es mir erzählen. Das ist alles, Raphael.“

Das schien ihn ein wenig zu beruhigen und wir fuhren zehn Minuten lang schweigend, bevor er auf eine Serpentinenstraße bog, die hinauf zu einem Dorf führte, das verlassen und verfallen aussah.

„Und es war nicht nichts“, sagte ich und sammelte meinen Mut. Ich betrachtete sein Profil. „Was neulich nachts passiert ist, da warst du nicht nur betrunken. Es war etwas.“

Er antwortete nicht. Wir schwiegen beide, während wir fuhren. Schließlich parkte er das Auto an den Außenmauern des Dorfes. Er stellte den Motor ab und saß da und schaute zu ihm hin. Ich sah ihn weiter an.

„Was meinte Damon damit, als er sagte, dass du ihn beschützt hast?“ Ich musste es fragen. Aber ich wusste die Antwort, nicht wahr? Ich konnte es mir vorstellen.

Raphael wandte sich mir zu und der Schmerz in seinen Augen war derselbe Schmerz, den ich an diesem Abend gesehen hatte. Er beantwortete meine Frage nicht. Stattdessen stieg er aus dem Truck. Ich öffnete meinen Sicherheitsgurt und folgte ihm.

„Das ist Civitella im Val di Chiana."

„Es sieht verlassen aus." Es war so dunkel.

„Ist es aber nicht. Nicht ganz. Es gibt ein paar Festivals im Sommer, dann wieder im September zur Ernte, aber ansonsten ist es ruhig."

Ich folgte ihm durch das bröckelnde Steintor, schaute mich um und las die Schilder der Geschäfte – ein Bäcker, ein Metzger, mehrere kleine Cafés. Als ich stolperte, fing er mich auf und hielt den Rest des Weges meine Hand, bis wir oben im Dorf auf einem offenen Gelände waren, das einst zu dem Haus gehört haben muss, das jetzt in Trümmern lag. Gras hatte schon lange den Boden bedeckt, und genau in der Mitte der kleinen Wiese blieb er stehen und schaute nach oben. Ich folgte seinem Blick und starrte voller Ehrfurcht auf den schwarzen, mit diamantenen Sternen übersäten Himmel.

„Keine Lichtverschmutzung", sagte er und setzte sich.

Ich setzte mich neben ihn. „Es ist unglaublich."

„Meine Mutter hat mich immer hierhergebracht." Er legte sich zurück. „In den schlimmen Nächten."

Ich folgte seinem Beispiel und wir beide beobachteten den Himmel.

„Pass auf, wenn du gegen Monster kämpfst, dass du nicht zu einem wirst“, sagte er.

Ich drehte den Kopf, aber er sah mich nicht an.

„Nietzsche“, fügte er hinzu.

„Du bist kein Monster.“

„Du kennst mich nicht.“

„Das sagst du mir immer wieder.“ Er drehte sich auf die Seite, um mich anzusehen.

„Weißt du, was ich jetzt gerade tun will, Sofia?“

Sein Blick glitt zu meinem Mund, dann zurück zu meinen Augen, und seine Hand legte sich auf meinen Bauch. Er sah mich an, während er langsam mein Kleid zusammenknüllte, und die feine Baumwolle kitzelte meine Oberschenkel, während sie immer höher und höher rutschte.

Ich legte meine Hand über seine. „Stopp.“

„Warum?“

Er nahm meine beiden Handgelenke und zog sie über meinen Kopf, bevor er sich auf mich rollte.

Ich hielt den Atem an, keuchte, als ich merkte, was gegen meinen Bauch drückte.

Raphaels Mund traf meinen, in einem kurzen, aber lustvollen Kuss.

„Ich will, dass es weh tut, Sofia.“

Seine Stimme war leise und das Verlangen brannte in seinen Augen, als er seinen Mund auf meinen drückte, die Lippen nicht weich, aber auch nicht ganz hart. Er nahm meine beiden Handgelenke in eine Hand und seine andere Hand rutschte auf meinen Oberschenkel, als er meine Beine mit seinen Knien öffnete und dabei mein Gesicht beobachtete. Seine Augen waren dunkel, so dunkel, was mir sowohl Angst als auch Lust machte.

„Stopp." Ich versuchte es noch einmal und klang nicht einmal in meinen eigenen Ohren überzeugend.

„Vielleicht liegt es daran, wie ich aufgewachsen bin."

Der Halt an meinen Handgelenken wurde fester, als ich mich zu wehren begann, als die Finger seiner anderen Hand über die Innenseite meines Oberschenkels streiften, höher glitten und dann den Rand meines Höschens berührten.

„Raphael–"

„Es hat eine Änderung gegeben."

„Welche Änderung?"

Er schüttelte den Kopf, als wollte er den Gedanken beiseitelegen. „Es wird keinen Unterschied machen, ob ich dich heute Abend oder morgen Abend oder am nächsten Abend nehme. Du gehörst mir. Das ist alles, was zählt."

Er schluckte hart und leckte sich die Lippen. Ich konnte kaum atmen, so dunkel war der Blick in seinen Augen nun.

„Macht es dir Angst, dass ich will, dass es dir wehtut? Dass ich will, dass du fühlst, wie ich dich nehme. Fühle, wie ich dich zerreiße."

Ich biss mir auf die Lippe.

„Dass ich dich schreien hören will."

Ich keuchte, als seine Finger in mein Höschen glitten und die Haare dort kitzelten.

„Du weißt nicht, wie hart ich werde, wenn ich daran denke, wie deine enge kleine Pussy meinen Schwanz umschließt. Stell dir vor, wie warm sich dein jungfräuliches Blut anfühlen wird. Was ich wissen will ist–"

Er küsste mich erneut auf den Mund, als er seine Hüften ein wenig anhob und sich seine Finger über mein Geschlecht legten.

„Ob du feucht für mich bist."

Er grinste und ich presste die Augen zu und drehte den Kopf zur Seite.

„Mmmh."

Er atmete an meinem Ohr, als seine Finger begannen, mich zu streicheln, und ich holte schneller, tiefer Luft, als er begann, meine Klitoris zu reiben.

„Bitte."

„Bitte, was?"

Er schob einen Finger in meine Öffnung, und ich erstarrte. Er hatte sein Gewicht von mir verlagert, aber meine Handgelenke blieben über meinem Kopf. Wir sahen beide nach unten, wie mein Kleid zerknittert auf meinem Bauch lag, meine Oberschenkel gespreizt, seine Finger in meinem Höschen.

Ich sollte ihm sagen, er solle aufhören. Aber ich

konnte es nicht. Ich konnte ihm nicht sagen, dass er aufhören solle. Weil ich ihn wollte. Ich wollte ihn so sehr, wie er mich wollte, und der Rest war mir egal.

„Schau mich an", befahl er flüsternd.

Ich tat es.

Er zog langsam seine Hand aus meinem Höschen und begann, es herunterzuziehen.

„Sag mir, ich soll aufhören."

Runter, runter, runter, über meine Oberschenkel, an meinen Knien vorbei und über meine Knöchel.

„Sag mir, ich soll aufhören, und ich werde aufhören. Ich höre sofort auf."

Er ließ meine Handgelenke los. Ich bewegte mich nicht, als er sich aufrichtete und sein Blick auf mein Geschlecht glitt. Er strich mit den Fingern durch die dunklen Locken und sah mich dann wieder an.

„Sag es mir, Sofia. Sag mir, dass du das nicht willst. Sag mir, dass du mich nicht willst."

Ich konnte es nicht. Gott, ich konnte es nicht.

Er lächelte, als wüsste er es schon. „Du kannst es nicht."

Ich bewegte mich nicht und er grinste.

„Spreiz die Beine."

Ich schüttelte ein wenig den Kopf. Das war der ganze Widerstand, den ich aufbringen konnte. Er lächelte, und dann, ohne den Augenkontakt zu unterbrechen, schob er ein Bein zurück, um mich zu öffnen und mein Geschlecht wieder anzuschauen. Ich lag dort, unfähig, mich zu bewegen oder zu sprechen, als seine Finger wieder durch meine Haare fuhren, bevor er seinen dunklen Kopf senkte, um mich dort zu küssen.

Ich keuchte seinen Namen. Dann leckte er mich, ein schnelles Schnipsen seiner Zunge, dann ein langsames Kreisen um meine Klitoris. Als er seine Lippen um sie schloss, stöhnte ich, und meine Hände bewegten sich zu seinem Kopf, zogen an seinen Haaren, während er zwischen meinen gespreizten Beinen kniete und zu mir hochblickte.

„Ich rieche dich", sagte er.

Dann, mit seinen Fingern auf beiden Seiten der Lippen, öffnete er mich.

„Deine hübsche kleine Pussy tropft für mich."

Er schloss seinen Mund wieder über meiner Klitoris und begann zu saugen und zu lecken. Ich ergriff seine Haare und zog und schob – hin und weg und weiter, und ich wollte ihn, wollte seinen Mund, wollte ihn auf mir spüren, an mir saugen spüren, seine Zunge so weich, die Stoppeln an seinem Kinn so rau. Es dauerte nur Augenblicke, bis ich kam und das Geräusch, das ich machte, war mir fremd, während ich die Augen zudrückte. Er saugte hart, ließ mich kommen, nahm mir alles, schluckte mein Vergnügen, mein Leugnen, mein Verlangen, alles von mir, bis schließlich meine Arme zur Seite fielen und ich laut ausatmete. Das Geräusch war eher ein tiefer Seufzer, als Raphael sich aufrichtete, mit dem Handrücken über seine feuchten Lippen wischte und mich triumphierend anlächelte.

„Ich mag es, wie du schmeckst", sagte er und zog mir das Kleid weiter nach oben, um meinen BH zu enthüllen. Er schob die Cups unter meinen Brüsten nach unten und sah mich an, als er nach dem Reißverschluss seiner Jeans griff.

Das Geräusch ließ mich erstarren.

„Warte!"

Er schüttelte den Kopf und legte eine Hand fest auf meinen Bauch.

„Bleib." Er kniete sich hin. „Denkst du nicht darüber nach, wie es sich anfühlen wird?", fragte er und schob seine Jeans und seine Shorts nach unten.

Ich starrte ihn an, seinen Schwanz an seinem flachen Bauch, dick und lang, die Spitze nass. Er nahm ihn in die Hand und begann, ihn langsam zu reiben, und als ich seinen Blick traf, bemerkte ich, dass er mich ansah.

„Fragst du dich nicht, wie es sich anfühlen wird, wenn mein dicker Schwanz deine enge kleine Fotze dehnt?"

Ich schluckte. Doch. Und das jede Nacht. In jeder einzelnen Nacht, wenn ich meine Finger zwischen meine Beine schob, stellte ich mir genau das vor. Und der Ausdruck auf seinem Gesicht sagte mir, dass er es wusste.

„Du gehörst mir, Sofia."

Er rieb sich schneller, als er das sagte, und mit der anderen Hand verdrehte er meine Brustwarze, tat mir weh und brachte mich zum Schreien. Aber das schien ihn nur noch mehr zu erregen, denn er drückte fester zu und rieb schneller. Ich biss mir auf die Lippe und beobachtete ihn, stellte mir den Geschmack seines glitzernden Schwanzes vor. Mein Blick bewegte sich von seinen dunklen, glänzenden Augen zu seiner Hand, die sich so schnell und grob bewegte, die Verlangen in mir weckte. Ich stützte mich auf die Ellbogen, Raphael über mir. Ein Geräusch ertönte tief aus seiner Brust, und er kam, Spritzer von Sperma landeten auf meinem Bauch, meiner Muschi, meiner Brust und meinem Hals, warm auf meinen Brustwarzen, als er auf mir kam, bevor er wieder auf das Gras sank, leer und ausgelaugt, wie ich.

Ich bewegte mich, um mich zu bedecken, aber er ergriff meine Hand, schüttelte den Kopf und sah in den Himmel.

„Es hat eine Änderung des Vertrages gegeben", sagte er, ohne mich anzuschauen.

Die Brise fühlte sich plötzlich kalt auf meiner Haut an und ich zitterte. „Welche Änderung?"

Raphael drückte mein Handgelenk und drehte sich zu mir um. „In zwei Tagen werden wir heiraten."

„In zwei Tagen?" Warum geriet ich bei dem

Gedanken in Panik? Ich wusste, dass es kommen würde.

Er nickte. „Sieh mich nicht so an. Wenigstens wirst du deine Schwester sehen."

„Raphael–" Ich wollte mich erheben, aber er hielt mich auf. Er setzte sich auf, zog sich das T-Shirt aus und begann, mich sauber zu wischen. Er sprach nicht, während er das tat, und als er fertig war, zog er mir das Kleid herunter, um mich zu bedecken.

„Die Änderung, Sofia", sagte er. „Ist nicht das Datum. Es ist etwas anderes."

Ich setzte mich auf, denn der Ausdruck in seinen Augen war eine Warnung.

„Es ist eine Ergänzung des Vertrages."

„Was für eine Ergänzung?", fragte ich. Ich wusste, was auch immer er mir sagen würde, wozu er zugestimmt hatte, es wäre ein Verrat an mir.

„Die Ehe wird vollzogen werden."

Verwirrt wartete ich.

„Dein Großvater wollte die Änderung."

„Ich verstehe nicht."

„Er will dein Blut auf meinem Laken haben."

Sein kalter Tonfall ließ mich erzittern.

Ich schüttelte den Kopf und rutschte von ihm weg. Wir würden die Ehe vollziehen. Ich wollte es. Das musste er wissen. Aber wollte er es nicht? War heute Abend ... würde er Liebe mit mir machen – nein, er würde nicht Liebe machen. Er würde mich ficken. Ich durfte diesen Fehler nie machen, nicht bei ihm. Er würde mich ficken, um meinen Großvater zu ficken. Das war alles, worum es hier ging, und ich war ein Narr gewesen, auch nur eine Sekunde lang anders zu denken.

Er stand auf. „Lass uns gehen. Ich bin hungrig."

Ich konnte ihn nur anstarren und nicht glauben, was ich gehört hatte.

„Eine Nacht, Sofia. Du wirst es überleben. Sieh mich nicht so an. Tu nicht so, als würdest du es nicht wollen."

Er streckte die Hand aus, um meine zu nehmen.

„Geh weg von mir", sagte ich und krabbelte rückwärts.

„Himmel."

Ich stand auf und wich zurück. „Warum hast du es mir nicht einfach gesagt? Warum hast du mich so gedemütigt?" Ich schaute auf mein Höschen, das im Gras lag, und Scham brachte meine Haut zum Brennen.

„Sei nicht so zimperlich. Lass uns gehen."

„Du wirst dir etwas nehmen, das schön sein könnte und es hässlich machen. Du hast kein Recht dazu." Ich versuchte zu verarbeiten, zu verstehen, wie das geschehen konnte. „Stoße ich dich ab?", fragte ich schließlich.

„Was?"

Ich schnaubte und schüttelte den Kopf. „Willst

du mich ficken, damit du ein blutverschmiertes Laken hast, um zu beweisen, dass die Ehe rechtskräftig ist? Um sicherzustellen, dass mein Großvater deine angeblichen Rechte an meinem Erbe nicht anficht?“

Er atmete tief ein und sah mich an, als wäre er selbst verwirrt.

„Du stößt mich nicht ab. Weit davon entfernt“, sagte er.

„Ich kann dir nicht glauben. Gott, ich bin so ein Narr, nicht wahr?“

„Beruhige dich, Sofia. Lass uns nach Hause gehen.“

„Ich habe dir schon gesagt, dass das nicht mein Zuhause ist. Es wird niemals mein Zuhause sein. Dafür hast du gerade wieder gesorgt.“

„In Ordnung, das reicht jetzt.“

Er hielt meine Arme fest.

„Ich hasse dich“, sagte ich, während Tränen meinen Blick verschleierten. „Ich hasse es, dass du mir das antun wirst.“

„Tu nicht so, als würdest du es nicht wollen.“

„Ich rede nicht über das Ficken, du Arschloch!“

Ohne mir zu antworten, drehte er sich um, hielt einen meiner Arme fest und brachte mich zurück zum Truck.

„Lass mich gehen. Lass mich los.“

„Soll ich dich etwa hier zurücklassen? Rufst du nach meinem Bruder, damit er dich holt? Das würde dir gefallen, nicht wahr? Ihr zwei seid euch schnell nähergekommen, Sofia."

Ich wehrte mich den ganzen Weg zurück zum Truck gegen ihn, obwohl es sinnlos war.

„Nun, Eilmeldung. Er wird ein verdammter Priester werden. Er ist zölibatär. Oder sollte es sein."

Was zum Teufel hatte das zu bedeuten? „Ich will deinen Bruder nicht. So ist es nicht."

„Nein?" Er öffnete die Tür der Fahrerseite und hob mich hoch, dann schob er mich über die Bank auf die Beifahrerseite. „Wie ist es denn dann?"

„Ich denke immer wieder, dass ich dich verstehe, aber dann tue ich es nicht", sagte ich, während er den Motor startete und den Gang einlegte.

„Leg deinen Sicherheitsgurt an."

„Ich denke immer wieder, dass du nur verloren und verletzt bist und–"

„Nun, vielleicht solltest du aufhören, das zu denken. Vielleicht solltest du einfach die Tatsache akzeptieren, dass ich ein verdammtes Monster bin. Dass ich dich ficken werde, damit ich deinem kranken Großvater das blutige Laken zeigen kann, das er sehen will."

„Ihr seid beide krank." Ich bedeckte das Gesicht mit den Händen.

„Nun, sieh es mal von der positiven Seite. Eine Nacht mit mir und es ist erledigt. Du musst mich nie wieder anfassen."

„Du hast recht", sagte ich und kümmerte mich

nicht mal darum, dass er zu schnell fuhr. „Du hattest die ganze Zeit recht. Ich hätte nie etwas anderes denken sollen. Du bist ein Monster. Genau wie dein Vater.“

12

RAPHAEL

Nach dem Abend in Civitella im Val di Chiana bezweifelte ich, dass Sofia es schätzen würde, in der Basilika Santa Croce in Florenz zu heiraten, neben den Ruhestätten von Michelangelo, Galilei und Machiavelli, vor den Augen Gottes und einer Handvoll Zeugen und verdammten Touristenmassen. Touristen waren zu dieser Jahreszeit unvermeidlich. Ich schaffte es fast, sie zu tolerieren.

Es hatte eines exorbitanten Betrages bedurft, um die Basilika zu buchen, aber es bestätigte mein Denken. Geld war es, worauf alles hinauslief, und das galt auch für die Kirche. Aber ich musste zugeben, dass sie eine großartige Verquickung von Hingabe und Kunst war, auch wenn das nicht geschätzt wurde.

Ich stand am Altar und wartete auf meine Braut.

Das Seil trug wenig dazu bei, neugierige Besucher in Schach zu halten. Neben mir stand Eric als Trauzeuge und ein weiterer Mann, dessen Anwesenheit mein Anwalt arrangiert hatte. Ich wusste nicht, wer er war. In der vordersten Bank saß Sofias Großvater, der große Marcus Guardia, mit unleserlichem Gesichtsausdruck. An seiner Seite saß Lina. Sie war kleiner als Sofia, aber nicht viel. So hübsch wie sie. Der alte Mann hatte seinen Teil der Abmachung eingehalten, nachdem ich den geänderten Vertrag unterschrieben hatte. Auf der anderen Seite des Ganges saß Maria. Ich hatte sonst niemanden zur Hochzeit eingeladen.

Etwa zwei Dutzend Fremde, Gläubige, die höchstwahrscheinlich keine Hochzeit erwartet hatten, saßen auf den anderen Kirchenbänken und gaben den Anschein, Gäste zu sein. Der Pfarrer räusperte sich und schaute auf die Uhr.

Es dauerte weitere fünf Minuten, bis sich die Türen öffneten und jemand eintrat, um dem Organisten ein Signal zu geben. Er begann, den Hochzeitsmarsch zu spielen, und ich nahm mir einen Moment Zeit, um meine Krawatte zu richten. Ich trug Schwarz auf Schwarz. Passend.

Zwei Männer sicherten die großen Türen des Eingangs für die Gläubigen. Im schwindenden Sonnenlicht draußen konnte ich die beiden Gestalten erkennen, wobei das Weiß des Kleides eine Art Heiligenschein um Sofia warf. Neben ihr stand mein Bruder. Mein verdammter Bruder. Groß und stolz in seinem Anzug, Sofias Arm in seinen gehakt. Ich konnte fast sehen, wie er ihre Hand tätschelte und ihr sagte, dass alles gut werden würde. Er beruhigte sie, obwohl es ihm nicht zustand.

Ich wusste nicht, wann sie ihn gebeten hatte, sie zum Altar zu führen. Ich verstand, dass sie ihren Großvater nicht wollte. Das machte vollkommen Sinn. Aber das hier? Das machte mich verdammt sauer.

Der Organist begann den Marsch von vorne und sie taten die ersten Schritte. Als sie ganz in die Kirche traten, konnte ich ihre Gesichter erkennen. Mein Bruder, der mich vor ein paar Nächten so sehr unterstützt hatte, verurteilte mich jetzt mit seinem Blick. Ich fragte mich, wie viel er wusste. Wie viel sie ihm erzählt hatte.

Sofia blickte auf den Boden. Der Schleier verbarg ihr Gesicht vor meinen Augen, bis sie etwa ein Drittel des Ganges hinter sich gelassen hatte. An dieser Stelle zögerte sie. Damon hielt auch inne und flüsterte ihr etwas zu. Sie schien eine ganze Minute zu brauchen, um sich zu beruhigen, und ich konnte direkt sehen, wie sie sich aufrichtete, größer wurde, ihre Wirbelsäule straffte. Und mich direkt ansah.

Ich traf ihren Blick, fühlte die unnatürliche Kälte in ihren Augen, akzeptierte die Anschuldigungen, die sie wie Granaten warf. Aber noch nie hatte sie für mich schöner ausgesehen als in diesem Moment.

Das Kleid passte ihr, als wäre es für sie gemacht, es umrahmte ihre zarten Rundungen, der antike Schleier mit vergilbten Rändern verbarg sie nicht ganz, sondern verlieh ihr eine fast ätherische Anmut. Ihr Haar war aufwendig geflochten, nur ein paar weiche Strähnen fielen ihr um das Gesicht, über die Schulter, und ihre goldenen Augen leuchteten, als wären sie von einer Schicht aus Eiskristallen bedeckt.

Sie wandte ihren Blick nicht mehr ab. Zögerte nicht, als Damon sie zu mir führte. Als er sie schließlich ansah, ließ mich der Blick, den sie austauschten, die Hände zu Fäusten ballen. Es war keine Anziehung oder Zuneigung, nicht mehr als der einer Freundschaft, aber es schien, als sei zwischen ihnen ein Band entstanden, und so, wie er mich ansah, wie er sie ansah, wusste ich, dass er wusste, was zwischen uns geschehen war. Was noch geschehen würde.

In diesem Moment hasste ich ihn dafür. Ich hasste ihn dafür, dass er etwas von ihr hatte, was ich nicht hatte. Das ich niemals haben würde.

Mein Bruder lüftete ihren Schleier und schenkte ihr ein sanftes Lächeln sowie einen Kuss auf die Wange. Ein geflüstertes Wort. Dafür würde ich ihn verdammt noch mal umbringen.

Dann drehte er sie zu mir.

Es glitzerten keine Tränen in ihren Augen. Ihre Lippe zitterte nicht. Als sie zu mir aufblickte, sah ich nur Hass. Einen Hass, der vom Verrat herrührte. Von einem aufkeimenden Vertrauen, das zerstört worden war.

Und trotzdem, oder vielleicht gerade deswegen, raubte sie mir den Atem.

Ich drehte sie zum Altar und stand still an ihrer Seite, hörte ihren Atem, hörte dem Priester zu, verstand aber keines seiner Worte. Ich hörte ihr leises „Ja, ich will". Ich sprach meine eigenen Worte. Ich bemerkte das leichte Zittern ihrer Hand, als sie den Strauß aus schwarzen Lilien – angemessen, wenn nicht gar dramatisch – meinem Bruder reichte, der an ihrer Seite blieb. Dann sah sie mich wieder an und ich nahm ihre Hand. Aus meiner Tasche zog ich ihren Ehering heraus. Ein Dornenring aus Eisen, schwarz und abgerundet, würde er auf ihren Finger gleiten, gezackt, um sie an ihren Platz zu erinnern.

Sie blickte auf ihn herab, als er vollständig auf ihrem zarten Finger lag, und ich fragte mich, welche Gedanken ihr durch den Kopf gingen.

Der Priester räusperte sich und ich wollte ihn ohrfeigen. Ihm sagen, dass er ihr Zeit geben solle. Uns in Ruhe lassen sollte.

Sofia begegnete meinem Blick. Ich reichte ihr meinen Ring. Sie nahm ihn und ich hielt ihr die linke Hand hin. Als sie den gezackten Ring auf meinen Finger schob, keuchte sie, zögerte beim plötzlichen Anblick von Blut.

Ihr Mund öffnete sich und ihre Augen waren weit aufgerissen, als sie die meinen traf.

„Tu es“, sagte ich.

Sie richtete ihren Blick wieder auf meine Hand und schob den gezackten Ring weiter. Ihre Blicke waren nun auf die roten Linien gerichtet, die an meinem Finger erschienen. Der erste dunkle Tropfen fiel und befleckte das Schneeweiß ihres Kleides, und als sie ihre blutigen Finger wegzog, schaute sie wieder zu mir hoch, das Eis in ihren Augen anders, weniger kalt. Verwirrt. Verloren.

Wieder verloren.

Ich legte die Hand um ihren Nacken und zwang ihre Aufmerksamkeit wieder auf den Priester, der durch das Blut ein wenig blass geworden war.

„Beenden Sie es“, spuckte ich.

Er traf meinen Blick, schluckte, hantierte mit seiner Bibel – verfluchter Idiot – und erklärte uns dann zu Mann und Frau.

Ich küsste meine Braut mit einem Hunger, der sie verschlingen würde. Eine Warnung an sie. Ein Vorgeschmack auf das, was kommen würde.

13

SOFIA

„Was hast du mit dem Ring gemacht?“, fragte ich, als wir ins Auto stiegen. „Dein Finger–“

„Er wird heilen.“

„Warum hast du das getan? Warum machst du das?“

„Ich dachte, es wäre eine ständige Erinnerung an dich“, sagte er mit einem Lächeln, das nie eines sein sollte.

„Ich verstehe dich nicht.“

„Was hast du mit meinem Bruder?“

„Nichts. Bist du eifersüchtig?“

„Nicht eifersüchtig. Denk daran, die Wahrheit. Ich will die Wahrheit, immer.“

„Nun, er ist nicht verrückt. Das ist die eine Sache, denke ich.“

„Er ist auf eine andere Art verrückt. Ich warne dich jetzt, sei vorsichtig mit ihm. Du kennst meinen Bruder nicht."

„Und ich mag ihn jetzt schon mehr als dich."

„Ist das nicht eine Schande?"

Schweigen.

Ich zog die Nadeln, die den Schleier auf meinem Kopf gehalten hatten, heraus und faltete ihn auf meinem Schoß zusammen. Ich blickte aus den getönten Scheiben und sah, wie Lina und mein Großvater in eine andere Limousine stiegen. Lina schaute zu unserem Auto hinüber und winkte. Ich winkte zurück und als wir losfuhren, bemerkte ich, dass sie uns folgten.

Lina hatte mich vor wenigen Tagen voller Panik angerufen. Sie hatte mir gesagt, dass Großvater sie nicht zur Hochzeit mitbringen würde. Etwas hatte seine Meinung geändert. Ich fragte mich, was.

Das Festessen würde heute Abend im Haus serviert werden und ich hatte mitbekommen, dass mehr Gäste beim Empfang da sein würden als die, die in der Kirche versammelt gewesen waren. Aber ich war überrascht, dass bei unserer Ankunft über ein Dutzend Autos vor dem Haus geparkt waren.

„Wer sind all diese Menschen?"

„Cousins. Geschäftsfreunde. Einheimische aus den umliegenden Bauernhöfen. Leute, die ich treffen muss, jetzt, wo ich wieder da bin."

„Oh." Ich blickte zum hell erleuchteten Haus, sah Menschen, die sich darin bewegten. Der Poolbereich und die hintere Veranda wurden von Kerzen und Laternen beleuchtet. Als Raphael mir half, aus dem Auto auszusteigen, konnte ich Tische sehen, die für das Abendessen mit hübschen weißen Tischdecken und verzierten Tafelaufsätzen gedeckt waren. Schwarze Lilien. Wie mein Brautstrauß. Das war die einzige Sache, bei der ich ein Mitspracherecht hatte, und ich war entschlossen, mein Zeichen zu setzen. Er sollte ruhig wissen, wie ich diese unheilige Verbindung sah.

„Ich habe arrangiert, dass deine Schwester ein paar Tage bei uns bleibt", sagte Raphael aus heiterem Himmel.

„Was?"

„Deine Schwester. Ich weiß, dass du Zeit mit ihr verbringen willst."

„Aber mein Großvater –"

„Dein Großvater kann verschwinden, wann immer zur Hölle er will. Sie bleibt hier. Ich habe es arrangiert", unterbrach er mich. „Ich habe dir gesagt, dass ich kein Monster sein würde."

„Warum?"

„Warum ich kein Monster sein will?"

„Warum tust du das für mich?"

„Sag einfach danke", sagte er, als wir um die Ecke kamen. Alle Köpfe drehten sich zu uns um.

„Danke."

Ich hatte keine Gelegenheit, mehr zu sagen, denn wir wurden von der Menge mitgerissen, zu viele Leute, die ich nicht kannte, kamen zu uns, gratulierten uns auf italienisch, küssten mich auf die Wange und überreichten uns Briefumschläge, die ich nicht erwartet hatte. Als wäre dies eine echte Hochzeit.

Raphael lächelte neben mir, sprach mit den Leuten, umarmte einige, schüttelte anderen die Hand. Er wirkte entspannt, entspannter, als ich ihn je gesehen hatte. Und er nahm nie seine Hand von meinem Rücken, hielt mich nah bei sich, stellte mich zu vielen Leuten vor, an die ich mich nicht erinnern würde.

Meine Schwester und mein Großvater waren eingetroffen. Damon stand bei Lina. Großvater schwebte wie ein dunkler Schatten hinter ihr. Ich erschauderte angesichts seines Anblicks, war aber abgelenkt, als mir ein Champagnerglas gereicht wurde und jemand einen Toast aussprach.

Ich schaute zu Raphael, der mich ständig zu beobachten schien, als hätte er immerzu ein Auge auf mich gerichtet.

„Trink", sagte er.

Ich trank.

Es folgte ein extravagantes Abendessen, das erst beendet war, als es Kaffee gab. Raphael und ich begrüßten weitere Gäste, die erst nach dem Abendessen gekommen waren. Ein SUV mit getönten Scheiben, einschließlich der Windschutzscheibe, der auf das Grundstück fuhr, erregte meine Aufmerksamkeit. Raphael verspannte sich neben mir. Als drei Männer in Anzügen ausstiegen, drehte ich mich zu ihm um, um ihn zu fragen, wer sie waren.

„Geh mit deiner Schwester rein“, sagte er und sah mich kaum an dabei. Es war plötzlich kalt.

„Raphael–“

„Los.“

Er nickte Eric zu und gab ihm einen Befehl auf italienisch. Eric blickte mich mit einem angespannten Lächeln an.

„Nimm deine Schwester und geh hinein, Sofia. Ich habe noch etwas zu erledigen.“

Ich hatte nicht mal Zeit, eine Frage zu stellen, bevor er wegging, um die Männer zu begrüßen. Ich ging zu meiner Schwester, fühlte die Blicke meines Großvaters auf mich gerichtet, konnte ihn aber nicht anschauen.

„Lina“, sagte ich, zog sie weg und ins Haus. „Raphael arrangierte, dass du ein paar Tage hierbleiben kannst.“

„Ich weiß. Großvater sagte mir, er sei einverstanden. Er sagte, es sei dein Hochzeitsgeschenk.“

„Ich freue mich so.“

„Ich auch. Du siehst übrigens sehr schön aus. Ihr seid ein wirklich gutaussehendes Paar.“

„Sag das nicht."

„Ihr werdet auch schöne Babys haben."

„So weit wird es nie kommen, das schwöre ich", sagte ich und führte sie ins Wohnzimmer, wo sie sich sofort zum Klavier begab.

„Man kann nie wissen", spottete sie und ließ ihre Finger über ein paar Tasten gleiten.

„Oh, ich weiß das."

Sie drehte sich zu mir um und sah mich von Kopf bis Fuß an.

„Wirklich, du bist so schön."

„Danke."

„Er kann seine Augen auch nicht von dir lassen", sagte sie und nickte hinter mich.

Ich drehte mich um, um Raphaels dunklen Blick auf mir zu sehen, selbst als er auf sein Arbeitszimmer zusteuerte. Die Männer, die auf uns zugekommen waren, als er mich wegschickte, folgten ihm, und mir entging die Art und Weise, wie sie mich betrachteten, nicht. Und ich wusste, dass das auch bei Raphael der Fall war.

Es dauerte eine halbe Stunde, bis sich Raphaels Tür wieder öffnete. Lina saß am Klavier, umgeben von einer Gruppe Leute, die sich versammelt hatten, um ihr zuzuhören. Ich sah, wie die Männer mit angespannten Gesichtern gingen. Raphael folgte ihnen dicht auf den Fersen und ich bemerkte, wie er die Hände an den Seiten zur Faust geballt hatte. Ich beobachtete, wie sie zur Haustür hinausgingen, bemerkte das leise Gemurmel und die Seitenblicke und fragte mich, wer sie wohl waren. Ich wollte Damon fragen, aber da kam Raphael zu mir, nahm mich am Arm und schenkte mir ein kunstvolles Lächeln und eine Verbeugung, die die Aufmerksamkeit aller Männer und Frauen auf sich zog.

„Zeit für mich, meine Braut ins Bett zu bringen", sagte er zur Freude aller Anwesenden. Aller außer mir. Als er meinem Blick begegnete, sah ich jedoch den Schatten in seinen Augen. Diese lockere Haltung war eine Fassade. Irgendetwas war mit diesen Männern geschehen.

Ich ließ mich von ihm zur Treppe führen. Ich blickte zurück und sah, wie Lina und Damon zusahen, Besorgnis in ihren Augen, eine Warnung in seinen, eine Warnung an seinen Bruder. Eine Warnung, von der ich wusste, dass Raphael sie nicht beherzigen würde.

Wir gingen hoch, Raphael und ich. An meinem Schlafzimmer vorbei, den Flur hinunter zum letzten Zimmer, das mit den großen Doppeltüren, die er öffnete, zurücktrat und mich mit einer Geste zuerst eintreten ließ.

Unsere Blicke trafen sich, und obwohl ich wusste, dass ich keine Wahl hatte, dass keiner von uns eine hatte, wusste ich, dass ein Schritt in sein Schlafzimmer alles ändern würde. Ich wusste nicht einmal mehr, was ich wollte. Was ich nicht wollte. Es war zu viel, um einen Sinn zu ergeben. Es war zu viel, um es akzeptieren zu können.

Und als er meinen Namen rief und mich in die Gegenwart zurückzog, tat ich diesen Schritt, und er folgte mir. Die Tür schloss sich hinter uns, das Schloss klickte und verriegelte sich und ich drehte mich zu ihm um, um unseren Tanz zu beginnen.

14

RAPHAEL

War es möglich, ein Herz schlagen zu hören?

Sofias raste. Sie stand einfach nur in meinem Schlafzimmer, direkt hinter der Tür. Ihr Blick verließ meinen und ich sah zu, wie sie es musterte und mit ganz neuen Augen sah. Es war das größte Schlafzimmer von denen, die das Feuer nicht beschädigt hatte. Mein ursprüngliches Kinderzimmer war so gut wie zerstört worden. Hier gab es nur wenige, dafür aber nagelneue Einrichtungsgegenstände: dunkler Teppich, passende dunkle Vorhänge, ein Kingsize-Bett an der hinteren Wand und einen Tisch mit einer Lampe an der Seite, auf der ich schlief, ein Stuhl und ein Tisch in einer Ecke, worauf ich meine Jacke warf. Das war alles.

Sie wandte ihren Blick zu meinem zurück.

Ich löste die Krawatte, zog sie mir über den Kopf

und hängte sie über die Stuhllehne, dann löste ich die Manschettenknöpfe meines Hemdes. Ich legte sie auf den Tisch, bevor ich die Ärmel hochrollte. Während der ganzen Zeit beobachteten Sofia und ich einander.

„Wer waren diese Männer?“, fragte sie.

Ihre Frage erwischte mich unvorbereitet. Ich wandte mich von ihr ab, öffnete die Whiskeyflasche auf dem kleinen Tisch und schenkte uns beiden ein Glas ein. Sie zögerte nur einen Augenblick, bevor sie das Glas nahm, das ich ihr anbot.

„Geschäftsfreunde meines Vaters.“

„Nicht Freunde oder Familie?“

„Nein.“

„Warum waren sie dann hier?“

„Warst du nervös, weil sie da waren?“

„Nein. Ich mochte nur ... ich mochte nicht, wie sie mich ansahen. Und sie fühlten sich ... ich weiß nicht. Sie waren keine geladenen Gäste, oder?“

„Nein.“ Lügen hatte keinen Sinn.

Sie nahm es auf.

„Du bist in Sicherheit, Sofia.“

„Wirklich?“

Ich antwortete nicht, sondern stieß mit ihrem Glas an meines und trank. Sie tat dasselbe. Als unsere Gläser leer waren, nahm ich ihres und stellte beide ab. „Zieh dich aus.“

„Ah, richtig. Jetzt geht’s zur Sache.“

Ich lächelte und schlang einen Arm um ihre

Taille, um sie zu mir zu ziehen. „Ich werde es gut für dich machen."

Ihre Hände drückten gegen meine Brust. „Hast du eine Ahnung, wie demütigend das für mich ist? Zu wissen, dass mein Großvater–"

„Vergiss den alten Mann. Vergiss alles. Du willst es. Und ich will es auch."

Meine Hände arbeiteten am obersten Knopf an der Rückseite ihres Kleides. Sie zog sich zurück. „Halt."

„Zwing mich nicht, es mir zu nehmen, Sofia."

„Würdest du das tun?"

„Ich würde es nicht wollen."

„Das habe ich dich nicht gefragt."

„Ich bringe dich zum Kommen. Ich verspreche es."

„Glaubst du, es geht hier um einen Orgasmus?"

„Wenn es nur so einfach wäre", sagte ich, ließ sie los, ging weg, um mir mit der Hand durchs Haar zu fahren, und dachte nach.

Schließlich sah ich sie an. „Diese Sache, Sofia ... dieser Zusatz ... dein Großvater testet meine Schwäche. Er will wissen, ob *du* meine Schwäche geworden bist."

„Wie meinst du das?"

„Er benutzte Lina. Er sagte, er würde ihr nicht erlauben, hier bei dir zu sein, um zu sehen, was *ich* tun *würde*. Er wollte sehen, ob ich dieser Forderung nachgeben oder ihm sagen würde, er könne mich mal. Wenn ich ihm sagen würde, er könne mich mal, dann wüsste er, dass du mir scheißegal bist."

Sie senkte den Kopf und legte eine Hand an ihren Hals. „Ich muss mich mal eine Minute hinsetzen."

Sie setzte sich auf die Bettkante, bewegte sich lange Zeit nicht und versuchte wahrscheinlich, dem, was ich ihr gerade gesagt hatte, einen Sinn zu geben. Sie begann, die Nadeln, die ihr Haar zusammenhielten, zu lösen und sie auf den Nachttisch zu legen. Ich zählte siebenundzwanzig, bis sie fertig war und ihr das Haar in Wellen über die Schultern fiel.

„Warum hast du mir das neulich Abend nicht gesagt?", fragte sie.

„Weil ich sauer war, dass er so mit mir spielte. Ich war sauer, dass du und mein Bruder–"

„Das war nicht so, wie du dachtest."

„Ich weiß. Ich weiß es jetzt."

„Ist da noch mehr?"

Jetzt war nicht die Zeit für das „Mehr". „Vergiss ihn. Er ist nicht der Grund, warum wir hier sind, verstanden? Nicht mehr."

Sie antwortete nicht, sondern schaute mich nachdenklich an.

„Komm her, Sofia."

Sie stand auf und durchquerte den Raum.

„Dreh dich um."

Sie tat es, gehorsam. Sie wusste ebenso wie ich, dass es geschehen musste. Ich wollte es mir nicht einfach nehmen. Ich wollte nicht, dass sie mich dazu brachte, es mir zu nehmen.

Ich trat auf sie zu und sie blieb mit dem Rücken zu mir stehen. Mit der leichtesten Berührung legte ich ihr die Haarmasse über die Schulter. Trotzdem zitterte sie, als meine Haut ihre berührte. Ich betrachtete ihren Hals, zart und so verdammt zerbrechlich. Da wurde mir klar, wie verletzlich sie war. Wie leicht sie verletzt werden könnte.

Meine Gedanken wanderten zu den Männern, die gekommen waren, zu denen, nach denen sie gefragt hatte. Moriarty und seine Gorillas. Mir war nicht entgangen, wie er sie angeschaut hatte. Da ich sie geheiratet hatte, könnte sie zu meiner Schwachstelle werden. Oder zu meiner Stärke, je nachdem. Wenn sie als eine Schuldrückzahlung gesehen würde, würde das ein Zeichen für meine Rücksichtslosigkeit sein. Würde sie als jemand angesehen, für den ich etwas empfand, als eine Frau, die mir möglicherweise etwas bedeutete, dann war sie eine Schwäche.

Würde dies mein nächster Krieg werden?

Ich würde nicht schwach sein.

Ich konnte es nicht.

Nicht, wenn ich überleben wollte. Nicht, wenn ich wollte, dass wir beide überlebten.

Die nackte Haut ihres Rückens erregte meine Aufmerksamkeit, die Wirbel, die makellose Haut, die Knochen und Muskeln überzog. Sie keuchte und erstarrte, als ich begann, die Perlenknöpfe einen nach dem anderen zu lösen. Ich genoss den mühsamen Prozess und wollte diesen Moment hinauszögern. Nachdem ich die Perlenknöpfe bis zur Mitte ihres Rückens aufgeknöpft hatte, bewegte sie ihre Hände, um das Kleid an ihrer Brust zu halten. Ich zog es ein wenig auseinander und sah sie an, schluckte schwer, als meine Hände wie von selbst die zitternde Haut berührten und die Linien ihrer Schultern, Schulterblätter und der Wirbelsäule nachzeichneten.

Sie drehte den Kopf, um mich aus dem Augenwinkel sehen zu können. Auch im Profil, mit ihrer eleganten Nase, den hohen Wangenknochen und den vollen Lippen, war sie perfekt.

„Weisheit“, sagte ich abwesend und öffnete langsam den Rest der Knöpfe, tiefer und tiefer, bis ich die Oberseite ihres Spitzenhöschens sehen konnte.

„Was?“, fragte sie, ihre Stimme nur ein Flüstern.

„Dein Name. Sofia. Er bedeutet *Weisheit*.“

Wir sahen uns an und ich schob ihr das Kleid von den Schultern. Sie zögerte, ließ aber dann die Arme sinken und es auf den Boden gleiten, bis es ihre Knöchel umgab. Sie trug keinen BH und stand nun da, die Hände auf den Brüsten. Mein Blick glitt ihren Rücken hinunter, zu ihrem spitzenbesetzten Hintern. Mein Schwanz zuckte, aber es war nicht nur ein Fick, den ich wollte. Es war so viel mehr. Ein

Beanspruchen. Ein Nehmen. Ein Besitzen. Aber selbst das war nicht genug, nicht, wenn es nur um ihren Körper ging.

Ich wollte mehr.

Ich wollte alles.

„Du bist so schön“, sagte ich, zeichnete den Verlauf ihrer Wirbelsäule nach, mochte es, wie ihr Körper reagierte, wie sie sich straffte und sich jeder meiner flüchtigen Berührungen bewusst war. Ich brachte meinen Kopf näher und küsste erst ihre Schulter, dann die weiche Krümmung ihres Nackens. Sie gab einen Laut von sich, und ich drehte sie um und nahm ihr Gesicht in meine Hände.

„Sofia. Unschuldig und weise und so verdammt schön.“ Ich küsste ihren Mund, wollte sie schmecken, ihre Süße vor dem Feuer, vor der Intensität, vor dem Verlangen, das mich überkommen würde. Ich küsste sie zärtlich. Sie öffnete sich, und ich schob eine Hand an ihren Nacken und hielt ihren Kopf. Ihre Hände bewegten sich zu meiner Brust. Ich nahm ein Handgelenk und schob ihre Hand zu meinem Schwanz hinunter. Als sie keuchte und versuchte, sich wegzuziehen, hielt ich sie fest und brach den Kuss, um ihr Gesicht betrachten zu können.

Sie öffnete den Mund, als wollte sie sprechen, aber es kam nichts.

„Ich will dich so sehr, das kannst du dir nicht vorstellen.“

„Raphael–" Sie versuchte erneut, sich zurückzuziehen. „Nicht auf diese Weise. Nicht wegen irgendeines Vertrages."

„Scheiß auf den Vertrag. Der ist mir scheißegal. Der macht keinen Unterschied. Ich will, dass du mir gehörst, Sofia. Das ist alles. Mir."

Sie stöhnte, als ich ihr Gesicht in beide Hände nahm und sie erneut küsste, dann zog ich mich zurück, hielt sie aber nah bei mir.

„Zieh mir das Hemd aus."

Vorsichtig, unsicher, traf ihr neugieriger Blick meinen, dann blinzelte sie und sah zu den Knöpfen meines Hemdes. Sie nickte leicht und ihre Finger zitterten, als sie den ersten Knopf berührten. Sie öffnete ihn, fummelte, als sie zum nächsten glitt, und ihre Berührung machte meinen Schwanz härter.

Ich wollte mit ihr ein Bad nehmen, um sie zu beruhigen, aber ich war mir nicht sicher, wie lange ich es so nah bei ihr aushalten würde. Allein der Gedanke daran, sie nackt zwischen meinen Beinen in der Badewanne sitzen zu haben, war schwierig genug.

Sie bewegte sich langsam, da das Zittern ihrer Finger die Aufgabe erschwerte, aber bald zog sie mir das Hemd aus der Hose, und als alle Knöpfe geöffnet waren, schob sie es auseinander, wobei ihre Augen ihren Händen folgten, während sie meine Brust streichelte und mir das Hemd von den Schultern schob. Sie schaute zu mir hoch und ihre Hände legten sich über meinen Bizeps.

Ihr Lächeln verschwand, als ich sie wieder ansah, um die Taille packte und rückwärts zum Bett zog. Als ihre Kniekehlen die Matratze berührten, setzte sie sich. Ich spreizte ihre Beine und kniete mich dazwischen. Meine Blicke bewegten sich von ihrem Gesicht über die kleinen Hügel ihrer Brüste, hinunter zu dem Spitzenhöschen, den Haaren und dem Schlitz ihrer Pussy, der sichtbar war. Mit einer Hand zog ich den Schritt ihres Höschens beiseite und entblößte ihre Pussy. Sie keuchte, aber ich ergriff ein Bein und zog sie nach vorne, bis sie ganz am Rand des Bettes saß.

Ich brachte meinen Mund zu ihrer Klitoris und leckte erst, dann saugte ich. Sofias Beine öffneten sich ein wenig weiter, dann schlossen sie sich um meinen Kopf. „Du willst es genauso sehr wie ich. Vergiss alles andere. Nichts ist wichtig außer dem hier."

Ich drückte ihre Beine auseinander, lehnte mich zurück, zog ihr das Höschen aus, sah sie nackt vor mir sitzen. Dann stand ich auf und zog mich aus, wobei sie mir zusah.

„Du wirst heute Abend mit meinem Schwanz in dir kommen, Liebling."

Liebling. Es gefiel mir. Es passte zu ihr.

Ich schob sie nach hinten, kniete mich zwischen ihre Beine und küsste sie erneut auf den Mund. Ihre

Nacktheit drückte sich gegen meine, ein Gefühl, das ich mochte, vielleicht zu sehr. Mein Schwanz sehnte sich danach, in ihr zu sein, aber ich hielt mich zurück, denn ich wollte jeden Zentimeter von ihr erst einmal schmecken, ihre Lippen, ihre Wangen, den Puls, der an ihrem Hals raste, ihr Schlüsselbein, den Raum zwischen ihren Brüsten, ihre harten Brustwarzen, die Fläche ihres Bauches, die Haare an ihrer Pussy, ihre Schenkel.

Sofia keuchte, als ich mich bewegte und ihre Beine auseinander drückte, eines davon beugte und sie ganz entblößte.

„Ich will dich hart ficken, Sofia."

Sie schrumpfte ein wenig in sich zusammen, Angst und Sehnsucht kämpften in ihren Augen.

Ich beobachtete sie, brachte meinen Schwanz zu ihrem feuchten Eingang und drückte meine Eichel dagegen.

Ihre Hände legten sich an meine Brust, aber sie schob mich nicht weg. Ich dehnte sie ganz langsam, Zentimeter für Zentimeter, beobachtete ihre Augen und hielt mich zurück, als ihre enge Pussy meinen Schwanz umschloss, bis ich auf Widerstand traf.

„Raphael–", fing sie an, Panik in der Stimme.

„Sofia", stöhnte ich. Ich wollte zustoßen, aber ich wusste, wie sehr es ihr wehtun würde, wenn ich es täte.

Ich zog mich zurück, ließ ihr Bein los und legte

ihre Oberschenkel auf meine, um ihr Gesicht noch sehen zu können.

„Augen auf. Sieh mich an“, sagte ich.

Sie schüttelte den Kopf, aber ihre Nägel gruben sich in meine Schultern, als sie sich bereitmachte. Ich stieß langsam in sie und zog mich zurück, ohne ihr Jungfernhäutchen zu zerreißen, glitt mit zwei Fingern über ihre Klitoris und rieb sie.

„Öffne die Augen“, sagte ich, als sie sich auf die Lippe biss und sie schloss. „Sieh mich an.“

Beim nächsten Stoß schob ich mich tiefer, fühlte den Widerstand, spürte, wie er nachgab, hörte ihren kleinen Schrei, als Wärme meinen Schwanz umschloss. Ich schloss einen Moment lang die Augen. Dieses Gefühl, sie zu besitzen, so vollständig und doch so flüchtig, ich wollte es festhalten. Als ich sie wieder öffnete, sah ich, dass sie mich anstarrte. Ich fing wieder an, ihre Klitoris zu reiben und verwandelte den Schmerz in Vergnügen, während ich sie tiefer und härter nahm und sie dabei beobachtete. Ich legte mein Gewicht auf sie und drückte meinen Mund auf ihren.

„Scheiße, Sofia.“ Ich grunzte, als sie die Augen schloss und ein Geräusch von sich gab, dasselbe, das sie in der Nacht unter den Sternen gemacht hatte. Ihre Pussy zog sich um meinen Schwanz zusammen und ich starrte sie an, sah, wie sie sich verspannte und dann wieder weich wurde, wie sich ihre Augen blinzelnd öffneten und ihre Fingernägel meine Haut aufkratzten.

Ihren Orgasmus zu sehen, das warf mich in meinen eigenen, und mit einem letzten Stoß kam ich in ihr. Ich sah zu, wie sie mich beobachtete, wie ich in sie kam, wie sich Blut und Sperma vermischten, wie ich ihr alles gab, bis ich schließlich auf ihr zusammenbrach, sie hielt, mein Schwanz aus ihr herausrutschte, die unglaublich glatte Haut ihrer Schenkel beschmutzte und meine Laken rot einfärbte.

Ich wachte zu meiner gewohnten Zeit auf, um drei Uhr morgens, lag da und lauschte Sofia, die schlief, ihren nackten Körper an meinen gepresst. Ich spreizte die Finger über ihrem Bauch und hielt so viel von ihr fest, wie ich konnte.

Die letzte Nacht war gut gewesen. Besser, als ich erwartet hatte. Die physische Anziehungskraft zwischen uns beruhte auf Gegenseitigkeit, aber es war mehr als das. Ich wollte sie festhalten, diese Sache, was auch immer sie war. Ich wusste, dass sie wichtig war.

Und unbeständig.

Denn ich konnte genau diese Sache nicht haben und sie war der Grund, warum ich das überhaupt getan hatte. Entweder das eine oder das andere.

Der Test des alten Mannes hatte meine Entschlossenheit nur bestärkt.

Ich durfte nicht vergessen, warum ich das getan hatte. Warum sie hier war.

Das würde ich auch nicht.

Ich rollte mich auf den Rücken und starrte auf den Mondstrahl, der sich zwischen dem Spalt in den Vorhängen hindurchstahl und die Decke streifte. Sofia gab ein Geräusch von sich und einen Moment lang dachte ich, ich hätte sie geweckt, aber dann rollte sie sich an mich, ihr Kopf drückte sich an mich, ihre Arme legten sich um sie selbst, die kleinen Fäuste und Knie eng beieinander. Reglos beobachtete ich sie, bis sie sich nicht mehr bewegte, dann schlang ich meinen Arm wieder um sie und hielt sie nah an meinem Körper. Ich fragte mich, ob sie das auch bewusst tun würde, sich an mich schmiegen würde, wenn sie wach wäre.

Die Sache war die, ich glaubte, sie würde es tun.

Vielleicht war es das, was die Sache so schwierig machte.

Marcus Guardia hatte Sofias Liebe zu Lina benutzt, um *mich* auf die Probe zu stellen. Um *meine* Schwäche zu testen. Wahrscheinlich hatte er das die ganze Zeit geplant. Der Bastard hatte mich wie ein verdammtes Buch gelesen und ich war direkt in die Falle getappt.

Wenn ich auch nur einen Augenblick lang gedacht hatte, er könne wenigstens ein Minimum an

Gefühlen für seine Enkelin haben, so hatte die Leichtigkeit, mit der er ihren Körper geopfert hatte, diese Vorstellung zunichte gemacht. Wir waren alle Schachfiguren in seinem verdrehten Spiel.

Aber ich hatte es geschafft, das Blatt zu wenden. Ich hatte es geschafft, es zu meinem Vorteil zu nutzen.

Auch ich war wohl ein Meister im Manipulieren.

Die Art und Weise, wie ich ihr von dem Zusatz erzählt hatte, dass wir die Ehe vollziehen mussten, war grausam gewesen. Aber das Geschenk, dass ihre Schwester bei der Hochzeit dabei sein konnte, hatte das geändert. Wahrscheinlich war sie verflucht verwirrt gewesen, aber verdammt, diese ganze Sache verwirrte mich auch.

Ihr Großvater war ein kranker Bastard. Ich fragte mich, ob er dachte, ich würde es nicht durchziehen, wenn sie sich weigerte. Vielleicht war das der Grund, warum er es verlangt hatte. Vielleicht dachte er, sie würde mich der Vergewaltigung bezichtigen. Mich wieder in das verdammte Gefängnis bringen. Oder vielleicht war sie ihm wirklich einfach scheißegal.

Der Verlauf der gestrigen Nacht hatte jedoch alles verändert. Sie hatte sich mir hingegeben. Ich musste heute Morgen nicht in den Spiegel schauen und ein noch schrecklicheres Monster als Marcus Guardia darin sehen.

Aber es gab noch andere Dinge. Dinge, die Sofia

nicht betrafen, jedenfalls noch nicht. Ich würde sie einstweilen geheim halten, sie benutzen, wenn ich sie brauchte.

Marcus Guardia wollte fünf Prozent zurück. Lina könnte herkommen und ein paar Tage mit ihrer Schwester verbringen, wenn ich zustimmte, fünf Prozent aufzugeben und nur fünfundvierzig Prozent der Anteile zu erhalten – nicht fünfzig. Auf diese Weise würde er sicherstellen, dass sie die Kontrolle über das Weingut Guardia behielten.

Er war kein Narr. Er vermutete, dass ich das Unternehmen so schnell wie möglich zerstören würde, sobald ich die Gelegenheit dazu hätte. Und das würde ich auch tun. Ich würde es nur anders machen, als ich es mir anfangs vorgestellt hatte. Er würde trotzdem bezahlen. Verdammt, auf diese Weise würde er alles verlieren, nicht nur die Hälfte.

Und ich würde Sofia verlieren, wenn es erst einmal so weit wäre.

Aber es gab noch mehr zu bedenken als Marcus Guardia. Mein Treffen mit Moriarty war nicht gut verlaufen. Mir war nicht klar gewesen, wie tief mein Vater verschuldet gewesen war. Und Moriarty war nicht bereit, diese Schulden abzuschreiben, nur weil mein Vater tot war. Er hatte trotzdem die Absicht, die Schulden einzutreiben.

Ich konnte ihm jedoch nicht geben, was er wollte – das Erbe meiner Mutter. Dieses Haus. Das Land. Alles davon. Er würde mir sogar etwas dafür bezahlen, zumindest für den Teil, den mein Vater ihm nicht schuldete.

Moriarty war Unternehmensentwickler. Nun, das war die legitime Fassade. Er fand immer Wege, das zu bekommen, was er wollte, und er hatte kein Problem damit, alle nötigen Mittel einzusetzen, um sein Ziel zu erreichen. Als Damon zu mir gesagt hatte, ich solle die Polizei rufen und sie die Sache regeln lassen, war ihm nicht klar, dass Moriarty die Polizei auf seiner Gehaltsliste hatte. Ich würde mich mit ihm befassen müssen und ich konnte nicht zulassen, dass Sofia irgendwie dazwischengeriet.

Ich fühlte mich, als wäre ich zwischen zwei Felsbrocken eingeklemmt, die das Leben aus mir herausquetschten. Und das, während ich Sofia festhielt und versuchte, zu verhindern, dass sie zerquetscht wurde.

Ich stand aus dem Bett auf.

Sofia bewegte sich, aber sie schlief schnell wieder ruhig weiter. Ich deckte sie zu und schlüpfte in eine Jeans, dann holte ich das schmutzige Laken aus dem Schrank, das Maria gefaltet und auf meine Anweisung hin dorthin gelegt hatte, während ich Sofia gewaschen hatte. Ich nahm es mit nach unten, ins Wohnzimmer. Dort zündete ich im Kamin ein Feuer an und sah zu, wie es immer größer wurde, wie das Anfeuerholz brannte, beobachtete, wie es auf das Holz übergriff. Ich starrte dieses Feuer lange Zeit an. Es war keine bewusste Entscheidung, aber ich legte das Laken in die Flammen, zerstörte es, sah zu, wie es brannte, wie die Beweise für unsere Hochzeitsnacht zu Asche wurden.

In gewisser Weise war es ein Symbol, denn im Inneren war auch ich Asche.

15

SOFIA

Als ich am nächsten Morgen aufwachte, war Raphael verschwunden. Ich fragte mich, ob er überhaupt schlief – und wenn ja, wie viele Stunden. Letzte Nacht, nachdem er Liebe mit mir gemacht hatte – und das war es gewesen – hatte er mich so zärtlich, so sorgfältig gesäubert, dass es mich überrascht hatte. Obwohl es mich vielleicht nicht hätte überraschen sollen. Vielleicht war es normal, dass er zwei Gesichter hatte? Vielleicht würde das Wissen, dass er zärtlich sein konnte, einen Unterschied machen. Vielleicht könnte ich ihn dann ertragen oder zumindest tolerieren, wenn er schrecklich wäre. Denn ich wusste, dass er schrecklich sein konnte.

Vielleicht würde aber dieses Wissen diese Momente nur noch schwieriger machen.

Nach der Nacht in Civitella im Val di Chiana

wusste ich nicht, wie ich die Hochzeit überstehen sollte. Die Hochzeitsnacht. Aber dann hatte er mir gesagt, warum er sich so verhalten hatte. Mein Großvater hatte Lina als Schachfigur benutzt. Er hatte eine Chance gesehen, meine Schwäche, und hatte sie gegen Raphael verwendet.

Ich musste mit meinem Großvater sprechen. Ich musste ihn konfrontieren und seine Seite der Geschichte hören, über den Diebstahl, über seine Vereinbarung mit Raphael. Aber ich war nicht so dumm zu glauben, dass er mir die Wahrheit sagen würde. Zumindest nicht die ganze Wahrheit. Aber jede Geschichte hatte zwei Seiten und er hatte mich großgezogen. Der Mann hatte uns dreizehn Jahre lang Zuflucht gewährt, wenn auch keine Liebe. Er hatte uns all das gegeben, was man mit Geld kaufen konnte. Er konnte uns nicht hassen.

Er hat dich verkauft.

Buchstäblich.

Ja, das hatte er. Und wenn ich ehrlich zu mir selbst war, dann war das, was er für mich empfand, nicht dasselbe wie das, was er für Lina empfand. Vielleicht lag es daran, dass sie jünger war. Vielleicht lag es in ihrer Natur, dass sie ihn förmlich dazu zwang, ihr etwas Zuneigung entgegenzubringen, auch wenn es nur ein kleines bisschen war?

Abgesehen von Lina konnte ich jedoch nicht vergessen oder leugnen, dass er sich gegen mich gewendet hatte. Und wenn es stimmte, was Raphael sagte, dass er mich und Lina bestahl, dann musste er gestoppt werden.

Aber er war trotzdem mein Großvater.

Ich rieb mir den Nacken und versuchte, die sich bildenden Kopfschmerzen zu lindern.

Eine andere Sache nagte seit einigen Tagen in meinem Hinterkopf. Seit dem Flug nach Italien. Ich war jetzt achtzehn. Ich war verheiratet. Zusammen mit Raphael könnte ich meine Schwester unterstützen.

Könnte ich die Vormundschaft für sie beantragen – und erhalten? Könnte ich Lina hierherbringen, um bei uns zu leben? Wenn mein Großvater es nicht erlauben würde, wovon ich ausging, würde ich dann gegen ihn vor Gericht ziehen? Könnte ich das? Wie sehr wollte ich das an die Öffentlichkeit zerren – wenn das, was Raphael sagte, wahr war? Wie sehr würde es Lina verletzen? Ihre Beziehung zu ihm war eine andere. Sie lebten im selben Haus. Ich war vier Jahre lang weg gewesen.

Aber es gab auch noch eine andere Frage. Würde Raphael das erlauben?

Er hatte mir die Zeit mit ihr zum Geschenk gemacht. Er wusste, wie viel sie mir bedeutete. Aber sie hierher zu bringen, damit sie mit uns lebte?

Würde Lina das überhaupt wollen? Sie müsste alles hinter sich lassen. Was würde sie davon halten, unseren Großvater allein zu lassen? Und könnte ich ihren Glauben an Großvater in Frage stellen, wenn ich mir selbst nicht sicher war, was stimmte?

Es waren so viele Dinge, über die ich nachdenken musste. Ich stieg aus dem Bett und erinnerte mich dann daran, dass, während Raphael mich gesäubert hatte, jemand ins Schlafzimmer gekommen war, um das Laken zu wechseln. Mein Gesicht wurde heiß, als ich daran dachte, dass es jemand – Maria, würde ich vermuten – wusste. War er jetzt dort? Zeigte er das Laken gerade meinem Großvater?

Ich schüttelte den Kopf und zwang mich, nicht daran zu denken. Ich würde nicht daran denken. Ich durfte nicht daran denken. Es war zu schrecklich. Und so sehr ich es auch nicht wollte, wusste ich, dass ich diese Woche mit meinem Großvater sprechen musste, bevor er nach Hause zurückkehrte.

Ich nahm mein Handy in die Hand und suchte seine Nummer heraus, legte es dann aber wieder weg. Ich wollte nicht anrufen oder einen Termin vereinbaren. Ich würde in seinem Hotel auftauchen. Ihn überraschen. Ihn vielleicht überrumpeln.

Außerdem hatte ich heute noch wichtigere Dinge zu tun.

Als ich bemerkte, dass ich keine Klamotten in Raphaels Zimmer hatte – die Person, die das Laken gewechselt hatte, hatte sogar das Hochzeitskleid mitgenommen – öffnete ich die Tür zu seinem begehbaren Kleiderschrank. Ich schaltete das Licht ein und atmete tief durch. Sein Duft war hier drin extrem stark. Ich war mir nicht sicher, was ich erwartet hatte, aber ich fand nicht viel. Ein paar Anzüge waren ordentlich aufgehängt, alle in dunklen Farben, einige Jeans waren gefaltet und gestapelt, und T-Shirts. Ein Berg von ihnen. Alle waren entweder schwarz oder weiß.

Ich musste lachen. Ironisch. Schwarz-weiß. Gut und Böse. Er war beides.

Als ich mich umdrehte, fand ich ein getragenes schwarzes T-Shirt oben auf dem Wäschekorb. Ich blickte mich um, um sicher zu sein, dass ich allein war, hob es hoch, hielt es an meine Nase und atmete ein. Ohne darüber nachzudenken, zog ich mir das T-Shirt über den Kopf. Es reichte mir bis zur Mitte der Oberschenkel, was reichen würde. Ich verließ sein Schlafzimmer und ging auf Zehenspitzen den Flur hinunter zu meinem. Der Schmerz zwischen meinen Beinen machte mir nur zu bewusst, wie er mich genommen hatte, wie er fast sanft gewesen war. Anfangs zumindest...

Ich fragte mich immer noch, ob er mich gezwungen hätte, wenn ich nein gesagt hätte?

In meinem Zimmer angekommen, zog ich mir schnell eine kurze Hose und ein Tank-Top an, putzte mir die Zähne und wusch mir das Gesicht, zog meine Haare zu einem Pferdeschwanz zusammen und machte mich auf den Weg zu Linas Schlafzimmer. Sie war bereits auf dem Flur, als ich aus meinem Schlafzimmer trat. Fertig angezogen, trug sie Charlie auf dem Arm und streichelte ihn, während er sich an sie schmiegte und mit dem Schwänzchen wedelte.

„Ich liebe ihn so sehr“, sagte sie, als sie mich sah.

„Ich auch. Er ist wunderbar.“

Sie sah mich an und lächelte.

„Du siehst gut aus.“ Sie zwinkerte.

„Halt die Klappe“, sagte ich, nahm sie am Arm und führte sie zur Treppe. „Ich bin am Verhungern. Und du?“

„Ja.“

„Wie hast du geschlafen?“

„Großartig. Ich konnte auf dem Flug nicht schlafen, also war ich tot.“

„Hast du heute schon mit Großvater gesprochen?“, fragte ich.

„Noch nicht. Ich habe ihm gestern Abend gesagt, dass ich ihn anrufen werde, um mit ihm zu Mittag zu essen. Das wäre auch gut für dich. Du kannst ihm nicht ewig aus dem Weg gehen. Vielleicht gibst du ihm eine Chance, es zu erklären.“

Ich hakte meinen Arm durch ihren und wir gingen die Treppe hinunter in die Küche. „Ich weiß, dass ich ihn treffen muss. Und es wäre besser, wenn du dabei sein würdest.“

„Dann machen wir es so“, sagte Lina.

Nicola gab mir einen Zettel, sobald ich die Küche betrat.

„Für Sie."

„Danke", schaute ich verwirrt auf das gefaltete Blatt Papier und öffnete es.

Sofia,
Ich hoffe, du hast gut geschlafen. Ich hatte einen sehr frühen Geschäftstermin und komme erst spät zurück.
Eric wurde angewiesen, dich und deine Schwester dorthin zu bringen, wohin ihr wollt.
Komm heute Nacht in mein Bett.
Raphael

Ich faltete den Zettel schnell zusammen und steckte ihn in die Tasche, wobei ich versuchte, nicht an die Worte zu denken. *„Komm heute Nacht in mein Bett."*

Ich beschloss, mich stattdessen über Eric zu ärgern. Ich konnte selbst fahren. Aber er wollte nicht, dass Eric nur als Fahrer fungierte. Er wollte ihn als unseren Bodyguard. Ich dachte an den Abend zuvor, an die Männer, die so spät noch gekommen waren, mit denen er in seinem Arbeitszimmer gesprochen hatte. Ich zitterte, als ich mich daran erinnerte, wie mich der eine angesehen hatte.

„Was ist das?", fragte Lina.

„Nichts. Nur die Nachricht, dass wir einen Fahrer haben", sagte ich mit einem resignierten Lächeln.

Lina sah mich eine volle Minute lang an. Sie

wusste, dass ich etwas verheimlichte, aber zum Glück gab sie keinen Kommentar ab.

„Du willst aber nicht diese Sandalen tragen, oder?“, sagte ich mit einem Blick auf ihre Füße. „Es ist viel zu laufen.“ Sie trug ein Paar wunderschöne, nagelneue Sandalen mit einem Fünf-Zentimeter-Absatz. Ich trug ein Paar abgetragener Turnschuhe.

„Sie sind hübsch. Ich muss sie irgendwann einlaufen.“

„Siena ist wahrscheinlich nicht der richtige Ort dafür.“

„Schönheit kommt nicht von allein“, sagte sie mit einem Schulterzucken.

„Nerd.“

Sie streckte mir die Zunge raus.

Nach dem Frühstück ließen wir Charlie im Haus zurück. Eric fuhr uns nach Siena, wo mein Großvater übernachtete. Lina hatte arrangiert, dass wir ihn in seinem Hotel zum Mittagessen treffen würden, was uns ein paar Stunden zum Einkaufen und zum Sightseeing ermöglichte. Es war ein tolles Gefühl, wieder mit ihr zusammen zu sein. Wenn ich alleine mit ihr an einem wunderschönen Ort wie diesem war, konnte ich fast vergessen, warum wir hier waren.

Mein Großvater wohnte im schönsten Hotel der historischen Stadt. Während wir zu seinem Tisch im hinteren Teil des Restaurants gingen, konnte ich nicht umhin, mich zu fragen, ob er es von Linas oder meinem Erbe bezahlte. Ich beobachtete ihn, als wir uns näherten. Er saß an dem elegant gedeckten Tisch mit dem weißen Tischtuch, ein Lächeln auf dem Gesicht, sein weißes Haar perfekt gestylt, sein Anzug tadellos, und erhob sich dann, um uns zu begrüßen.

„Lina und Sofia", sagte er lächelnd und streckte uns die Hände entgegen.

Lina lächelte zurück und ergriff seine Hand. „Hallo, Opa." Sie küsste ihn auf die Wange und sein Lächeln wurde breiter.

Ich fühlte den üblichen Anflug von Neid auf ihre Beziehung zu ihm. Ich wollte es nicht, aber es war so. Auch wenn er nie wie andere Großväter sein würde, war seine Zuneigung zu Lina offensichtlich, so offensichtlich wie die Tatsache, dass er nie dasselbe für mich empfunden hatte.

„Genau die Augen deiner Mutter. Es ist unglaublich", sagte er zu ihr.

Obwohl wir uns sehr ähnlich sahen, hatte Lina die Augenfarbe unserer Mutter sowie deren dunklere Haut und Haare geerbt, während ich das alles von unserem Vater hatte. Ich fragte mich, ob es daran lag. Ob er mich deshalb weniger liebte.

„Sofia", sagte er zögernd. „Du siehst gut aus."

Ich konnte nicht antworten, denn meine Gedanken waren zu verwirrt, nach allem, was ich erfahren hatte. Und wegen der Fragen, die er mir zu beantworten hatte.

„Setzt euch, meine Damen."

Er hob eine Hand, um die Kellnerin zu rufen. Wir bestellten Getränke, Wasser für Lina und mich und ein Glas Weißwein für Großvater, dann starrten wir länger, als es angenehm war, auf unsere Speisekarten. Während ich mich hinter der Speisekarte versteckte, dachte ich darüber nach, wie ich es machen sollte, wie ich ihm meine Fragen stellen würde – ohne ihn anzuschreien. Mein Herz klopfte und ich schwitzte. Und ich hasste mich dafür.

Bemerkenswerterweise aßen wir zu Mittag, ohne Raphael zu erwähnen, ohne das zu erwähnen, was uns hierhergeführt hatte. Lina redete die meiste Zeit, offensichtlich war sie zu nervös, um auch nur einen unangenehmen Moment zuzulassen. Obwohl sie nicht alle Einzelheiten kannte, wusste sie, dass meine Ehe zwischen Großvater und Raphael vereinbart worden war.

Nach einer Stunde oder so stand sie auf, um auf die Toilette zu gehen.

„Wollen wir zusammen gehen?", fragte sie.

Es wäre einfacher gewesen, ja zu sagen. Den Kopf in den Sand zu stecken. Aber das konnte ich nicht. „Nein, geh nur."

Lina lächelte und drückte meine Schulter. Sie mochte keinen Streit. Vielleicht dachte sie, wir beide würden uns in den nächsten Minuten versöhnen.

Ich beobachtete ihn, während er ihr beim Gehen zusah. Dann wandte er sich an mich.

„Wie geht es dir, Sofia?“, fragte er.

„Gut, in Anbetracht der Umstände.“

„Ich möchte dir sagen, dass ich mir bewusst bin, falsch entschieden zu haben.“

Er überraschte mich.

„Ich hätte einen anderen Weg finden sollen.“

„Wow. Du hast falsch entschieden.“ Ich schüttelte den Kopf. „Ja, du hättest einen anderen Weg finden sollen.“

„Ich versuche, das in Ordnung zu bringen.“

„In Ordnung bringen? Ist es dafür nicht zu spät?“

Er antwortete nicht. „Ich werde meinen Aufenthalt hier verlängern, damit du Zeit mit deiner Schwester verbringen kannst.“

„Wie großzügig von dir.“ Ich konnte ihm nicht sagen, dass ich wusste, warum er das tat. Ich schämte mich zu sehr.

„Sofia–“

„Stimmt das, was er gesagt hat? Bestiehlst du mich?“

In seinen Augen blitzte etwas auf, das Ärger nahekam, aber er überspielte es schnell.

„Dich bestehlen?“

„Und Lina.“

„Du weißt, dass das Geld auf deinen Namen läuft und immer laufen wird. Ich habe in die Familie eingeheiratet. Ihr wurdet in sie hineingeboren.“

„Bestiehlst du uns? Sag mir einfach die Wahrheit.“

„Ich verwende die erforderlichen Mittel, um euch so großzuziehen, wie es sich gehört“, antwortete er scharf.

„Und du? Legst du nichts für dich selbst zur Seite?“

„Sei nicht undankbar, Sofia. Das steht dir nicht.“

„Es steht mir nicht?“ Ich schüttelte den Kopf.

Er nahm sein Glas Wein und trank einen Schluck. Während unseres Mittagessens hatte er es kaum angerührt.

„Warum hasst du mich, Großvater? Was habe ich dir getan?“

Er schüttelte den Kopf. „Ich hasse dich nicht, Sofia.“

„Du liebst mich auch nicht. Nicht wie Lina.“

„Deine Eifersucht ist unbegründet.“

„Ist es, weil ich der Grund dafür bin, dass Mom weggelaufen ist, um Dad zu heiraten?“, platzte ich heraus. Das war eine Frage, die ich schon lange mit mir herumtrug, und ich hatte nie den Mut gehabt, sie zu stellen. Ich hatte es ausgerechnet, nachdem ich Briefe von meiner Mutter an meine Großmutter gefunden hatte. Sie und mein Vater waren nicht verheiratet, als sie schwanger wurde.

Das Gesicht meines Großvaters verhärtete sich. Er neigte den Kopf zur Seite. „Ich versuche, die Vergangenheit wieder gut zu machen, Sofia. Ich versuche, zu korrigieren, was ich getan habe. Ob du es glaubst oder nicht, ich will meine Enkelin nicht so verlieren, wie ich meine Tochter verloren habe."

Ich zögerte, denn ich wusste nicht, was ich erwartet hatte. Das ganz sicher nicht.

„Du möchtest also Vergebung? Erwartest du meine?", fragte ich. Diese ganze Sache war einfach nur lächerlich.

Er lächelte und schüttelte den Kopf. Ich hörte, wie Linas Sandalen auf dem Marmorboden klapperten.

„Glaubst du nicht, dass ich weiß, dass ich die nicht verdiene?", fragte er. Einen Augenblick später klebte er ein Lächeln auf sein Gesicht, verbarg jede Emotion, die er empfand, und stand auf, um Lina auf ihren Platz zu helfen.

Wir gingen zwanzig Minuten später. Ich hatte nicht mehr als ein paar Worte gesprochen, nachdem Lina an den Tisch zurückgekehrt war, mein Kopf zu voll mit dem, was Großvater gesagt hatte. Er wirkte reumütig, was für ihn seltsam war. Bedauerte er die ganze Zeit über, was mit meiner Mutter geschehen war? Bedauerte er es, sie verloren zu haben, weil er nicht akzeptieren konnte, wen sie geheiratet hatte?

Zwei Stunden später, als wir gerade die Stadt verlassen wollten, bemerkte Lina, dass sie ihr Handy nicht dabeihatte.

„Ich frage mich, ob ich es in der Damentoilette des Hotels liegen gelassen habe, als ich mir die Hände gewaschen habe."

„Wir können zurückgehen. Es sind nur ein paar Blocks in diese Richtung."

„Meine Füße bringen mich um", sagte sie.

Ich nahm ihren Arm und wir wandten uns in Richtung des Hotels. „Trag das nächste Mal bequeme Schuhe. Keine schönen."

„Ja, ja."

Wir betraten die Lobby des Hotels, und Lina ging los, um auf der Toilette nachzusehen. Eine Minute später kam sie mit einem Lächeln wieder heraus.

„Hab es."

„Glück gehabt. Gehen wir." Großvater hatte gesagt, dass er den Rest des Tages Besprechungen haben würde, also erwartete ich nicht, ihn zu sehen und war dankbar dafür. Aber dann, als wir gerade das Hotel verließen, hörte ich seine Stimme. Wir beide hörten sie und blieben stehen. Er sprach mit jemandem und der andere Mann lachte. Etwas sagte mir, ich sollte mich verstecken. Ich zog Lina in eine Nische und gab ihr ein Zeichen, still zu sein. Von unserem Versteck aus beobachteten wir, wie mein Großvater und der seltsame Mann, der in der Nacht zuvor zur Hochzeit gekommen war, in die Lobby kamen. Sie sahen beide ernst und nicht gerade befreundet aus, aber als der Mann seine Hand ausstreckte und mein Großvater sie schüttelte, spürte ich, wie mir ein Schauer über den Rücken lief.

„Wir müssen gehen“, sagte ich, nachdem die Männer verschwunden waren.

„Was ist los? Wer war das? Er war gestern Abend auch im Haus.“

Ich schüttelte den Kopf, denn ich war verwirrt und wusste nicht, wem gegenüber ich mich loyal verhalten solle. Mein Großvater hatte gerade dem Feind meines Ehemannes die Hand geschüttelt.

16

RAPHAEL

Als ich nach Hause kam, war es weit nach Mitternacht. Ich ging direkt in mein Zimmer, nicht sicher, ob sie mir meinen Wunsch erfüllt hatte, aber da lag sie, schlafend in meinem Bett. Sie war immer noch angezogen und lag auf der Bettdecke. Ihr Arm hing über die Seite und ein Buch lag mit dem Gesicht nach unten auf dem Boden.

Sie musste auf mich gewartet haben. Oder hatte es zumindest versucht.

Ich beobachtete sie ein paar Minuten lang. Sie trug weiße Shorts und ein gelbes Tank-Top, lange Strähnen von kastanienbraunem Haar lagen ihr über Rücken und Arm. Ihre Beine waren ein wenig gebräunt und ihre nackten Füße, die an den Zehen ein wenig nach innen gedreht waren, ließen sie wie ein Kind aussehen. Als würde sie Schutz brauchen.

Und das tat sie.

Mehr, als sie ahnte.

Ich berührte ihr Gesicht. Sie gab einen Laut von sich und wandte sich, noch schlafend, ab. Ich nahm das Buch in die Hand. *Und Nietzsche weinte.* Ich hob die Augenbrauen.

„Interessante Wahl."

Nachdem ich ihr das Lesezeichen in die aufgeschlagene Seite gesteckt hatte, legte ich das Buch auf den Nachttisch, setzte mich dann auf das Bett und strich ihr die Haare aus dem Gesicht, um sie anzusehen.

Sie trug kein Make-up und schlief tief und fest. Ich konnte mich nicht daran erinnern, jemals so geschlafen zu haben. Albträume hatten meine Kindheit beherrscht und mich bis ins Erwachsenenalter begleitet. Sie entwickelten sich immer weiter, während sie gleichzeitig immer gleich blieben. Ich war neidisch auf Sofia. Ich nahm es ihr nicht übel. Ich war einfach neidisch.

In diesem Moment rollte sie sich auf den Rücken und ihre Arme kamen an ihren Seiten zum Liegen. Sie trug keinen BH, und ihr Tanktop dehnte sich über ihre Brust und betonte die kleinen, runden Hügel sowie die dunklen Brustwarzen. Ihre kurzen Shorts brachten ihre schönen, schlanken Beine zur Geltung. Ich saß auf dem Bett neben ihr und öffnete ihre Shorts, wobei ich mich ein wenig wie ein Widerling fühlte. Als sie sich nicht bewegte, zog ich sie ihr über die Beine. Sie trug ein zartrosa Spitzenhöschen. Mein Schwanz wurde hart, als ich sie sah, vor allem das kleine Dreieck aus dunklem Haar unter der Spitze.

Ich räusperte mich, richtete meinen Schwanz und stand auf.

„Sofia", sagte ich leise.

Nichts.

„Sofia."

Wieder keine Antwort. Das Mädchen konnte schlafen.

Ich hob sie an, bis sie saß, und zog ihr das Tanktop über den Kopf. Daraufhin bewegte sie sich, blinzelte mehrmals, lächelte mich halb an und schloss dann wieder die Augen. Ich lächelte dumm zurück, weil ich wusste, dass sie mich nicht sehen konnte. Sie schlief bereits wieder.

Ich zog die Bettdecke zurück, legte sie hin und zog ihr das Höschen ebenfalls aus, denn ich mochte es, sie nackt in meinem Bett liegen zu sehen. Es gefiel mir, sie anzuschauen. Einen Augenblick später zwang ich mich, sie wieder zu bedecken, ging dann ins Badezimmer, um zu duschen, und legte mich neben sie ins Bett.

„Ich bin in deinem Bett", murmelte sie, rollte auf mich zu und warf ihren Arm über mich. „Wie du gesagt hast."

„Das sehe ich."

Aber sie war schon wieder eingeschlafen. Ich

legte einen Arm um sie und hielt sie eng an mich gedrückt. Hatte ich Schuldgefühle wegen dem, was ich ihr und ihrer Schwester antun würde? Ich würde das Weingut Guardia zerstören, um ihren Großvater zu bestrafen. Ich wusste, dass ich sie dabei zerstören würde. Ich hatte keinen Zweifel daran, dass mein Versprechen, sie nicht auf der Straße zurückzulassen, es nicht besser machen würde.

Wie ironisch, wie parallel unsere Leben erschienen. Wie seltsam gleich. Unsere Wege kreuzten sich nicht nur. Sie bewegten sich in die gleiche Richtung, liefen nebeneinander her. Was ihr Großvater getan hatte und der Brand, der meine Mutter getötet hatte, ich würde es wiederholen. Ich würde die Geschichte bewusst wiederholen. Ich würde das Land der Guardia in Brand stecken. Den Weinberg und den Namen der Guardia auslöschen.

Ich schlief ein, während ich diese Gedanken im Kopf hatte, und der Albtraum, den ich schon tausendmal zuvor hatte, war diesmal anders. Ich bemerkte es an der Art und Weise, wie er begann, ich wusste es, als ich den Rauch einatmete, hustete und vergeblich versuchte, sie zu erreichen, obwohl ich wusste, dass ich zu spät kommen würde.

Ich kam immer zu spät.

Dieses Mal war das Haus anders.

Diesmal gab es keine Sirenen, sondern nur das Geräusch von Feuer und Zerstörung in einem bereits verfallenen Haus. Als ich dieses Mal das

Schlafzimmer erreichte und an die Tür klopfte und sie drinnen hörte, wusste ich, dass es zu spät war, wusste ich, dass ich hörte, wie sie starb.

Und dieses Mal, als ich die Tür aufbrach, fand ich nicht die verkohlte Leiche meiner Mutter. Es war nicht ihre.

Ich schoss im Bett hoch, atmete schwer, Schweiß bedeckte meine Haut. Meine Augen flogen auf, verbannten den Schlaf und ließen nur den Kadaver dieser Version des Albtraums zurück, der sich seit sechs Jahren wiederholte. Ich schaute zu Sofia neben mir, die einfach immer noch schlief.

Wäre sie das Dornröschen, das sich dieses Mal in Asche verwandeln würde?

Würde ich es sein, der das Streichholz anzünden und das Feuer legen würde?

Wer sonst außer mir sollte sie zerstören?

Ich sagte ihr, dass ich kein Monster sein würde, aber war das nicht die ganze Zeit meine Absicht gewesen? War ihre Zerstörung nicht der zentrale Punkt dieses Racheplans? War der Plan nicht schon am Laufen, nachdem ihr Großvater den Vertrag geändert hatte?

Ich war ein Monster. Das wusste ich. Aber sie zerstören?

Sie?

Während zwei Seiten meines Verstandes miteinander kämpften, lag sie schlafend neben mir, komplett unwissend und unbedarft. Sie hatte eine so seltsame Macht über mich.

Warum konnte ich sie nicht hassen? Ich sollte sie verdammt noch mal hassen.

Ich stieg wütend, gereizt und frustriert aus dem Bett und ging nach unten, durch die Küche, und nahm einen Old Faithful – meinen Lieblingswhiskey. Glas nahm ich keines mit. Ich brauchte keins. Ich wusste, wohin ich wollte. Zu diesem verhassten Ort.

Immer noch kein verdammtes Schloss an der Tür. Ich konnte es nicht. Ich konnte es nicht riskieren, da nicht reinzukommen.

Ich öffnete die Kellertür, wobei mich schon der Geruch um Jahre zurückversetzte.

War das eine Art verdrehter Zufluchtsort? Ein verdrehtes, dunkles Ding, dem ich nicht entkommen konnte, vor dem ich mich fürchtete und das mich immer wieder zurückzog?

Ich trank einen Schluck Whiskey, als ich die Treppe hinunterging. Kein Licht heute Nacht. Ich brauchte keines. Ich kannte jeden Zentimeter und die beiden kleinen Fenster oben an der einen Wand ließen genügend Mondlicht herein. Es hob den Peitschenpfahl hervor, als wäre es ein Scheinwerfer, der auf das Ding strahlte.

Ich zog das Tuch vom ersten Tisch weg und ließ es auf den Boden fallen. Eine Spinne rannte weg, ihre langen Beine dünn auf dem abgenutzten Leder.

Peitschen lagen zusammengerollt dort, als warteten sie darauf, an die Reihe zu kommen. Aber das würden sie nicht. Nie wieder. Nicht auf meinem Rücken.

Lange Zeit stand ich da und schaute sie an. Ich kannte das Gefühl jeder einzelnen und zuckte zusammen, als ich mich an den Schmerz erinnerte.

Die Auspeitschungen fanden nur nachts statt. Immer, nachdem ich ins Bett gegangen war. Vielleicht war ich immer noch darauf konditioniert, zur gleichen Zeit wie in diesen Nächten aufzuwachen. Ich glaube, es gefiel ihm. Es gefiel ihm, zu wissen, dass ich immer verängstigt schlief, nie sicher, ob ich wachgerüttelt und an diesen Ort geschleppt werden würde, um für Sünden bestraft zu werden, die ich nicht mal kannte. Es spielte für ihn wahrscheinlich nicht mal eine Rolle, ob ich etwas getan hatte oder nicht. Ob einer von uns etwas getan hatte oder nicht.

Ich trank wieder, dieses Mal die halbe Flasche. Meine Kehle brannte, aber das war mir egal. Ich brauchte es. Ich brauchte dieses Brennen, als ich die Hand ausstreckte und das lange, feine Leder einer der Peitschen berührte, der Peitsche, die er am meisten benutzt hatte. Ohne nachzudenken, legte ich meine Hand um den geflochtenen Griff. Er war abgenutzt, der Schweiß von seiner Anstrengung war nun Teil des Leders. Schmierte es. Hielt es auch Jahre später noch geschmeidig.

Als ich den Arm zurückzog, sah ich wie versteinert zu, wie sich das Leder langsam, wie eine Schlange, entrollte. Ich riss den Arm zurück, schlug sie auf den Boden und zuckte angesichts des Geräusches zusammen, etwas, das ich nie vergessen konnte. Mein Rücken verspannte sich bei dem Versuch, sich zu schützen.

Ich trank mehr von dem Whiskey. Dann, mit der Flasche an meiner Seite, richtete ich meine Aufmerksamkeit auf den Peitschenpfahl. Auch er war stellenweise abgenutzt. Die Schnitzereien waren dort aufgeweicht, wo sich immer wieder Haut dagegen gepresst hatte. Ich zog den Arm zurück und schlug auf ihn ein, hörte das Geräusch von Leder, das sich um das Holz wickelte, und erinnerte mich daran, wie sich das Ende um mich schlang, als wäre jeder Schlag doppelt.

Als wäre das Leder selbst gierig. Gnadenlos.

Aber wie hatte sich das für ihn angefühlt? Hier hinter mir oder hinter ihr zu stehen, unsere Schreie zu hören, unseren Schmerz zu sehen, zuzusehen, wie uns das Blut den Rücken hinunterlief. Wie hatte er sich gefühlt, als er hier stand und all diese Macht hatte? Herr über unseren Schmerz zu sein? Was hatte er gefühlt?

„Raphael."

Ihre Stimme durchbrach die Stille des Raumes. Unterbrach das Chaos in meinem Kopf.

Ich wusste, dass sie kommen würde.

„Ich will es wissen", sagte ich und schaute auf

das abgenutzte Holz, als hätte sie meine Gedanken gehört und ich könnte das Gespräch einfach fortsetzen. „Ich möchte wissen, wie es sich für ihn angefühlt hat."

Als ich endlich meinen Blick auf sie richtete, fand ich sie am Fuße der Treppe stehend, barfuß, mein T-Shirt bis zur Mitte der Oberschenkel hängend, die Arme um sich selbst geschlungen. Sie beobachtete mich, ihr Blick wandte sich dem Pfosten zu, zur Peitsche, zu meiner Faust, die Knöchel weiß, so fest hielt ich den Griff.

„Trinkst du?", fragte sie.

Ich merkte, dass ich die Flasche immer noch in der anderen Hand hielt, hob sie zum Mund, leerte sie und schmetterte sie dann gegen die andere Wand.

Sofia zuckte zusammen.

Ich sah sie an, machte einen Schritt auf sie zu. Dann noch einen.

„Komm her", sagte ich.

„Leg die Peitsche weg", antwortete sie.

„Ich halte sie gerne in der Hand. Ich mag es, wie es sich anfühlt."

„Nein. Tust du nicht."

„Doch. Wirklich."

„Was ist heute Abend passiert? Warum bist du hier unten? Es ist nach ein Uhr morgens."

„Komm her."

Sie sah die Peitsche an und schüttelte den Kopf.

„Hast du Angst vor mir?“

Sie betrachtete mich, die Stirn ein wenig gerunzelt. „Nein.“

Eine Lüge.

„Dann komm zu mir.“

Sie brauchte doppelt so viele Schritte wie normalerweise, um den Raum zwischen uns zu durchqueren.

„Hast du mich ausgezogen? Ich bin nackt aufgewacht.“

Ich nickte und berührte die Rundung ihrer Taille, raffte das T-Shirt in meiner Faust zusammen und zog sie zu mir. „Du gefällst mir nackt.“ Ich legte meine Faust um sie herum, hielt sie an mich und beugte mich vor, um sie zu küssen.

Eine ihrer Hände umfasste meine Schulter, die andere umklammerte das Handgelenk, das die Peitsche hielt, und hielt meinen Arm an meiner Seite fest.

Ihre Lippen zitterten ein wenig und verrieten ihre Vorsicht.

Als ich sie näher zu mir zog, drückte ich mein Gesicht in ihr Haar und atmete den Duft von Shampoo ein. Ich schloss die Augen und atmete tief ein. „Ich will es spüren“, flüsterte ich ihr ins Ohr. „Es ist krank, nicht wahr?“

Die Hand, die sich um meine Schulter gelegt hatte, wanderte nun zu meinem Gesicht. Sie sah mich mit Mitleid in den Augen an.

Ich hasste Mitleid. Ich hasste es so sehr.

Ich wollte es nicht haben.

Und im nächsten Augenblick war es so weit. Ich fühlte, wie sich mein Gesicht veränderte, wie sich meine Augen verdunkelten, und ich wusste in dem Moment, als sie die Veränderung sah, dass Angst dieses Mitleid ersetzte.

Mitleid zu bekommen, das hieß, schwach zu sein. Ich würde nicht schwach sein. Das hatte ich in der Nacht beschlossen, in der ich ihn getötet hatte.

„Bemitleide mich nicht, Sofia. Ich akzeptiere mich so, wie ich bin."

„Nein, Raphael. So bist du nicht. So willst du nicht sein ... du solltest nicht trinken ..."

Ich ließ sie los, trat auf den Pfosten zu und legte zum ersten Mal seit Jahren wieder meine Hand darauf. Ich erinnerte mich an alle Kanten, kannte sie ganz genau.

Sofia streckte die Hand aus, nahm meine Hand, die die Peitsche hielt, und trat hinter mich. Als die Finger ihrer anderen Hand die Narben auf meinem Rücken nachzogen, zuckte ich zusammen und spannte jeden Muskel an. Sie hörte auf, sich zu bewegen, zog sich aber nicht zurück. Mit einem Ausatmen senkte ich den Kopf und meine Hand auf dem Pfosten wurde zur Faust.

Sie folgte jeder Linie, ihre Berührung so leicht wie die einer Feder. Sie sah alles. Sie sah mich. Und ich ließ es zu. Ich stand da und ließ es geschehen.

Und erst nachdem sie jede Narbe nachgefahren war, zog sie sich zurück. Nur für einen Moment und ich blieb, wie ich war. Als ich ihren Atem auf mir spürte, ihre Lippen auf meinem Rücken, wie sie mich sanft küsste, wie sie das Narbengewebe küsste, zitterte ich.

Als ich mich umdrehte, richtete sie sich auf. Sie stand nackt vor mir, hatte sich das T-Shirt ausgezogen. Ihre Brustwarzen zogen sich in der kühlen Kellerluft zusammen. Ich sah sie an, erst die dunklen, festen Knöpfe, dann Sofia. Und als ich sie anfasste und sie so drehte, dass sie mit dem Rücken zum Pfosten stand, ließ sie mich das tun. Obwohl ihr Blick vorsichtig über die Peitsche glitt, ließ sie mich gewähren.

Während ich sie küsste, zog ich ihr die Handgelenke über den Kopf und befestigte sie an den Fesseln.

Sie gab einen Laut von sich, einen schnellen Atemzug. Es war dieses Geräusch – und der Blick in ihren Augen – die ihre Angst verrieten. Ich trat zurück, um sie anzusehen, sah, wie sie auf den Zehenspitzen stand und versuchte, ihre Handgelenke aus dem Eisen zu befreien. Mein Schwanz wurde bei ihrem Anblick härter, wie sie dort stand, an den Pfosten gefesselt, nackt und mir ausgeliefert.

Meiner Gnade ausgeliefert.

„Hast du jetzt Angst vor mir?“

Sie schüttelte den Kopf, aber es war nicht überzeugend. Ich lächelte und ließ die Peitsche an meiner Seite knallen. Sie zuckte und stieß einen kleinen Schrei aus.

„Ich glaube schon“, sagte ich.

„Du wirst mir nicht wehtun“, brachte sie mit zittriger Stimme hervor.

„Ich weiß nicht, ob du das glaubst.“ Ich ging um den Pfosten herum. Sie folgte mir mit den Augen. „Du gehst ein Risiko ein, Sofia.“

„Du willst spüren, wie es ist, jemanden auszupeitschen? Jemanden zu verletzen, der gefesselt und unfähig ist, sich zu wehren?“

„Krank, nicht wahr?“

Sie antwortete nicht. Ich blieb vor ihr stehen. Ihr Blick fiel kurz auf meine Boxershorts, auf meinen Schwanz, der sie wie eine Stahlstange ausdehnte, bevor sie wieder zu mir aufblickte.

„Du bist nicht wie er“, sagte sie.

„Ist das nicht Beweis genug dafür, wie krank ich bin?“, fragte ich, während ich auf meine Erektion deutete.

„Das ist mir egal. Du bist nicht dein Vater, Raphael. Was immer du denkst, für wie krank du dich auch hältst, du bist es nicht. Du musst die Vergangenheit loslassen.“

„Vielleicht muss ich es erst fühlen. Fühlen, wie es ist.“ Meine Stimme war angespannt und es fiel mir schwer zu schlucken. Es dauerte lange, bis ich den letzten Teil sagte. „Vielleicht muss ich erst jemandem wehtun.“

Ihre Augen suchten meine und Tränen, wie zwei zarte Kristalltropfen, glitten ihr über die Wangen.

„Dreh dich um und umarme den Pfosten, Sofia."

Ihre Zähne begannen zu klappern und weitere Tränen folgten. Mein Schwanz schmerzte. Mit einem Schritt war ich bei ihr, packte ihren Hinterkopf, nahm eine Handvoll Haare und zog sie zurück, um ihr Gesicht nach oben zu zwingen. Ich drückte meinen Mund auf ihren. Sie wimmerte, erwiderte den Kuss und weinte jetzt, fast verzweifelt. Der Kuss war panisch, als würde sie sich mit den Lippen allein an mich klammern.

Ich schob ihr den Peitschengriff zwischen die Beine und sie stieß einen Schrei aus. Aber als ich ihn an ihre Pussy drückte, war sie feucht, ihre Klitoris geschwollen. Ich sah sie an und atmete aus, bevor ich sie wieder küsste.

„Du bist nass", stöhnte ich und rieb mich an ihr.

„Ich will dich", sagte sie und ließ den Kopf sinken, als ich mich zurückzog. „Mach Liebe mit mir."

Nein. Jetzt war nicht die Zeit für Liebesspiele. Und ich mochte es nicht, dass sie Sex benutzte, um mich zu manipulieren.

Ich drehte sie grob um, sodass sie dem Pfosten zugewandt war, dann schob ich meine Boxershorts hinunter und zog sie aus. Sie drückte ihren Arsch an mich.

Ich stöhnte vor Verlangen, vergrub mein Gesicht

in ihrem Haar, stellte mir ihre enge Pussy um meinen Schwanz vor, roch ihren Duft, ihre Haut. „Ich war nicht der Einzige“, sagte ich, als wäre es ein Geständnis, kniff in ihre Brustwarze, bevor ich erneut eine Handvoll Haare ergriff und ihren Kopf drehte, ihre tränenbefleckte Wange und dann ihren Mund küsste.

„Raphael–“

„Er peitschte auch meine Mutter aus. Ich weiß nicht, wie lange er das machte.“

Sie schüttelte den Kopf.

„Wie lange sie es geheim hielt.“

Ich drückte die Peitsche an Sofias Pussy. Ich wollte sie ficken. Gott, ich wollte meinen verdammten Schwanz in ihr vergraben, aber ich konnte es nicht. Ich konnte es nicht. Noch nicht. „Hätte ich ihn mich schlagen lassen ... hätte ich mich nicht gewehrt, hätte er ihr vielleicht nicht wehgetan.“

Sie drehte den Kopf, sah mich an und hörte zu. Und vielleicht hörte auch ich mich zum ersten Mal, denn es laut auszusprechen, es zu hören– verdammt. Ich wusste, welche Schuldgefühle ich verspürte. Das war nicht neu. Es war nicht etwas, das ich hinter mir gelassen hatte. Aber es laut auszusprechen? Vor einem anderen Menschen? Vor Sofia?

Ich schüttelte den Kopf, zog mich zurück und umklammerte die Peitsche. „Umarme den Pfosten, Sofia.“

„Es ist nicht deine Schuld."

Sie zerrte verzweifelt an ihren Fesseln. Aber sie hielten. Ich wusste das.

„Was er getan hat, Raphael, es ist nicht deine Schuld."

„Umarme den verdammten Pfosten!", brüllte ich und hob die Peitsche.

Sie schrie und drehte sich um, schlang ihre Unterarme und Beine um das Ding, so gut sie konnte, und sie weinte und bettelte und verflucht, Gott wusste, was sie sagte. Welche Worte sie murmelte, denn ich konnte sie nicht hören. Jetzt nicht mehr. Alles, was ich tun konnte, war, ihr zuzusehen, wie sie sich an den Pfosten klammerte, wie ihr Körper zitterte, während sie darauf wartete, dass ich sie auspeitschte. Alles, was ich tun konnte, war, sie zu sehen.

Mich selbst in ihr sehen.

Angst zu sehen.

Zu fühlen.

Ihre Angst zu spüren.

Und es erinnerte mich, versetzte mich so viele Jahre in die Vergangenheit.

Und es ließ mich zögern und ich hasste es, dass es mich verdammt nochmal zögern ließ.

Ich durfte nicht schwach sein.

Das durfte ich nicht.

Ein Geräusch kam von mir, etwas Fremdes und

Volles, wie Glas, das in tausend Scherben zerbrach. Zerschmettert. Unwiderruflich kaputt.

Das war ich. Ich. Ein vernichtendes Monster. Ein Killer. Eine hasserfüllte, rachsüchtige Bestie.

Sofia drehte den Kopf, ihre feuchten Augen trafen meine, der Schrecken in ihnen zerschnitt mich erneut innerlich. Als wäre das überhaupt noch möglich. Es gab nichts mehr zu verletzen.

Meine Kehle schnürte sich zu, ich ging zu ihr, umarmte ihren Rücken und löste sie vom Pfosten.

„Es tut mir leid", sagte ich, drehte sie um, hielt sie fest. Ich vergrub mein Gesicht in ihrem Haar und sagte es immer wieder, wiederholte die Worte, hielt sie so fest, so verdammt fest.

Ich griff nach oben, meine Hände fummelten, als ich die Fesseln entfernte. Ich erwartete, dass sie sich zurückziehen würde. Dass sie vor mir weglaufen würde. Das hätte sie tun sollen. Aber stattdessen schlang sie ihre Arme um meinen Hals und, immer noch weinend, ihre Tränen salzig auf meinen Lippen, küsste sie mich, umarmte mich mit all ihrer Kraft und klammerte sich an mich, wie sie es gerade mit dem Pfosten getan hatte, als ich sie in Todesangst versetzt hatte. Als ich kurz davor gewesen war, sie auszupeitschen, ihr wehzutun, wie mir wehgetan wurde, ihr Narben zuzufügen, wie ich vernarbt war.

„Es tut mir leid", sagte ich erneut. „Es tut mir so leid."

„Mach Liebe mit mir“, sagte sie an meinen Lippen.

Ich hob sie hoch und drückte sie mit dem Rücken an den Pfosten, während ich sie auf meinen Schwanz schob, der nach all dem immer noch verdammt hart war.

Unsere Augen trafen sich, unsere Lippen berührten sich und ich stieß in sie hinein.

Sie atmete ein und ich wusste, dass es ihr weh tat. Sie war zu eng. Zu eng, um mich aufzunehmen. Aber ich wollte es. Ich wollte sie. Genauso. Fuck! Ich brauchte sie.

„Härter.“

Galt das mir? Wusste sie, was ich brauchte? Brauchte sie es auch?

Ich stieß wieder und wieder zu, mein Schwanz schwoll an und ihre Pussy wurde enger, sie umklammerte mich mit all ihrer Kraft, und als sie sich um mich herum zusammendrückte und pulsierte, sah ich sie an, sah, wie sich ihre Augen schlossen, sah, wie ihre Lippe zwischen ihren Zähnen verschwand, und ich leerte mich in ihr, vergrub mich tief, und gab etwas ab, irgendeinen uralten Teil von mir, und es war fast so, als hätte er mich körperlich verlassen.

17

SOFIA

Ich wachte in Raphaels Armen auf. Ich bewegte mich nicht und versuchte, meinen Atem ruhig zu halten. Was zum Teufel war letzte Nacht passiert? Wie knapp war ich einer Auspeitschung entkommen? Ich wusste, dass er diese Szene – diese wahnsinnige Szene – gebraucht hatte. Sie musste geschehen. Er konnte der Vergangenheit nicht länger aus dem Weg gehen. Vielleicht war er hierher zurückgekommen – unbewusst – und hatte die Konfrontation gesucht, denn ohne sie gab es keine Befreiung. Ich hoffte, dass die letzte Nacht seinen Sieg über die Dämonen bedeutete, die ihn heimsuchten. Ich hoffte, dass er sie letzte Nacht in die Hölle verbannt hatte, in die sie gehörten.

Was für eine Kindheit hatte er gehabt?

Welche Art von Schuld trug er auf seinen Schultern?

Er hatte mir erzählt, dass er seine Brüder vor seinem Vater beschützt hatte, und ich wusste, dass er sich auspeitschen ließ, um sie zu verschonen. Aber was er gestern Abend gesagt hatte, dass sein Vater seine Wut auf Raphaels Mutter gerichtet hatte, als Raphael zu groß und stark geworden war, um ihn schlagen zu können?

Was für ein Monster. Was für ein Ungeheuer.

Ich schaute in das schlafende Gesicht meines Mannes. Es war das erste Mal, dass ich ihn so sah. Es war das erste Mal, dass ich ihn anblicken konnte, ohne selbst beobachtet zu werden. Und unter all seiner Härte, unter all den scharfen Kanten, hatte sein Gesicht eine Weichheit, wenn es so ruhig war. Es besaß eine Unschuld, die er so gut verbarg, wenn er wach war.

Ich wusste, dass er schön war. Das war keine Frage. Dichtes dunkles Haar, gebräunte Haut und Wangenknochen, für die ein Model töten würde. Aber auch ohne das, selbst, wenn er hässlich wäre, hatte er eine Unschuld an sich, war dieser verletzte kleine Junge in ihm. Ich wollte ihn abschirmen, ihn vor seinen Monstern schützen.

Er schlief, seinen Arm um mich gelegt, der wie ein tonnenschweres Gewicht an meine Seite drückte. Ich bewegte mich ein wenig und konnte nicht widerstehen, die Bartstoppeln auf seinem Kinn leicht zu berühren. Ich fragte mich, ob Lina wach wäre. Sie musste wach sein und wartete wahrscheinlich schon auf mich.

Raphael blinzelte und blaue Augen, die so gar nicht zu seiner Haut- und Haarfarbe passten, wurden unter schweren, dunklen Wimpern sichtbar. Er rollte sich auf den Rücken und starrte an die Decke.

„Wie spät ist es?"

„Fast elf. Ich wollte dich nicht wecken."

„Fast elf?"

Er drehte sich zu mir um und sein Gesicht wurde ernst. Es sah aus, als würde ich ihm dabei zusehen, wie er sich erinnerte.

„Bist du ... okay?"

Ich lächelte und berührte wieder sein Gesicht. „Ja."

Wir hatten nicht geduscht, als wir gestern Abend nach oben kamen. Er hatte es nicht erlaubt und wollte mich stattdessen einfach festhalten. Also roch das ganze Zimmer nach Sex.

„Ich habe eine Dusche nötig", sagte ich. „Meine Schwester wartet wahrscheinlich schon und fragt sich, wo ich bin."

„Sie ist wahrscheinlich schon draufgekommen, wo du bist."

Er rollte sich auf mich und hielt mich fest, indem er seine Ellbogen auf beiden Seiten meines Gesichts platzierte. Er küsste mich.

„Ich mag meinen Geruch an dir."

„Nun, ich bin mir nicht sicher, ob das alle anderen auch tun, also sollte ich duschen."

„Was habt ihr beide heute vor?"

„Ich weiß es noch nicht." Ich dachte an gestern, als ich meinen Großvater mit diesem Mann gesehen hatte. „Raphael, dieser Mann von der Hochzeit, wer ist das genau?"

Sein Gesicht wurde ernst und er rollte sich von mir herunter. „Vincent Moriarty. Ein selbsternannter Geschäftsmann. Ein Verbrecher und auch Erpresser, dem mein Vater Geld schuldete."

„Er ist gefährlich, nicht wahr?"

„Ich habe dir gesagt, dass ich nicht zulasse, dass er dir wehtut, Sofia."

Um mich machte ich mir keine Sorgen. „Will er dir wehtun?", fragte ich.

„Er erwartet von mir, dass ich die Schulden meines Vaters zurückzahle."

„Ich muss dir etwas sagen", sagte ich, während ich mich aufsetzte.

„Wenn es darum geht, dass er sich mit deinem Großvater getroffen hat, weiß ich Bescheid."

„Was? Wie?"

„Eric erwähnte es. Er sah die beiden, als du und deine Schwester ihr Telefon holen gingt."

„Oh." Ich hatte Eric vergessen. Natürlich hatte er es gesehen. „Ich möchte heute meinen Großvater wiedersehen. Ihn fragen, worum es ging. Er soll alle seine Karten auf den Tisch legen."

Raphael lachte und stieg aus dem Bett. „Du bist naiv, Sofia."

Ich folgte ihm. „Ich bin nicht naiv. Die Lage hat sich geändert. Du bist jetzt mein Mann und es ist anders, als es gedacht war."

Er blieb stehen und drehte sich um. Der Ausdruck auf seinem Gesicht ließ mich zögern.

„Ich will dich nicht anlügen. Und ich will keine Spielchen mit dir spielen", sagte ich.

„Das ist gut, denn ich möchte auch keine Spiele mit dir spielen."

„Wir sind keine Feinde, oder?"

„Nein, aber dein Großvater –"

„Muss nach Hause fahren und akzeptieren, was geschehen ist. Seinen Verlust akzeptieren."

Er nahm mein Gesicht in seine Hände, zog mich zu sich heran und küsste mich dann auf die Stirn.

„Naiv, aber süß."

Er ging ins Badezimmer. Ich folgte ihm.

„Du hast mir nie geantwortet, als ich dich fragte, ob es noch etwas über den Vollzug der Ehe zu sagen gäbe. Ich habe darüber nachgedacht und es ergab keinen Sinn. Er hat nichts davon, das zu verlangen. Da war noch etwas anderes, nicht wahr?" Ich wusste, dass ich recht hatte, als ich seinen Gesichtsausdruck sah. „Worauf hast du verzichtet, damit ich Zeit mit meiner Schwester verbringen kann?"

„Fünf Prozent."

„Was?"

„Ich bekomme jetzt fünfundvierzig Prozent. Nicht die vollen fünfzig."

„Für diese paar Tage hier?"

Er nickte und drehte die Dusche auf.

„Raphael, das hast du mir zuliebe getan?" Das hätte er nicht tun müssen. Er hätte gar nichts für mich tun müssen. Ich ging zu ihm, aber als er sich umdrehte, sah ich, dass sein Gesicht härter geworden war.

„Ich habe es dir schon einmal gesagt: Mach keinen Heiligen aus mir. Das bin ich nicht, Sofia."

Seine Worte stoppten mich. „Was meinst du damit?"

„Ich meine genau das, was ich gesagt habe."

„Ich will, dass Lina bleibt. Ich will ihr gesetzlicher Vormund werden", platzte ich heraus, bevor ich kneifen konnte.

„Bleiben? Hier bei uns?"

„Sie wird in zwei Jahren achtzehn. Und sie ist selbstständig, nicht wie ein Kind–"

„Darüber mache ich mir keine Sorgen. Wie kommst du darauf, dass euer Großvater das erlauben wird?"

„Ich werde ihn fragen."

„Nein." Er schüttelte den Kopf. „Du wirst ihn nicht mehr treffen. Ich verbiete es dir."

„Du *verbietest* es?"

„Er ist mein Feind, Sofia, was ihn zu deinem

Feind macht. Hat das nicht das, was du gestern mit eigenen Augen gesehen hast, bewiesen?“

„Genau deshalb muss ich einen Weg finden, um meine Schwester hierzubehalten. Ich denke nicht, dass sie sicher ist, wenn wir sie mit ihm zurückschicken.“

Er schüttelte den Kopf, trat in die Dusche und nahm das Shampoo.

„Raphael! Ich spreche mit dir.“

„Ich komme zu spät zu einem Treffen.“

„Welches Treffen? Was soll das mit all deinen Treffen?“

„Aber ich kann mir Zeit für einen schnellen Fick unter der Dusche nehmen.“

Er grinste, und diese Arroganz, die ich hasste, war zurück.

Ich zeigte ihm den Stinkefinger und verließ das Badezimmer, zog mir sein T-Shirt über den Kopf und rannte in Richtung meines Schlafzimmers. Ich hoffte, niemandem zu begegnen, bevor ich geduscht hatte. Er brauchte ganze zwei Minuten, um mir tropfend und nackt den Flur entlang zu folgen. Vor meiner Tür packte er meinen Arm, stieß mich ins Zimmer und knallte die Tür hinter uns zu.

„Tu so etwas nie wieder, verstanden?“

„Welcher Teil, dieser?“ Ich zeigte ihm wieder den Mittelfinger. „Oder das Weggehen?“

Er drückte meinen Arm und sein Mund wurde schmaler. „Du willst also doch spielen?“

Ich kniff die Augen zusammen, aber mein Herz klopfte beim Blick in seinen Augen, beim Ton seiner Stimme. Ich schien meine Unerfahrenheit immer zu vergessen. Und seine Macht.

Oder vielleicht dachte ich einfach, die Dinge hätten sich gestern Abend zwischen uns geändert.

„Wir können spielen."

Er drehte mich um und stieß mich über das Fußteil des Bettes.

Ich wollte aufstehen, aber er drückte mir eine Hand zwischen die Schulterblätter und hielt mich unten, dann schob er mir das T-Shirt über den Rücken und spreizte meine Beine, bevor er zwischen sie trat. Ich spürte ihn, spürte seine Härte an meinem Hintern, und so sehr ich das auch nicht wollte, so sehr ich auch wütend bleiben wollte, mein Körper reagierte, wie er es bei Raphael immer tat.

„Du hast einen tollen Arsch, Sofia", sagte er und schlug dann einmal darauf.

„Autsch!"

„Lass dein Gesicht auf dem Bett."

Er schlang mein Haar um seine Hand und beugte sich über mich.

„Du tust mir weh."

„Scheint die Geschichte unseres Lebens zu sein."

Er schlug mich wieder auf die Hüfte.

„Stopp!"

„Lässt du den Kopf unten?"

Er drückte die Faust zusammen und ich nickte.

Als er sich aufrichtete, blieb ich so, wie ich war. Seine Hände legten sich auf meinen Hintern und spreizten meine Pobacken.

„Ein sehr fickbarer Arsch“, sagte er, streichelte mich mit den Fingern, hielt mich offen.

Ich gab einen Laut von mir, schämte mich und vergrub mein Gesicht im Bett.

„Und deine Pussy tropft immer für mich, nicht wahr?“

„Ich hasse dich“, murmelte ich.

„Das ist nicht wahr.“

Im nächsten Moment leckte seine Zunge über meine komplette Länge, von meinem Geschlecht bis zu meinem Arsch, kreiste dort und glitt dann über die Lippen meines Geschlechts zurück.

„Ich werde jedes Loch ficken, das weißt du, oder?“

Ich schluckte, mehr erregt als mir lieb war.

Er leckte mich wieder, und diesmal drückte er seine Zunge an meinen Arsch.

„Stopp.“

„Mach dir keine Sorgen.“

Er richtete sich auf, bewegte seinen Schwanz zum Eingang meiner Muschi.

„Jetzt noch nicht.“

Er schob seinen Schwanz in mich und ich bog den Rücken und biss mir auf die Lippe.

Scheiße. Der erste Moment, wenn er zum ersten Mal in mich eindrang ... Fuck.

„Du willst kommen, oder?“ Er bewegte sich langsam rein und raus. „Du lässt dich gerne ficken.“

Ich schluckte, griff nach der Bettdecke und weigerte mich zu antworten. Ich war zu gedemütigt, um ihn wissen zu lassen, wie angeturnt ich war.

„Aber nicht heute Morgen.“

Seine Hand war in meinem Haar und er zog mich hoch, hielt mich an sich gedrückt, wobei sein Schwanz noch immer in mir vergraben war.

„Betrachte es als deine erste Strafe. Eine relativ leichte.“

Er zog sich heraus und drehte mich um, um mich einmal zu küssen, dann schob er mich auf die Knie.

Ich schaute ihn an, seinen Schwanz vor mir, nass von meinen Säften.

„Weit aufmachen, Schatz. Ich will in deinen Hals kommen. Erst dieses Loch, dann deinen Arsch.“

Ich wollte ihn hassen, wollte ihn und seine Worte abstoßend finden. Er wurde hart, wenn er mich erniedrigte. Warum konnte ich ihn also nicht hassen? Warum öffnete ich stattdessen den Mund und leckte ihn ab, schmeckte ihn und mich, bevor ich ihn in den Mund nahm? Warum tropfte ich so für ihn?

„Scheiße“, stöhnte Raphael und dehnte das Wort.

Ich schaute zu ihm hoch, als er mich mit der

Hand in den Haaren bewegte, mir ein wenig weh tat und mein eigenes Verlangen vernachlässigte.

Das war krank. So sollte Sex nicht laufen.

Und es war noch kränker, dass es mich nass machte.

Als er zu mir herunterblickte und mir dieses schiefe, schmutzige Grinsen schenkte, wollte ich mir nur zwischen die Beine greifen und mich selbst zum Kommen bringen.

„Ich mag deinen jungfräulichen Mund, Sofia. Ich werde es genießen, in deine Kehle zu kommen, bis du keine Luft mehr bekommst."

Er bewegte mich schneller, ging tiefer und ließ nicht nach, als ich nach Luft rang.

„Und ich möchte, dass du weißt, dass ich Gehorsam erwarte, wenn ich dir etwas verbiete."

Er zog an meinem Haar und zwang mich, zu ihm aufzuschauen, während sein Schwanz tief in meinem Mund steckte.

„Denk an dein Ehegelübde."

Er lächelte kalt und stieß tiefer, sein Gesicht spannte sich an, sein Schwanz wurde dicker.

„Nur, weil ich gestern Abend nicht mit der Peitsche auf deinen Rücken losgegangen bin, heißt das nicht, dass ich nicht meinen Gürtel auf deinem Hintern verwenden würde, wenn du das brauchst. Verdiente Strafe ist etwas ganz anderes."

Die Spitze seines Schwanzes traf meine Kehle ganz hinten.

„Verstanden?“

Tränen liefen mir aus den Augenwinkeln, als ich gegen seine Oberschenkel drückte und um Atem rang.

Er zog sich ein wenig zurück und bewegte meinen Kopf in einer Nickbewegung.

„Braves Mädchen.“

In diesem Moment hasste ich ihn. Ich hasste seine Macht über mich. Ich hasste es, dass sie mich auch jetzt noch erregte, sogar, wenn er das tat.

Aber dann schob er mich zurück, in einen Winkel, der sehr schmerzhaft war, und fickte mein Gesicht, fickte es wirklich, und als er erstarrte und in meine Kehle kam, war alles, was ich tun konnte, es hinzunehmen, ihn in mir aufzunehmen, und sein Gesicht zu beobachten, sein schönes Gesicht, und wie er mich benutzte, um sich Lust zu bereiten. Schließlich zog er sich zurück und ließ mich los.

Ich wischte mir mit dem Handrücken über den Mund und setzte mich wieder auf die Fersen.

„Das war gut für dein erstes Mal“, sagte er. „Aber du hast etwas nicht erwischt.“

Mit dem Zeh zeigte er auf die Stelle, wo etwas Sperma auf den Boden getropft war.

„Leck es auf.“

Wut brannte heiß in mir, begann an meinem Bauch und versengte mir die Kehle, als sie hochkochte. „Fick. Dich.“ Ich stand auf, schaffte es irgendwie nicht zu stolpern und starrte ihn an. Ich weigerte mich, wegzusehen. Und als er grinste, zog ich meinen Arm zurück und ohrfeigte ihn.

Sein Körper bewegte sich nicht, nur sein Kopf schnappte zur Seite. Er atmete aus und ein Mundwinkel zog sich nach oben, als er seine Hand hob, um seine Wange zu berühren. Langsam drehte er sich um und sah mich an.

Sein Blick glitt über mich hinweg und ich zitterte und hielt den Atem an, als er seine Finger an meinen Bauch legte und sie zwischen meinen Brüsten nach oben zog. Dann umschlang seine Hand meine Kehle, und als er mich anstarrte, ergriff ich seinen Unterarm.

„Tu das nie wieder, verdammt noch mal."

Er drückte zusammen und ich zitterte. Er war unberechenbar, wie eine Landmine, die, wenn ich nicht vorsichtig war, einfach losgehen würde. Er drückte meinen Hals zusammen und ich konnte nicht sprechen. Ich gab nur einen Laut von mir, als er mich auf die Zehenspitzen hochhob. In diesem Moment musste ihm klargeworden sein, was er da tat, denn er blinzelte mehrmals schnell, als sähe er mich erst jetzt. Als er mich losließ, umklammerte ich das Holz des Bettgestelles. Das war die einzige Möglichkeit, mich aufrecht zu halten.

Er sah sich im Raum um und es dauerte eine Minute, bis er mich wieder anblickte.

„Zieh dich an. Zwing mich nicht, dich zu bestrafen."

Seine Warnung war kaum ausgesprochen, als er das Zimmer durchquerte und ging, wobei er die Tür hinter sich zuschlug.

Ich atmete aus und rieb mir den Hals. Was zum Teufel war gerade passiert? Nach letzter Nacht? Wie waren wir an diesen Punkt gekommen? Was hatte ich gesagt? Was hatte ich gefragt? Ich hatte ihm den Stinkefinger gezeigt und war weggegangen. Er war so wütend geworden. Zu wütend.

Mit zitternden Beinen ging ich ins Badezimmer und drehte die Dusche auf. Ich beeilte mich beim Waschen, zog mich an und band meine Haare zu einem Pferdeschwanz zusammen, bevor ich an Linas Tür klopfte. Aber sie antwortete nicht. Als ich die Tür öffnete, war ihr Bett gemacht und das Zimmer leer. Sie hatte angefangen, Charlie in ihrem Bett schlafen zu lassen, und auch er war weg.

Von Raphael hörte ich gar nichts. Als ich in die Küche kam, sah ich Maria, die auf der Arbeitsplatte Teig ausrollte, und Nicola, die Geschirr abtrocknete und stapelte.

„Guten Morgen."

Sie lächelten beide und wünschten mir das Gleiche.

„Ist meine Schwester hier?"

Maria sagte etwas, aber ich verstand es nicht, also übersetzte Nicola.

„Nein. Sie ist vorhin mit Damon gegangen. Sie sagte, sie wäre zum Abendessen zurück."

„Mit Damon?“ Vermutlich hatte sie auf mich gewartet. „Hat sie mir eine Nachricht oder so was hinterlassen?“

„Nein, tut mir leid. Sie sagte, ich soll Sie schlafen lassen.“

„Okay. Danke.“ In diesem Moment kam Charlie zurück ins Haus und kläffte vor Aufregung, als er mich sah. Eric folgte ihm und sah irritiert aus. „Wo ist Raphael?“

„Er wollte zu einem Treffen“, sagte Nicola.

Also würde ich den Tag alleine verbringen. Nun, alleine mit Eric.

„Wenn Sie irgendwo hinwollen, soll ich Sie hinbringen“, sagte Eric.

„Es ist alles gut. Danke.“

Nachdem ich mir eine Tasse Kaffee gemacht hatte, ging ich nach draußen. Charlie folgte mir. Die Felder waren ruhig, keine weitere Person unterwegs, soweit ich sehen konnte. Ich ging mit meinem Kaffee auf den Weinberg zu, genoss die Sonne, die Stille um mich herum, enttäuscht, dass Lina gegangen war, aber gleichzeitig froh, dass sie unterwegs war. Sie hatte nur noch ein paar Tage und es war gut, dass Damon hier war und ihr alles zeigen konnte. Aber was würde ich den ganzen Tag tun? Hier zu bleiben und durch das Haus zu streifen, gab mir das Gefühl, isoliert und noch mehr allein zu sein. Ich fragte mich, ob ich mich jemals einleben würde. Ob ich es jemals mein Zuhause nennen würde.

Ich zog mein Handy aus der Tasche und wählte Linas Nummer, aber der Anruf ging direkt auf die Mailbox. Ich hinterließ ihr eine Nachricht und sagte ihr, sie sollte sich amüsieren, dann versuchte ich es auf Damons Handy. Auch hier ging die Mailbox ran.

Dann beschloss ich etwas anderes. Etwas, von dem ich wusste, dass Raphael es nicht gutheißen würde. Aber wenn er mit seinen Treffen beschäftigt war und erwartete, dass ich den ganzen Tag allein hierblieb und einfach alles um mich herum akzeptieren würde, nun, dann würde er eine Überraschung erleben. Ich musste immer daran denken, dass dieser Mann, egal, was zwischen uns geschehen war, eine Menge Ballast mit sich herumschleppte. Körperliche Misshandlung als Kind, höchstwahrscheinlich begleitet von emotionaler und mentaler Misshandlung. Ein Mord – selbst wenn es Notwehr war. Ein Gefängnisaufenthalt.

Egal, was er getan hatte, egal, wie sehr ich wollte, dass es zwischen uns gut lief, egal, wie sehr ich glauben wollte, dass die Dämonen verbannt werden konnten, ich musste immer die Realität im Auge behalten. Und seine Hand, die mir heute Morgen die Kehle zugedrückt hatte, nun, auch das war die Realität.

Ich berührte meinen Hals, der sich empfindlich anfühlte. Es bildeten sich bereits Blutergüsse und ich beschloss, sie nicht zu verstecken. Er sollte sehen, wozu er fähig war. Alle sollten das sehen.

Als ich mein Handy durchscrollte, fand ich die Nummer meines Großvaters. Er war der Einzige, der beim zweiten Klingeln abnahm.

„Hier ist Marcus Guardia“, sagte er förmlich.

Ich verdrehte die Augen. Er musste wissen, dass ich es war. Er sah meinen Namen auf dem Display. „Ich bin's, Sofia“, sagte ich.

„Guten Morgen, Sofia.“

„Guten Morgen, Großvater.“

Ein unangenehmer Moment. „Das ist eine Überraschung. Eine angenehme.“

„Ich ...“ Was tat ich gerade? „Ich muss dich sehen.“

„In Ordnung. Ich mache mich gerade für die Fahrt zum Weingut fertig. Möchtest du mich begleiten? Es dir selbst ansehen?“

„Das Weingut?“ Ich war noch nie dort gewesen. Lina auch nicht. Im Laufe der Jahre hatte mein Großvater Reisen dorthin unternommen, aber er hatte uns nie mitgenommen. „Ja.“

„Ich kann dich in etwa fünfundvierzig Minuten abholen, wenn du möchtest?“

Ich blickte hinter mich zum Haus, sah aber Eric nicht. „Ja, bitte. Ich warte am Tor.“

„Bis gleich. Und, Sofia“, sagte er, gerade als ich die Verbindung trennen wollte. „Ich bin froh, dass du angerufen hast.“

Ich wusste darauf keine Antwort, außer einem Abschied, und wir legten auf. Ich kehrte in die Küche zurück und wusste bereits, was ich Eric sagen würde, um sicherzustellen, dass er mir nicht folgen würde. Was Raphael betraf, so riskierte ich seine Wut, aber ich hatte keine andere Wahl. Ich musste mit meinem Großvater über Lina sprechen. Über Moriarty. Ich musste die Dinge ans Licht zerren und dann damit fertig werden.

Fünfundvierzig Minuten später standen Charlie und ich alleine am Tor. Auf der staubigen Straße kam eine Limousine auf uns zu und hielt bei den Toren an. Mein Großvater öffnete die hintere Tür, stieg gleichzeitig mit dem Fahrer aus und ich setzte mich mit Charlie auf dem Schoß ins Auto.

„Was ist das?“, fragte er, einen klaren Ausdruck der Abneigung auf dem Gesicht.

Ich kraulte Charlie hinter dem Ohr und behielt ihn auf meinem Schoß. „Es ist ein Welpe, Großvater. Sein Name ist Charlie.“

„Muss er sich uns anschließen?“

„Ja.“

Er stritt nicht mit mir, sondern warf mir einen resignierten Blick zu. Der Fahrer schloss die Tür und wir fuhren los.

„Niemand verabschiedet sich von dir? Wo ist deine Schwester?“

„Ruht sich aus“, log ich. Ich wusste, dass es ihm nicht gefallen würde, dass Lina in Feindeshand war.

Obwohl Damon wohl kaum ein Feind war. Vielleicht war er mein einziger Verbündeter. Komisch, dass ich noch vor wenigen Stunden dachte, Raphael sei mein Verbündeter.

„Und Raphael?"

„Treffen."

„Weiß er, dass du bei mir bist?"

„Nein."

„Braves Mädchen", sagte er mit einem Lächeln und blickte aus dem Fenster.

„Warum hast du uns nie mit auf das Weingut genommen?"

„Ich dachte nicht, dass es euch interessieren würde. Ihr wart beide zu jung."

„Es ist unsere Vergangenheit. Natürlich interessiert es uns."

„Nun, dann verzeih mir meine falsche Entscheidung."

Sein Tonfall sagte mir, dass er nicht mehr darüber sprechen wollte. Und das war in Ordnung. Ich auch nicht.

Wir fuhren schweigend eine Weile, und Charlie machte es etwas weniger unangenehm. Das Weingut befand sich etwa eine Stunde von Raphaels Besitz entfernt. Ich hatte keine Ahnung, dass sie so nahe beieinanderlagen. Warum hatte Raphael das nie erwähnt?

Ähnlich wie seines war es von der Straße zurückgesetzt, mit einem großen Haus ganz oben auf einem

Hügel, umgeben von Weinbergen in voller Pracht, die Reben saftig mit üppig grünem Laub. Dunkelviolett-blaue Trauben wuchsen im Überfluss. Der Unterschied zu den verkohlten Reben, die Raphaels Haus umgaben, war erschreckend.

„Wir sind da, Sir“, sagte der Fahrer.

„Ich danke Ihnen.“ Ich griff nach der Tür, um sie zu öffnen, aber mein Großvater legte eine Hand auf mein Knie, um mich aufzuhalten.

„Wir kommen sofort nach.“

„Sir.“ Der Fahrer nickte und ließ uns allein.

„Zu dem, was du neulich gesagt hast. Ich hasse dich nicht“, sagte Großvater. „Und ich habe dir vielleicht die Schuld für die Entscheidungen deiner Mutter gegeben ... aber ich weiß, dass das nicht richtig war. Ich gebe mir Mühe, Sofia.“

Ich sah ihn an, und die von Falten umgebenen grauen Augen verrieten sein Alter. Ich biss mir auf die Innenseite meines Mundes und nickte. Es gab zu viele Fragen, um sie zu stellen, aber in diesem Moment hatte ich das Gefühl, es sei die Wahrheit. Zumindest seine Wahrheit.

Aber dann dachte ich über die Vertragsänderung nach. Hatte Raphael diesbezüglich gelogen? Hatte mein Großvater jemals darum gebeten, dass die Ehe vollzogen würde? Ich hätte fragen sollen, aber ich konnte es nicht. Stattdessen brachte ich ein Dankeschön hervor.

Wir öffneten die Türen und stiegen aus. Ich

hatte Charlie an der Leine und ich ließ ihn daran, als wir den Hügel hinauf zum Haus gingen. „Es ist größer, als ich es mir vorgestellt hatte."

„Etwa vierhundert Hektar. Und ich habe ein Gebot für ein Grundstück in der Nähe abgegeben."

„Ein Gebot? Wir kaufen noch etwas dazu?"

„In drei Jahren wirst du die Hälfte verlieren, Sofia. Ich möchte sichergehen, dass dir etwas übrigbleibt, wenn diese Ehe aufgelöst wird und Amado das Gefühl hat, seinen gerechten Anteil bekommen zu haben."

Ich fühlte die Feindseligkeit in seiner Stimme, als wäre sie körperlich greifbar.

„Aber wie willst du es vor ihm geheim halten?"

„Es wird auf deinen Namen laufen, nicht dem Weingut Guardia gehören. Meine Vereinbarung mit Amado lautet: Guardia Winery-Anteile. Nicht das Privateigentum von Sofia Guardia."

Daran hätte ich nie gedacht. Clever, vermutete ich. Und vielleicht war ich naiv, wie mir Raphael gerne einredete, aber ich war froh, dass ich nicht daran dachte, wie ich die Dinge zu meinem Vorteil manipulieren konnte.

Aber ich hatte eine Frage. „Wie willst du es kaufen? Mit welchem Geld? Wenn es nicht von Guardia–"

Er schenkte mir ein Lächeln und drehte sich um, um ins Haus zu gehen. „Mach dir darüber keine

Sorgen. Behalte diese kleine Neuigkeit einfach für dich."

Ich folgte ihm nach drinnen und genoss die Kühle des Hauses im Vergleich zu der Hitze draußen. Obwohl der Morgen schön und die Luft in der Region relativ trocken war, konnte die Nachmittagssonne erdrückend sein.

Ich befand mich in der Eingangshalle eines vermutlich einst stattlichen Hauses. Im Gegensatz zu der Schönheit von Raphaels Haus wurde dieses hier, wie ich es ihm gesagt hatte, eher als Fabrik benutzt. Es war leergeräumt und schmutzig, beherbergte Maschinen und lange Arbeitsflächen, an denen die Angestellten ihre Arbeit verrichteten, während wir herumgingen und uns alles ansahen.

„Als deine Mutter jünger war, kamen wir immer während der Ernte hierher. Die Schlafzimmer im Obergeschoss sind noch wie damals. Wenn du sie sehen möchtest–"

„Ja!" Ich war so aufgeregt, dass ich ihn unterbrach. Ich räusperte mich. „Bitte."

Ein Mann näherte sich uns mit einem angenehmen, aber eindringlichen Lächeln. Mein Großvater stellte ihn mir als den Manager vor. Nachdem er mir die Hand geschüttelt hatte, erwähnte der Mann meinem Großvater gegenüber etwas, und Großvater drehte sich zu mir um.

„Wenn es dir nichts ausmacht, könntest du alleine gehen. Ich habe noch etwas zu erledigen."

„Nein, das ist in Ordnung. Danke."

Noch besser. Ich konnte mein Glück kaum fassen.

„Das letzte Zimmer gehörte deiner Mutter."

Ich ließ sie unten stehen und ging, Charlie an meiner Seite, die Treppe hinauf. Hier gab es nur drei Schlafzimmer. Das erste war so klein, dass nur ein Einzelbett und ein Nachttisch hineinpassten. Es gab keine Matratze auf dem Bett, nur das Gestell, und die Wände waren kahl. Als ich ein paar Schritte nach innen ging, hinterließen meine Schuhe Abdrücke in der Staubschicht auf dem Boden.

Das zweite Schlafzimmer war doppelt so groß. Ein Kingsize-Bett stand an der hinteren Wand. Die Matratze dieses Bettes war vorhanden, aber es war mit einem Tuch als Staubfang abgedeckt. Auf den Nachttischen auf beiden Seiten standen Lampen ohne Glühbirnen. Eine Kommode stand an einer Wand. Ich öffnete die Schubladen, fand sie aber leer vor.

Auf meinem Weg zum letzten Schlafzimmer kam ich an einem Badezimmer vorbei. Es sah aus, als wäre es seit einiger Zeit nicht mehr modernisiert worden. Als ich mich dem Zimmer meiner Mutter näherte, flatterten Schmetterlinge in meinem Bauch. Ich fragte mich, wann sie das letzte Mal hier gewesen war, wie alt sie gewesen war.

Ich erreichte das Zimmer, legte meine Hand auf den Türknauf und holte tief Luft. Ich musste mich darauf vorbereiten, nichts zu finden. In den anderen Schlafzimmern gab es keine persönlichen Einrichtungsgegenstände. Jeder hätte in diesen Zimmern wohnen können. Das meiner Mutter könnte genauso enttäuschend sein.

Ich öffnete die Tür, trat ein und schloss sie nach einem Moment hinter mir wieder.

Staub bedeckte auch hier den Boden, und ich musste seit Langem der erste Mensch hier oben sein. Das Zimmer war etwas kleiner als das vorhergehende, und in einer Ecke stand ein Doppelbett. An jeder Wand gab es ein Fenster. Ich hob das Staubtuch hoch, um die Matratze und das Kissen darunter zu finden. Meine Mutter hatte einst in diesem Bett geschlafen.

Ich schaute die kahlen Wände an. Nägel hatten Löcher in ihnen hinterlassen. Ein Schminktisch stand an der Wand, die dem Bett am nächsten lag. Ich fuhr mit dem Finger über die staubige Oberfläche und zog die Schublade auf. Ich lächelte.

Im Inneren fand ich einen alten, halb verbrauchten Lippenstift in einem schrecklich grellen Rosa und eine kleine Probe Parfüm. Ich sprühte ein wenig in die Luft, atmete ein und wurde sofort in die Vergangenheit versetzt.

Eine Flutwelle der Emotionen raste durch mich hindurch.

Ich hatte nicht viele Erinnerungen an meine Eltern. Ich erinnerte mich kaum noch daran, wie sie aussahen, und musste mir oft Fotos von ihnen ansehen. Auch an ihre Stimmen konnte ich mich nicht mehr erinnern. Ich hasste das. Wir hatten ein paar Videos von Geburtstagsfeiern, aber die meisten Aufnahmen waren von Lina oder mir. Entweder meine Mom oder mein Dad waren immer hinter der Kamera gewesen, und obwohl man sie hören konnte, waren sie nicht auf den Videos zu sehen. Aber das Parfüm, dieser Duft. Es war das meiner Mutter. Auch das hatte ich vergessen.

Ich setzte mich auf die Stuhlkante. Mein Herz schmerzte bei der Erkenntnis.

Nachdem ich die winzige Flasche abgestellt hatte, fuhr ich mit dem Finger über die Oberfläche des Spiegels, nahm den Lippenstift und sah mir die Marke an. Es handelte sich um eine billige Drogeriemarke, die ich als Teenager auch gekauft hatte, da ich nicht allzu viel Geld zur Verfügung gehabt hatte.

Ich nahm den Deckel ab, drückte ihn an meine Lippen und legte etwas davon auf. Er war hart und trocken, aber ich stellte mir vor, wie sie ihn über ihren Mund gleiten ließ, und es fühlte sich fast wie sie selbst an. Näher konnte ich meiner Mutter körperlich nicht kommen.

Ich steckte beides ein, schloss die Schublade und überprüfte die Kommode und den Schrank. Ich fand nichts. Kein einziges Kleidungsstück. Kein vergessenes Stofftier oder Buch oder sonst etwas.

„Sofia?" Die Stimme meines Großvaters ertönte aus einiger Entfernung.

Ich wischte mir mit der Hand über Nase und Augen und ging zur Tür, von wo ich mich ein letztes Mal umsah. „Ich komme."

Unten erklärte der Manager neue Maschinen, die sie aufgebaut hatten, sowie ein neues Sicherheitssystem. Er führte uns durch die Weinberge, wohin Charlie natürlich mitkam, herumtollte und spielen wollte. So sehr ich ihn frei laufen lassen wollte, Großvater bat mich, davon abzusehen.

Erst als wir uns an einen für das Mittagessen gedeckten Tisch setzten, hatte ich ein paar Minuten Zeit, um mit ihm zu sprechen, während der Manager uns mit dem Wein auf dem Tisch zurückließ, um einen Anruf entgegenzunehmen.

„Das ist natürlich unser Wein", sagte Großvater zu mir und bedeutete mir mit einer Geste, dass ich ein Glas nehmen solle.

Ich zögerte. Zu Hause hatte er das nie erlaubt. Nicht einmal eine kleine Kostprobe. Ich nahm mein Glas und er hielt seines hoch. Ich stieß mit meinem gegen seines.

„Auf eine bessere Beziehung", sagte er.

„Meinst du das ernst?", fragte ich nach einem Schluck, der köstlich war.

Er nickte.

„Dann möchte ich dich bitten, mir die Vormundschaft für Lina zu übertragen." Sein Gesicht veränderte sich sofort, aber ich fuhr fort. „Ich möchte sie hier bei mir haben. Ich habe die letzten vier Jahre verpasst, da ich in der Schule gewesen war, und–"

„Das kommt nicht in Frage."

„Warum? Es würde das finanzielle Arrangement nicht beeinträchtigen. Du kannst weitermachen, wie du es immer getan hast."

„Nein, Sofia."

„Ich kann die besten Lehrer ins Haus kommen lassen. Ich kann–"

„Was ist mit deinem Ehemann? Ich bin mir sicher, dass er nicht wollen würde, dass deine Schwester ständig da ist. Er hasst uns, vergiss das nicht."

„Er hasst nicht *uns*."

Er senkte den Kopf, die Lippen schmal. „Stimmt. Er hasst *mich*."

„Ich vermisse meine Schwester."

„Dann musst du Amado davon überzeugen, dich für Besuche in die Staaten zurückkehren zu lassen."

„Kannst du wenigstens darüber nachdenken? Lass sie wenigstens diesen Sommer hierbleiben."

Dann kehrten zwei Frauen und der Manager mit Tellern voller Essen und einem warmen Lächeln auf den Lippen zurück. Unser Gespräch verstummte und ich wusste, dass es hoffnungslos war. Wenn Großvater eine Entscheidung getroffen hatte, war es das. So war es in unserer Kindheit immer gewesen. Er stellte die Regeln auf. Wir befolgten sie.

Aber wir waren keine Kinder mehr. Ich ließ mich von ihm nicht zum Schweigen zwingen, nicht bei etwas so Wichtigem wie diesem.

Während des Mittagessens sprach ich nicht viel. Frustration stieg in meinem Bauch auf, Rebellion angesichts meiner Ohnmacht. Während Großvater und der Manager übers Geschäft sprachen, schob ich das Essen auf meinem Teller herum und stellte fest, dass Maria eine viel bessere Köchin war. Als die Teller abgeräumt waren, konnte ich mich nicht länger zurückhalten.

„Was hat Vincent Moriarty gestern in deinem Hotel gemacht?“ Es kam schärfer heraus, als ich es beabsichtigt hatte.

Das Geräusch einer Gabel, die auf einen Teller klapperte, ertönte, dann wurde alles still. Der Manager räusperte sich und konzentrierte sich darauf, winzige Brotkrümel vom Tisch aufzupicken.

„Mr. Moriarty ist ein Geschäftsentwickler in dieser Gegend. Ich bin überrascht, dass ihn dein Mann nicht erwähnt hat.“

„Sein Name ist Raphael. Einfach Raphael. Nicht Amado. Nicht ‚dein Ehemann‘. Und das hat er. Genau deshalb frage ich mich, was du mit ihm zu tun hast.“

„Ah.“

Ich hob die Augenbrauen.

„Die Immobilie, die ich *für dich* kaufe, ist auch für Moriarty von Interesse.“

„Bei eurem Treffen ging es um den Kauf eines Grundstücks?“

„Was hast du gedacht? Welche Art von Geschäft hast du von mir erwartet? Vielleicht bin ich nicht der Mann, als den *Raphael* mich darstellt, Sofia.“

Hatte Raphael mich angelogen? War Moriarty gesetzestreu und überhaupt kein Verbrecher, wie er ihn beschrieben hatte? Welche Beziehung hatte er zu Moriarty? Und warum machte mir der Mann solche Angst?

„Ich ... das wusste ich nicht.“

„Nun, leider war unser Treffen nicht so fruchtbar, wie Moriarty es sich gewünscht hätte. Ehrlich gesagt, versuchte er mich davon zu überzeugen, dass es nicht in meinem besten Interesse wäre, die Immobilie zu kaufen, die ich will.“

„Warum?“

„Es spielt eigentlich keine Rolle, und das tut er auch nicht. Das Gebot ist abgegeben. Das ist alles, was zählt.“

Ich war dankbar, dass die Frauen in diesem Moment das Dessert brachten. Mein Großvater machte eine Show daraus, den Frauen zu sagen, dass es zu schön aussah, um gegessen zu werden, und die Frauen lächelten und erröteten sogar ein wenig. Ich beobachtete ihn, diese Seite von ihm, ganz anders als der Mann, den ich kannte, fast charmant. Kein Mann, der fähig war, die Dinge zu tun, die Raphael ihm vorwarf. Sicherlich nicht fähig, einem Mannes nach dem Leben zu trachten.

Aber andererseits – bewies meine Anwesenheit hier, bewies der Ring, der schwer auf meinem Finger lag, nicht das Gegenteil?

Obwohl Großvater lächelte, war etwas Kaltes in seinen Augen, und ich fröstelte.

Ich musste hier sehr vorsichtig vorgehen. Lügner gab es in allen Varianten.

Genau wie Monster.

18

RAPHAEL

Der Ausdruck auf ihren Gesichtern, als sie sahen, wie ich mich ihrem gemütlichen kleinen Mittagessen näherte, war unbezahlbar. Ich wünschte, ich hätte eine Kamera. Schock und Fassungslosigkeit waren die richtigen Worte, um ihn zu beschreiben. Zumindest, was Sofia anging. Ich hatte das Gefühl, dass der alte Mann mich erwartete.

Als Eric angerufen hatte, um mir zu sagen, dass weder sie noch der Hund irgendwo zu finden seien, wusste ich genau, wo sie sein würde. Oder zumindest, *bei wem* sie sein würde. Sie hatte mich ignoriert und genau das Gegenteil von dem getan, was ich ihr gesagt hatte. Was wohl bedeutete, dass sie mich nicht völlig ignoriert hatte. Ich versuchte immer, den verdammten Silberstreif zu sehen.

Ich hatte in dem Hotel in Siena angerufen, in

dem ihr Großvater wohnte, und es dauerte nur wenige Minuten, bis ich herausbekommen hatte, wohin ihr Fahrer ihn gebracht hatte. Auf das Weingut Guardia.

„So, so, was für eine Überraschung“, sagte Marcus und wischte sich den Mund mit der Serviette ab.

Ich ignorierte ihn und richtete meine Augen stattdessen auf meine ungehorsame Frau. In diesem Moment wurde mir klar, dass ich den Sturm der Emotionen, der in mir wirbelte, nicht benennen konnte. Sie waren zu verwirrt, zu seltsam.

„Angenehmes Mittagessen?“ Ich zwang meine Stimme, ruhig zu klingen, aber das tat sie nicht. Bei weitem nicht.

Charlie kläffte zu ihren Füßen, und seine unter ihrem Stuhl befestigte Leine war das Einzige, was ihn davon abhielt, zu mir zu laufen. Als wäre ich sein Herrchen.

„Ja, das war es“, sagte sie, nahm die Serviette von ihrem Schoß und legte sie neben ihren Teller. „Wir haben kein Dessert mehr, sonst würde ich dir welches anbieten.“ Sie stand auf, und das überraschte mich sehr.

„Gehst du?“, fragte ihr Großvater. „Jetzt schon?“

„Wenn Raphael den ganzen Weg gekommen ist, um mich abzuholen, will ich ihn nicht warten lassen. Er hat viele Besprechungen. Er ist ein viel beschäftigter Mann, weißt du.“

Sie verabschiedete sich von den Männern.

„Einen Moment, Sofia“, sagte ihr Großvater.

Sie hielt inne. Er nickte dem Manager zu, der in seine Tasche griff und zwei Schlüssel an einem Ring herausholte. Marcus nahm sie und hielt sie ihr hin.

„Die öffnen das Tor unten, wenn es verschlossen ist, sowie das Haus selbst.“

Sie sah verwirrt aus.

„Nimm sie. Es gehört schließlich immer noch dir.“

Sie streckte ihre Hand aus, um die Schlüssel zu nehmen. „Danke.“

„Gern geschehen.“

Einen Augenblick später wandte sie sich an mich. „Du hättest nicht kommen müssen, um mich abzuholen. Mein Großvater hätte mich abgesetzt.“

Ich kochte. Meine Fingernägel gruben sich in die Handflächen. Wenn wir nach Hause kämen ...

„Nimm deinen Hund und lass uns gehen“, schnappte ich.

„Wie ich schon sagte, du hättest nicht kommen müssen.“

Ihr Großvater beobachtete uns, kaum in der Lage, sein zufriedenes Lächeln zu verbergen. Sie nahm Charlie und ich hatte das Gefühl, dass sie sehr konzentriert versuchte, mir nicht in die Augen sehen zu müssen.

Als sie mich erreichte, nahm ich ihren Arm und zog sie fest an mich.

„Lass los."

„Ich sollte *dir* eine Leine besorgen."

„Ich wette, das würde dir gefallen. Idiot."

„Es war eine Dummheit, mit ihm hierher zu kommen."

Wir erreichten den Wagen und ich öffnete die Tür auf der Beifahrerseite, um sie einsteigen zu lassen. Sie setzte sich und nahm den Welpen auf ihren Schoß. Als ich einstieg und das Auto startete, sprach sie.

„Es war nicht dumm. Lina war mit Damon weg. Was hätte ich tun sollen, mit Eric rumhängen?"

„Ich weiß es nicht, mit deinem Hund spielen, schwimmen, lesen. Ein verdammtes Nickerchen machen."

„Ich bin mir sicher, dass mich viele Frauen um meine Position beneiden würden, aber du weißt, dass ich mit ihm reden musste."

Ich drehte mich zu ihr um und sah die schwachen bläulichen Flecken an ihrem Hals. Spuren, die ich hinterlassen hatte. Ich schluckte meine Zurechtweisung hinunter und richtete meine Aufmerksamkeit wieder auf die Straße.

„Eric ist da, um für deine Sicherheit zu sorgen, Sofia", sagte ich zehn Minuten später etwas ruhiger.

„Mein Großvater stellt keine Bedrohung dar. Nicht für mich."

„Er vielleicht nicht, aber seine Mitarbeiter schon."

„Moriarty ist kein Mitarbeiter.“

Raphael blickte mich an und lächelte. „Wirklich?“

„Was meinst du?“

„Hat dir das dein Großvater erzählt?“

Sie schien verwirrt zu sein. Ich wusste, dass nichts Wahres dran sein konnte. Der alte Mann war ein manipulativer Lügner.

„Und wie ist es damit, der gesetzliche Vormund deiner Schwester zu werden? Hast du ihn deswegen gefragt? Und hat er bereitwillig zugestimmt? Hat er seine Enkelkinder vor sich selbst gestellt?“

Sie rutschte auf ihrem Platz herum und schaute geradeaus. „Er weigerte sich rundheraus.“

Ich sagte nichts, obwohl mir die Antwort auf der Zunge lag.

„Mach weiter, Raphael, halt dich nicht zurück. Willst du mir nicht sagen, dass du es mir gesagt hast?“

„Ob du es glaubst oder nicht, ich wünschte, ich würde mich in diesem Fall irren.“

Sie atmete aus, schüttelte den Kopf und schaute aus dem Seitenfenster.

„Hast du auch nur eine Minute lang darüber nachgedacht, dass deine Schwester dort sicherer wäre als hier? Zumindest vorerst?“

„Sicherer?“

„Ich habe Feinde und dein Großvater ist einer

von ihnen. Aber Moriarty stellt eine unmittelbarere Bedrohung dar."

„Du sagtest –"

„Ich sagte, dass ich dich beschützen werde, und das habe ich auch vor. Aber es wäre einfacher, wenn ich dir nicht durch die Toskana nachjagen müsste, und wenn deine Schwester physisch nicht hier ist, ist das besser für sie. Dein Großvater wird sich um sie kümmern."

„Er würde mir auch nicht wehtun."

„Ich weiß, dass er dich nicht körperlich verletzen würde."

Unsere Blicke trafen sich und ich sah hinter ihnen tausendundeine Frage. Aber sie stellte nicht mal eine einzige. Sie zweifelte. Sie zweifelte an ihrem Großvater. Sie zweifelte an mir. Und das sollte sie auch. Es wäre klug von ihr, keinem von uns zu vertrauen.

„Kannst du einsehen, dass es für sie sicherer wäre, wenn sie nicht hier bliebe? Außerhalb der Reichweite von Moriarty."

„Wie viel schuldest du ihm?"

„Ich schulde ihm nichts. Mein Vater hingegen schuldete ihm eine halbe Million Dollar."

Ihr Mund klappte auf. „Eine halbe Million Dollar?"

Ich nickte.

„Warum?"

„Er hat ihn bestohlen. Der verdammte Idiot, der er war."

„Kannst du es ihm nicht einfach auszahlen?"

„Es geht um eine halbe Million Dollar, Sofia. Außerdem sind es nicht meine Schulden. Wenn ich diese bezahlen würde, würde ich damit eine Botschaft senden. Ich möchte, dass bekannt wird, dass ich nicht für die Fehler meines Vaters bezahlen werde. Seine Sünden sind allein seine. Ich bin nicht länger sein Prügelknabe."

„Worum geht es bei all deinen Treffen?"

„Um das Weingut. Ich denke darüber nach, es zu verkaufen."

„Das Land verkaufen?"

„Das Land. Das Haus. Alles."

„Raphael–"

„Ich frage mich, ob es nicht besser wäre, von allem wegzugehen. Neu anzufangen."

„Aber es ist dein Zuhause. Das hast du gesagt. Es ist der Ort, an dem du dich an deine Mutter erinnerst. An deine Brüder. Du sagtest, dass du dich daran erinnerst, dort glücklich gewesen zu sein. Wenn ich an deiner Stelle wäre und etwas von meinen Eltern hätte, würde ich es nicht aufgeben, egal, was passiert."

Dachte sie, ich würde diese Entscheidung leichtfertig fällen? Zehn Minuten lang saßen wir schweigend nebeneinander. „Dein Hals, Sofia", sagte ich schließlich.

Sie legte eine Hand darum.

„Es tut mir leid. Ich kann sehr … wütend werden."

„Ich habe es bemerkt."

Ich wandte mich an sie. „Ich will dir nicht wehtun."

„Dann tu es nicht. Du musst lernen, wie du mit der Wut umgehen kannst."

„Wieso verachtest du mich nicht?"

„Wie könnte ich? Wie könnte ich dich hassen? Du bist ein Opfer. Vielleicht noch mehr als ich."

„Ich weiß nicht, ob es da Abstufungen gibt oder ob sie von Bedeutung sind."

„Was denken deine Brüder über den Verkauf?"

„Spielt keine Rolle. Es gehört mir."

„Raphael, du willst–"

„Ich habe mich noch nicht entschieden", sagte ich ehrlich. „Weder so noch so."

„Aber–"

„Lass es, Sofia. Ich muss nachdenken."

„Du würdest es tun?"

Ich antwortete nicht. Stattdessen bog ich auf das Grundstück ein. Lina und Damon kamen gemeinsam aus dem Haus, um uns zu begrüßen.

Sofia sprang nach Charlie aus dem Auto und umarmte zuerst ihre Schwester, dann Damon. Er sagte etwas zu ihr, aber ich verstand es nicht. Ihrem Gesichtsausdruck nach war es ein Vorwurf. Gut.

Lina ergriff Sofias Hand und sie gingen ins Haus.

Aber kurz bevor sie außer Sichtweite waren, bemerkte ich den Blick, den Lina Damon über die Schulter zuwarf. Irgendetwas war daran merkwürdig. Unerwartet.

„Wo warst du mit Damon?“, fragte Sofia.

Ich hörte Linas Antwort nicht, da sie dann verschwanden, aber ich sah meinen Bruder an, bemerkte, wie seine Augen ihnen folgten, wie sie sich verengten.

„Sie ist ein bisschen jung, nicht wahr?“, fragte ich und meinte es scherzhaft, aber in dem Moment, in dem ich ihn ansah, bemerkte ich, dass er es eher als Beleidigung empfand.

„Was zum Teufel soll das bedeuten?“

„Nur, dass sie jung ist. Sechzehn, richtig?“

„Zuerst beschuldigst du mich, ich verhielte mich – wie war das Wort, das du benutzt hast? Zu freundschaftlich? Ja, zu eng mit Sofia befreundet, und jetzt ist da etwas anderes mit ihrer Schwester?“

Ich grinste. „Ich dachte, du wärst inzwischen besser darin, deine Gefühle zu verbergen, Bruder.“

„Fick dich, Raphael.“

„Was ist nur heutzutage mit dem Klerus los?“, sagte ich, während ich in Richtung Haus und Küche ging, aber an der Tür stehen blieb. „Kommst du? Du wolltest an der Kapelle arbeiten. Ich meine, deshalb bist du doch hier, oder? Aus keinem anderen Grund.“

Damon wurde rot und ballte die Hände zu Fäusten. Aber er hielt den Mund. Wir nahmen uns ein paar Flaschen Wasser, gingen durch die hintere Tür, dann nach links und machten uns auf den Weg zur Kapelle. Wir liefen über eine Meile schweigend. Es war mir egal. Es war mir scheißegal. Ich hatte einen Nerv getroffen, was bei meinem Zwilling fast unmöglich war.

DAMON UND ICH ARBEITETEN DIE ERSTEN STUNDEN IN Stille, und je mehr Zeit verging, desto mehr dachte ich darüber nach, wie er meinen Kommentar aufgenommen hatte. Darüber, dass, wenn etwas Wahres dran war, es schwere Konsequenzen für meinen Bruder haben würde.

Ich blickte zu ihm hinüber. Er hatte sich das Hemd ausgezogen und hob zerbrochene Steinblöcke hoch, um sie nach draußen zu tragen.

„Damon", sagte ich und wischte mir die Stirn mit meinem beiseitegelegten Hemd ab. „Es ist heiß. Wir sollten eine Pause machen."

„Mach du nur, wenn du eine brauchst. Ich muss weiterarbeiten."

„Warum? Die Kapelle ist schon seit Jahren so. Und jetzt hast du es eilig?"

„Ich muss einfach arbeiten, Raphael. Geh zurück ins Haus. Ich brauche dich hier nicht."

Er schaute mich nicht ein einziges Mal an,

während er arbeitete. Ich lehnte mich an die Wand und trank von dem Wasser, das inzwischen warm war.

„Sag mir, was passiert ist“, sagte ich.

Er blieb stehen und sein Rücken verkrampfte sich entweder aufgrund meiner Frage oder durch das Gewicht des Steins, den er schleppte.

„Nichts“, sagte er mit einem Blick über die Schulter. „Ich weiß nicht, wovon du sprichst.“

Er verließ die Kirche und ich hörte, wie der Stein auf den Haufen krachte, den wir bereits aufgeschichtet hatten.

Ich lachte leise. Trotz all seines Geredes brauchte mein Bruder Hilfe dabei, ehrlich zu sich selbst zu sein.

„Nun, wenn du nicht weißt, wovon ich spreche, wie kann dann *nichts* sein?“, fragte ich, als er zurückkam. Ich nahm noch einen Schluck Wasser. „Wie Pisse.“

Er blieb stehen und seine Augen verdunkelten sich. „Du bist in einer Kirche. Pass auf, was du sagst.“

Ich hielt beide Hände in einer Scheinkapitulation hoch. „Ich wusste nicht, dass dich das so sehr stört, wenn man das alles bedenkt.“

„Was zum Teufel ist dein Problem?“, fragte er und war mir plötzlich sehr nahe.

„Whoa, Bruder. Wer muss jetzt aufpassen, was er sagt?“

„Wenn du versuchst, mich zu einem Kampf zu –“

„Ich stelle dir nur eine Frage", sagte ich und kam ihm näher. Wir waren gleich groß und ähnlich gebaut. Ich hatte nicht mehr gegen ihn gekämpft, seit wir Kinder waren. Ich würde es tun, wenn ich müsste. Verdammt, vielleicht würde es sich gut anfühlen.

„Dann eben nicht."

„Du bist mein Bruder. Ich passe nur auf dich auf."

Er biss die Zähne zusammen. „Niemand muss auf mich aufpassen. Und ich habe dich nie darum gebeten, mich zu beschützen. Nicht ein einziges Mal habe ich dich um Schutz gebeten. Du hast es einfach getan. Du hast es einfach getan."

„Was redest du da für einen Scheiß–"

Er schwang seine Faust so schnell, dass ich sie fast nicht hätte kommen sehen. Aber das Gefängnis hatte meine Kampfkunst perfektioniert. Ich fing seinen Arm ab und verhinderte so dessen Zusammenstoß mit meinem Gesicht.

„Ich sagte: Pass auf, was du sagst. Du bist an einem heiligen Ort!"

„Und warum schaut ein heiliger Mann ein sechzehnjähriges Mädchen an?"

Damons Hand schloss sich um meine Kehle und er stieß mich hart an die Kirchenmauer. Ich lachte. „Wo hast du diese Bewegung gelernt? Haben sie dir im Priesterseminar das Kämpfen beigebracht?"

„Stopp."

„Was, Damon? Trete ich dir zu nahe?“

„Ich sah deine Fingerabdrücke an Sofias Hals, Bruder.“

Mein Mund verwandelte sich in eine harte Linie, und dieses Mal war es Damon, der grinste.

„Was ist sie, halb so groß wie du? Hast du doch etwas von Dad gelernt?“

Meine Atmung wurde flach und mein Brustkorb hob sich mit jedem Atemzug. Anscheinend wusste er auch, wie er mich packen konnte.

„Was ist los? Zu viel Wahrheit?“, fragte er.

Scheiße. Er klang wie ich. *Genau wie ich.*

Ich stieß seinen Arm von mir und versetzte ihm einen Kinnhaken. Damon stolperte rückwärts, fiel fast in eine Kirchenbank, richtete sich aber schnell auf und kam auf mich zu, mit erhobenem Arm, um mich zu schlagen.

„Ja, so ist es besser. Schlag mich. Ich kann es annehmen und mich wehren. Du schlägst verdammt noch mal niemanden, der halb so groß ist wie du“, sagte er und seine Faust traf die Seite meines Gesichts.

Ich stieß ihn nach hinten, prellte ihn diesmal an die Wand und packte ihn an der Kehle. „Ich schlage sie verdammt noch mal nicht. Ich habe sie verdammt noch mal nie geschlagen. Ich würde sie nie–“

„Und diese blauen Flecken, hat sie sich die selbst zugefügt?“

Ich zog meinen Arm wieder zurück, so wütend, so verdammt wütend, dass ich nur noch rot sah. Damons Augen wanderten über meine Schulter. Ich hatte sie nicht mal kommen hören, aber plötzlich schlangen sich Sofias Hände um meinen Arm, und sie hielt mich mit ihrem ganzen Gewicht davon ab, Damon k.o. zu schlagen.

„Stopp!“, rief sie. „Was machst du da?“

„Sag ihm, dass ich dich nicht schlage.“

„Was?“

„Sag es ihm, verdammt.“

„Lass ihn los, Raphael!“

„Geh weg, Sofia!“, befahl Damon.

Er hatte es geschafft, sich meinen Arm von der Kehle zu ziehen.

„Du wirst verletzt werden.“

„Nein“, sagte sie, zog mich zurück und zwang mich von meinem Bruder weg.

„Sag es ihm“, sagte ich, immer noch Auge in Auge.

„Er schlägt mich nicht. Er hat mich noch nie geschlagen, Damon. Kein einziges Mal.“

Damon drehte sich zu ihr um und seine Augen suchten ihr Gesicht ab. Vielleicht versuchte er zu erkennen, ob sie log.

„Ich schwöre es, Damon. Raphael wird mir nichts tun.“

Sie schob sich zwischen uns und stand vor mir, als wollte sie mich beschützen.

„Die Blutergüsse an deinem Hals“, sagte Damon.

„Etwas anderes. Ich schwöre, okay?“

Damon blickte auf den Boden, dann fuhr er sich mit einer Hand durch die Haare und schüttelte den Kopf. Als er mich ansah, zeigte sein Gesicht nur Verwirrung.

„Lass uns zurückgehen. Maria hat das Abendessen fast fertig“, sagte Sofia, ergriff mit einer Hand meine und streckte die andere Hand aus, um seine zu nehmen.

Damon schüttelte den Kopf. „Ihr zwei geht.“ Er machte einen weiteren Schritt zurück und sein Blick landete auf dem Altar.

„Sofia“, sagte ich und beobachtete ihn, während ich sprach. „Warte draußen auf mich. Ich bin gleich da.“

Sie zögerte.

„Geh. Keine Kämpfe mehr.“

Sie nickte und warf uns beiden einen harten Blick zu, bevor sie die Kapelle verließ.

„Es tut mir leid“, sagte ich und trat auf Damon zu. „Du hast recht. Ich habe versucht, dich zu provozieren. Ich weiß nicht mal, warum.“

Er rieb sich mit der Hand über Mund und Gesicht und schüttelte den Kopf. „Es tut mir auch leid. Ich weiß nicht, was über mich gekommen ist. Ich bin nicht–“

„Es ist meine Schuld. Vergiss es einfach. Wenn du reden musst–“

„Ich brauche etwas Zeit allein."

Ich nickte und ging auf die Tür zu. „Kommst du zum Abendessen?"

Er ging zur ersten Bank und setzte sich. „Geh vor. Ich komme später nach."

So sehr ich auch zu ihm gehen wollte, um ihn zu zwingen, mit mir zu sprechen, ließ ich mich von meinen Beinen in die andere Richtung tragen und ging zu Sofia, die mit sorgenvollem Gesichtsausdruck auf den Kirchentreppen stand und wartete.

„Lass uns gehen", sagte ich.

„Was ist passiert?"

„Später." Ich nahm ihre Hand und wir gingen in Richtung des Hauses. Ich war dankbar, dass die Nacht mein Gesicht verdunkelte, denn Damon hatte recht damit, wenn er sich Sorgen um Sofia machte. Und er kannte nicht einmal die ganze Geschichte. Er wusste nicht, was noch kommen würde. Und ich hasste mich jeden Tag ein bisschen mehr dafür.

19

SOFIA

Raphael und ich gingen schweigend zum Haus zurück. Er hielt meine Hand und sein Daumen zog Kreise in meiner Handfläche. Seine Stimmung hing schwer und dunkel um ihn herum. Ich wünschte, er würde mir erzählen, was zwischen ihm und Damon geschehen war.

„Geht es dir gut?", fragte ich schließlich, bevor wir hinein gingen.

Er drehte sich zu mir um und rieb über meine Arme, wobei er mich an die Wand drückte. Sein Gesichtsausdruck sah aus, als hätte er tausend Dinge zu sagen, aber anstatt etwas davon auszusprechen, umschloss er mit einer Hand meinen Kopf und beugte sich herunter, um mich voll auf den Mund zu küssen, seine Lippen weich an meinen, die Berührung intim und sinnlich. Anders als seine anderen Küsse. Nicht erotisch. Zumindest anfangs nicht. Als er sich zurückzog, schimmerten seine Augen fast.

Ich berührte sein Gesicht und er zuckte zusammen. Er würde morgen einen bösen Bluterguss haben.

„Als ich damit begann, die ganze Zeit, in der ich es plante, habe ich nie an *dich* gedacht. Nicht an dich, Fleisch und Blut und menschlich. Mein Bruder hat recht, wenn er sich Sorgen macht. Ich sage dir immer wieder, dass ich dir nicht wehtun werde, aber das tue ich doch, oder?“

„Raphael–“

„Das stimmt doch.“

Er schüttelte den Kopf und berührte mit einem Finger mein Gesicht.

„Ich könnte aufhören. Ich könnte es abblasen. Dich gehen lassen. Auf das Erbe verzichten. Wenn ich gut wäre, würde ich das tun. Aber ich bin nicht gut.“

Ich durchsuchte seine Augen, verwirrt. Er sah ernst aus, fast traurig, und seine Worte, sie klangen so ... endgültig. Aber bevor ich ihm irgendwelche Fragen stellen konnte, öffnete sich die Tür. Maria trat heraus und Charlie rannte um ihre Füße herum. Sie schaute irritiert und dann, als sie uns sah, verlegen drein. Sie sagte uns, das Abendessen sei fertig, und wenn wir uns nicht beeilten, würde es bald kalt werden.

„Komm schon.“

Raphael nahm meine Hand und führte mich hinein.

Nachdem er schnell geduscht hatte, setzten wir drei uns zum Abendessen. Ich verpasste nicht, wie Linas Blick auf den leeren Platz wanderte, auf dem Damon sitzen sollte.

Als ich an diesem Nachmittag zum Haus zurückgekommen war, wirkte sie ... anders. Glücklich, aber anders als sonst. Sie hatte mir von ihrem Tag mit Damon erzählt, sagte, er sei früh zum Haus gekommen, und sie hätten zusammen Kaffee getrunken, während sie auf mich warteten, aber als ich um zehn immer noch nicht aufgetaucht war, hatte er ihr angeboten, ihr sein Lieblingsdorf Pienza zu zeigen. Danach war die Geschichte ziemlich oberflächlich geworden. Mittagessen. Ein Rundgang durch die Kirche. Dann eine Fahrt durch die Landschaft. Irgendetwas hatte mir gesagt, ich sollte keine Fragen mehr stellen, sondern darauf warten, dass sie es mir sagte.

Ich fragte mich, wie viel der von Damon und Lina gemeinsam verbrachte Tag mit dem Streit der Brüder zu tun hatte. Ich wollte unbedingt Einzelheiten von Raphael erfahren, konnte es aber nicht, solange Lina dabei war. Stattdessen machten wir Smalltalk, und bei jedem kleinen Geräusch warfen Raphael und Lina einen Blick zur Tür. Damon tauchte nicht mehr auf und es war nach elf Uhr abends, als Lina endlich ins Bett ging. Ihre Enttäuschung war kaum zu übersehen.

„Was war da in der Kapelle?“, fragte ich schließlich, als wir allein in seinem Schlafzimmer waren.

„Nun –“

Er zog sich das T-Shirt aus und warf es auf den Boden, bevor er mich ansah.

„Ist dir aufgefallen, wie er und deine Schwester sich ansahen, als wir zurückkamen?“

„Mir ist etwas aufgefallen, aber sie ist sechzehn. Ich meine, sie wird in ein paar Monaten siebzehn, aber ich dachte, ich hätte mich geirrt, angesichts der Tatsache, dass er im Priesterseminar ist und sie, nun ja, jung ist.“

„Ich sage nicht, dass etwas passiert ist. Dafür ist Damon viel zu verantwortungsbewusst. Obwohl mir der heutige Tag eine andere Seite meines Bruders gezeigt hat.“

„Wie hat das angefangen?“

„Ich habe eine Bemerkung zu dem gemacht, was du gerade gesagt hast, nämlich dass Lina jung sei, und er ist explodiert. Dann ging es schnell weiter mit deinem Lieblingsthema. Meinen Wutproblemen.“

Ich biss mir auf die Innenseite der Wange und leugnete es nicht.

„Und es eskalierte einfach zu dem, was du gesehen hast. Weißt du, vielleicht sind es auch nur Jahre der Wut, die er in sich hat. Ich meine, ich habe keine Ahnung, was zu dem, was passiert ist, in seinem Kopf vor sich geht. In Bezug auf Mom und, na ja, dem, was ich getan habe."

„Ihr habt nie darüber gesprochen?"

„Wir sind nicht damit aufgewachsen, über irgendetwas zu reden, Sofia."

„Ich glaube, es hat Linas Gefühle verletzt, als er heute Abend nicht aufgetaucht ist."

„Nun, es ist wahrscheinlich besser, dass er es nicht getan hat. Ist ja nicht so, als könnte je etwas zwischen ihnen passieren."

Als er das laut sagte, fühlte es sich jedoch seltsam an, fast so, als würde er das Schicksal herausfordern. Ich reagierte nicht auf das, was er sagte, sondern betrachtete ihn, bis er meine Hand nahm und mich ins Bett zog.

Ich zeigte Lina meine Entdeckung von Moms Parfüm und ihrem Lippenstift. Sie verband nichts mit dem Duft, den ich für Moms Parfüm hielt, wofür ich ihr dankbar war. Ich wollte meinen Fund nicht teilen.

Wir verbrachten die nächsten zwei Tage zusammen. Eric fuhr uns tagsüber in einige der Dörfer, dann kehrten wir zurück zum Haus und gingen abends schwimmen. Raphael ließ uns mehr oder weniger alleine und Damon tauchte gar nicht auf.

Immer, wenn ich versuchte, das Gespräch auf ihn zu lenken, schaffte es Lina, das Thema zu wechseln. Es war klar, dass sie nicht über ihn sprechen wollte.

An dem Morgen, an dem sie nach Hause fliegen sollte, standen wir früh auf und machten mit Charlie einen langen Spaziergang um das Grundstück.

„Ich bin mir nicht sicher, wen du mehr vermissen wirst, mich oder ihn", neckte ich.

„Euch beide. Ich wünschte, ich könnte länger bleiben."

„Ich habe es versucht, aber Großvater lässt es nicht zu." Ich ließ den Teil weg, dass Raphael glaubte, es sei sowieso sicherer für sie, nach Hause zu fahren.

„Nun, vielleicht kann ich über die Thanksgiving-Feiertage wiederkommen. Wir könnten Maria zeigen, wie ein amerikanischer Feiertag aussieht."

„Du meinst einen Truthahn braten? Du und ich?"

„Nein. Wir wollen sie nicht umbringen." Sie hielt inne und zögerte einen Moment, bevor sie in ihre Tasche griff. „Glaubst du, du könntest das hier Damon geben, wenn du ihn wiedersiehst?" Es war ein versiegelter Umschlag.

Ich nahm ihn ihr aus der Hand, sah sie an und versuchte herauszufinden, wie weit ich gehen könnte.

„Was ist zwischen euch beiden passiert?"

„Nichts. Nicht wirklich."

Sie drehte sich um, um weiterzugehen, und ich trat neben sie. Sie ließ ihre Blicke auf dem Boden, aber ich sah das kleine Lächeln auf ihren Lippen.

„Ich weiß nicht mal, wie ich es beschreiben soll." Sie schaute zu mir hoch. „Ich meine, er ist vierundzwanzig und wird Priester werden. Es ist nicht so, dass irgendetwas passieren *kann*."

„Er und Raphael hatten in der Kapelle einen Streit. Sie haben sich geprügelt."

„Hat Damon ihm dieses Veilchen verpasst?"

„Er hat auch ein passendes."

„Autsch. Worum ging es?"

„Laut dem, was Raphael mir erzählte, ging es darum, dass er eine Bemerkung darüber gemacht hatte, wie ihr euch gegenseitig angesehen habt, und Damon explodierte."

„Wirklich?" Sie durchsuchte mein Gesicht, erschien hoffnungsvoll, doch dann verdunkelte es sich wieder.

„Es spielt sowieso keine Rolle. Ich werde auf der anderen Seite des Ozeans sein."

„Und du bist sechzehn."

„Fast siebzehn."

„Er wird das Gelübde des Zölibats ablegen."

„Das hat er aber noch nicht."

„Lina." Ich blieb stehen und nahm ihre Hände, um sie dazu zu bringen, mich anzusehen. Meine Schwester und ich standen uns nahe. Ich kannte

Lina. Aber dann wurde mir klar, dass wir in den letzten vier Jahren mehr voneinander getrennt gewesen waren als zusammen. Lina war nicht mehr nur meine kleine Schwester. Sie war älter geworden. Sie war schon fast erwachsen. Dies – was auch immer es gewesen war, was zwischen ihr und Damon geschehen war – gehörte ihr, und irgendetwas sagte mir, ich sollte es sein lassen. Sie nicht drängen.

Ich wusste plötzlich nicht mehr, was ich sagen sollte. Sie sah mich an, als würde sie erwarten, belehrt zu werden. Vielleicht war sie das bei Großvater so gewohnt. Aber das war nicht das, was ich wollte.

„Ich möchte nicht, dass du traurig bist, wenn du nach Hause zurückkehrst, das ist alles“, sagte ich und meinte jedes Wort ernst.

Ihr liefen die Tränen aus den Augen und sie fiel mir in die Arme.

„Ich bin schon traurig. Ich verliere dich, Sofia. Du bist nicht nur zwei Stunden entfernt. Wir sind nicht einmal mehr in der gleichen Zeitzone. Da ist jetzt ein ganzer verdammter Ozean zwischen uns.“

Ich umarmte sie und hielt sie fest. „Das ist mir egal. Wir werden jeden Tag miteinander reden. Wir werden stundenlang Facetime machen. Und ich werde dich besuchen kommen.“

„Was, wenn er dich nicht lässt?“

„Er wird. Er muss es tun.“

„Sofia“, rief Raphael und kam aus dem Haus auf uns zu.

Wir wischten uns beide das Gesicht ab. Ich wusste, dass er unsere Tränen gesehen hatte, aber er erwähnte es nicht.

„Zeit zu gehen.“

Wir nickten.

Aus irgendeinem Grund fühlte es sich in seiner Gegenwart jetzt anders an. Ich wünschte, ich wüsste, worüber er und Damon noch diskutiert und gestritten hatten.

Lina stieg, Charlie auf ihrem Schoß, auf den Rücksitz der Limousine. Raphael würde uns nach Siena bringen, wo Lina Großvater treffen würde. Sie würden gemeinsam zum Flughafen fahren. Ich war entschlossen, jede Minute mit meiner Schwester zu nutzen.

Als wir Siena erreichten, wartete Großvater bereits zusammen mit dem Fahrer neben der Limousine. Wir stiegen aus, Lina und ich mit Tränen in den Augen.

Raphael begrüßte Großvater nicht. Nicht mit mehr als einem Kopfnicken. Lina ging zu Raphael und er sah sie an.

„Pass auf meine Schwester auf.“ Sie sah ihm direkt in die Augen, mit gestrafftem Rücken, und sie sah richtig erwachsen aus.

Er betrachtete sie eine Minute lang und nickte dann. „Das werde ich.“

Ich sah den Schatten hinter seinen Augen. Er war beunruhigt, was ich verstand.

Mein Großvater umarmte mich unbeholfen, und obwohl Lina und ich einander versprochen hatten, nicht zu weinen, war unsere letzte Umarmung tränenreich. Sogar Charlie wirkte düster, als die Limousine wegfuhr. Raphael blieb still, wartete und sah mit mir zu, bis das Auto verschwunden war.

„Alles okay?“, fragte er, als wir wieder in unser Auto stiegen.

Ich zuckte mit den Schultern und konnte ihn nicht anschauen. Ich hasste es, wenn er mich weinen sah.

Wir fuhren schweigend nach Hause. Charlie döste auf meinem Schoß und ich streichelte ihn geistesabwesend. Ich achtete nicht auf unsere Umgebung, und als ich schließlich hochsah und bemerkte, dass Raphael zu oft in den Rückspiegel blickte, sah auch ich über meine Schulter. Ein großer schwarzer Geländewagen fuhr hinter uns her.

„Was ist das?“, fragte ich Raphael.

Er schüttelte den Kopf und blickte einen Moment auf den SUV, dann wieder auf die kurvenreiche Straße. Diese Straßen waren nicht sehr belebt und ich war mir nicht sicher, ob es Raphaels Reaktion war oder nicht, aber irgendetwas fühlte sich falsch an. Etwas an diesem SUV gefiel mir nicht.

Als Raphael beschleunigte, beschleunigte auch

der SUV. Und als er langsamer wurde, tat er dasselbe. Sie schienen uns zu verfolgen. Ich konnte im Inneren zwei Leute erkennen, obwohl alle Scheiben, einschließlich der Windschutzscheibe, stark getönt waren.

Da fiel es mir wieder ein.

Moriarty.

Er war während des Hochzeitsempfangs in einem ähnlichen SUV wie diesem zum Haus gekommen. War er es?

„Raphael?", fragte ich. „Verfolgen sie uns?"

„Festhalten", sagte er und vollführte eine scharfe, unerwartete Wendung.

„Was machst du da?", schrie ich, zu Tode erschrocken, als Bremsen kreischten.

Raphael antwortete mir nicht. Stattdessen sahen wir beide zu, wie der SUV um die Kurve schlitterte.

„Verdammtes Arschloch", sagte Raphael und griff rüber, um das Handschuhfach zu öffnen. Dort sah ich den glänzenden Griff von etwas, das eine Waffe sein musste.

„Raphael!"

Er bremste das Auto ab und fuhr an den Straßenrand.

„Was machst du da? Warum hast du das?"

Er kam zum Stehen und nahm die Waffe in die Hand. Charlie musste meine Panik spüren, denn er fing an zu bellen und sich auf meinem Schoß im Kreis zu drehen.

„Halt ihn ruhig!“

„Ich kann nichts machen! Was ist los?“ Er griff nach der Tür, um sie zu öffnen, aber ich griff nach seinem Arm, um ihn aufzuhalten. Da quietschten die Bremsen des SUVs und wichen uns nur knapp aus. Ich schrie auf und Raphael murmelte einen Fluch, dann drehte er sich zu mir um.

„Geht es dir gut?“, fragte er.

„Was war das?“

„Geht es dir gut?“, fragte er noch einmal, diesmal härter.

„Ja!“

Er schob die Pistole zurück ins Handschuhfach, legte den Gang ein und fuhr den Wagen wieder auf die andere Straße in Richtung Heimat.

„Moriartys Gorillas.“

„Was sollte das?“

„Sie wollten uns Angst einjagen.“

„Nun, es hat funktioniert.“

„Ich bringe dich nach Hause.“

„Wohin gehst du?“

„Ich werde ihm einen Besuch abstatten und das ein für alle Mal beenden.“

„Sie sind gefährlich, Raphael. Du kannst nicht–“

Aber der Ausdruck in seinen Augen, als er sich zu mir drehte, hielt mich auf.

„Ich bin auch gefährlich, Sofia“, sagte er ruhig, während er tief einatmete.

„Die Waffe“, sagte ich. Mehr brauchte ich nicht zu sagen.

Er antwortete nicht, sondern hielt den Blick auf die Straße gerichtet. Er machte zwei Anrufe, und als wir durch das Tor fuhren und am Haus parkten, sah ich Eric und die beiden anderen Männer, die ich bei meiner Ankunft getroffen hatte, auf uns warten.

Raphael stieg aus dem Auto aus, ließ es aber laufen. Er sagte etwas zu Eric, das ich nicht hören konnte. Ich ließ Charlie aussteigen und ging zu Raphael.

„Was geht hier vor?“, fragte ich.

Eric nickte und gab den anderen einige Befehle. Raphael drehte sich zu mir um.

„Bleib hier. Ich bin gleich wieder da. Verstanden?“

„Du kannst nicht zu ihm gehen.“

Raphael schenkte mir ein angespanntes Lächeln und seine Augen trafen meine nicht ganz. Ich spürte die Wut, die er ausstrahlte.

„Raphael?“

„Geh hinein, Sofia. Schwimm, wenn du willst. Mir egal. Aber mach keine Dummheiten, habe ich mich klar ausgedrückt?“

Damit entließ er mich und mir wurde klar, dass ich jetzt nicht eine, sondern zwei Wachen hatte. Erics Cousins blieben im Haus, während Raphael und Eric wegfuhren. Ich sah zu, wie sie gingen, fühlte mich machtlos und verängstigt.

Ich ging ins Haus, lief eine Weile auf und ab und wusste nicht, was ich tun sollte. Charlie legte sich zum Mittagsschlaf in die Küche und Maria und die anderen arbeiteten. Ich ging auf mein Zimmer und zog die Karte heraus, die Damon mir gegeben hatte, um ihn anzurufen. Er ging nicht an sein Handy, also rief ich das Seminar an, wo Damon, nachdem ich mehr als zehn Minuten in der Warteschleife gehangen hatte, an die Leitung kam.

„Damon hier", sagte er.

„Ich bin es, Sofia."

„Sofia?"

„Raphael ist gerade mit Eric weg. Er fährt zu Moriarty."

„Moriarty?"

Ich nickte. „Auf dem Rückweg von der Fahrt mit Lina nach Siena begann uns dieser SUV zu folgen. Es war ziemlich beängstigend. Damon, er hat eine Waffe."

„Scheiße."

Als ich die Anspannung in Damons Tonfall hörte, ließ ich mich auf das Bett fallen, zu schwach, um stehen zu können. „Damon?"

„Bleib, wo du bist, Sofia. Ich werde ihn treffen und versuchen, ihn aufzuhalten."

Ich nickte wieder. „Danke, Damon. Danke."

„Ich rufe dich an, sobald ich kann."

Er wollte auflegen, als ich seinen Namen rief. „Damon?"

„Ja?"

„Pass auf dich auf."

„Das werde ich. Es wird schon gut gehen. Mach dir keine Sorgen."

Ich hasste diese Worte. Sie bedeuteten immer das Gegenteil von dem, was sie aussagten.

20

RAPHAEL

Mein verdammter Bruder hörte nicht auf, mich ständig anzurufen. Ich vermutete, dass Sofia ihn sofort nach meiner Abfahrt angerufen hatte, und ich wusste, dass er nicht aufhören würde. Schließlich, beim achten Anruf, ging ich ran.

„Was ist los, Damon?“

„Wo bist du, Raphael?“

„Ich nehme an, dass du das schon weißt.“

„Auf dem Weg zu Moriartys Büro?“

„Er ist zu weit gegangen.“

„Sofia sagte, du hättest eine Waffe.“

„Schlägst du vor, ich soll ohne eine gehen?“

„Ich schlage vor, dass du überhaupt nicht gehst. Nicht, bis du dich beruhigt hast. Er ist nicht irgendein zweitklassiger Schläger, über den wir hier reden. Er ist ein seriöser Geschäftsmann ...“

„Da ist nichts Seriöses an ihm."

„Wenn du ihm keine Munition liefern willst, kannst du nicht mit einer verdammten Waffe nach Florenz fahren."

Er hatte recht. Ich wusste es. Aber scheiß drauf. „Er hat uns verfolgen lassen. Mit dem Auto. *Uns*, Damon. Sofia war bei mir."

„Mir ist klar, dass es ein Treffen geben muss. Nur nicht so, nicht, wenn du außer Kontrolle bist."

„Bin ich nicht immer außer Kontrolle? Das hast du mir doch vor ein paar Tagen mit den Fäusten gesagt, nicht wahr?"

Er seufzte. „Ich muss auch dabei sein. Das betrifft mich genauso wie dich."

„Nein, tut es nicht."

„Das Haus mag dir gehören, aber es ist auch meine Vergangenheit."

„Nein."

„Beschützt du mich immer noch, Bruder?"

„Oh, stimmt ja, du wolltest meinen Schutz nicht."

„Verdammt, Raphael. Warte einfach. Ich bin auf dem Weg. Ich habe dich schon einmal verloren. Ich bin nicht bereit, dich noch einmal zu verlieren."

Ich hielt inne, als würde ich seine Worte in Zeitlupe hören. Ich brauchte eine ganze Minute, um zu antworten. „Ich warte. In fünfundvierzig Minuten sollte ich da sein."

„Dann warte ich auf dich. Ich bin näher dran und brauche nur zwanzig Minuten."

Damon hatte recht, ich wusste es. Moriarty mochte ein Arschloch sein, aber er war ein mächtiger Mann. Und gerade seriös genug, dass ich das richtig machen musste. Wenn ich mit einer Waffe in sein Büro käme, würde er mich ins Gefängnis werfen lassen. Meine Vergangenheit würde ihm das nur leichter machen.

Der Verkehr nach Florenz hielt uns beide auf, aber als wir ankamen, traf ich Damon im Café an der Ecke von Moriartys Gebäude, das ein altes, dreistöckiges Anwesen war, außen antik, innen akribisch modern. Ich wusste das, weil ich einmal Bilder in einer Zeitschrift gesehen hatte.

Ich sagte Eric, er solle vor dem Gebäude warten, und ging in das Café, wo mir mein Bruder, noch bevor ich protestieren konnte, von einer Kellnerin einen Espresso bringen ließ.

„Setz dich."

Obwohl ich es nicht wollte, tat ich es.

„Trink und atme tief durch."

„Wenn es nur um mich ginge, wäre das eine Sache, Damon. Aber Sofia war dabei."

„Ich weiß. Ich verstehe es. Und ich bin deiner Meinung, dass wir uns darum kümmern müssen."

„Er will das Anwesen. Er hat deutlich gemacht, dass er uns auszahlen will – nach dem er das abgezogen hat, was unser Vater ihm schuldete."

„Großzügig von ihm."

„Ich würde es lieber abbrennen sehen, als es ihm zu überlassen."

„Nun, das wäre es fast, oder?"

Ich schüttelte den Kopf und fühlte mich ruhiger, jetzt, wo Damon auch hier war. Mir war nie klar gewesen, wie sehr ich ihn brauchte. Und er hatte recht. Ich war zu wütend. Moriarty wollte das. Er wusste, dass diese Verfolgungsjagd Sofia zu Tode ängstigen würde, und er wusste, dass ich reagieren würde.

„Besser?"

Damon konnte mich lesen. Er hatte schon immer ein Händchen dafür.

„Ja." Ich stand auf, schob den Stuhl raus. „Lass uns das machen."

Er nickte und stand auf, warf ein paar Scheine auf den Tisch, und wir gingen nach draußen. Eric wartete direkt vor dem Gebäude. Als wir drinnen waren, umrundeten wir die junge blonde Empfangsdame und gingen auf die große Marmortreppe zu.

„Sir, Sie können nicht–"

Ich ignorierte sie. Das taten wir beide. Ich wusste, dass sie Moriarty ohnehin anrufen würde.

Im dritten Stock wurden wir von zwei Männern begrüßt, die im Anzug vor den großen Doppeltüren standen, die zu Moriartys Büro führten.

Damon legte die Hand auf meinen Arm, als wir

uns näherten. Moriartys Privatsekretärin räusperte sich.

„Lass dich nicht von ihm provozieren. Er wird alles tun, was er kann, um dich zu provozieren. Lass das nicht zu, egal, was du hörst, verstanden?“

Das, was er sagte, klang seltsam, und ich hätte es hinterfragt, aber in diesem Moment sprach die Sekretärin.

„Mr. Moriarty erwartet Sie. Sie können hineingehen.“

„Wie nett.“

Die Männer öffneten die Türen und Damon und ich betraten das Büro. Drinnen saßen zwei Männer in großen Sesseln in einer Ecke und zwei weitere flankierten den großen Mahagonischreibtisch. Dahinter lehnte sich Moriarty in seinem Stuhl zurück, ein Bein über das andere gelegt, ein dummes Grinsen auf seinem fetten Gesicht und die Finger verschränkt.

„Was für eine große Freude. Ein Besuch von nicht nur einem, sondern zwei Amado-Brüdern. Mit den gleichen schwarzen Augen. Wie interessant.“

„Sechs Männer. Ist das eine Ausnahme für uns, oder brauchen Sie bei all Ihren Besuchern so viel Sicherheitspersonal?“, fragte ich.

„Sie hielten sich schon immer für etwas Besonderes, Raphael“, sagte er und wandte sich dann an seine Männer. „Durchsucht sie.“

Zwei Männer tasteten uns ab. Moriarty beugte

sich nach vorne und legte seine Ellbogen auf den unverschämt überdimensionierten Schreibtisch. Einer der Männer verkündete, wir seien unbewaffnet.

Moriarty nickte und legte den Kopf zur Seite. „Was verschafft mir die Ehre?“

„Ihre Jungs versuchten, mich und meine Frau von der Straße abzudrängen.“

Er gab vor, schockiert zu sein.

„Lassen wir den Quatsch, Moriarty.“

„Ich weiß nicht, wovon Sie reden.“

„Sie bekommen das Haus nicht.“

„Jemand hat versucht, Sie von der Straße zu drängen?“

Meine Kiefer verkrampften sich und meine Hände wurden zu Fäusten. Als ich einen Schritt nach vorne machte, legte sich Damons Hand auf meine Schulter.

„Raphael“, sagte er. „Lass nicht zu, dass er dich provoziert.“

„Ja, Raphael. Lassen Sie nicht zu, dass ich Sie provoziere.“

„Sie ziehen meine Frau da nicht mit rein, verstanden? Sie hat nichts damit zu tun.“

„Traurigerweise hat sie aber. In dem Moment, als sie die Worte „Ich will“ sagte, hatte sie etwas damit zu tun. Ah, junge Liebe. Ich erinnere mich an diese Tage. Sehr gut sogar.“

„Lassen Sie den Mist.“

„Wissen Sie, vor langer Zeit standen sich Ihre Mutter, Ihr Vater und ich uns sehr nahe."

„Uralte Geschichte." Das wusste ich. Mein Vater war mit Moriarty zur Schule gegangen, als seine Eltern nach Italien gezogen waren. Zwei Jahre später hatte er meine Mutter kennengelernt, und die drei waren einst Freunde gewesen. Zumindest für kurze Zeit.

„Trotzdem." Er zuckte mit den Schultern.

„Warten Sie einen Moment." Ich lachte leise und sah mich im Zimmer um. Ich hatte das Gefühl, dass die beiden Ledersessel, in denen die Männer saßen, von der Vorderseite seines Schreibtischs weggerückt worden waren, um uns zum Stehen zu zwingen. „Was dagegen, wenn ich mich setze?", fragte ich, nahm einen kleineren Holzstuhl mit fester Lehne und trug ihn zu seinem Schreibtisch, noch bevor er antworten konnte. Damon blieb stehen. „Also, ist es das, worum es hier geht?", fragte ich. „Ist es das, worum es immer ging?"

Seine Augen verengten sich nur ein wenig. Ich hätte es verpasst, wenn ich nicht aufgepasst hätte. Damon war nicht der Einzige, der Menschen lesen konnte.

„Meine Mutter?", fuhr ich fort.

„Raphael", warnte Damons tiefe Stimme neben mir.

Moriarty nahm einen Stift in die Hand und ich

sah, wie seine Fingerknöchel um ihn herum weiß wurden. Ich hatte den Nagel auf den Kopf getroffen.

„Sie hat ihn Ihnen vorgezogen, nicht wahr?", fragte ich.

„Ihr Vater lernte sie als Erster kennen. Es war nie ein Konkurrenzkampf."

„Nicht? Glauben Sie, ich erinnere mich nicht daran, dass Ihr Name öfter im Haus fiel, als ich aufwuchs?" Was ich sagte, stimmte. Plötzlich passte alles zusammen. „Lassen Sie mich Ihnen eine Frage stellen. Haben Sie sie geliebt, oder wollten Sie nur das, was mein Vater hatte?"

„Das reicht. Sind Sie hier, um mir zu sagen, dass Sie das Geld haben, das Sie mir schulden? Denn Sie wissen, wenn Sie es nicht haben, gibt es noch eine andere Möglichkeit."

„Ich bin hier, um Ihnen zu sagen, dass es nicht meine Schulden sind und ich sie nicht begleichen werde."

„Doch, das sind sie. Zumindest in meinen Augen. Und speziell Sie, Raphael, da Sie für den Tod Ihres Vaters verantwortlich sind – ob Notwehr oder nicht. Daher haben Sie diese Schuld geerbt."

„Das ist eine interessante Logik."

„Sobald Sie bezahlt haben, sind Sie mich los. Wäre es nicht ein astronomischer Betrag, würde ich ihn Ihnen erlassen. Mal wieder."

Mal wieder? „Blödsinn. Sie erlassen nichts."

„Sehen Sie–"

Er stand auf und drehte sich zum Fenster, um auf die Straße zu blicken, als er zu sprechen begann. „Ihre Mutter hat das auch einmal versucht."

Meine Hände verkrampften sich alleine bei ihrer Erwähnung.

Damon räusperte sich. „Lass uns gehen, Raphael." Er wandte sich an Moriarty, der nun vor uns stand. „Wir werden einen Weg finden, Ihnen das Geld zu besorgen, aber Sie bekommen das Haus nicht."

„Es sind nicht unsere Schulden", wiederholte ich in Damons Richtung.

Moriarty beobachtete mich und ignorierte meinen Bruder völlig. Das Grinsen auf seinem Gesicht ließ mich plötzlich krank fühlen.

„Ihre Mutter war auch schon mal hier. Nun, mehrere Male. Renata liebte Florenz schließlich."

„Sagen Sie ihren Namen nicht", warf ich ein.

Damons Hand drückte meine Schulter.

„Das ist genug", sagte er zu Moriarty. „Raphael. Wir müssen gehen. Und zwar sofort."

Ich warf einen Blick auf Damon und sah, dass etwas Farbe aus seinem Gesicht gewichen war.

„Ihr Vater und ich hatten vor langer Zeit einen Streit. Vielleicht ungefähr zu der Zeit, als Sie beide geboren wurden. Er konnte es kaum erwarten, Ihrer Mutter Kinder zu machen. Er dachte, das würde sie an ihn fesseln."

Ich stand auf, mit angehaltenem Atem. Auch die

Männer, die in den Sesseln gesessen hatten, standen auf. Die beiden Männer vor Moriartys Schreibtisch traten näher zusammen und ließen Damon und mich wissen, dass es dumm wäre, irgendeinen körperlichen Angriff zu starten.

„Aber Ihr Vater, nun ja, ich nehme an, Renata gab ihm Anlass, vieles zu hinterfragen. Sogar die Vaterschaft, ob Sie es glauben oder nicht. Bis zum Ende. Der Mann glaubte nicht einmal an die Beweise der Wissenschaft."

„Wovon zum Teufel reden Sie da?", fragte ich.

„Raphael. Wir gehen jetzt. Und zwar sofort."

Diesmal hatte Damons Stimme eine ausgeprägte Dringlichkeit.

„Renata, möge ihre Seele in Frieden ruhen–"

Damon unterbrach ihn. „Lassen Sie die Toten in Ruhe", sagte er durch zusammengebissene Zähne.

Ich sah Damon an, aber er schien nicht so aufgebracht zu sein wie ich. Und der Ausdruck in seinen Augen, in dem Moment, als sie die meinen trafen, war ein Ausdruck der Resignation.

„Damon. Immer vernünftig", begann Moriarty wieder. „Wie geht es Zachariah? Oh, das wissen Sie nicht. Wird er im Einsatz vermisst oder ist er unentschuldigt abwesend? Ich weiß es nicht mehr."

„Sie bekommen das Haus nicht", sagte Damon. „Lass uns gehen, Raphael. Wir müssen los."

Moriarty berührte etwas auf seinem Schreibtisch und die Türen öffneten sich. Die beiden Männer draußen kamen herein. „Bringt ihn raus“, sagte Moriarty und deutete auf Damon.

„Raphael. Komm mit. Wir müssen gehen. Sofort.“

Aber ich konnte nicht. Ich konnte nur auf Moriartys hässliches, fettes Gesicht starren. Den Sieg in seinen kalten, ausdruckslosen Augen. Nein. Ich konnte nicht gehen. Ich musste es hören.

Damon kämpfte gegen sie und ein dritter Mann kam hinzu, um ihn aus der Tür zu zerren. Moriarty drehte sich zu mir um.

„Ihr Bruder kennt die Geschichte bereits. Sie würde ihn wahrscheinlich sowieso langweilen.“

„Sagen Sie es einfach, und zwar schnell.“

„Wie ich schon sagte, Ihre Mutter, nun ja, sie war eine Hure. Sie wollte jeden Mann, der sie wollte–“

Ich wusste nicht, ob er noch mehr zu sagen hatte. Ob er in der Mitte eines Satzes war. Ich hörte nichts mehr, ab dem Moment, als er meine Mutter eine Hure nannte. Ich stürzte mich auf ihn, aber sie hatten es erwartet. Seine Männer packten mich an den Armen und hielten mich fest, so dass ich diesen Bastard anblickte.

Moriarty sah mich an. „Sehen Sie, Ihre Mutter saß einmal auf genau diesem Stuhl“, sagte er und zeigte hinter mich.

„Wovon zum Teufel reden Sie da?“, fragte ich.

„Als sie das erste Mal zu mir kam, wollte sie, dass ich Ihrem Vater die Schulden erlasse. Sie wusste, dass sie sich den falschen Mann ausgesucht hatte. Sie wusste, dass er schwach war."

„Meine Mutter–"

„Bot an, alles zu tun." Er betonte das ‚alles'.

Ich grunzte bei dem Versuch, mich zu befreien, aber die Männer hielten mich fest.

„Alles", wiederholte er, „Sehen Sie, das ist wirklich ein Déjà-vu. Aber ich will nicht, dass Sie unter meinem Schreibtisch knien und meinen Schwanz lutschen, Raphael. Ich bevorzuge Frauen."

Die Finger gruben sich in meine Arme, als ich gegen seine Wachen kämpfte, um an ihn heranzukommen. Ich wollte ihm meine Hände um die Kehle schlingen und so lange zudrücken, bis das Leben aus ihm gewichen war.

„Ich bevorzugte den strammen kleinen Hintern Ihrer Mutter, als sie sich über meinen Schreibtisch beugte. Und ich habe sie in den Arsch gefickt. Sie musste eine Lektion lernen–"

„Sie sind ein verdammter Lügner! Ein gottverdammter, beschissener Lügner!" Sie hielten mich fest. Ich hörte das Entsichern einer Waffe und fühlte den kalten Stahl hinter meinem Ohr.

„Ich will keine Sauerei in meinem Büro, Jungs", sagte Moriarty völlig ruhig.

Er schenkte mir seine volle Aufmerksamkeit.

„Sehen Sie, ich habe mein Wort gehalten. Ich habe ihm seine Schulden erlassen. Ein Mal. Aber Ihr Vater hat es nicht gelernt. Als sie wieder zu mir kam, nun, ein Mann wird nicht alles für eine ausgeleierte alte Muschi tun, nicht wahr?“

Wut pulsierte in mir, brennend heiß, und überschwemmte mein Blut mit Adrenalin. Mit einem Gebrüll, das mehr Tier als Mensch war, riss ich mich von den Männern los, die mich festhielten und stürzte mich über den Schreibtisch, landete auf Moriarty, stieß seinen Stuhl um und schickte ihn zu Boden. Ich schlang meine Hände um seine Kehle und drückte zu, aber sein fettes Fleisch war zu dick, um ihm das Genick brechen zu können. Seine Augen wölbten sich vor, sein Gesicht rötete sich, als er nach Luft rang, aber bevor ich ihn töten konnte, wurde ich weggezerrt und gegen die andere Wand geschleudert. Eine Faust landete in meinem Bauch, dann noch eine, dann noch eine, bis ich mich nach vorne beugte und meine Mitte umklammerte. Jemand trat meine Beine unter mir weg und ich fiel auf den Boden. Ein Schuh stellte sich über meine Kehle und hielt mich fest, als Moriarty über mir erschien und mir einen harten Fußtritt in die Nieren verpasste.

Als ich aufblickte, sah ich, wie zerzaust er aussah, seine Krawatte hing schief, Hemd und Anzug waren mit etwas bespritzt, das ich für mein Blut hielt. Ich lachte, während einer seiner Männer mich immer wieder trat, bis ich nicht mehr geradeaus sehen konnte.

„Schafft ihn hier raus“, sagte Moriarty schließlich. Ich hörte, wie der Stuhl unter seinem Gewicht knarrte.

„Ich habe einen Käufer“, sagte ich, als ich hochgezogen wurde. „Du bekommst ihr Haus nicht, du ekelhaftes Arschloch.“ Ich spuckte Blut, während ich sprach, und ich war mir nicht sicher, ob er meine Worte überhaupt verstehen konnte. „Du wirst nie etwas von ihr besitzen. Ich werde dich töten, bevor das passiert.“

DAMON FUHR MICH NACH HAUSE UND ERIC FOLGTE mir in Damons Auto. In meinem Kopf drehte sich alles und mein Körper schmerzte. Ich wurde wohl auch ein- oder zweimal bewusstlos. Ich warf Damon einen Blick zu und erinnerte mich an den Ausdruck in seinen Blicken, diese Resignation. Ich erinnerte mich an sein Drängen, dass wir gehen sollten.

„Geht es soweit?“, fragte Damon.

„Ist es wahr?“ Ich ignorierte seine Frage.

„Ist das wichtig?“

Scheiße.

Meine Mutter? Mit ihm? Um die Schulden meines Vaters zu begleichen?

„Wusstest du es?“, fragte ich.

Er ignorierte meine Frage. „Sie ist tot“, sagte er. „Er kann sagen, was er will, und sie kann sich nicht verteidigen.“

Ich drückte mir die Handballen an die Augen.

„Er hat versucht, dich zu einer Reaktion zu bewegen“, fuhr Damon fort.

Nein, auf keinen verdammten Fall.

„Ist das verflucht noch mal wahr? Sag es mir. Sag es.“

Aber er musste gar nichts sagen. Alles was er tun musste, war, mich anzusehen.

„Gott, verdammt.“ Ich schlug mit der Faust gegen das Armaturenbrett und der Schmerz schoss mir den Arm hoch. „Du wusstest es?“

Damon starrte auf die Straße. „Ich fand eines ihrer Tagebücher. In der Kapelle. Ich hätte es nicht lesen sollen. Ich wünschte, ich hätte es nicht getan.“

„Warum? Warum hat sie –“ Ich brachte die Worte nicht heraus, schluckte stattdessen Blut.

„Sie hatte das Gefühl, dass sie keine Wahl hatte. Sie wusste, dass er es ihr übelnahm, dass sie sich für unseren Vater entschieden hatte. Das tat sie, um ihn von den Schulden zu befreien. Dad hatte sie nicht verdient.“

„Hat er sie deshalb geschlagen? Er hat erst später damit angefangen.“

„Ich denke schon. Das Timing passt. Er muss es herausgefunden haben“.

„Ich dachte, es läge daran, dass ich mich gewehrt habe.“

„Es spielt keine Rolle mehr, Raphael. Sie sind beide weg.“

„Ich werde ihn umbringen. Ich werde den Bastard umbringen“.

„Vielleicht sollten wir über einen Käufer nachdenken. Möglicherweise haben wir keine Wahl. Ich will nicht, dass er das Haus bekommt, auch wenn das bedeutet, dass wir es jemand anderem geben müssen“.

Ich konnte nicht antworten. Stattdessen öffnete ich die Sonnenblende und zuckte zusammen, als ich mein Spiegelbild sah. „Sofia wird ausflippen“.

„Deshalb bringe ich dich zuerst ins Seminar, um dich ein bisschen auf Vordermann zu bringen. Wir können die blauen Flecken nicht vertuschen, aber ich kann zumindest das Blut wegmachen und dir neue Klamotten besorgen.“

Wir fuhren schweigend, beide verloren in Gedanken. Ich versuchte, dem Ganzen einen Sinn zu geben. Damon? Keine Ahnung, worüber er nachdachte.

„Wo ist das Tagebuch?“ fragte ich ihn, als wir das Priesterseminar erreichten.

Er sah mich an.

„Gib dem Ganzen etwas Zeit. Wenn du es danach sehen willst, gebe ich es dir. Aber noch nicht. Kümmern wir uns zuerst um das Dringendere.“ Er öffnete die Autotür. „Wir werden dich saubermachen und nach Hause bringen. Sofia hat wahrscheinlich Angst“.

Damon sah mich danach nicht mehr richtig an.

Ich quälte mich durch eine Dusche, fragte mich, ob sie mir Rippen gebrochen hätten, als sie mich getreten hatten, und fühlte mich innerlich und äußerlich komplett blau geschlagen. Er hatte recht. Ich wollte unbedingt zurück zu Sofia. Es kostete mich alle Kraft, still zu sitzen, während er Schnitte und Prellungen behandelte, bevor er mir einen Spiegel reichte.

„Scheiße. Ich sehe gut aus."

„Ja", sagte er.

Er half mir zum Auto. „Fragen die sich nicht, was zur Hölle du treibst?", fragte ich, während ich zu den Brüdern deutete, die aus der Ferne zusahen. „Du kommst verprügelt nach Hause. Dann bringst du mich verprügelt hierher".

„Oh ja. Ich sorge dafür, dass es hier interessant bleibt".

Damon fuhr mich nach Hause. Ich wusste, dass er Sofia angerufen hatte, um sie zu warnen. Als wir später am Abend zum Haus kamen, wartete sie an der Tür auf mich. In dem Moment, als sie mich sah, keuchte sie, bedeckte mit der Hand ihren Mund und ihre Augen füllten sich mit Tränen.

„Ich weiß, ich habe schon mal besser ausgesehen," sagte ich und zuckte zusammen, als sie mich zögernd berührte. „Ich wünschte, ich könnte sagen, du solltest den anderen Kerl sehen."

„Bring ihn nach oben", sagte Sofia.

„Ich will einen Whiskey", sagte ich, als ich zur

Treppe ging, und warf Maria, die mit den Händen auf den Wangen dastand und Tränen in den Augen hatte, ein schwaches Lächeln zu.

Ich ließ sie sich eine ganze Woche lang um mich kümmern. Damon blieb im Haus, und Sofia wich nie von meiner Seite. Und die ganze Zeit war alles, was mir durch den Kopf ging, meine Mutter, meine Mutter mit diesem Mann.

Ich wollte ihn umbringen. Ich würde ihn verdammt noch mal umbringen.

Er nannte sie eine Hure, aber wenn es stimmte, was er sagte, war er ein Vergewaltiger. Er zwang sie zu diesen Demütigungen. Sie war keine Hure. Ihre einzige Sünde war die Liebe zu ihrer Familie.

Aber neben diesen Gedanken tauchte immer wieder das Bild von Sofia auf.

Denn ... tat ich ihr nicht dasselbe an, was Moriarty meiner Mutter angetan hatte?

21

SOFIA

Drei Wochen vergingen, und in dieser Zeit verheilte Raphael. Ich gab Damon den Brief meiner Schwester und beobachtete ihn, als er ihn nahm. Ich war mir nicht sicher, ob ich es mir nur einbildete, dass seine Augen ein wenig traurig wurden, als er auf ihre ordentliche kleine Schrift blickte.

Damon kehrte schließlich in das Seminar zurück, kam aber jeden Tag zum Abendessen. Keiner von beiden wollte mir sagen, was an diesem Tag geschehen war, und Raphael distanzierte sich immer mehr von mir. Wir hatten nicht ein einziges Mal miteinander geschlafen, nicht einmal, als er vollständig genesen war. Er hatte mir sogar gesagt, es sei bequemer für ihn, allein zu schlafen, und schickte mich auf mein Zimmer.

Es war am Ende der zweiten Woche, als ich

hörte, wie Maria Eric losschickte, um Raphael aus der Kapelle zum Abendessen zu holen.

„Ich kann gehen", sagte ich. „Ich sitze sowieso den ganzen Tag herum." Ich war mir mittlerweile sicher, dass er mir aus dem Weg ging, also lief ich auf die Kapelle zu. Es war früher Abend, aber der Mond schien bereits hell. Inzwischen hatte ich eine ziemlich gute Orientierung, was das Land anging. Ich sah ein Licht in der Kapelle brennen, und obwohl ich nicht versuchte, mich ihr leise zu nähern, schien Raphael so in seinen eigenen Gedanken gefangen zu sein, dass er mich nicht hörte, als ich hereinkam.

Ich beobachtete ihn einige Minuten lang. Er kniete im Beichtstuhl und beizte das Holz. Er hatte sein T-Shirt ausgezogen und der Schweiß glitzerte auf seiner gebräunten Haut, während er arbeitete. Die Blutergüsse waren größtenteils verheilt, nur ein wenig dunklere Flecken verrieten noch, wo sie gewesen waren. Ich fragte mich, ob sie immer noch empfindlich waren und bemerkte, dass ich ihn seit mehr als einer Woche nicht mehr berührt hatte.

„Es ist spät", sagte ich, nachdem ich mich geräuspert hatte, um seine Aufmerksamkeit zu erregen. „Maria hat das Abendessen fertig."

Raphael schaute auf. Dann blickte er auf seine Uhr und verschloss die Dose mit dem Holzbeizmittel, bevor er aufstand.

Wir starrten uns einige Minuten lang an.

„Ich werde das Haus verkaufen müssen“, sagte er. „Das Land.“

„Aber ich dachte–“

„Ich habe dem Anwalt heute grünes Licht gegeben.“

„Oh ...“ Mir war nicht einmal bewusst gewesen, dass er so ernsthaft darüber nachgedacht hatte. „Geht es dir gut?“

Er kratzte sich am Kopf und ging zur Vorderseite der Kirche, um sich auf die Kirchenbank zu setzen. Ich folgte ihm und setzte mich an seine Seite, wobei ich meine Hand in seine schob.

Er biss sich auf die Innenseite seiner Wange, die Augen auf dem Altar. „Meine Mutter liebte diesen Ort. Er war ihr heilig.“

Ich beobachtete ihn.

„Ich habe es nie verstanden. Sie kam sehr oft hierher, vor allem im letzten Jahr. Ich dachte ... Nachdem ich herausgefunden hatte, dass mein Vater sie schlug, dachte ich, das sei der Grund.“ Er kratzte sich am Kopf. „Aber mittlerweile glaube ich das nicht mehr.“

„Was geschah an diesem Tag mit Moriarty?“

Er sah mich an und seine Augen starrten so intensiv, als würde er mir jedes Geheimnis entlocken können.

„Ich glaube, mein Vater hat sie für ihren Verrat bestraft.“

„Verrat?“

„Was er als Verrat angesehen hatte. Sie versuchte, Moriarty dazu zu bringen, ihm seine Schulden zu erlassen. Das ist ihr einmal gelungen."

„Ich verstehe nicht."

Er wandte sich wieder dem Altar zu und sein Gesicht glich einem Stein. „Sie fickte ihn. So hat sie ihn bezahlt."

„Was?"

Raphael starrte einfach weiter geradeaus.

„Es macht Sinn, weißt du? Er hat vor dem letzten Jahr nie die Hand gegen sie erhoben. Er muss es herausgefunden haben."

„Hat Moriarty dir das gesagt? Denn Männer wie er lügen, Raphael. Sie sind hasserfüllte Monster."

Er schüttelte den Kopf. „Damon bestätigte es. Er hat ein Tagebuch von ihr gefunden."

„Dann hatte sie keine Wahl."

Er sah mich wieder an. „Das weiß ich. Das ist nicht ... Verstehst du es nicht, Sofia?"

Ich sah ihn verwirrt an und der Schmerz in seinen Augen brachte mein Herz dazu, sich zusammenzuziehen.

„Inwiefern ist das, was ich dir antue, etwas anderes?", fragte er.

„Raphael." Ich brauchte ein paar Minuten, um seine Worte zu verarbeiten.

Er schob meine Hand weg, stand auf und ging zum Altar, auf den er seine Hand legte und das Kruzifix berührte. Er streichelte es fast.

„Ich habe eine Hure aus dir gemacht, nicht wahr?“

Er sah mich nicht an.

„Ich wiederhole einfach die Geschichte, Akt für Akt.“

Seine Liebkosung änderte sich plötzlich, und mit einem schnellen, heftigen Ruck riss er das Kruzifix von der Wand.

„Akt für verdammten Akt.“

Er warf es quer durch die Kapelle und schleuderte es an die entfernte Wand, wo es herunterfiel und in zwei Teile zerbrach, wobei die Inschriftentafel *INRI* in eine Ecke rutschte.

„Raphael.“ Ich stand auf und griff nach seinem Arm, als er die zerbrochene Tür des Tabernakels ergriff und sie aus den Angeln riss. „Stopp.“

Ich konnte ihn nicht aufhalten. Er riss die andere Tür herunter und legte den leeren Innenraum frei, in dem einst die Hostien aufbewahrt worden waren.

Ich zog fester an seinem Arm. „Sieh mich an.“

Das tat er nicht.

„Sieh mich an, verdammt!“

Er tat es, aber erst, als es mir gelungen war, mich zwischen ihn und den Altar zu zwängen.

„Was dieser Mann deiner Mutter angetan hat, ist etwas anderes. Das sind nicht wir.“ Ich schüttelte ihn und zwang ihn damit, mich anzusehen. „Wie kann man aus jemandem, der es will, eine Hure machen?“

Er sah mich an, seine Augen mehr besiegt als

verärgert. Er trat rückwärts und seine Schultern sackten zusammen. Ich schüttelte den Kopf und legte eine Hand an sein Gesicht.

„Nein. Das darfst du nicht tun. Die Erinnerung an deine Mutter ist heilig, Raphael. Lass nicht zu, dass dieser Mann sie mit seinen Lügen befleckt."

„Aber es sind keine Lügen, Sofia. Verstehst du das nicht? Und du? Ich habe dich zu meiner Hure gemacht."

„Dann fick mich."

„Geh zurück ins Haus, Sofia", sagte er und schubste mich weg.

„Nein. Fick mich. Fick deine Hure", sagte ich und wurde selbst immer wütender.

„Ich sagte, du sollst gehen."

Er packte grob meinen Arm und schob mich weg.

„Nein. Das darfst du nicht tun! Das lasse ich nicht zu!", schrie ich, trat zurück in seinen persönlichen Raum, legte meine Hände an die Seiten seines Gesichts. Ich musste ihn nur zurückholen, ihn zurück in diesen Moment ziehen, ins Hier und Jetzt. Egal, in welcher Hölle er gerade gefangen war. „Glaubst du, du bist der Einzige mit Dämonen?"

„Geh!"

„Glaubst du, du bist der Einzige, der leidet?"

„Ich sagte–"

„Scheiß drauf, was du gesagt hast. Du kannst mich mal! Du hast mich hierhergebracht. Du hast mich geheiratet. Und ich glaube, ich bedeute dir mehr, als du bereit bist zuzugeben, aber das kannst du dir nicht gönnen, oder? Du kannst es nicht. Und du willst auch nicht, dass ich es habe. Nun, fick dich, Raphael Amado. Ich nehme es mir!“

Ich zog seinen Gürtel auseinander und öffnete den obersten Knopf seiner Jeans.

Seine Hände bedeckten meine, aber er hielt mich nicht auf.

„Ist es das, was du willst?“

Er beugte sich hinunter, sein Gesicht einen Zentimeter von meinem entfernt.

„Du willst einen guten, harten Fick? Vermisst du meinen Schwanz in dir?“

Er drehte mich herum, beugte mich nach vorne und schlug meine Hände hart auf den Altar.

„Halt sie dort. Rühr dich verdammt noch mal nicht vom Fleck.“

Ich keuchte, als er meine Shorts öffnete, sie und mein Höschen hinunterschob und mir dann auszog. Dann schob er mir das Tank-Top nach oben und mir den BH unter die Brust. Als er mich ganz nach vorne beugte, ließ mich der kalte Stein des Altars erschaudern.

„Ra–“

Aber noch bevor ich seinen Namen aussprechen konnte, war er in mir. Er beugte sich über mich und stieß hart in mich.

„Du willst gefickt werden?“

Sein Atem an der Seite meines Gesichts war heiß.

„Du willst meinen Schwanz in deiner Muschi? Du willst, dass ich dich zum Kommen bringe?“

Ich stieß ein Stöhnen aus, als er zustieß.

„Wie eine Hure? Hier? Vor deinem Gott? Hier, gebeugt über seinen heiligen Altar?“

Es hätte sich falsch anfühlen müssen. Ich dachte, das würde es. Dieser heilige Ort, wir, die wir es an diesem heiligen Ort machten.

Aber Raphaels Hände legten sich über meine und er zog meine Arme zur Seite, drückte mich an den Altar und nichts hatte sich je richtiger angefühlt. Er brauchte das. Und ich brauchte ihn, brauchte seine Nähe. Brauchte ihn in mir. Es war der einzige Weg, ihn zu erreichen, ihn aus seiner Hölle herauszuholen.

„Du verstehst nicht einmal die Hälfte davon, Sofia.“

Seine Stimme war heiser an meinem Ohr und mir stockte der Atem, als seine Finger meine Klitoris zusammendrückten.

„Das ist mir egal.“ Ich schloss die Augen. Nahm ihn in mir auf. Ließ ihn mich nehmen. Mich besitzen. „Es ist mir egal. Ich liebe dich.“

Er erstarrte, seinen Schwanz tief in mir vergraben.

Ich drehte mich nicht um. Das brauchte ich auch nicht, denn ich konnte mir sein Gesicht vorstellen. Ich konnte mir seinen Schock vorstellen.

„Ich liebe dich", sagte ich erneut.

Schließlich drehte ich mich um, um ihn anzublicken.

„Du weißt nicht, was ich vorhatte", sagte er und zog sich aus mir heraus. Er trat zurück. Ich drehte mich um. Er zog sich die Jeans über die Erektion.

„Raphael?" Aber er war zurück in seiner Hölle verschwunden, und dort war kein Platz für mich.

„Würdest du das immer noch sagen, wenn du es wüsstest? Wenn du wüsstest, welchen Schaden ich dir zufügen wollte?"

„Stopp. Schau mich an. Schau mich einfach an. Ich bin da. Genau hier. Du musst das nicht tun."

Er stolperte rückwärts.

„Als ich den Deal mit deinem Großvater machte, deine Schwester noch etwas hierbleiben zu lassen, wollte er fünf Prozent von dem, was ich bekommen würde. Ich stimmte zu, aber vielleicht dachte er, es sei zu einfach gewesen. Dass ich nicht genug gelitten hätte."

Er setzte sich wieder in dieselbe Bank, fiel allerdings fast hinein. Ich ging zu ihm und kniete vor ihm nieder, meine Hände auf seinem Schoß, um seine geschlungen. Seine Augen – auch wenn er physisch hier war, war er so weit weg. Zu weit, um ihn erreichen zu können.

„Ich kenne diese Geschichte bereits", sagte ich

leise und mein Blick verschwamm unter nicht vergossenen Tränen.

„Da verlangte er das Laken, um zu beweisen, dass wir die Ehe vollzogen hätten. Er wusste es bereits. Er wusste, dass du zu einer Schwäche geworden warst. Zu meiner Schwäche."

Als ich ihn und seine Augen beobachtete, wusste ich, dass da noch mehr war. Und es war nicht gut.

„Ich habe es nicht getan. Ich habe es verbrannt. Er hat das Laken nie gesehen."

„Wirklich?"

„Ich frage mich immer noch, warum er es getan hat. Warum er um diese eine Sache gebeten hat. Und alles, woran ich denken konnte, war, dass er nicht glaubte, dass ich es durchziehen würde. Vielleicht hoffte er, dass du nein sagen würdest. Mich aufhalten. Es beenden. Ich weiß es nicht." Er machte eine Pause. „Aber das spielt keine Rolle. Ich werde sagen, dass die Ehe nicht vollzogen wurde. Wir können sie annullieren lassen."

„Was?", fragte ich fassungslos.

„Wichtig ist, was ich nach diesem Tag entschieden habe."

Konnte er mich überhaupt hören? Ich schauderte, fror und legte meine Arme um mich.

„Mein Durst nach Rache, mein Hass auf ihn, er hat alles andere überlagert."

„Was hast du entschieden?", fragte ich mit

schwacher Stimme. Ich wollte es nicht wissen. Nicht wirklich.

Schließlich sah er mich an, und mit seinem Daumen wischte er mir eine Träne weg. Ich schloss die Augen und lehnte mich, zumindest einen Moment lang, an seine Handfläche, denn ich vermisste es. Ich vermisste es, wie zärtlich er sein konnte, so gegensätzlich zu seiner Gewalt. Seiner brennenden Wut.

Ich öffnete die Augen, als er das nächste Mal sprach.

„Ich frage mich, ob du, nachdem ich es dir gesagt habe, immer noch denkst, dass du mich liebst."

„Sag es mir."

Er streichelte meine Wange noch einen Moment lang, dann zog er seine Hand zurück. Er ließ nicht zu, dass ich sie wieder hielt.

„Ich hatte vor, das Guardia-Anwesen niederzubrennen. In Asche zu verwandeln."

Ich erstarrte und sah ihn fassungslos an, diesen Fremden, der Tag für Tag, während er mit mir Liebe gemacht hatte, diese Zerstörung plante. Diesen Verrat. Das würde nicht nur mich treffen. Es betraf auch das Erbe meiner Schwester. Ihr Geburtsrecht. Ihre Zukunft.

„Du hast kein Recht dazu."

„Ich überlegte, das Unternehmen zu ruinieren, zumindest mit meiner Hälfte. Aber dann machte er diesen Deal, und er dachte, er hätte mich. Aber ich hätte lieber dich zerstört, als ihn gewinnen zu lassen. Seine Niederlage war mir wichtiger als du."

Ich schüttelte den Kopf. „Du sagst immer wieder *war*. Du redest, als sei es Vergangenheit."

„Das spielt keine Rolle. Verstehst du nicht?"

„Raphael, was du damals gedacht hast, was du damals tun wolltest, das spielt keine Rolle mehr. Es hat sich alles geändert. Alles. Was dieser Mann deiner Mutter angetan hat ..." Ich schüttelte den Kopf. „Das sind nicht wir. Du bist kein Monster. Und ich liebe dich."

22

RAPHAEL

Sie dachte, sie würde mich lieben.

Moriartys Wut war echt. Sein Hass auf mich kam daher, weil ich der Sohn meines Vaters war. Das Geld, das ich ihm seiner Meinung nach schuldete, interessierte ihn nicht wirklich. Es war ihm egal. Was er wollte, war die Zerstörung meiner Familie. Denn das war die einzige Möglichkeit, sich zu rächen. Rache an meiner Mutter, weil sie sich nicht für ihn entschieden hatte. Rache an meinem Vater, weil er derjenige war, den sie geliebt hatte. Derjenige, den sie auserwählt hatte.

Er wollte das Haus, das Land, um es zu zerstören.

Ich wusste jetzt, dass er vor nichts zurückschrecken würde. Mein Leben, es war verwirkt. Aber ihr Leben? Ich konnte nicht zulassen, dass er sie meinetwegen zerstörte.

Ich beobachtete Sofias süßes Gesicht, ihre

vertrauensvollen, unschuldigen, hoffnungsvollen Augen. Sie glaubte, dass sie mich liebte. Die Sache war, in dem Moment, als sie es sagte, realisierte ich es auch. Ich liebte sie schon seit langer Zeit.

Und genau aus diesem Grund musste ich sie gehen lassen.

Ich verhärtete mein Gesicht und stand auf.

Sie blieb auf dem Boden, kniete mir zu Füßen.

„Es gibt nur ein Problem, Sofia. Ich liebe dich nicht." Woher meine Stimme diese Kraft hatte, wusste ich nicht. Und als ich ihr ins Gesicht sah, während sie meine Worte verarbeitete, musste ich mein Herz stählen, um nicht nach unten zu greifen und meine Arme um sie zu schlingen, sie an mich zu drücken und ihr zu sagen, dass ich log. Dass ich sie wirklich liebte. Ihr die Wahrheit zu sagen. Ich hatte ihr versprochen, sie ihr immer zu sagen.

Denn in diesem Moment war ich ein Lügner, noch zusätzlich zu allem anderen.

„Ich liebe dich nicht", wiederholte ich.

„Ich glaube dir nicht."

Sie lehnte sich auf die Fersen zurück und ihre Finger schlossen sich um die noch auf dem Kapellenboden verstreuten Klamotten.

„Nun, glaube es. Ich habe gerne genommen, was ich genommen habe. Ich habe eine Zeit lang gern mit dir gespielt." Ich schob sie mit meinem Knie weg, stand auf und ging ein paar Schritte zu der Stelle, wo die Stücke des zerbrochenen Kruzifixes auf dem Boden lagen. Ich hob sie auf und hielt das Christusbild in der Hand.

„Raphael."

Ich drehte mich um und sah, dass sie auf den Beinen war und ihre Shorts zuknöpfte.

„Das meinst du nicht so. Ich kenne dich", sagte sie.

Ich lachte, ein seltsames, hässliches Geräusch. „Das sagst du immer wieder. Glaubst du wirklich, dass man jemals jemanden wirklich kennen kann? Dass man wissen kann, was in seinem Kopf vorgeht?"

„Es ist mir egal, was in deinem Kopf ist. Genau das ist der Punkt. Ich weiß, was in deinem dummen Herzen vor sich geht." Ihr Gesicht war angespannt und ihre Hände ballten sich zu Fäusten. „Du hast mir die Wahrheit versprochen, Raphael."

„Und die bekommst du." Ich stellte das Kreuz auf die Bank, von der ich aufgestanden war und berührte meinen eigenen Dornenring. „Morgen früh rufe ich den Anwalt an und bringe die Annullierung in Gang." Ich zog mir den Ring vom Finger und sah dabei zu, wie Blut an ihm herunterlief, wollte den Schmerz, brauchte ihn. Als ich ihn abgenommen hatte, ging ich zum Altar und legte ihn auf eine Ecke.

„Raphael, bitte ..."

In ihren Augen standen Tränen, als sie den blutverschmierten Ring betrachtete.

„Du willst nicht–"

„Ich möchte, dass es so schnell wie möglich geschieht", sagte ich mit fester Stimme.

Sie sah mich an, zuckte zusammen und wirkte fast erschrocken.

„Ich möchte, dass du so schnell wie möglich gehst. Ich werde die Vorkehrungen treffen." Ich ging zur Tür. „Lass uns gehen."

„Nein."

Sie blieb, wo sie war. Sie streckte die Hand aus, um den Ring zu berühren, zog dann ihren Arm zurück und umarmte sich selbst.

Ich verdrehte die Augen und seufzte, als wäre ich irritiert, auch wenn es mich innerlich zerbrach, sie so zu sehen. Zu wissen, dass ich die Ursache ihres Schmerzes war. Wieder einmal.

Aber es war besser so. Besser für sie. Sicherer für sie.

Vielleicht, wenn dieses Chaos beendet war ...

Nein.

Kein Vielleicht.

Keine Zukunft.

Das hier *wurde* beendet. Es musste sein, um ihretwillen.

„Hör zu, ich habe noch etwas vor. Geh nach Hause zurück. Iss zu Abend. Geh ins Bett wie ein braves kleines Mädchen."

„Ich bin kein kleines Mädchen."

„Nun, das bist du schon. Und ich habe die Jungfrau-Nummer ein wenig satt, ehrlich gesagt."

„Das meinst du nicht so."

Nein. Tat ich nicht. Aber sie musste glauben, dass es so war.

„Eine Zeit lang hat es Spaß gemacht. Aber es ist Zeit für mich, weiterzumachen. Die Vergangenheit hinter mir zu lassen. Was hast du gesagt? Wenn ich die Vergangenheit loslasse, lässt sie mich dann vielleicht auch los? Ich glaube, du hattest recht." Ich sah mich um und machte große Gesten mit meinen Händen. „All das ist Vergangenheit. *Du* bist die Vergangenheit. Ich bin fertig damit. Ich will mein Leben führen und der einzige Weg, wie ich das tun kann, ist, wegzugehen. Die Vergangenheit gehen lassen, damit sie mich gehen lässt."

Sie starrte mich nur an.

„Lass uns von hier verschwinden, Sofia."

„Willst du das? Willst du weggehen?"

„Ja." Etwas in meiner Brust zog sich zusammen. „Und wenn du wirklich glaubst, dass du mich liebst, wirst du tun, was ich sage, und mich gehen lassen." Verdammte Scheiße! Ich war ein erstklassiges Arschloch. Ich hatte es nicht verdient, den Boden zu lecken, auf dem sie ging, aber ich musste diesen Nagel in den Sarg schlagen. „Ich bin hungrig. Lass uns gehen."

Sie schüttelte den Kopf und setzte sich hin.

„Geh."

„Du findest den Weg zurück nicht alleine."

„Ich finde meinen eigenen Weg. Ich brauche dich nicht."

Ich beobachtete ihren Hinterkopf, sah, wie sie ihre Knie auf die Bank zog und sich selbst umarmte.

„Komm schon."

„Los, Raphael."

„Sofia–"

„Geh einfach! Reiss das verdammte Pflaster ab, ja? Geh einfach."

„Gut. Wie du willst."

Ich verließ die Kapelle und ging auf das Haus zu, hasste es, sie dort allein zu lassen, aber ich wusste, dass ich es tun musste. Denn wenn sie mich hasste, war es einfacher.

23

SOFIA

Ich wusste nicht, wie lange ich so in der Kapelle saß, aber als ich zum Haus zurückkam, war ein einziges Licht über dem Ofen an, und Raphaels Auto war weg. Charlie war der Einzige, der auf mich wartete. In dem Moment, als ich die Tür öffnete, kam seine kleine Nase um die Ecke, und ich beugte mich vor, um ihn hochzuheben und an mich zu drücken.

Was war in den letzten drei Wochen geschehen? War Raphael in diesen Wochen zu der Erkenntnis gelangt, dass er das nicht wollte? Dass er *mich* nicht wollte? Oder war das die ganze Zeit die Wahrheit gewesen? War ich einfach nur blind gewesen?

Ich dachte wirklich, er würde mich mögen.

Nein, mehr als das.

Ich dachte, er würde mich lieben.

Ein plötzliches Frösteln ließ mich erschaudern und ich trug Charlie nach oben, in mein Schlafzimmer.

Als Raphael vor mir gestanden hatte, ich zu seinen Füßen kniend, hatte ich etwas Seltsames in seinen Augen gesehen. Es stand so im Widerspruch zu dem, was er sagte. Zumindest für einen einzigen und sehr flüchtigen Moment.

In meinem Zimmer angekommen, setzte ich Charlie ab. Er kreiste zweimal um meine Beine und schaute dann mit seinen großen Welpenaugen zu mir auf. Ich beugte mich nach unten, um ihn zu streicheln, und er nahm einen meiner Finger ins Maul und versuchte, mich sanft zum Bett zu ziehen.

„Geh nur, Liebling. Ich kann noch nicht schlafen."

Er wimmerte und ich hätte schwören können, er wusste, dass ich litt, aber als ich mich aufrichtete, lief er zum Bett und sprang von alleine hoch. Er wurde größer.

Ich ging ins Badezimmer und zog Raphaels Ehering aus meiner Tasche. Als ich ihn betrachtete, berührte ich mit dem Daumen die scharfen Dornen an der Innenseite des Ringes. Ich drehte das Wasser auf und spülte ihn ab, wobei ich das Blut entfernte, bevor ich ihn auf den Rand des Waschbeckens legte. Dann streifte ich meinen Ring vom Finger und legte ihn neben seinen.

Ich umklammerte den Rand des Waschbeckens, beugte mich nach vorne und hatte das Gefühl, mich übergeben zu müssen, dass etwas tief drinnen in meinem Bauch ausgestoßen werden musste. Dass es hochkommen musste. Aber da war nichts. Nichts außer Tränen, dick und schwer. Obwohl ich wusste, dass mich niemand hören konnte, bedeckte ich meinen Mund und weinte, eine gefühlte Ewigkeit, bis ich schließlich ausgetrocknet war und keine Tränen mehr hatte.

Er liebte mich nicht.

Er wollte mich nicht.

Er wollte mich glauben lassen, dass die ganze Sache für ihn ein Spiel gewesen sei, aber ich konnte das nicht. Nicht, wenn ich mich an sein Gesicht unten im Keller erinnerte, nicht, wenn ich seine Hand auf meiner Wange gespürt hatte, als er mir sagte, dass er mich nicht liebte. Dass er meiner überdrüssig sei. Was hatte er gesagt? *Ich habe die Jungfrau-Nummer ein wenig satt, ehrlich gesagt.*

Ein plötzlicher Energieschub raste durch mich hindurch und ich schlug auf die Ringe und ließ sie in entgegengesetzte Ecken fliegen. Ich drehte das Wasser auf und wusch mir das Gesicht, bevor ich mein Spiegelbild ansah, die Augen rot und geschwollen.

„All das ist Vergangenheit. Du *bist die Vergangenheit.“*

Die Erinnerung an seine Worte schmerzte in meinem Herzen. Ich war wütend und gedemütigt und einfach so traurig. Ich trauerte. Um ihn. Und um mich. Denn in gewisser Weise hatte er recht. Und ich hatte recht gehabt. Er musste die Vergangenheit loslassen, damit sie ihn gehen ließ. Vielleicht hatte er keine Wahl. Aber warum musste ich der Kollateralschaden sein? Ich hatte es mir anders vorgestellt. Ich hatte gedacht, aus dieser Sache, die so hässlich angefangen hatte, wäre etwas Schönes geworden. Eine dauerhafte Liebe.

Ich ergriff die Haare zu beiden Seiten meines Kopfes und zog daran.

Ich musste gehen. Hier rauskommen. Ich konnte ihn nicht mehr sehen. Ich konnte nicht im selben Haus sein. Es war einfach zu schmerzhaft. Ich fand mein Telefon, und obwohl es schon spät war, rief ich einen örtlichen Taxidienst an und veranlasste, dass mich jemand innerhalb einer halben Stunde abholte. Der Akku meines Telefons war schwach, also steckte ich es an das Ladegerät und begann zu packen. Ich nahm nur einen Seesack mit dem Nötigsten mit. Meine Priorität im Moment war es, hier rauszukommen.

Zwanzig Minuten später rief ich Charlie, der den Kopf hob und kam, als ich die Tür öffnete. Ich suchte in meiner Handtasche nach dem Schlüssel, den mir mein Großvater gegeben hatte. Er war genau dort, wo ich ihn hingelegt hatte, in der kleinen Tasche an der Seite. So leise, wie ich nur konnte, ging ich die Treppe hinunter. Obwohl Raphaels Auto weg war, war ich mir nicht sicher, ob Eric irgendwo war oder ob er zurückkommen würde. Aber ich lief niemandem über den Weg, während ich mich blind durch das Wohnzimmer, die Küche und zur Tür hinaus begab, wo ich den kilometerlangen Kiesweg zu Einfahrt des Grundstücks hinunterging.

Als ich dort ankam, wartete das Taxi bereits. Ich öffnete die hintere Tür und Charlie sprang vor mir hinein. Nachdem ich meinen Seesack auf den Platz neben mir gestellt hatte, nahm ich Charlie auf den Schoß und sagte dem Fahrer, wohin ich wollte. Weingut Guardia. Zum Glück wusste er genau, wo es war, denn ich wusste es nicht mehr, und innerhalb weniger Minuten waren wir außer Sichtweite von Raphaels Haus.

Es war Samstagabend. Niemand würde morgen arbeiten, so dass ich den Tag hätte, um zu planen, was ich tun wollte, und die Dinge selbst zu regeln. Ich würde die Nacht in dem alten Schlafzimmer meiner Mutter verbringen, und ihr Geist würde mir Gesellschaft leisten. Wir waren bereits seit zwanzig Minuten unterwegs, als ich bemerkte, dass ich mein Telefon nicht mitgenommen hatte. In meiner Eile hatte ich es vergessen.

Ich lehnte mich zurück. Ich würde auf keinen

Fall umkehren. Ich würde nicht das Glück haben, zweimal nicht erwischt zu werden. Obwohl es sicherlich nicht so war, dass Raphael wollte, dass ich blieb. Verdammt, er würde sich wahrscheinlich freuen, dass ich es ihm so einfach machte. Ich schüttelte den Kopf und verbannte alle Gedanken an ihn.

24

RAPHAEL

Es war kurz vor Mitternacht, als ich nach Hause kam. Mein Anwalt hatte Überstunden gemacht, um die Unterlagen für den Verkauf des Hauses fertig zu machen. Ich war bereit zu unterschreiben, aber es gab ein Problem. Ein Dokument, das der Käufer vorlegen musste, fehlte noch. Ich vermutete, das lag daran, dass es Wochenende war und die Italiener nicht gerne am Wochenende arbeiteten. Ich hatte gehofft, dass ich heute alles unterschreiben und fertig bekommen könnte. Je weniger ich darüber nachdenken musste, desto besser. Und je schneller ich das tun konnte, was ich Sofia gesagt hatte, desto schneller konnte ich die Vergangenheit hinter mir lassen.

Und nachdem ich unterschrieben hatte, konnte ich meine Meinung nicht mehr ändern.

Das Haus zu verkaufen, war mein letzter

Ausweg. Ich hasste es, das zu tun. Damon hasste es, dass ich es tun musste. Aber es gab keinen anderen Weg. Moriarty machte keine Witze. Ich konnte nicht riskieren, dass er meiner Familie deswegen etwas antun würde. Das war es nicht wert.

Als ich an ihrem Zimmer vorbeikam, bemühte ich mich sehr, sie nicht in der Kapelle zu sehen. Ihr Gesicht nicht zu sehen, wie sie zu meinen Füßen kniete und zu mir aufblickte, als ich ihr sagte, dass ich sie nicht liebte. Ich musste mich nur immer daran erinnern, dass ich es zu ihrem eigenen Wohl getan hatte.

Als ich mein Zimmer erreichte, hörte ich ihr Handy klingeln, aber ich ignorierte es. Es war wahrscheinlich ihre Schwester. An der Ostküste war erst früher Abend. Ich zog mich in meinem Zimmer aus und duschte lange, bevor ich ins Bett fiel.

Meine alten Schlafgewohnheiten waren in den letzten Wochen zurückgekehrt. Ich schaffte nur drei Stunden pro Nacht und war erschöpft. Aber ein Teil von mir wollte nicht schlafen. Es war die einzige Möglichkeit, die Albträume in Schach zu halten, und der Albtraum, dass Sofia hinter dieser Tür war – ich ertrug es einfach nicht mehr.

Ich wusste nicht, ob es das Klingeln des Telefons war, das mich weckte oder etwas anderes, aber um viertel vor drei wachte ich auf, als ich es hörte. Vielleicht lag es daran, dass das Geräusch falsch und fehl am Platz war. Ein Gefühl der Vorahnung zwang mich aus dem Bett. Ich zog mir Boxershorts an und ging in den Flur. Als ich dort ankam, hörte das Telefon auf zu klingeln, und ich wäre fast in mein eigenes Bett zurückgekehrt, aber dann begann es wieder.

Es kam aus Sofias Zimmer. Und mein Bauchgefühl sagte mir, dass etwas nicht stimmte.

Ich machte mir nicht die Mühe, an ihre Tür zu klopfen. Stattdessen drückte ich sie auf und schaltete das Licht ein.

„Fuck."

Sie war nicht da und das Bett war nicht benutzt worden. Charlie war auch nicht da und er war immer bei ihr. Ihre Kleider waren noch im Schrank und ihre beiden Koffer waren in einem Regal verstaut. Ich wusste nicht, welche Toilettenartikel sie hatte, aber ich fand keine Zahnbürste im Badezimmer. Auf dem Rückweg nach draußen sah ich den Ring auf dem Boden in der Ecke. *Ihren Ring.*

Ich bückte mich, um ihn aufzuheben, und steckte ihn mir an den kleinen Finger, dann sah ich den Zwilling des Rings. Meinen. Er lag in der hinteren Ecke. Den ließ ich liegen, wo er war. Das Telefon begann wieder zu klingeln. Ich ging ins Schlafzimmer, um ranzugehen. Es lag auf ihrer Kommode, an das Ladegerät angeschlossen. Ich schaute auf die Anzeige und sah, dass es Lina war. Bei ihr war es neun Uhr, aber sie musste wissen, dass es hier mitten in der Nacht war. Ich drückte auf den grünen Knopf, bevor der Anruf zur Mailbox ging.

„Hallo? Hier ist Raphael."

„Raphael?"

„Ja. Lina, wie geht's dir?"

„Wo ist meine Schwester?"

„Nun, das ist eine gute Frage. Eine weitere gute Frage ist: Weißt du, wie spät es ist?"

„Ja. Es tut mir leid. Ich muss unbedingt mit Sofia reden. Ich versuche es schon seit ein paar Stunden."

„Ist alles in Ordnung?"

„Ich weiß es nicht." Sie klang nervös. „Wo ist sie? Geht es ihr gut? Warum gehst du an ihr Telefon?"

„Weil sie nicht in ihrem Zimmer ist und das Telefon mich geweckt hat. Sie ist wahrscheinlich nur unten." Ich glaubte nicht, dass sie unten war, aber ich zog den Stecker des Telefons aus dem Ladegerät, ging durch das Haus und nach unten, um nachzusehen. Vielleicht konnte sie nicht schlafen. Oder sie war hungrig und holte sich einen Snack. „Ich schaue jetzt im Haus nach, Lina. Sag mir, warum du so spät anrufst."

Lina zögerte und ich wurde immer nervöser, als ich Wohnzimmer und Küche dunkel vorfand. Als ich nach Hause kam, parkten sowohl das zweite Auto als auch der Truck draußen, sodass ich nicht daran gedacht hatte, bei ihr vorbeizuschauen, weil ich annahm, sie wolle mich nicht sehen. Das war einfacher für mich. Wo zum Teufel war sie?

Ich ging auf die Kellertür zu.

„Lina?“, fragte ich, öffnete die Tür, schaltete das Licht ein, als auch hier alles dunkel war. Sie würde nie hinuntergehen, ohne das Licht einzuschalten, aber ich stieg trotzdem die Stufen hinunter und fand ihn leer vor. „Ich kann deine Schwester nicht finden, also sagst du mir besser, was los ist.“

„Was meinst du damit, du kannst sie nicht finden?“

„Ich meine, sie ist nicht hier. Warum rufst du so spät an? Vielleicht haben die beiden Dinge miteinander zu tun.“

„Sie würde nirgendwo ohne ihr Handy hingehen.“

„Okay.“ Ich versuchte, ruhiger zu klingen, als ich mich fühlte. Ich wollte Lina nicht beunruhigen oder aufregen. „Warte einen Moment. Ich schaue auf ihre Anrufliste.“ Ich zog das Telefon von meinem Ohr weg, blätterte durch ihre Anrufliste und atmete erleichtert auf, als ich bemerkte, dass sie gegen zehn Uhr ein Taxi gerufen hatte. Vermutlich hatte ein Teil von mir gedacht, dass Moriarty oder seine Männer sie geholt hätten. Sie entführt hätten, um sich an mir zu rächen.

Zum Teufel, vielleicht hatten sie das trotzdem getan.

„Lina, sie hat gegen zehn Uhr ein Taxi gerufen. Wir haben uns gestritten. Es geht ihr wahrscheinlich gut, aber ich muss herausfinden, wo sie ist. Dazu muss ich jetzt auflegen."

„Rufst du mich wieder an?"

„Ja."

„Danke."

Ich hatte fast aufgelegt, als sie meinen Namen rief.

„Raphael?"

„Ja?"

„Hast du die Unterlagen für den Verkauf deines Hauses unterschrieben?"

„Was?" Woher zum Teufel wusste sie davon?

„Sag es mir einfach. Hast du schon unterschrieben?"

„Nein. Es gab eine Verzögerung. Ein fehlendes Dokument." Ich hörte die Erleichterung in ihrem Ausatmen. „Lina, was zum Teufel geht hier vor?"

„Unterschreib nicht, okay? Lass es einfach."

„Ich muss mehr darüber erfahren und ich muss wirklich Sofia suchen." Schweigen. „Lina?"

„Ich glaube, mein Großvater ist der Käufer."

Es fühlte sich an, als hätte sich unter mir eine Falltür geöffnet. Ich stand da und hielt mir das Telefon ans Ohr und versuchte mir zu erklären, was sie gerade gesagt hatte.

Der Käufer hatte einen Stellvertreter und der gesamte Papierkram wurde über Telefon und Fax abgewickelt – so altmodisch Letzteres auch klang. Dem Käufer fehlte ein juristisches Dokument, das notwendig war, damit der Verkauf nach italienischem Recht anerkannt werden konnte. Das war der einzige Grund dafür, dass ich das Anwesen heute noch nicht verkauft hatte.

Ich hatte versucht, Informationen über den Käufer zu bekommen, ebenso wie mein Anwalt, aber alles deutete auf eine Firma in Süddeutschland hin. Ich hatte nicht ein einziges Mal daran gedacht, dass das eine Fassade sein könnte. Das Angebot hatte über dem Wert des Grundstücks gelegen. Warum zum Teufel sollte Marcus Guardia dieses Haus kaufen wollen? Dieses tote Land?

„Bist du noch da?“, fragte Lina.

„Ich muss deine Schwester finden. Lina, weiß dein Großvater, dass du es weißt?“

„Nein. Ich habe gehört, wie er etwas gesagt hat, und ich schlich mich in sein Arbeitszimmer, als er zum Abendessen ausging. Ich wusste einfach, dass etwas nicht stimmte.“

„Vielen Dank. Darum kümmere ich mich später. Sag ihm nicht, dass du es mir gesagt hast.“

„Das hatte ich nicht vor. Raphael, ich habe auch noch andere Dinge herausgefunden.“ Ihre Stimme zitterte.

„In Ordnung. Ich werde Sofia finden, und dann rufen wir dich zusammen an. Warte darauf, okay?“

„Sie ist doch nicht verletzt, oder?“

Was sollte ich darauf antworten? „Ich bin mir

sicher, dass es ihr gut geht“, log ich, denn ich war mir überhaupt nicht mehr sicher.

Wir legten auf und ich rief den Taxidienst an, den sie benutzt hatte. Sie konnten bestätigen, dass ein Taxi um halb elf zum Grundstück gekommen war und eine Frau und ihren Hund zum Weingut Guardia gebracht hatte.

Ich dankte ihnen und legte auf, schrieb Lina schnell eine Nachricht und ging nach oben, um mich anzuziehen, bevor ich zum Weingut fuhr, um sie abzuholen. Ihr Großvater hatte ihr an diesem Tag beim Mittagessen einen Schlüssel gegeben. Nach unserem Streit heute musste sie vorgehabt haben, dort zu übernachten.

Das Weingut war etwas mehr als eine Stunde entfernt. Ich fuhr schnell über menschenleere, dunkle Straßen, wobei ich nur das Mondlicht zwischen den Wolken und meine Scheinwerfer hatte, um über die kurvenreiche Straße zu navigieren. Ich wurde das Gefühl nicht los, dass etwas nicht stimmte. Diese Vorahnung wirkte eher wie eine Warnung, und immer wieder blitzten Bilder meines wiederkehrenden Traums vor meinen Augen auf.

Ich trat auf das Gaspedal und rollte das Fenster herunter, da mir übel wurde. Es wurde so schlimm, dass ich das Gefühl hatte, den Geruch von Feuer zu riechen, von Fleisch, das im Feuer verbrannte.

Scheiße. Ich drehte durch. Es war ein Traum. Es

war alles in Ordnung. Nur ein verdammter, blöder Traum.

Aber als ich die nächste Kurve nahm, lichteten sich die Wolken, und eine Rauchfahne stieg hinter dem nächsten Hügel auf. Ich kannte diesen Geruch. Es war nicht der Traum. Es war Qualm. Und er hing in der Luft.

Als mein Gehirn versuchte, das zu verarbeiten, umklammerten meine Hände das Lenkrad und ich drückte das Gaspedal durch. Nicht mehr als zwei Meilen entfernt entfachte sich eine Feuersbrunst, das Geräusch des Feuers, das Dröhnen davon immer noch nur ein Flüstern, nur eine Andeutung.

„Nein."

Ich fuhr, als wäre Satan selbst hinter mir her und griff blindlings nach Sofias Handy auf dem Sitz neben mir. Das Ladegerät hing daran wie der Schwanz einer Maus. Ich nahm meine Augen für eine Sekunde von der Straße und wählte 1-1-2. Der Geruch wurde stärker, als ich mich Guardia näherte.

Das kann nicht sein.

Nicht noch einmal.

Es war mein verdammter Albtraum. Nicht die Realität.

Eine Stimme erklang in der Leitung und knisterte, da ich schlechten Empfang hatte. Ich bog auf das Grundstück ein, dessen Tore nur teilweise offenstanden, und schob sie mit der Schnauze meines Autos weiter auf. Ich gab der Frau in der Leitung die

Adresse. Sagte ihr, dass es ein Feuer gab. Wir brauchten die Feuerwehr, brauchten Hilfe.

Ich hielt das Auto auf halbem Weg zum Haus an.

Sie fragte, ob jemand drinnen wäre. Ich öffnete die Tür und stieg aus. Qualm nahm mir den Atem, als ich über das zerstörte Land schaute, bevor ich mich dem Haus zuwandte.

Ich glaube nicht, dass ich ihr antwortete. Irgendwo auf dem Weg verlor ich Sofias Handy, als ich zu dem Gebäude lief, ihren Namen rief und versuchte, gegen das Getöse des Feuers anzukommen. Die Haustüre war verschlossen. Ich versuchte, sie mit der Schulter aufzubrechen, aber der Schmerz schoss mir beim Aufprall durch die Seite. Sie gab nicht nach, ließ sich nicht öffnen

„Sofia!"

Alles, was ich hören konnte, war das Geräusch des Feuers. Alles, was ich riechen konnte, war Qualm. Das Feuer brannte auf der Rückseite des Hauses und ich musste da rein. Musste sie rausholen.

Ich ging rückwärts, schaute zu den Fenstern und sah, dass an der Seite, die dem Feuer am nächsten lag, eines geöffnet war. Dort befand sie sich. Ich wusste es.

Ohne nachzudenken, nahm ich den nächstbesten Stein, schleuderte ihn gegen das Fenster im Erdgeschoss und zerbrach es. Es war mir egal, ob mir die Glasscherben Kleidung und Haut zerrissen, ich kletterte hinein, wobei mir der entfernte Klang der Sirenen etwas Hoffnung gab, selbst als der Benzingeruch meine Nasenlöcher füllte.

Sie würde überleben.

Ich würde sie finden. Ich käme rechtzeitig.

Ich würde sie nicht sterben lassen.

Aber alles, was ich sehen konnte, waren Bilder aus dem Albtraum. Sie zu hören. Sie nicht zu erreichen. Als ich die Tür aufbrach, fand ich sie, aber ich kam zu spät. Ich fand nur verkohlte Überreste ...

„Sofia!“

Ich riss mir das T-Shirt herunter, um Mund und Nase zu bedecken, und rannte zur Treppe. Dichter Rauch machte es unmöglich, etwas zu sehen.

„Sofia, wo bist du?“

Nichts. Kein Geräusch von ihr.

Aber ein Bellen.

Ich stand am oberen Ende der Treppe und schaute durch den Flur auf die letzte Tür. Diejenige, die am weitesten von mir entfernt war. Bellen. Es war Charlie.

Der Flur schien länger zu werden, während ich mich bewegte, wie in Zeitlupe, selbst, als ich losrannte und gegen den Albtraum ankämpfte, gegen die Dämonen, die diesen Film immer wieder abspielten, immer und immer wieder und immer wieder.

„Sofia!“

Etwas stürzte hinter mir zu Boden, ein Balken,

und die Decke öffnete sich zum Himmel. Hustend hastete ich vorwärts und erreichte die Tür. Charlies Bellen war nun ununterbrochen.

„Sofia. Ich bin hier." Ich berührte den Türgriff. Er glühte. Ich wickelte mein T-Shirt darum und drehte ihn.

In meinem Albtraum war die Tür verschlossen. Sie war immer verschlossen, und ich musste die Tür aufbrechen. Das hielt mich immer auf. Im Albtraum konnte ich sie nicht rechtzeitig erreichen. Nicht, wenn es meine Mutter war. Nicht, wenn es Sofia war. Aber dieses Mal gab sie nach. Ich schob sie auf.

Der Raum war mit Rauch gefüllt, zu dick, um etwas zu sehen.

„Charlie!"

Er bellte und ich folgte dem Geräusch zu einer anderen Tür. Eine andere verdammte Tür.

Das musste das Badezimmer sein.

Auch diese ließ sich öffnen. Mein Herz klopfte.

Charlie saß neben Sofia, die ohnmächtig auf dem Boden lag. Er bellte und leckte ihr über das Gesicht, wedelte kurz mit dem Schwanz und bellte mich wieder an, erhob sich auf alle Viere, setzte sich dann wieder und leckte ihr das Gesicht ab.

Ich fiel auf die Knie.

Draußen blinkten Lichter und jemand rief Befehle.

„Sofia?" Ich berührte ihr Gesicht, legte meine Hand auf ihre Brust, um ihren Herzschlag zu spüren. Ich wusste nicht, ob es Asche oder Rauch war oder was meinen Blick verschwommen werden ließ, aber ich hob sie hoch. Charlie bellte vor meinen Füßen und folgte mir, während ich ihr Mund und Nase mit meinem T-Shirt bedeckte und den Flur hinunterrannte, wobei das Feuer jetzt im ganzen Haus wütete. Als ich die Treppe erreichte, wich ich zurück. Zu spät. Ich musste einen anderen Weg finden. Zurück in dem Zimmer, in dem ich sie gefunden hatte, rannte ich zum Fenster und lehnte mich hinaus, atmete die frische Luft ein. Ich rief den Männern unten etwas zu. Zwei Feuerwehrautos und drei Polizeiautos standen unten geparkt, und in der Ferne fuhr ein Krankenwagen auf das Haus zu.

In dem Moment, als sie uns sahen, hoben sie eine Leiter hoch. Einer der Männer kletterte hinauf.

Sofia bewegte sich in meinen Armen, würgte und hustete. Ich sah sie an und konnte nicht anders, als ein wenig zu lächeln.

Sie war am Leben. Ich war nicht zu spät gekommen. Sie war am Leben.

„Du bist hier."

Ein Hustenanfall stoppte alles weitere, was sie sagen wollte. Als der Feuerwehrmann uns erreichte, übergab ich sie ihm. Er legte sie sich über die Schulter und stieg die Leiter hinunter. Ich sah mich nach Charlie um, der wieder ins Badezimmer zurückgekehrt war, so weit wie möglich vom herannahenden Feuer weg.

Jemand schrie, ich solle herunterkommen, aber ich rannte wieder hinein, riss das Laken vom Bett, wickelte ihn darin ein und hielt ihn an mich gerückt. Umgeben von unglaublicher Hitze rannte ich zum Fenster zurück, und mit Charlie im Arm kletterte ich hinaus und hinunter.

Sie zogen die Leiter vom Haus weg, hielten ihre Schläuche darauf und ließen das Wasser laufen.

Ich ging zu Sofia, die mit einer Sauerstoffmaske über dem Gesicht auf einer Bahre im hinteren Teil des Krankenwagens lag. Ihre Augen öffneten und schlossen sich, und sie streckte mir eine Hand entgegen. Jemand brachte Charlie einen mit Wasser gefüllten Napf und ich setzte ihn zum Trinken ab.

Sofia setzte sich auf und zog sich die Maske herunter. Sie blickte auf das Haus hinter mir und schaute dann zu mir.

„Raphael?"

Das war der Moment, als mir alles klar wurde. Alles. Das Feuer, der Zeitpunkt des Brandes, die Zerstörung des Weingutes Guardia – denn es war zerstört – der Verlust.

Der Beinahe-Verlust von *ihr*.

Meine Beine gaben nach und ich ergriff die Tür des Krankenwagens, um mich zu stützen.

War das Moriartys Werk? War dies seine Rache?

War es das, was ich selbst geplant hatte? Hatte ich gedacht, dass ich das tun könnte?

„Raphael?"

Ich drehte mich um und sah Tränen über Sofias Gesicht laufen.

Zwei Stunden später fuhr ich selbst zum Krankenhaus, als das Feuer endlich unter Kontrolle war und die angrenzenden Grundstücke nicht mehr bedrohte. Sie hatten Sofia nach der Untersuchung ein Beruhigungsmittel gegeben, sodass sie schlief, als ich in ihr Zimmer kam. Es würde alles gut werden. Ich war rechtzeitig gekommen.

Als ich ihr Zimmer verließ, rief ich zuerst Lina an, um ihr zu sagen, dass Sofia in Ordnung sei. Sie wusste bereits von dem Brand. Natürlich wusste sie davon. Der Manager hatte ihren Großvater angerufen, sobald er davon gehört hatte. Nachdem ich Lina versichert hatte, dass Sofia sie anrufen würde, sobald sie wach war, wählte ich eine andere Nummer, die eines Mannes, den ich kannte, der Verbindungen zur Polizei hatte und der in der Vergangenheit einige Nachforschungen für mich angestellt hatte. Ich wollte wissen, ob die Polizei Brandstiftung festgestellt hatte. Ich hatte Benzin im Haus gerochen. Das bedeutete, dass jemand das Feuer absichtlich gelegt hatte. Ich erzählte ihm auch, was Lina mir gesagt hatte, und bat ihn um die Bestätigung dessen. Dass Marcus Guardia derjenige war, der die Villa Bellini fast gekauft hätte. Danach ging ich ins Krankenhauszimmer und wartete, bis Sofia aufwachte.

In den nächsten Stunden saß ich auf dem Stuhl neben ihrem Bett, beobachtete sie beim Schlafen und roch immer noch das Feuer an ihr und an mir selbst. Ich wäre fast zu spät gekommen. Wenn Lina nicht angerufen hätte, wenn ich Sofias Handy nicht gehört und davon aufgewacht wäre, wäre Sofia in diesem Schlafzimmer gestorben. Dieser Gedanke hielt mich fast bis zum Morgengrauen wach. Er ließ mich sie beobachten, die Monitore ansehen, die ihren gleichmäßigen Herzschlag aufzeichneten und ständig kontrollierten, dass es ihr wirklich gut ging.

Das Gefühl ihrer Hand auf meiner war das, was mich schließlich später am Morgen weckte.

„Hey", sagte sie.

Ich richtete mich auf, rieb mir das Gesicht und schaute auf die Uhr.

„Hey." Meine Stimme war heißer und erschöpft, ähnlich wie ihre.

„Danke."

Warum fand ich es merkwürdig, dass sie das sagte? Und was sollte ich erwidern? Es stellte sich heraus, dass ich nicht zu antworten brauchte. Sie sprach, bevor ich es konnte.

„Charlie?"

„Es geht ihm gut. Damon hat ihn abgeholt und nach Hause gebracht."

Sie lächelte, dann wurde ihr Gesicht wieder ernst.

„Ist es weg?"

„Ja." Ich hasste es, derjenige zu sein, der es ihr sagen musste. „Alles ist so gut wie zerstört."

Sie nickte. „Woher wusstest du, dass ich dort war?", fragte sie schließlich.

„Du hattest dein Handy vergessen und deine Schwester versuchte immer wieder, dich anzurufen. Davon wachte ich auf, und als ich merkte, dass du weg warst, durchsuchte ich dein Handy und fand heraus, dass du ein Taxi gerufen hattest. Es dauerte nicht lange, bis ich die Adresse hatte, zu der du gefahren warst."

„Meine Schwester!"

Sie versuchte, sich aufzusetzen, sank aber wieder nach hinten.

„Ich muss sie anrufen."

„Das habe ich bereits getan. Entspann dich. Du kannst sie später anrufen."

„Vielen Dank. Nochmals vielen Dank."

Sie versuchte wieder, sich aufzusetzen, und dieses Mal half ich ihr, indem ich das Bett und die Kissen in ihrem Rücken anpasste.

„Du hättest nicht gehen sollen."

„Ich konnte nicht bleiben."

Peinliches Schweigen.

„Ich schätze, es war alles umsonst, was?", fragte sie.

„Wie meinst du das?"

„Du hättest mich doch nicht heiraten müssen. Mein Erbe ist in Flammen aufgegangen."

Ich studierte ihre hübschen karamellfarbenen Augen, sah, wie sie sich mit Tränen füllten, sah, wie sie diese zurückhielt.

„Oh, warte", fuhr sie fort. „Versicherung. Ich schätze, du wirst die Versicherung ausbezahlt bekommen."

Es gab hundert Dinge, die ich hätte sagen können. Die ich hätte sagen sollen. Dinge wie *Es tut mir leid.* Oder *Es war nicht so gemeint, was ich gesagt habe.* Oder *Ich liebe dich.* Aber ich sagte nichts von all diesen Dingen. Stattdessen schaute ich, als mein Handy klingelte, auf das Display und verließ den Raum, um den Anruf entgegenzunehmen.

Es war der Ermittler. „Sie hatten recht", sagte er. „Auf dem gesamten Grundstück wurden Benzinkanister gefunden. Die Person, die dieses Feuer gelegt hat, hat nicht verbergen wollen, dass es sich um Brandstiftung handelt."

„Was Marcus Guardia ausschließt." Ich würde es ihm zutrauen, das Weingut zu zerstören, damit ich es nicht in die Hände bekam. Damit er sich auszahlen lassen konnte. Aber er würde vorsichtig sein und die Beweise verbergen.

„Und was das Mädchen Ihnen gesagt hat, ist richtig. Marcus Guardia benutzt die deutsche Firma als Tarnung. Er ist derjenige, der das Gebot für Ihr Haus abgegeben hat."

Ich hatte Moriarty neulich gesagt, dass ich einen Käufer hätte. Dass er die Immobilie nicht bekommen würde, weil ich sie bereits verkauft hätte. Hatte Moriarty die ganze Zeit gewusst, dass derjenige Sofias Großvater war? Könnte er dieses Feuer gelegt haben, um den alten Mann zu bestrafen?

„Danke. Halten Sie mich auf dem Laufenden, ja?"

„Das werde ich."

Als ich die Tür zu Sofias Zimmer öffnete, fand ich sie auf dem Bett sitzend, das Telefon am Ohr, die Stirn gerunzelt, während sie zuhörte.

„Lina, bist du dir sicher?"

Die Besorgnis, die ich in ihrer Stimme hörte, machte mich neugierig. Sie begegnete meinen Augen und wandte dann den Blick ab.

„Okay. Okay, ich muss aufhören. Lass mich darüber nachdenken. Ich rufe dich zurück."

Sie legte auf und sah mich etwas unsicher an. Ich wollte fragen, worüber sie mit ihrer Schwester gesprochen hatte, denn es hatte sie offensichtlich aufgeregt. Aber ich hatte nicht das Gefühl, dass ich es durfte. Ein paar Minuten später kam ihr Arzt ins Zimmer, um uns zu sagen, dass sie sich beruhigen müsse, und auch, dass sie sich vollständig erholen würde.

„Wann kann ich gehen?", fragte sie.

„Später“, sagte der Arzt. „Ich werde Ihre Entlassungspapiere unterschreiben.“

„Kann ich fliegen?“

Der Arzt wirkte verwirrt, also sprang ich ein. „Du wirst im Haus bleiben, während du dich erholst, Sofia.“

„Aber–“

„Nichts aber.“ Ich ging mit dem Arzt hinaus, um ein paar Dinge zu besprechen. Als ich zurückkam, saß Sofia im Bett, das Gesicht unleserlich.

„Ich muss dich etwas fragen“, sagte sie.

„Frag.“

„War es ein Unfall?“

Ich sah sie an. Die Wahrheit. Ich hatte ihr die Wahrheit versprochen. Dieses Versprechen hatte ich schon einmal gebrochen. Ich würde es nie wieder tun.

„Nein.“

Sie schluckte, blinzelte mehrmals und schaute einen Moment lang weg, bevor sie den Blick zu mir zurückwandte. Als sie das nächste Mal sprach, war ihre Stimme unruhig.

„Hast du etwas damit zu tun?“

Ich schnaubte, schüttelte den Kopf und unterdrückte die Emotionen, die in meinem Bauch aufstiegen. Den Schmerz angesichts ihrer Anschuldigung. „Ich würde dich niemals umbringen, Sofia.“

25

SOFIA

Brandstiftung.

Jemand hatte das Feuer, das das Weingut Guardia zerstörte, absichtlich gelegt.

Zwei Wochen waren vergangen und die Informationen, die Raphael von seiner Quelle erhalten hatte, wurden vom offiziellen Ermittler bestätigt. Mein Großvater war am Tag nach dem Vorfall eingetroffen. Er hatte Lina nicht mitgebracht. Ich hatte ihn noch nicht gesehen, aber das war für heute geplant. Ich war mir nicht sicher, wie ich ihm in die Augen sehen sollte, jetzt, nachdem ich wusste, was Lina mir gesagt hatte. Was sie gefunden hatte. Beweise für das, was Raphael mir über Großvaters Geldtransaktionen erzählt hatte. Und, schlimmer noch, Informationen, die das Unternehmen verwundbar machen würden, wenn sie jemals herauskämen.

Ich hatte Raphael nicht gesagt, was Lina mir erzählt hatte. Er hatte sich gut um mich gekümmert, während ich mich erholte, tagsüber mit mir Zeit verbrachte, mit mir in meinem Zimmer zu Abend gegessen und neben mir auf dem Bett gesessen. Wenn er mich berührte, war es zärtlich, aber nicht mehr als das. Nicht ein einziges Mal sprachen wir über das, was in der Kapelle geschehen war. Es fühlte sich an wie der Elefant im Raum, aber keiner von uns brachte es zur Sprache. So sehr ich mich danach sehnte, dass er mir sagte, dass das, was er in der Kapelle gesagt hatte, nicht wahr war, wollte ich die Momente, die ich mit ihm hatte, nicht missen.

Raphael hatte mir erzählt, was Lina ihm über meinen Großvater erzählt hatte, dass er derjenige war, der ein Gebot für die Villa Bellini abgegeben hatte. Dass Raphael ihm fast alles überschrieben hatte.

Ich verstand es nicht. War das das Land, von dem Großvater gesagt hatte, dass er es für mich kaufen würde? Dass es mir gehören würde, wenn ich alles andere verloren hätte? Wollte er Raphael das Haus direkt unter der Nase wegnehmen, so wie Raphael uns die Hälfte des Weinguts Guardia abgenommen hatte?

Auge um Auge, Zahn um Zahn. Das alles bereitete mir Kopfschmerzen.

Heute wollte Raphael mich auf das Weingut mitnehmen, da ich mir den Schaden selbst ansehen musste. Dann hatten wir ein Treffen mit Großvater und seinen Anwälten über den Stand der Dinge.

Auf dem Weingut fuhren wir so weit, wie es uns erlaubt war, was nicht sehr weit war, da die Untersuchung noch nicht abgeschlossen war. Ich stieg, Raphael an meiner Seite, aus dem Auto.

„Oh, mein Gott."

Der Schaden war unglaublich. Das Land – alles, was von den reich tragenden, gesunden Reben übriggeblieben war, waren verkohlte Überreste. Der Brandgeruch hing noch immer in der Luft und das Haus selbst war nur noch Schutt und Asche. Eine Wand stand noch teilweise und gelbes Klebeband sperrte das Gebiet ab. Es galt immer noch als einsturzgefährdet.

„Ich erinnere mich an den Geruch unseres Hauses nach dem Brand", sagte Raphael.

„Ich kann es nicht glauben. Was für ein Verlust. Was für ein unglaublicher Verlust."

Ich schauderte und einen Moment lang hoffte ich, dass Raphael den Arm hob, um ihn um mich zu legen, aber dann schob er die Hände unbeholfen in die Taschen.

„Wer würde das tun?", fragte ich.

„Da fällt mir nur ein Name ein, Sofia."

„Moriarty."

Er nickte.

„Aber warum? Welchen Sinn macht das? Wäre es nicht besser, das Amado-Grundstück in Brand zu stecken?"

„Du sagtest, dein Großvater und Moriarty hätten Interesse an demselben Besitz. Ich frage mich, ob es da um mein Eigentum ging, und Moriarty deinen Großvater bedrohte, wenn er sein Gebot nicht zurückzöge."

„Er sagte an diesem Tag beim Mittagessen, dass Moriarty ihm gesagt habe, es sei nicht in seinem besten Interesse, die Immobilie zu kaufen, die er wollte."

Raphael schaute über das Land, antwortete aber nicht.

Dann erinnerte ich mich an etwas. „Warte einen Moment." Er drehte sich zu mir um. „Der Manager erzählte meinem Großvater, sie hätten ein neues Sicherheitssystem installiert. Wäre es möglich, dass es eine Videoaufzeichnung dieser Nacht gibt? Vielleicht könnten wir sehen, wer das getan hat?"

„Das Haus ist zerstört. Ich kann mir nicht vorstellen, dass irgendetwas das Feuer überlebt hat. Und falls doch, bin ich mir sicher, dass die Polizei inzwischen die Beweise hätte. Es tut mir leid, Sofia. Egal, was passiert ist, das habe ich nie für dich gewollt."

Wir kehrten zum Auto zurück und fuhren nach Siena, um uns mit zwei Anwälten und meinem Großvater zu treffen. Die Büros befanden sich im

Zentrum der Touristenstadt in einem Gebäude, das Hunderte von Jahren alt war. Wir wurden schnell nach drinnen begleitet. Als ich hineinkam, sah ich meinen Großvater, der immer noch stolz war, aber etwas müder aussah, am Kopfende eines langen Tisches in einem Nebenraum sitzen. Zwei Männer saßen auf beiden Seiten des Tisches und gingen Unterlagen durch.

Sie alle schauten auf, als wir eintraten. Der Blick, den mein Großvater Raphael zuwarf, ließ mich erschaudern.

„Sofia“, sagte er, während er aufstand. „Raphael.“

Er nickte kaum merklich in Raphaels Richtung. Er stellte die beiden Anwälte vor, von denen einer Amerikaner, der andere Italiener war. Beide legten ihre Visitenkarten auf den Tisch.

Nachdem wir uns hingesetzt hatten, begann einer der Anwälte zu sprechen und ging unsere Optionen, da die Ernte ein Totalschaden war, sowie die Einzelheiten der Versicherungspolice durch.

„Aber da Brandstiftung die Ursache ist, ist alles ... eingefroren“, sagte mein Großvater.

„Gibt es Verdächtige?“, fragte Raphael.

„Nein. Kennen Sie welche?“, konterte Großvater.

„Großvater“, warf ich ein. Jetzt war nicht der richtige Zeitpunkt.

Er schloss den Mund und ließ den Anwalt weitermachen. Im Grunde genommen verbrachten wir eine Stunde damit, die Tatsache durchzugehen, dass wir nichts mehr besaßen, bis uns die Versicherungsgesellschaft auszahlte. Sogar das Haus in Philadelphia war nicht sicher.

Das Ausmaß dieses Verlustes war mir wohl nicht bewusst gewesen. Es war mir nie in den Sinn gekommen, dass wir schlagartig von *wir haben alles* zu *wir haben nichts* übergehen würden. Ich fragte mich, ob es das war, was meinen Großvater hatte altern lassen, denn er sah definitiv älter aus. Sein Anzug etwas zerknittert, sein Haar nicht ganz perfekt.

„Meine Herren, würden Sie bitte einen Moment nach draußen gehen?", sagte mein Großvater zu den Anwälten.

Was?

Beide Männer nickten, da sie wohl wussten, dass das kommen würde. Sie verließen den Raum. Raphael räusperte sich und blickte meinen Großvater unablässig an. Er sah misstrauisch aus.

Nachdem sich die Tür geschlossen hatte, nahm Großvater seine Aktentasche, die er neben sich auf den Boden gestellt hatte, und legte sie auf den Tisch. Er öffnete sie, holte einen großen Umschlag heraus, legte den Koffer beiseite und schaute uns an.

„Raphael, Sie wissen, dass fünfundvierzig Prozent von nichts nichts ist."

„Das Eigentum war versichert."

„Ja, aber trotz der Untersuchung der Brandstiftung ist nichts klar."

„Wollen Sie damit sagen, dass sie beschließen könnten, nicht zu zahlen?“, fragte ich.

„Nun, es handelt sich um eine große Geldsumme, also werden sie alles tun, was sie können, um die Zahlung zu vermeiden.“

„Weil es Absicht war“, sagte ich, als ich verstand. „Sie glauben, dass es von jemandem getan wurde, der von einer hohen Auszahlung profitieren würde.“

„Das Weingut Guardia ist seit sehr langer Zeit ein profitables Unternehmen. In den letzten Jahren waren die Verkäufe rückläufig, aber das hat sich geändert.“

„Was meinst du damit? War das Weingut in Schwierigkeiten?“, fragte ich.

„Nein, nicht in Schwierigkeiten, aber die Einnahmen sind in den letzten Jahren stetig zurückgegangen. Deshalb habe ich den neuen Manager eingestellt. Er hat moderne Ideen.“

„Aber–“

Er hob eine Hand. „Und mit diesen modernen Ideen kam auch das neue Sicherheitssystem, auf dessen Installation er bestanden hatte.“ Großvater öffnete die Mappe und holte einen Stapel Papiere und einen kleineren Umschlag heraus.

„Was ist das?“, fragte Raphael.

„Ich habe einen neuen Vertrag, Raphael.“

„Was?“, fragte ich, mit einem Blick auf Raphael, dann zurück zu meinem Großvater.

„Sobald die Versicherung bezahlt hat, brauchen

Sie nicht warten, bis Sofia einundzwanzig ist, um das Geld zu bekommen. Als Verwalter des Vermögens wird es an mir liegen, ihr oder in diesem Fall Ihnen das Geld früher auszuzahlen."

„Aber du sagtest, die Auszahlung hänge vom Ergebnis der Untersuchung ab", sagte ich, auch wenn ich erkannte, worauf er hinauswollte.

„Das wird nicht ewig dauern", sagte Großvater und schob einen Stapel Papier in Richtung Raphael. „Eine Anzahlung. Eine gesunde Anzahlung."

Ich warf einen Blick auf den Stapel und blinzelte zweimal, als ich die Zahl sah.

„Das ist potenziell mehr, als die Anteile des Weinguts wert gewesen wären, angesichts der sinkenden Verkaufszahlen", sagte Großvater.

Raphael überflog die erste Seite, dann die zweite und die dritte, bevor er sie beiseitelegte und darauf wartete, dass mein Großvater fortfuhr.

„Annullieren Sie die Ehe und das Geld gehört Ihnen, sobald die Situation geklärt ist."

„Was?", fragte ich und mein Herz stockte. Ich streckte unter dem Tisch zitternd eine Hand aus, um die von Raphael zu berühren, die bemerkenswert ruhig war. Er zog sich nicht zurück, sondern nahm meine Hand in seine.

„Sie wollen sie zurückkaufen?", fragte Raphael und sah mich nicht an dabei.

„Seien Sie nicht vulgär."

„Vulgär? Vulgär zu sein, steht ganz unten auf

meiner Liste der Dinge, die mir im Moment wichtig sind, alter Mann. Was ist in dem Umschlag?“

Er verwies auf den, den mein Großvater noch in der Hand hielt.

„Eine Speicherkarte.“

„Und was ist auf dieser Speicherkarte?“

„Beweise, dass es Moriartys Männer waren, die das Feuer gelegt haben.“

„Was?“, fragte ich.

„An den Eingangstoren waren Kameras installiert. Seine Männer haben das nicht bemerkt. Ich glaube, Moriarty wusste es auch nicht, da das Sicherheitssystem so neu war. Das Filmmaterial aus dem Haus ist zerstört worden, aber ich habe Aufnahmen von ihnen, wie sie kamen und gingen, zu dem Zeitpunkt, als das Feuer ausbrach.“

„Warum hast du das nicht der Polizei gegeben?“, fragte ich.

Raphael lehnte sich auf seinem Stuhl zurück und sah meinen Großvater eindringlich an.

„Moriarty ist in Italien sehr gut vernetzt“, sagte Großvater.

„Aber er steht nicht über dem Gesetz.“

„Ich habe Angst, dass es so sein könnte.“

„Aber du hast Beweise!“

„Und ich werde sie dazu benutzen, um deine Freiheit zu erkaufen, Sofia.“ Er wandte sich an Raphael. „Unterzeichnen Sie den Vertrag und Sie bekommen die Speicherkarte. Der Mann ist nicht leicht einzuschüchtern, aber ich habe das Gefühl, dass Sie ihn davon überzeugen können, die Schulden Ihres Vaters zu tilgen, und so Ihr Eigentum retten zu können."

Ich wandte mich an Raphael. Das war es, was er brauchte. Das würde ihn befreien. Das würde ihm genau das ermöglichen, was er, wie er mir in der Kirche gesagt hatte, wollte. Das zu bekommen, die Garantie zu haben, dass Moriarty ihm oder seiner Familie nichts mehr antun konnte.

Raphael verlagerte seinen Blick von meinem Großvater auf mich, aber seine Augen verrieten nichts. Meine Hand ruhte in seiner und sein Daumen zeichnete Kreise auf meiner Handfläche.

Je länger er brauchte, desto lauter wurde das Schweigen, desto mehr Tränen stiegen mir in die Augen.

Das war's.

Das zwischen Raphael und mir war vorbei.

Mein Großvater räusperte sich und erhob sich von seinem Stuhl. „Fünf Minuten, oder das Angebot verfällt, und Sie können hoffen, dass es eine Versicherungsleistung gibt." Er knöpfte seine Jacke zu. „Ich werde draußen warten."

Wir sahen nicht zu, wie er ging, und wir sprachen eine Ewigkeit lang nicht miteinander, nachdem sich die Tür geschlossen hatte.

Raphael stand auf und ging zu einem der beiden

Fenster. „Ich dachte, du wärst tot“, sagte er mit dem Rücken zu mir.

„Was?“, sagte ich und versuchte, den Klumpen im Hals zu schlucken.

Er sah mich an, blieb aber, wo er war. „Ich habe diesen Albtraum – ich habe ihn seit jetzt sechs Jahren – wo ich immer wieder das Feuer im Haus sehe, immer wieder hineinrenne, um meine Mutter zu retten, und immer wieder zu spät komme.“

Ein Gewicht, schwerer als ein Berg Ziegelsteine, legte sich über den Raum.

„Nun, das hat sich in den letzten Wochen geändert.“

Er fuhr sich mit beiden Händen durchs Haar, steckte sie dann in die Taschen und schenkte mir ein seltsames Lächeln.

„Es war nicht mehr meine Mutter, die ich immer wieder fand.“

Er ging zum anderen Fenster und schien sich dann zu zwingen, mich anzusehen.

„Du bist es geworden, Sofia. Es war dein Körper, den ich Minuten zu spät fand.“

Mir liefen heiße Tränen aus den Augen und ich öffnete den Mund, um zu sprechen, aber es kam nichts, nicht für eine, wie mir schien, sehr lange Zeit. Und als es kam, klang es seltsam, nicht wie ich selbst.

„Raphael, es ist ein Traum. Ein Albtraum. Er ist nicht real.“

„Das Feuer war echt. Du wärst fast gestorben."

Es fühlte sich an, als würde ich seine Worte einzeln hören und ihre Bedeutung nur langsam verstehen. Ich wollte es nicht.

„Ich meinte es ernst, was ich in der Kirche gesagt habe. Dass ich dich gehen lassen würde. Ich dachte, das wäre das Richtige." Er hielt inne, atmete tief ein. „Der Meinung bin ich immer noch."

Ich öffnete den Mund, um etwas zu sagen, aber er hob die Hand, um mich davon abzuhalten.

„Aber zuerst musst du etwas wissen. Ich habe dich angelogen, Sofia. Ich habe dir versprochen, die Wahrheit zu sagen, und ich habe dich angelogen."

„Raphael–"

„In der Kirche. Was du gesagt hast – als du mir sagtest, dass du mich liebst – hat mich das überrascht. Ich wusste nicht–"

Er zog etwas aus der Tasche. Es war mein Ring, den ich im Bad hatte liegen lassen.

„Das ist lächerlich, nicht wahr? Ein verdammter Dornenring."

Mir fehlten die Worte.

„Aber sie passen. Da du mit mir verheiratet bist, Sofia, wirst du immer auch die Dornen haben, nur die Rose gibt es nicht."

Ich stand auf, aber meine Knie gaben nach, und ich sank in meinen Stuhl zurück und brachte ein Schluchzen hervor, das von irgendwo tief in mir kam.

Ich wusste, was er tun würde. Und ich hatte recht gehabt. Das war der Abschied. Er würde den Vertrag unterschreiben, aber er würde mir meine Freiheit nicht zurückgeben. Er würde sie von meinem Großvater kaufen.

Und dieses Mal war es so viel schwieriger als in der Kirche. Dieses Mal würde es mich zerstören. Denn so schlimm es war, dass er mir sagte, dass er mich nicht liebte, so sehr das auch wehgetan hatte, das hier war noch schlimmer.

Er schob sich den Ring auf den Daumen und kam zu mir.

„Ich liebe dich, Sofia, und dich fast zu verlieren–" Er schüttelte den Kopf, rieb sich den struppigen Zwei-Tage-Bart am Kinn. „Ich bin verkorkst und wütend, ich kann dich nicht behalten."

„Nein."

Er kniete vor mir nieder, nahm mein Gesicht in die Hände und wischte die Tränen mit seinen Daumen weg.

„Egal, wie sehr ich es auch möchte, ich kann dich nicht behalten. Dein Großvater, er hat eines in Bezug auf Moriarty nicht bedacht. Er wird nicht aufhören. Er wird sich nicht um dieses Beweisstück scheren. Sein Hass auf mich bringt dich in zu große Gefahr. Neulich Abend war ein Beweis dafür. Egal, was passiert, wir würden uns immer über die Schulter schauen."

„Nein. Nicht mit den Beweisen."

„Selbst, wenn es ihn nicht gäbe, Sofia, hätte ich dich nie hierherbringen dürfen. Ich hätte nie damit anfangen dürfen. Dich bestrafen, um deinen Großvater zu bestrafen? Schau, was daraus geworden ist."

„Darf ich da nicht mitreden?"

Er stand auf, zog mich mit sich und küsste mich, mein Gesicht in seinen Händen. Es war ein rauer Kuss. Ein letzter Kuss.

„Ich liebe dich, Sofia."

Sein Blick bohrte sich in meinen, als würde er sich jedes Detail meines Gesichts einprägen.

„Ich liebe dich zu sehr, um dir das anzutun."

Noch bevor ich antworten konnte, noch bevor ich seine Worte verarbeitet hatte, schob er mich zur Seite, nahm den Stift, der auf dem Tisch lag, und unterschrieb den Vertrag mit seinem Namen. Ich sah sprachlos zu, wie er seine Unterschrift auf das Blatt kritzelte, dann den Stift hinlegte und meinen Ring daneben platzierte.

Mit einem weiteren Blick auf mich griff er nach dem Umschlag mit der Speicherkarte, steckte ihn sich in die Tasche, drehte sich um und ging zur Tür hinaus.

26

SOFIA

Nachdem Raphael gegangen war, stand ich reglos da und starrte ihm nach. Ich blickte auf die Stelle, an der er gerade noch gestanden hatte, bevor ich in meinen Stuhl zurücksank, weil meine Beine nicht mehr in der Lage waren, mich zu tragen.

Ich war mir nicht sicher, was einfacher wäre: anzunehmen, er würde mich nicht lieben, oder die Wahrheit zu wissen. Obwohl ich wusste, dass es kein *einfacher* gab. Es würde wehtun. Es würde eine sehr lange Zeit wehtun.

Mein Großvater und die Anwälte kamen zurück in den Raum. Niemand schien mich zu bemerken. Großvater legte Ring und Stift beiseite und prüfte die Unterschrift auf dem Vertrag.

„Es ist erledigt", sagte er und übergab den Vertrag einem der Männer, der ihn in seine Aktentasche schob und sie dann mit einem Klick schloss. Niemand setzte sich mehr. „Meine Herren, ich danke Ihnen. Ich melde mich wieder."

Sie schüttelten sich die Hände und waren fast schon an der Tür, als ich mich rührte. „Warum wolltest du, dass die Ehe vollzogen wird?"

Alle erstarrten. Jemand räusperte sich. Mein Großvater drehte sich zu mir um, eine Kälte in den Augen, die mich frieren ließ, und lenkte dann seine Aufmerksamkeit wieder auf sie.

„Schicken Sie alle offiziellen Unterlagen elektronisch und in Papierform."

Die Männer gingen endgültig. Großvater schloss die Tür hinter ihnen und sah mich an, blieb aber, wo er war.

„Was für eine unangemessene Frage vor unseren Anwälten."

„Was für eine unangemessene Bitte."

Er kam zu mir. „Ich habe das für dich getan."

„Du hast es mir auch *angetan*."

„Ich sagte doch, ich will es wiedergutmachen."

„Sag mir, warum du wolltest, dass sie vollzogen wird?"

Er betrachtete mich. „Weil ich nicht dachte, dass er es durchziehen würde. Weil ich dachte, wenn er einer *unwilligen jungfräulichen Braut* gegenübersteht–"

Ich zuckte zusammen bei diesen Worten.

„Seine Moral würde ihn aufhalten. Es beenden.

Verdammt, vielleicht dachte ich, du würdest ihm Vergewaltigung vorwerfen."

Mein Mund klappte auf. War er bereit, so weit zu gehen? *Nein. Gott, nein.*

Er trat näher und legte den Kopf zur Seite. Jede Schwäche, von der ich dachte, sie gesehen zu haben, als wir zum ersten Mal den Raum betraten, war verschwunden.

„Aber du warst nicht unwillig, oder, Sofia? Du hast dich diesem Mann an den Hals geworfen. Dich prostituiert. Genau wie es deine Mutter bei deinem Vater tat."

Ich atmete tief ein, sammelte jeden Funken Mut und erhob mich. „Wage es nicht, sie oder mich eine Hure zu nennen, alter Mann."

In diesem Moment tat er etwas, was er bis dahin noch nie getan hatte. Trotz all seiner Kälte, trotz all seiner Distanz hatte er nie die Hand gegen uns erhoben. Nicht bis heute.

Das Geräusch, als er mir ins Gesicht schlug, hallte von den Wänden wider, drehte meinen Kopf zur Seite und ließ mich rückwärts stolpern.

Ich berührte meine Wange. Sie pochte und wurde unter meiner Hand immer heißer.

„Sprich nie wieder so mit mir, verstanden?"

Die Tür öffnete sich in diesem Augenblick und einer der Anwälte kehrte zurück.

„Entschuldigung, ich vergaß–" Er hielt inne. „Verzeihung."

Er wollte gehen, aber bevor er das konnte, sprach ich.

„Du bist ein widerlicher alter Mann", sagte ich zu meinem Großvater. „Du bist ein egoistischer, gieriger alter Mann. Du hast meiner Mutter nie verziehen, dass sie sich in einen Mann verliebt hat, den du nicht gutgeheißen hast, obwohl du dich überhaupt nicht hättest einmischen sollen. Du hast mich wie eine Schachfigur benutzt. Du hast mich nicht anders behandelt als deinen Feind. Du hast meine Schwester und mich unser ganzes Leben lang bestohlen. Es ist an der Zeit, dass das ein Ende hat."

Ich wandte mich an den Anwalt.

„Ich möchte die Vormundschaft für meine Schwester. Richten Sie alle notwendigen Papiere her–"

„Und wie willst du sie unterstützen? Mit welchem Geld?", fragte mein Großvater. „Der Staat wird es nie erlauben."

„Wenn du dich gegen mich stellst, werde ich mit dem, was ich weiß, zu den Behörden gehen. Sie werden gegen dich ermitteln. Du wirst verhaftet werden. Ins Gefängnis kommen."

Zum ersten Mal in all der Zeit, in der ich ihn kannte, war mein Großvater sprachlos. Er stand da und alle Farbe wich aus seinem Gesicht.

„Verschwinde und du kannst behalten, was du gestohlen hast", fügte ich hinzu.

„Du weißt nicht, wovon du sprichst", begann er

und öffnete den Mund, um fortzufahren, aber ich stoppte ihn.

„Bist du bereit, dieses Risiko einzugehen?“, fragte ich.

In diesem Moment klingelte das Handy meines Großvaters. Ich stellte mir die Erleichterung vor, die er gefühlt haben musste, die Dankbarkeit für die Ablenkung. Er ging weg und nahm es aus der Tasche. Da nahm ich den Ring, den Raphael auf dem Tisch liegen gelassen hatte, warf ihn in meine Handtasche und ging nach draußen.

Ich wusste nicht, wo ich hinwollte. Ich wusste nicht, ob meine Kreditkarte überhaupt noch funktionierte, hatte keine Klamotten. Zum Glück hatte ich meinen Reisepass. Und ich musste da raus. Raus aus diesem erstickenden Raum, aus diesem Gebäude, bevor die Wände mich erdrückten. Ich ging durch die Türen hinaus in die Hitze und den Lärm der geschäftigen Stadt und verlor mich in der Menge. Irgendwie schaffte ich es, nicht hinzufallen, nicht in Tränen auszubrechen, während ich immer weiter und weiter ging, nicht wissend, wo ich landen würde. Ich wusste nur, dass ich verschwinden musste.

27

RAPHAEL

Es verlangte mir alles ab, Sofia den Rücken zu kehren und diesen Raum zu verlassen. Auf dem Weg nach draußen stieß ich gegen die Schulter von irgendwem, aber ich sah mich nicht um, entschuldigte mich nicht, konnte nicht stehenbleiben. Ich ging zur Tür hinaus und in den Flur und hastete die Treppe hinunter und zur Eingangstür hinaus, wo ich anhielt, nach Luft schnappte, die Hände auf den Knien hatte und mich übergeben wollte.

Sofia in der Kapelle anzulügen, das hatte geschmerzt. Aber das? Das heute? Sie so zu verlassen, diesen verdammten Vertrag zu unterschreiben und sie zu verlassen, das zerstörte mich. Ich hatte versprochen, ihr die Wahrheit zu sagen, und diesmal hatte ich mein Versprechen gehalten. Und es zerstörte mich.

Ich richtete mich auf und wischte mir den Schweiß von der Stirn.

Ich erinnerte mich nicht daran, wie ich durch die Stadt zum Parkhaus kam. Ich erinnerte mich nicht daran, wie ich nach Hause kam. Aber sobald ich aus dem Auto ausstieg, kam Charlie auf mich zu gerannt. Ich hielt an und schaute zu ihm hinunter. Ich sah ihm zu, wie er darauf wartete, dass sich die Tür auf der Beifahrerseite öffnete und Sofia ausstieg. Er bellte mehrmals, lief schwanzwedelnd zu mir zurück und setzte sich dann wieder an ihre Autotür, um zu warten.

„Sie ist nicht da", sagte ich ihm.

Charlie drehte sich zu mir um, neigte den Kopf zur Seite, als verstünde er nicht, dann stellte er sich wieder vor die Autotür, bellte noch einmal und wartete.

„Sie kommt nicht zurück."

Ich ging ins Haus und in mein Arbeitszimmer. Auf dem Weg dorthin sagte ich Nicola, sie sollte Sofias Koffer packen. Ich würde sie ihr später schicken.

Nach Durchsicht der Aufnahmen auf der Speicherkarte fertigte ich mehrere Kopien an, legte eine davon in ein Bankschließfach, schickte eine für Damon an das Seminar und nahm eine persönlich mit, um sie Moriarty zu übergeben. Dieses Mal jedoch trafen wir uns an einem öffentlichen Ort. Ich wählte das Restaurant aus und sorgte dafür, dass ich zeitig dort ankam.

Ich wählte einen Tisch im hinteren Bereich, bestellte das Abendessen und wartete.

Als er schließlich eintraf, erhob ich mich nicht, um ihn zu begrüßen, sondern wischte mir den Mund ab und bat ihn mit einer Geste, Platz zu nehmen.

„Wieder alles verheilt, Raphael?“

Obwohl er sich bemühte, lässig zu klingen, schweiften seine Augen durch den Raum. Dies war keines der Restaurants, die er normalerweise besuchte, und Moriarty hatte auch Feinde, trotz all seiner Freunde in hohen Positionen.

„Alles verheilt. Danke der Nachfrage.“

Eine Kellnerin kam vorbei und er bestellte ein Glas Wasser.

„Das ist nicht sehr lustig, oder? Wasser? Bestellen Sie etwas anderes. Ich lade Sie ein.“ Ich wandte mich an die Kellnerin. „Einen doppelten Whiskey.“ Die Kellnerin nickte und ging. „Sie werden ihn brauchen.“

„Meine Männer sind direkt vor der Tür. Wenn Sie noch eine Tracht Prügel brauchen, um Respekt zu lernen–“

„Schläge haben bei mir nie geholfen, Moriarty. Hat mein Vater nie erwähnt, wie sehr er sich bemüht hat? Sie wissen, wo er gelandet ist.“

Sein Gesichtsausdruck veränderte sich nicht,

und als die Kellnerin ihm seinen Drink brachte, nippte er daran.

„Worum geht es?“

„Das Feuer auf dem Guardia-Grundstück“, sagte ich.

„Schlimme Sache.“

„Ein riesiger Verlust.“ Ich starrte ihn an. „Wann haben Sie herausgefunden, dass der alte Mann mein Käufer war?“

„Ich weiß nicht, wovon Sie sprechen“, sagte er und nahm noch einen Schluck.

„Ich schätze, es ist sowieso nicht wirklich wichtig.“ Ich verzehrte die letzte Kartoffel auf meinem Teller und spülte sie mit etwas Wein hinunter. „Wussten Sie von dem neuen Sicherheitssystem, das man installiert hatte? Offenbar ein erstklassiger neuer Manager.“

Moriarty rutschte herum.

„Es stellte sich heraus, dass es Kameras an den Eingangstoren des Grundstücks gab.“ Ich aß noch einen Bissen von meinem Steak, legte Messer und Gabel über meinen Teller und warf, nachdem ich mir den Mund abgewischt hatte, meine Serviette darauf.

„Kommen sie zum Punkt, Raphael.“

„Gerne“, sagte ich und hob meine Hand, um die Rechnung zu verlangen. Ich griff in meine Tasche, um den Umschlag mit den Bildern der Kameras herauszunehmen. „Interessant, wie raffiniert diese

Dinge heutzutage sind. Erstaunlich, um ehrlich zu sein."

Moriarty warf einen Blick durch das Restaurant, berührte aber den Umschlag nicht. Die Kellnerin tauchte mit meiner Rechnung auf und ich reichte ihr einige Scheine.

„Was ist das?", fragte er.

„Ein Auto, das in der Nacht des Feuers kam und wieder fuhr. Ohne Scheinwerfer. Ein Fahrer und zwei weitere Männer. Ihr Firmenlogo auf dem Seitenfenster – ich fand schon immer, dass es ein zu protziges Logo ist, da es so heraussticht. Nummernschilder, die bestätigen, dass das Fahrzeug Ihnen gehört."

Er griff nach dem Umschlag, schaute hinein und steckte ihn schnell in die Tasche.

„Wo haben Sie die her?"

„Marcus Guardia spielt nicht nett, Moriarty. Er würde sich die Nase abschneiden, um sich selbst ins Gesicht spucken zu können." Ich ersetzte mein Lächeln durch etwas viel Unheimlicheres. „Das ist es, was passieren wird. Sie werden weit, weit weg von mir bleiben, von meiner Familie, von Sofia und Lina Guardia. Sie werden sich von allem fernhalten, was mit mir, meiner Familie, Sofia oder Lina zu tun hat. Zum Teufel, von allem, das auch nur im Entferntesten mit mir, meiner Familie oder den Guardia-Schwestern in Verbindung gebracht werden könnte. Wenn Sie das nicht tun, wird eine

Kopie dieser Speicherkarte sowie die Fotos, die Sie in Ihrer Tasche haben, an jede Nachrichtenagentur in ganz Italien geschickt, sowie an jeden einzelnen Staatsanwalt, jeden Richter ... Muss ich weitermachen?"

Er antwortete nicht.

Ich stand auf. „Jede Art von Schulden, von denen Sie glauben, dass ich sie hätte, ist getilgt. Bleiben Sie mir verdammt noch mal fern, oder ich werde das nächste Mal das Leben aus Ihnen herauswürgen, Sie widerliches Schwein."

Er hatte keine Gelegenheit zu sprechen. Als mir einer seiner Männer in den Weg trat, stieß ich nur mit der Schulter gegen seine und ging weiter. Er folgte mir nicht. Ich verließ das Restaurant, ging zu meinem Auto und fuhr nach Hause. Ich war mit Moriarty und den Schulden fertig, ein weiterer Schritt, um mich von meiner Vergangenheit zu lösen. Das einzige Problem war, dass ich wusste, ich würde meiner Vergangenheit nie eine Chance geben, mich loszulassen, weil ich wusste, dass ich sie nicht loslassen konnte. Nicht, wenn es bedeutete, Sofia loszulassen.

28

SOFIA

Am Abend fuhr ich mit dem Zug von Siena nach Venedig. Nachdem ich in einem kleinen Hotel eingecheckt hatte, rief ich den Anwalt an, der mein Gespräch mit meinem Großvater belauscht hatte, hinterließ ihm meine Adresse und sagte ihm, er solle mir alle Unterlagen hierher schicken. Ich rief Lina an und sagte ihr, ich sei in Venedig, erzählte ihr, was passiert war und was ich getan hatte, und sagte ihr, ich müsste für ein paar Tage offline gehen.

Ich vermisste Charlie. Ich vermisste es, mit ihm auf dem Schoß zu kuscheln und seine bedingungslose Liebe.

Die ersten zwölf Tage verbrachte ich im Bett und tat mir selbst leid.

Am dreizehnten Tag klopfte jemand an die Tür. Als ich demjenigen, der es war, sagte, er sollte weggehen, antwortete er, er hätte ein Päckchen für mich.

Widerwillig ging ich zur Tür und zuckte zusammen, als ich mich im Spiegel erblickte. Ich öffnete die Tür und nahm den großen weißen Umschlag entgegen, in der Annahme, dass es sich um Unterlagen wegen Linas Vormundschaft handelte. Ich schob die Fensterläden und das Fenster auf, um etwas frische Luft und Sonnenschein hereinzulassen. Der Raum roch abgestanden und es schien, als hätte meine Traurigkeit sogar die Wände durchdrungen.

Sobald ich am Schreibtisch saß, öffnete ich den Umschlag und zog die Papiere heraus.

Und erstarrte.

Ich blickte auf die Absenderadresse. Der Brief war von meinem Anwalt, also war ich davon ausgegangen, dass es die Unterlagen waren, die mit der Vormundschaft für Lina zu tun hatten. Aber als ich den Umschlag öffnete, war ein zweiter Umschlag darin. Dieser Umschlag war von Raphael oder seinem Anwalt. Er musste ihn an meinen Anwalt geschickt haben, der es hierher weitergeleitet hatte. Und er enthielt das Dokument, in dem die Annullierung unserer Ehe beantragt wurde.

„Unglaublich.“ Ich blätterte die Seiten durch und schüttelte den Kopf. „Du hast keine Zeit verschwendet, was?“

Nach allem, was passiert war, hatte er einfach die

Papiere aufgesetzt, die alles in Gang brachten. Alles, was er brauchte, war meine Unterschrift, und er würde eine schöne große Summe von meinem Großvater erhalten.

Ich stellte jetzt in Frage, was an jenem Tag in diesem Restaurant geschehen war. Vielleicht hatte er in der Kapelle gar nicht gelogen. Vielleicht hatte er gelogen, nachdem er von der Summe gehört hatte, weil er wusste, dass er mich loswerden und trotzdem in wenigen Wochen statt erst in einigen Jahren bezahlt werden könnte. Und er konnte sein eigenes Haus retten und sich Moriarty vom Hals schaffen. Vielleicht wollte er mich gar nicht haben. Es sah nicht so aus, als hätte er um mich gekämpft.

Ich schob den Stuhl zurück und fand einen Stift in einer der Schubladen.

Anstatt das Dokument zu unterzeichnen, zeichnete ich ein X quer durch das Dokument und schrieb ganz oben die Worte *FICK DICH* in großen, fetten Buchstaben darauf.

Ohne meine Unterschrift würde er nichts bekommen.

Und warum sollte es für ihn leicht sein, wenn es für mich alles andere als das war?

Ich rief an der Rezeption an und kritzelte *„Zurück an den Absender“* auf den Umschlag, übergab ihn dem Mann, der ihn mir gerade gebracht hatte, und sagte ihm, er solle ihn zurückschicken. Dann ging ich ins Badezimmer, um zu duschen und mir selbst einen Tritt in den Hintern zu geben.

Warum zum Teufel suhlte ich mich in Selbstmitleid, während er alles dransetzte, um mich loszuwerden? Um Geld dafür zu bekommen, mich loszuwerden?

Außer meinem Vater kannte ich noch zwei andere Männer etwas näher. Und beide hatten mich verraten. Sie hatten mich benutzt und dann weggeworfen, als wäre ich ein Stück Dreck.

Sie konnten mich mal. Ich hatte genug.

Später am Morgen verließ ich das Hotel und stieg in eine Gondel, die mich über den Kanal brachte und verbrachte den Tag damit, die schöne Altstadt zu erkunden. Ich wollte schon immer hierherkommen, um sie zu sehen. Ich hätte nur nie gedacht, dass es allein sein würde. Aber ich zwang mir ein Lächeln ins Gesicht und ging mit anderen Touristen durch Märkte und enge Gassen, um in einem winzigen Café zu Mittag zu essen, wo ich bestellte, indem ich auf ein Gericht zeigte, das ein anderer Gast aß. Als es dunkel war, kehrte ich mit einer Flasche Wein, die ich gekauft hatte, in mein Hotel zurück. Ich fühlte mich erschöpft und die Depression, die ich zur Seite geschoben hatte, schlich sich wieder an, als ich meine Schlafzimmertür öffnete und hinein ging. Ich öffnete das Fenster, zog meinen Stuhl heran und beobachtete das Wasser und die Menschen darunter. Ich trank die ganze Flasche Wein und machte mir nicht mal die Mühe, mich auszuziehen, bevor ich auf der Bettdecke zusammenbrach. Zu betrunken zu sein, um mich erinnern zu können, das erschien mir in diesem Moment wie eine gute Idee.

ZUERST DACHTE ICH, DAS HÄMMERN SEI MEIN KOPF.

Ich war schon einmal betrunken gewesen, in der ersten Nacht in Raphaels Haus.

Dieser Kater war nichts gewesen im Vergleich zu dem, den ich jetzt hatte. Das Geräusch hörte nicht auf, das Pochen ging nicht weg.

„Sofia! Sofia, mach die Tür auf!"

Ich drehte mich auf die Seite und bemerkte, dass ich noch die Klamotten und sogar einen Schuh anhatte.

„Ich weiß, dass du da drin bist. Zwing mich nicht, die Tür aufzubrechen."

Ich warf einen Blick zur Tür. Das Klopfen begann erneut und ich hörte, wie sich eine weitere Tür öffnete und jemand schrie, es sei mitten in der Nacht. Ich sah auf die Uhr. Es war fast zwei Uhr morgens.

„Verdammt noch mal." Er fing wieder an zu klopfen.

Raphael?

Ich setzte mich auf und hielt meinen Kopf. War

ich noch betrunken, oder war das ein Kater? Ich stand auf, schloss die Tür auf und öffnete sie, um Raphael zu sehen, der draußen stand und aussah, als wollte er sie gleich mit der Schulter aufbrechen.

„Warum machst du so einen Lärm?", fragte ich und trat zurück, als er den Raum betrat, noch bevor ich die Tür wieder schließen konnte.

„Weil du schläfst wie tot. Ich habe versucht, wie ein normaler Mensch anzuklopfen, glaube mir."

Er sah mich an, hob die Augenbrauen, atmete tief ein, dann blickte er auf die leere Weinflasche, die auf der Seite in der Nähe des Fensters lag. Mein Blick folgte seinem und ich war überrascht. Hatte ich die ganze Flasche getrunken?

„Du bist betrunken", sagte er.

„Nein." Ich schüttelte den Kopf, aber es tat weh, also hörte ich auf. „Ich *war* betrunken. Jetzt bin ich verkatert."

Er grinste und schüttelte den Kopf.

„Nein, Liebling, du bist immer noch betrunken."

Liebling.

Ha.

„Wie hast du mich gefunden?" Niemand wusste, wo ich war, nicht einmal Lina. Nur mein Anwalt, damit ich unterschreiben konnte, was ich unterschreiben musste, um Lina von meinem Großvater wegzubekommen.

„Es war nicht leicht."

„Was willst du?“, fragte ich, blinzelte schwer und zwang meine Augen, offen zu bleiben.

Er durchquerte den Raum, ging zum Telefon, nahm es und bestellte Kaffee und einige Flaschen Wasser. Wasser klang gut.

„Komm schon, du gehst jetzt duschen.“

Er nahm meinen Arm und begann, mich in Richtung Badezimmer zu schieben.

„Nein, werde ich nicht. Ich gehe wieder ins Bett, sobald ich das Wasser getrunken habe, das du bestellt hast. Geh weg.“

„Das glaube ich nicht.“

Er hob mich in seine Arme, da ich nicht freiwillig gehen wollte, und setzte mich im Badezimmer ab.

„Ausziehen.“

„Fick dich.“

„Das sagtest du bereits auf den Annullierungspapieren, erinnerst du dich?“ Es klopfte an der Tür. „Zieh dich aus und geh unter die Dusche, während ich das erledige.“

„Nein.“

Aber er ging weg, um die Tür zu öffnen, und ließ mich allein, damit ich tat, was er mir gesagt hatte. Nun, wie ich ihm schon mitgeteilt hatte, er konnte mich mal.

Ich setzte mich auf den Wannenrand und ließ mir stattdessen ein Bad einlaufen.

Ich hörte, wie er dem Mann vom Zimmerservice

dankte. Ein paar Minuten später öffnete sich die Badezimmertür wieder und er trat mit einer Flasche Wasser ein. Ich hatte mich immer noch nicht ausgezogen, aber er schien froh zu sein, dass ich das Wasser aufgedreht hatte.

„Hier."

Er gab mir die Flasche. Ich nahm sie und trank fast die ganze Flasche aus, während er zurück in den anderen Raum ging. Er kam mit einer Tasse Kaffee zurück.

„Du solltest nicht eine ganze Flasche Wein trinken."

„Das kann dir doch egal sein." Ich nahm den Kaffee entgegen und trank einen langen Schluck. Er war gut. Ich fühlte mich ein wenig menschlicher.

„Es ist mir nicht egal. Das habe ich dir bereits gesagt. Was zum Teufel sollte dieses *Zurück an den Absender* mit dem großen *Fick dich,* Sofia?"

„Hat es dir nicht gefallen?"

„Nein. Du bist unreif."

„Nun, ich bin doch ein kleines Mädchen, oder? Hast du das nicht gesagt?" Ich trank den Kaffee aus und gab ihm die leere Tasse. „Entschuldige mich, während ich das Bad nehme."

„Ich werde genau hier bleiben." Er stellte die Tasse auf die Ablage.

„Was willst du, Raphael? Warum willst du meine Unterschrift? Nach allem, was passiert ist, willst du das Ganze einfach auflösen, als wäre es nie geschehen? Nun, das kannst du nicht so einfach. So funktioniert das nicht." Ich verfluchte die Tränen, die aufzusteigen drohten und konzentrierte mich darauf, das Wasser abzustellen.

„Meinetwegen wärst du fast gestorben."

„Nein, nicht deinetwegen. Sondern wegen meines Großvaters."

„Ich gebe dir deine Freiheit zurück."

„Du wirst dafür bezahlt."

„Es geht nicht um das Geld."

„Du hast wirklich schnell unterschrieben. *Fünf Minuten, oder das Angebot verfällt.* Du bist fast über deine eigenen Füße gestolpert, um zu unterschreiben."

„Hast du ein Wort gehört, das ich in diesem Raum zu dir gesagt habe?"

„Die Lügen, meinst du? Du hast mir einmal gesagt, ich solle keinen Heiligen aus dir machen. Nun, *das* habe ich gehört, laut und deutlich. Du bist kein Heiliger. Ich hab's kapiert. Ich hab's mir gemerkt. Es war nur viel einfacher, wegzugehen und mir zu sagen, dass du es nur für mich tust. Gib es zu, Raphael. Gib zu, dass es einfacher war. Und dann verschwinde verdammt noch mal aus meinem Leben."

Ich fühlte mich stärker, als würde die Wirkung des Weins nachlassen. Vielleicht war es das Wasser oder der Kaffee, aber ich hatte das Gefühl, dass es die Wut in mir war, die den Alkohol vertrieb.

Aber dann sprach er.

„Wenn du mich aus deinem Leben haben wolltest, hättest du die Annullierungspapiere unterschrieben."

Und ich wusste, dass es wahr war. Er hatte recht. Hätte ich gewollt, dass er ging, hätte ich unterschrieben und all das hinter mir gelassen.

„Ich habe es mir jedenfalls anders überlegt. Du gehst nirgendwo hin, Sofia."

„Erst wenn du meine Unterschrift hast, meinst du? Hast du eine saubere Kopie der Papiere mitgebracht?"

„Du bist dumm."

„Nein, ich glaube, eher naiv. Das hast du auch einmal benutzt, nicht wahr? Du hast die ganze Zeit mit mir gespielt. Ich war die Närrin, die darauf reingefallen ist, auf die ganze *gequälte-Seele-Nummer*. Raus mit dir. Ich meine es ernst."

„Nein."

„Verpiss dich."

Er neigte den Kopf zur Seite. „Gut. Du willst mich hier raushaben? Mach, dass ich gehe."

Ich schloss die Augen und ging auf ihn zu. Beide Hände auf seiner harten Brust, stieß ich ihn nach hinten.

Nur, dass er sich nicht bewegte.

„Da musst du dich schon mehr anstrengen."

„Fick dich."

„Ist das ein Angebot?"

Ich stieß ihn wieder von mir weg. Wieder nichts.

„Raus hier. Ich meine es ernst“, sagte ich und ballte die Hände zu Fäusten.

„Wie ich schon sagte, zwing mich.“

Er schenkte mir ein arrogantes Grinsen. Ich erinnerte mich an das Grinsen an dem Tag, als ich ihn zum ersten Mal traf. Das, das aussagte, er glaube nicht, dass ich mich traute.

Nun, ich traute mich.

Mit Tränen in den Augen zog ich meinen Arm zurück und schlug ihn hart ins Gesicht. Er bewegte sich kaum. Seine Augen blinzelten und sein Kopf drehte sich nur ein wenig, aber die Wand, die seine Brust war, befand sich immer noch genau dort, wo sie war. Sie bewegte sich nicht und ließ sich nicht bewegen.

Einen Moment lang war ich wie erstarrt. Es war nicht das erste Mal, dass ich ihn geohrfeigt hatte. Und ich erinnerte mich gut daran, was beim letzten Mal passiert war.

Aber Raphael stand nur da und wartete. Wartete er auf mehr?

Ich konnte ihm mehr geben.

„Ich war noch nie zuvor geschlagen worden“, sagte ich, zog den Arm wieder zurück, erinnerte mich an die Ohrfeige meines Großvaters und machte mich bereit, ihn erneut zu schlagen. „Das ist eine sehr persönliche Sache, nicht wahr?“, sagte ich und schlug zu. „Demütigend.“

Er fing mein Handgelenk auf, und als ich die andere Hand zurückzog, fing er auch das Handgelenk und drückte meinen Rücken an die Wand, bedeckte meinen Körper mit seinem und zog mir die Arme über den Kopf.

„Ja, es ist sehr persönlich."

Er drückte seine Lippen auf meine.

„Es ist verdammt persönlich."

Ich ächzte, versuchte mich zu befreien, weigerte mich, den Mund zu öffnen, drehte den Kopf weg. „Fick dich."

Er nahm beide Handgelenke in eine Hand, griff mit der anderen Hand nach meinem Kinn und zwang mich, ihn anzusehen.

„Ich habe dir schon gesagt, dass ich dich liebe", sagte er.

„Deshalb war es so schwer, mich aufzugeben."

Er schüttelte den Kopf, dann küsste er mich wieder und rieb sich an mir.

„Du dummes, dummes Mädchen."

„Lass mich los! Oder ich schreie, ich meine es ernst."

„Nur zu, versuch es."

Er hob mich hoch und trug mich ins Schlafzimmer, wo er mich auf das Bett warf.

„Ich werde es tun."

„Ich sagte, du sollst es ruhig versuchen."

Er zog sich das T-Shirt über den Kopf und kam zu mir. Ein Knie auf dem Bett, fing er mich ein, als ich auf die andere Seite rutschte. Als er mich hatte, zog er mich zu sich heran. Ich tat, was ich angekündigt hatte, und öffnete den Mund, um zu schreien, aber er legte seine Hand darüber, befand sich mit diesem überheblichen Grinsen über mir und zerriss mir das Kleid in zwei Hälften.

„Wenn ich dir das nächste Mal sage, du sollst dich ausziehen, tust du es."

Ich kämpfte gegen ihn, aber er lachte nur über meine Versuche und zerriss mir den BH, entblößte meine Brüste, dann zog er mir den Slip herunter und ganz aus.

„Ich habe es vermisst, dich nackt zu sehen", sagte er, und sein Blick wanderte über meinen Körper. „Es hat mir gefehlt, dich zu berühren."

Er spreizte meine Beine mit seinen, hielt sein Gewicht von mir, aber er hatte mich trotzdem gefangen. Er beugte sich zu mir herunter.

„Muss ich dich knebeln?"

Ich öffnete den Mund, um zu schreien, aber er dämpfte das Geräusch mit seinen Lippen.

„Ich schätze, das ist ein Ja", murmelte er.

Er presste wieder seinen Mund über meinen, hielt meine Arme an den Seiten und drückte mich aufs Bett. Nach einem guten, langen Kuss lehnte er sich zurück.

„Jetzt sei verdammt noch mal still und hör zu."

Ich versuchte, mich zu bewegen, versuchte, mich

zu befreien, aber es war unmöglich. Ich hörte auf zu kämpfen und sah ihn an.

„Hast du dir überhaupt die Mühe gemacht, die Unterlagen zu lesen, die ich dir geschickt habe, bevor du deine Botschaft an mich drauf gekritzelt hast?"

Hatte ich nicht. Ich hatte es auch nicht für nötig gehalten.

„Hast du das?“

Ich schüttelte den Kopf.

„Wenn du das getan hättest, hättest du gesehen, dass ich ein Bankkonto in deinem Namen eröffnet habe. Dass das Geld, das der alte Mann mir schuldete, direkt an dich zurücküberwiesen würde. Ich will das Geld nicht, Sofia. Es ging nie um das Geld. Aber verdammt. Es sollte auch nie um Liebe gehen.“

29

RAPHAEL

Endlich wurde sie ruhig.

Verdammt. Ich war nicht hergekommen, um sie zu ficken. Wirklich nicht.

„Willst du immer noch, dass ich dich gehen lasse?“

Sie schüttelte den Kopf.

Ich ließ ihre Handgelenke los, drehte sie auf den Bauch, spreizte ihre Beine dann wieder, und hielt sie unter mir gefangen.

„Ich liebe dich“, sagte ich und griff nach der Flasche Feuchtigkeitscreme für die Hände, die sie auf dem Nachttisch hatte. „Aber du gehst mir auf die Nerven.“ Ich zog ihre Hüften hoch, so dass sie auf den Knien lag. „Bleib so“, sagte ich, als sie anfing, sich zu erheben. Ich drückte ihre Knie mit meinen auseinander, nahm eine Handvoll ihrer Haare und drückte ihr Gesicht nach unten ins Bett. „Arsch hoch, Gesicht nach unten. Verstanden?"

„Raphael–"

Ich schlug sie auf die Hüfte – nicht fest, aber genug, um ihre Aufmerksamkeit zu erregen. Sie schrie auf und schaute mich aus dem Augenwinkel an.

„Verstanden?"

„Ja."

„Gut." Ich ließ ihre Haare los, öffnete den Deckel der Handcreme und drückte die Hälfte der Tube auf ihren unteren Rücken. „Wie ich schon sagte", begann ich, öffnete den Reißverschluss meiner Jeans und schob sie und meine Boxershorts nach unten. Mein Schwanz war hart wie Stahl, in Erwartung dessen, was kommen würde. Ich hatte seit Sofia keine andere Frau mehr gehabt, und es war zu lange her, dass ich mit ihr geschlafen hatte.

Ich spreizte ihre Arschbacken und schaute auf ihren perfekten, jungfräulichen Arsch, bevor ich meinen Schwanz in ihre Pussy schob.

Sie atmete laut ein.

„Wie ich schon sagte." Sie sah mich an. „Du sagst mir, ich soll mich ficken, aber ich ficke stattdessen lieber dich."

Ihre Augen wurden groß, als sie verstand, was ich vorhatte, und ich lächelte und fickte langsam ihre Muschi, während ich Lotion über ihr enges kleines Arschloch schmierte.

„Das kannst du nicht machen", sagte sie und schloss wieder die Augen.

„Ich habe dir doch gesagt, dass ich jedes Loch ficken werde, nicht wahr?"

„Aber–"

„Keine Angst, ich sorge dafür, dass du kommst, aber erst, wenn ich tief in dir bin." Ich schob den Daumen in ihr Arschloch, als ich das sagte, und sie bog den Rücken durch und verkrampfte sich. „Entspann dich, lass zu, dass es sich gut anfühlt." Sie brauchte ein paar Minuten, aber dann tat sie es und wölbte den Rücken erneut, während ich einen Finger immer wieder in sie schob und mein Schwanz langsam ihre Muschi fickte. Ich schmierte noch mehr Lotion in und um ihr Arschloch herum, und als sie zwei Finger in sich aufnahm und stöhnte, zog ich mich aus ihrer Pussy zurück und hielt ihre Hüften fest.

Sie verspannte sich sofort, ihre Augenlider flogen auf, und sie versuchte, ihre Hüften wegzuziehen.

„Sofia." Ich hielt sie fester und schlug ihr erneut auf die Hüfte, um ihre Aufmerksamkeit zu erregen. „Ich ficke jetzt deinen Arsch. Entspann dich. Sieh mich an, okay?"

Sie nickte.

Ich drückte meine Eichel an sie, beschmierte sie mit der Lotion, rieb und drückte, bis ihre Öffnung sich dehnte, um mich hineinzulassen.

„Zu groß.“ Sie versuchte, sich wieder wegzuziehen.

„Psst.“

Sie gab einige Geräusche von sich und ich schob mich etwas tiefer.

„Genauso. Entspann dich. Scheiße, du bist so eng.“

„Es tut weh.“

„Es wird sich gut anfühlen. Das verspreche ich.“ Ich griff um sie herum, nahm ihre Klitoris zwischen die Finger und rieb sie. Ihre Augen schlossen sich wieder, und ihr Rücken wölbte sich. Ich drückte mich etwas tiefer und bewegte mich langsam. „Du fühlst dich gut an, Sofia.“

„Ich komme, Raphael.“

„Komm, Baby. Lass mich fühlen, wie du kommst.“

Sie stöhnte wie auf Befehl, meinen Schwanz halb in ihr drin, meine Finger um ihre Klitoris, die sie rieben und kommen ließen. Ihr Körper entspannte sich und ich schob mich tiefer. Es kostete mich all meine Kraft, nicht stärker zuzustoßen, denn ich wollte und musste sie zu Meiner machen, alles von ihr. Ich musste sie zu meiner Frau machen.

„Magst du meinen Schwanz in deinem Arsch?“, fragte ich und schob mich ein wenig härter, fast bis zum Anschlag in sie hinein. „Willst du meinen Samen in deinen Arsch?“

„Ja. Scheiße, Raphael–“

Sie schloss die Augen und kam wieder, und dieses Mal fickte ich sie härter. Sie keuchte, wölbte ihren Rücken und drückte ihre Hüften an mich.

„Hart“, brachte sie hervor, die Hände flach auf dem Bett, das Gesicht in der Decke vergraben. „Ich will es hart.“

Ich wandte meinen Blick auf ihren Arsch, auf meinen dicken Schwanz, der sich in sie hinein und aus ihr heraus bewegte, glitzernd vor Lotion, die Reste ihres Orgasmus feucht auf ihren und meinen Oberschenkeln. Als sie ein drittes Mal schrie, schob ich mich tief in sie hinein und erstarrte, mein Schwanz pochte, ich rief ihren Namen, als ich in ihr kam, hielt ihre Hüften fest und wusste in diesem Moment, wie sich Ekstase anfühlte.

ICH LAG DA, HIELT SOFIA MIT DEM RÜCKEN ZU MIR und wollte ihr nicht sagen, was ich ihr zu sagen hatte.

„Ist alles okay?“, fragte ich.

Sie nickte. „Wie geht es Charlie?“

„Er vermisst dich. Er schläft neben der Tür, als würde er darauf warten, dass du hereinkommst.“

Sie drehte sich zu mir um. „Bist du wirklich gekommen, weil du so sauer wegen meines *Fick dich* warst?“

„Wegen dem und anderer Dinge.“ Ich war noch

nicht bereit, über diese Dinge zu sprechen. „Sofia, du hast vorhin etwas gesagt. Du sagtest, du wärst vorher nie geschlagen worden, was mich dazu veranlasst ...“ Ich machte eine Pause und änderte die Art und Weise, wie ich die Frage stellte. „Was hast du damit gemeint?“

Sie schnaubte und drehte ihr Gesicht wieder weg, um ihren Kopf an mich zu lehnen. „Nachdem du an diesem Tag gegangen warst, konfrontierte ich meinen Großvater mit ... na ja, mit allem. Lange Rede, kurzer Sinn, er nannte mich eine Hure und ohrfeigte mich.“

Mein Gesicht verkrampfte sich und meine Hände wurden zu Fäusten, als mich die Wut überkam.

„An dem Tag im Krankenhaus nach dem Brand, als du wieder in mein Zimmer kamst, sprach ich mit Lina. Sie war sehr aufgeregt, deshalb hatte sie versucht, mich zu erreichen. Alles, was du gesagt hast, Raphael, ist wahr. Alles und noch viel mehr. Sie hatte ein Notizbuch gefunden. Die persönlichen Notizen meines Großvaters, Kontonummern. Er hat nicht nur uns bestohlen, sondern auch Investoren. Millionen von Dollar, Raphael.“

Das wusste ich bereits. Wahrscheinlich detaillierter, als ihr klar war. Und ich war nicht der Einzige. Ich war froh, dass sie mit dem Rücken zu mir lag, denn ich war noch nicht bereit, ihr zu sagen, was ich ihr sagen musste. Ich wollte diesen Moment nicht ruinieren.

„Ich habe ihm gesagt, dass ich die Vormundschaft für Lina haben will, sonst würde ich mit der Wahrheit an die Öffentlichkeit gehen. Ihn ausliefern."

„Darüber muss ich mit dir sprechen." Moment ruiniert.

Sie setzte sich auf und ihr Gesichtsausdruck war ernst.

„Dein Großvater wurde gestern in Gewahrsam genommen, Sofia. Er wird an die Staaten ausgeliefert."

„*Was?*"

„Die Beweise, mit denen du ihm drohtest, nun, jemand kam dir zuvor. Sobald er in Philadelphia ist, wird er angeklagt."

AM NÄCHSTEN MORGEN FLOGEN WIR NACH Philadelphia. Ich hatte Sofias Koffer im Auto und bereits Flüge gebucht, bevor ich nach Venedig kam.

„Du bist also doch nicht wegen der Annullierungspapiere nach Venedig gekommen", stellte sie fest, als wir durch die Tore ihres Wohnhauses fuhren.

„Nein."

„Was wird jetzt passieren?"

„Ich weiß es nicht. Die Beweise gegen deinen Großvater sind vernichtend. Wenn er klug ist, wird er einen Deal machen, aber er wird ins Gefängnis kommen. Und er wird zurückzahlen müssen, was er den Investoren und euch gestohlen hat."

Sie schüttelte den Kopf und zauberte ein Lächeln auf ihr Gesicht, da Lina die Haustür öffnete und nach draußen trat.

„Das Geld ist mir egal. Jedenfalls meines. Ich muss sicherstellen, dass es meiner Schwester gut geht."

Wir parkten und stiegen aus. Die Anwälte warteten bereits auf uns, als wir hineinkamen. Sofia und Lina verbrachten eine Viertelstunde miteinander, bevor sie allein herauskam. Ich hatte Tränen erwartet, aber stattdessen war ihr Gesichtsausdruck entschlossen. Hart.

„Alles okay?", fragte ich sie direkt vor den Arbeitszimmertüren.

„Mit geht es gut. Ich mache mir Sorgen um Lina."

„Sie kommt nicht mit uns da rein?"

„Nein."

Wir gingen gemeinsam ins Arbeitszimmer. Sofia kannte einen der Anwälte mit Namen, Mr. Adams. Er war derjenige, an den ich die Annullierungsunterlagen geschickt hatte. Er stellte die beiden anderen vor und wir setzten uns.

„Ich habe einen Strafverteidiger für Marcus

arrangiert“, sagte Adams. „Ich werde ihn nach der Verhandlung über die Freilassung auf Kaution im Laufe des Tages selbst aufsuchen.“

„Wird er bis zum Prozess freigelassen?“

„Das ist unwahrscheinlich, Sofia.“

Der Raum verstummte, bis Adams sich räusperte. Er sprach kurz über die Anklagepunkte, die Markus zur Last gelegt werden würden, konzentrierte sich aber mehr auf das Weingut.

„Alle Bankkonten wurden eingefroren. Jegliches Geld wird zur Rückzahlung der Schulden bei den Investoren verwendet.“ Er sah sich im Raum um. „Das Haus ...“

„Was ist mit dem Haus?“

„Es wird wahrscheinlich beschlagnahmt werden.“

„Aber es ist im Besitz meiner Familie–“

„Es ist alles mit dem Geschäft verbunden. Wenn es auf Ihren Namen oder den Ihrer Schwester liefe ...“

„Was genau meinen Sie damit?“

„Ich meine damit, dass Sie ausziehen werden müssen.“

„Was? Aber was ist mit dem Geld der Versicherung? Wird das nicht–?“ Sie stockte, als Adams den Kopf schüttelte.

„Nein. Und alles Geld, das übrigbleibt, wird für die Gerichtskosten Ihres Großvaters draufgehen. Es ist alles weg, Sofia. Es tut mir leid.“

Sofia saß schweigend da. Ich stand auf, um den Männern die Hand zu schütteln, als sie aufstanden und begleitete sie dann zur Tür. Als ich zum Arbeitszimmer zurückkam, fand ich sie an genau der gleichen Stelle vor.

„Was soll ich tun? Wie soll ich mich um Lina kümmern? Was ist mit ihrer Zukunft?“

„Du bist nicht allein, Sofia.“ Ich trat hinter ihren Stuhl, drückte ihre Schultern und ging dann herum, um ihre Hände zu nehmen. „Ich werde dich das nicht alleine durchmachen lassen.“

„Selbst das Geld, das er dir versprochen hat ...“

„Es stand mir nicht zu.“ Ich machte eine Pause. „Sofia, deine Schwester ... war sie diejenige, die die Beweise übergeben hat?“

Sie sah mich an und es dauerte lange, bis sie antwortete. „Nein.“

Das war die erste Lüge, die Sofia mir auftischte.

30

SOFIA

Das Haus hatte sich für mich nie wie ein Zuhause angefühlt. Ich wollte nicht hierbleiben und wäre auch nicht geblieben, wenn Lina nicht gewesen wäre. Aber sie hatte unserem Großvater nähergestanden, als ich es je getan hatte. Und sie hatte hier gelebt, solange sie denken konnte.

Nach dem sehr öffentlichen Skandal nahm Großvater den Deal an, der ihm angeboten wurde, was eine reduzierte Gefängnisstrafe bedeutete – man berücksichtigte sein Alter – im Austausch für ein vollständiges Geständnis. Er hatte akribisch Notizen gemacht, was für ihn so typisch war. Zusätzlich zu dem Notizbuch, das Lina gefunden hatte, gab es noch drei weitere. Mindestens drei, die gefunden wurden. Ich fragte mich, ob es noch mehr gab. Ob er es uns jemals sagen würde. Das Land in Italien wurde versteigert und ausgerechnet von Vincent Moriarty gekauft. Und was für ein Geschäft er machte. Es war unfair, aber damit war diese Sache zumindest abgeschlossen.

Ich sah meinen Großvater bei seiner Verurteilung wieder. Ich beobachtete ihn vom Gerichtssaal aus. Ich hatte keinen körperlichen Kontakt zu ihm. Als ich ihn so sah, wie er da oben kleiner und älter aussah, fragte ich mich, ob etwas mit mir nicht stimmte, denn nach allem, was er getan hatte, nach all der Zerstörung und dem Schmerz, den er verursacht hatte, empfand ich Bedauern und ein Gefühl des Verlustes, das ich nicht erwartet hatte. Vielleicht war es wegen Lina. Ich wusste es nicht. Aber als er sich zu mir umdrehte, bevor sie ihn wegführten, lächelte ich nicht. Ich ging nicht zu ihm. Ich beobachtete ihn nur mit traurigen, resignierten Augen. Die Gerechtigkeit siegte, der Kreis schloss sich – fast.

Lina hatte allerdings erst begonnen, ihren Kreis zu ziehen, als sie Großvater an die Behörden verraten hatte.

Ich wusste, dass sie diese Last zutiefst verspürte, und obwohl wir sonst alles teilten, sprach sie nach diesem ersten Tag nicht ein einziges Mal darüber, nachdem sie mir erzählt hatte, dass sie es gewesen war.

Raphael blieb während des gesamten Verfahrens und stellte keine Forderungen an mich. Wir schliefen nicht in einem Bett und wir sprachen nicht darüber. Ich hatte das Gefühl, er distanziere sich immer weiter von mir, während ich mehr Zeit mit Lina verbrachte. Ich musste für meine Schwester da sein. Sie litt und gerade jetzt war sie das, was wichtig war.

An unserem letzten Abend im Haus ging Lina früh zu Bett. Die Bank würde es am Morgen in Besitz nehmen. Raphael war nicht da. Er war ausgegangen, wie er es die meisten Abende zu tun schien. Ich verstand es. Hier zu sein, das zog ihn wahrscheinlich nur runter. Zum Teufel, es zog mich auch runter. Er konnte sich den Luxus gönnen, wegzugehen. Außerdem wusste ich immer noch nicht, wie es mit uns weitergehen würde. Selbst nach der Sache in Venedig war ich mir nicht sicher, ob er bleiben wollte, nachdem alles weg war. Ob es sich richtig anfühlen würde, ihn bleiben zu lassen, nach allem, was ihm passiert war.

Ich hatte mich stundenlang herumgewälzt, als ich gegen ein Uhr morgens aufgab und beschloss, nach unten zu gehen und mir eine Tasse Tee zu machen. Die meisten Möbel waren bereits weg, aber der Küchentisch mit seinen beiden Stühlen stand noch da. Ich schaltete das Licht über dem Herd ein und setzte den Kessel auf, während ich der Stille eines leeren Hauses lauschte. Es war fast unheimlich, aber in gewisser Weise gefiel es mir. Ich mochte die Ruhe und die Dunkelheit. Ich fühlte mich sicher, als wäre ich verborgen. Als könnte mich hier niemand sehen. Vielleicht lag das an all der Aufmerksamkeit der Medien in den letzten Wochen.

Sobald der Kessel pfiff, zog ich ihn vom Herd. Da hörte ich den Schlüssel in die Tür gleiten, blickte erschrocken auf und sah Raphael, der sie aufdrückte.

Er schenkte mir ein seltsames Lächeln und kam ins Haus.

Ich wollte fragen, wo er gewesen war, konnte mich aber nicht dazu überwinden. Stattdessen räusperte ich mich und richtete meine Aufmerksamkeit auf den Tee, packte den Beutel aus und legte ihn in die Tasse.

Raphael sagte nichts. Ich hörte, wie er einen Schrank öffnete und ein Glas herausnahm, dann einen Stuhl herauszog und sich an den kleinen Tisch setzte.

„Déjà-vu."

Ich drehte mich zu ihm um. Er schob den Stuhl ihm gegenüber mit dem Fuß heraus.

„Setz dich."

Er hatte eine Flasche Whiskey dabei und sich selbst etwas eingeschenkt. Seine kühlen Augen blieben auf mich gerichtet.

Ich ging zu ihm und setzte mich. Er goss etwas Whiskey in meinen Tee.

„Danke."

„Wie geht es dir?", fragte er.

Ich zuckte mit den Schultern und legte meine

Hände um die dampfende Tasse, bevor ich seinen Blick traf. „Ich komme klar. Danke, dass du hier bist. Wirklich. Du hättest nicht–"

„Natürlich hätte ich. Was dachtest du? Dass ich gehen würde, wenn es unangenehm wird?"

Ich blickte auf meine Tasse.

„Mache ich dich immer noch nervös?", fragte er.

Als ich seinem Blick begegnete, sah ich, dass er diesen arroganten Ausdruck in den Augen hatte. „Du machst mir keine Angst. Nicht mehr, Raphael."

„Wirklich nicht?"

Ich schüttelte den Kopf.

„Vielleicht sollte ich mich mehr anstrengen."

Ich war nicht in der Stimmung zu lachen. „Wo warst du? Wo gehst du nachts hin?"

„Nirgendwo Besonderes."

„Was ist das für eine Antwort?"

„Welche Art von Antwort willst du?"

„Die Wahre."

„Ich habe nicht gelogen."

„Du hast mir auch nicht wirklich etwas gesagt."

„Was möchtest du wissen? Was genau?"

Er wusste, was ich wissen wollte. Er wollte nur, dass ich es sagte. Ich trank einen großen Schluck Whiskey-Tee und kniff die Augen zusammen, als er mir in der Kehle brannte.

„Vorsichtig. Wenn du zu schnell trinkst, muss ich dich wieder ins Bett bringen."

Ein schmutziges Grinsen zog sich über sein Gesicht.

„Nun, ich möchte dir nicht zur Last fallen. Wahrscheinlich warst du heute Abend damit beschäftigt, eine andere ins Bett zu bringen." Ich wollte nicht, dass es so wütend herauskam.

„Ah." Er leerte seinen Whiskey und schenkte sich einen weiteren ein. „Die Wahrheit."

„Ich lüge dich nie an."

„Das hast du schon einmal getan."

„Wann?"

„Du hast gelogen, um deine Schwester zu schützen."

Ich fühlte die Hitze in meinem Gesicht. Woher wusste er das?

„Seit wir zusammen sind, habe ich außer dir keine andere mehr ins Bett gebracht", sagte er, jetzt ganz ohne Arroganz.

„Oh."

„Hast du wirklich etwas anderes gedacht?"

„Ich weiß nicht, was ich denken soll. Du musst nicht mehr mit mir verheiratet sein. Ich bin jetzt wirklich eine Belastung."

„Ich betrachte dich als ein menschliches Wesen, nicht als eine Belastung."

„Aber ich bin auch kein Gewinn."

„Du bist ein Mensch. Bemitleide dich nicht selbst, Sofia. Dir ist Scheiß passiert. Du hast es überlebt und wirst weitermachen. Willkommen im Leben."

„Verpiss dich!"

Sein Gesicht veränderte sich, wurde härter. „Sei vorsichtig, Liebling."

Liebling. Gott, ich liebte es, wenn er mich Liebling nannte. „Ich bemitleide mich nicht selbst."

„Dann stell die Fragen, die du stellen willst, und verstecke dich nicht hinter deiner Angst."

„Was wird mit uns geschehen?", platzte ich heraus.

„Da haben wir's. Siehst du, es ist gar nicht so schwer, oder?"

Ich schüttelte den Kopf und schob meinen Stuhl zurück. „Es ist so leicht, sich über mich lustig zu machen, nicht wahr? Machst du das einfach immer nur so zum Spaß? Genießt du es so sehr? Ich dachte, du hättest es schon satt."

„Setz dich und tu nicht so verdammt dramatisch."

„Weißt du was? Das *ist* eine dramatische Zeit in meinem Leben. Tut mir leid, wenn dich das nervt."

„Himmel. Setz dich, Sofia."

„Ich gehe ins Bett." Ich ging auf die Tür zu.

„Nein, das wirst du nicht."

Sein Stuhl schrammte über den Boden, und gerade, als ich die Tür erreichte, erwischte er meinen Arm. Er drehte mich herum. Ich stieß mit seiner Brust zusammen, prallte ab und wäre hingefallen, wenn er mich nicht festgehalten hätte.

„Du bist gut im Weglaufen, nicht wahr? Du stehst einfach auf und gehst weg, wenn dir etwas nicht passt. Wenn es schwierig wird. Mal zählen, das ist jetzt das dritte Mal. Zuerst war da dein Ausflug zum Weingut, dann Venedig und jetzt das."

„Ich bin nicht vor dir weggelaufen. Nicht, als ich in Venedig war. Und du hattest ziemlich deutlich gemacht, dass du mich nicht wolltest, als ich auf das Weingut ging."

„Und habe ich nicht ziemlich deutlich gemacht, dass du dich geirrt hast, als ich dir folgte?

„Du hast es nie gesagt, Raphael."

„Bedeuten denn Taten nichts? Beweist die Tatsache, dass ich dir jedes Mal gefolgt bin, nichts? Die Tatsache, dass ich immer noch hier bin, trotz all dem? Das tut es für mich nämlich schon."

Ich hörte auf zu kämpfen und senkte den Kopf, wobei ich die Stirn an seine Brust lehnte.

„Sofia, ich liebe dich. Wie oft muss ich dir das noch sagen, bevor du es glaubst?"

Ich blickte zu ihm auf und sein Blick hielt mich, hielt mich fest, sogar noch stärker als seine Hände mich festhielten.

„Wie zum Teufel kann ich das noch deutlicher machen?"

Er schob mich rückwärts, bis mein Rücken an die Wand stieß.

„Weißt du, was ich im Moment am liebsten tun würde?“

Er hob mich hoch und zog an meinen Beinen, bis ich sie um ihn schlang.

„Was ich jetzt am liebsten tun möchte…“

Er öffnete den Reißverschluss seiner Jeans, verlor dabei nie den Blickkontakt zu mir, schob mir das Nachthemd, das ich trug, bis zur Taille hoch und den Schritt meines Höschens zur Seite.

„… ist, dich gegen diese Wand zu ficken.“

Als wollte er seinen Standpunkt klarmachen, tat er genau das: Er drückte seinen dicken Schaft in mich hinein und ließ mich keuchen, weil er mich zu schnell dehnte.

„Ich will dich so hart ficken, dass du meinen Namen schreist und die verdammte Nachbarschaft aufweckst.“

Ich grub die Fingernägel in seine Schultern und atmete kurz und schnell, während er zustieß, bevor er mich zum Tisch trug, um mich darauf zu legen. Er riss mir das Höschen herunter und drückte meine Knie weit auseinander. Mit einem harten Stoß schob er sich in mich und legte seine Hände auf beide Seiten meines Gesichts.

„Ich will dich so hart ficken, dass es weh tut, Sofia. Ich will, dass du mich tagelang spürst. Ich will, dass du weißt, dass du mir gehörst. Du wirst immer mir gehören.“

„Raphael.“

Aber er ließ nicht zu, dass ich ihn zu mir zog. Stattdessen packte er meine Oberschenkel und drückte sie schmerzhaft weit auseinander.

„Nein. Fühle es. Fühle mich. Du bist zu verdammt stur, um dich sanft ficken zu lassen. Du brauchst es gut und hart, nicht wahr?"

Er bewegte sich jetzt anders und meine Muschi war so nass, dass er leicht hinein- und herausglitt.

„Stimmt's?" Das großspurige Grinsen war wieder auf seinem Gesicht. „Du brauchst es hart?"

„Ja."

„Das ist mein gutes Mädchen", sagte er. „Die Wahrheit. Immer die Wahrheit."

Er zog sich aus mir heraus.

„Nein", jammerte ich und schaute auf seinen dicken Schwanz, der von meiner Erregung glitzerte.

Er packte mich an den Haaren und zerrte mich auf die Knie.

„Auf die Knie, Sofia. Lutsch meinen Schwanz. Bete ihn verdammt noch mal an, wenn du ihn wieder in dir haben willst."

Er ließ mir keinen Moment zum Nachdenken und Reagieren, nicht eine einzige Sekunde. Stattdessen schob er sich, mein Haar mit der Hand umklammert, in meinen willigen Mund und stieß schnell und hart zu. Wie er sagte, wollte er, dass ich ihn fühlte, dass ich wusste, dass er mich besaß. Dass es ihm gefiel, mir ein wenig wehzutun.

„Ich sollte auf dein hübsches kleines Gesicht kommen."

Stattdessen zog er sich jedoch aus meinem Mund zurück und hob mich auf die Füße. Er beanspruchte meinen Mund, stöhnte, als er mich küsste, seine Zunge in meinem Mund, eine Hand in meinem Haar, die andere auf meinen Hintern.

Er zog sich zurück und riss mir, ohne jemals die Augen von meinen zu nehmen, das Nachthemd vom Leib.

„Du solltest öfter nackt sein."

Er sah mich an, beugte sich nach vorne, so dass er eine Brustwarze in den Mund nehmen konnte, dann die andere, saugte hart und zog jede Brustwarze nacheinander mit den Zähnen heraus.

„Ich brauche dich in mir", brachte ich hervor, griff nach ihm, um ihn zu mir zu ziehen. „Bitte."

Er richtete sich auf, grinste und beugte mich über den Tisch. Er umfasste mit beiden Händen meine Hüften, spreizte mich und schob seinen Schwanz in meine Pussy und einen Finger in meinen Arsch.

„Fick mich, Raphael. Hart. Lass mich kommen."

Das tat er. Keine Worte mehr, nur noch ficken. Einfach nehmen und besitzen und mir ein wenig wehtun, sodass es sich so verdammt gut anfühlte. Er schwoll in mir an, und als er eine Hand um meinen Nacken legte und zudrückte, kam ich. Ich kam so hart, dass ich, als ich die Augen schloss, Sterne sah, und als er fester drückte, dachte ich, ich würde sterben, ich würde aufhören zu atmen, dass ich nie wieder Luft holen konnte.

Wir rutschten gemeinsam auf den Boden, Raphael wiegte mich in seinen Armen, drückte mich an sich, und mein Kopf lag an seiner Brust. Unsere Atmung verlangsamte sich mit der Zeit, aber als ich versuchte, mich zu bewegen, ließ er mich nicht los. Er hielt mich einfach an sich gedrückt und ich klammerte mich fest, schloss die Augen und drehte mein Gesicht seiner Brust zu.

„War das klar genug, dass ich dich will?“, fragte er schließlich.

„War es klar genug, dass ich dich will?“, fragte ich ihn.

Er trug mich nach oben und in mein altes Schlafzimmer, wo er geschlafen hatte. Dort legte er mich auf das Bett, legte sich neben mich und hielt mich, wie in der ersten Nacht, in der wir beieinander geschlafen hatten, nur geschlafen, nachdem ich ihn in diesem Keller gefunden hatte. Er hielt mich, als könnte er mich nicht loslassen, und ich wusste, dass ich ihn nie wieder loslassen konnte.

EPILOG

RAPHAEL

Frühling, ein Jahr später

Sie unterschrieb die Annullierungspapiere nie. Meine dickköpfige, schöne Frau.

Ich stand am Küchenfenster, trank einen Kaffee und beobachtete Sofia, wie sie mit einem der Arbeiter sprach. Charlie, mittlerweile ausgewachsen und vierzig Kilo schwer, wich nie von ihrer Seite.

Wir waren ein paar Tage, nachdem die Bank das Haus in Philadelphia gepfändet hatte, in die Toskana zurückgekehrt. Lina war mitgekommen und begann bald ihr letztes Jahr an einer Schule für begabte Musiker in Florenz.

Wegen der Gier ihres Großvaters hatten Sofia und Lina alles verloren. Das Weingut Guardia existierte nicht mehr, außer als Beispiel für Korruption und Zerstörung.

Lina sprach nie über irgendetwas davon. Sie erwähnte ihren Großvater überhaupt nur selten. Sofia hatte sich Sorgen gemacht, aber Italien hatte ihr gut getan. Es brachte sie von allem weg, von der Vergangenheit, von der Öffentlichkeit, gab ihr wieder Anonymität und würde ihr hoffentlich einen Neuanfang ermöglichen.

Ich trank meinen Kaffee aus und stellte die Tasse in die Spüle, bevor ich nach draußen ging. Sofia winkte, als sie mich näherkommen sah.

Wir hatten den Weinberg neu bepflanzt. Der Boden war fruchtbar nach dem Feuer, und obwohl es einige Jahre dauern würde, bis die Reben Trauben für Wein lieferten, irgendwann würden sie tragen. Wir bauten das Weingut Villa Bellini wieder so auf, wie es vor der Zeit meiner Mutter gewesen war. Ich hatte das neue Schild bereits über die Tore gehängt, und zum ersten Mal seit sehr langer Zeit war ich aufgeregt. Ich hatte das Gefühl, mich auf etwas freuen zu können. Eine Zukunft.

Sofia kam mir auf halbem Weg entgegen, Charlie hinter ihr.

Ende

LESEPROBE

TAKEN: DAS WILLOW VERMÄCHTNIS

Helena

Ich bin die Älteste der Willow-Vierlinge. Vier Mädchen. Immer Mädchen. Bei jeder einzelnen Vierlingsgeburt, Generation um Generation, sind es immer Mädchen.

Diese Generation brachte das Übliche hervor, aber statt vier perfekten, schönen Puppen waren es drei.

Und ich.

Und heute, an unserem einundzwanzigsten Geburtstag, ist der Tag der Ernte.

Das ist die Wortwahl der Familie Scafoni, nicht unsere. Zumindest nicht meine. Meine Eltern scheinen sich damit allerdings viel wohler zu fühlen als meine Schwestern und ich.

Die Ernte findet immer am einundzwanzigsten Geburtstag der Vierlinge statt. Ich weiß nicht, ob das irgendwo in Stein gemeißelt ist oder nicht, aber es ist das, was ich weiß und was mir durch den Kopf geht, seit ich vor fünf Jahren unsere Geschichte erfahren habe.

Es gibt einen Ausdruck: *Wer sich nicht an die Vergangenheit erinnern kann, ist dazu verurteilt, sie zu wiederholen.* Nun, das ist Blödsinn, denn wir Willows kennen unsere Vergangenheit gut und sieh uns jetzt an.

Dieselben Holzblöcke, die seit Jahrhunderten in der alten Bibliothek stehen, die Oberflächen durch die Füße aller anderen Willowmädchen, die dort gestanden haben, weicher, und alles, was ich denken kann, wenn ich sie sehe, die vier so aufgereiht, ist, wie archaisch das ist, wie verdammt unwirklich. Wie sie uns das nicht antun können.

Und doch, hier sind wir.

Und sie tun uns das an.

Aber nicht ganz. Wir sind nicht so.

Meine Veränderung ist gekennzeichnet.

Ich bin unrein.

Also sind es eigentlich nur meine Schwestern.

Manchmal bin ich mir nicht sicher, wen ich mehr hasse, meine eigene Familie, weil sie diesen Wahnsinn Generation für Generation zugelassen hat, oder die Scafoni-Monster, weil sie das Opfer fordern.

"Es ist Zeit", sagt mein Vater.

Seine Stimme ist ernst.

Er ist in den letzten Monaten gealtert. Ich frage mich, ob das sein schlechtes Gewissen ist, denn es ist sicher kein Rückgrat.

Ich hörte ihn und meine Mutter einmal streiten, genau einmal, und dann war es vorbei.

Er akzeptierte es einfach.

Er akzeptiert, dass seine Töchter heute Abend auf diesen schrecklichen Blöcken stehen müssen, während ein Scafoni-Bastard uns anschaut, uns anstupst und piekt, vielleicht unsere Zähne wie bei einem Pferd prüft, bevor er seine Wahl trifft. Bevor er eine meiner Schwestern für die nächsten drei Jahre ihres Lebens als die Seine nimmt.

Ich bin nicht naiv genug, um nicht zu wissen, was das genau bedeutet. Vielleicht meine Schwestern, aber ich nicht.

„Auf den Block. Jetzt, Helena."

Ich schaue zu meinen Schwestern, die schon so sanftmütig auf ihren Stümpfen stehen. Sie sind heute Abend alle blasser als sonst, und ich schwöre, ich höre ihre Herzen klopfen – sie haben Angst vor dem, was noch kommt.

Als ich mich nicht sofort bewege, nimmt mein Vater schmerzhaft meinen Arm und zwingt mich auf meinen Block, und alles, was ich denken kann, das

Einzige, was mir auch nur die geringste Hoffnung gibt, ist, dass ich, wenn Sebastian Scafoni mich wählt, einen Weg finden werde, dies zu beenden. Ich werde meine Töchter nicht zu diesem Schicksal verdammen. Meine Nichten. Meine Enkeltöchter.

Aber er wird mich nicht wählen, und ich glaube, deshalb sind meine Eltern wütender als sonst auf mich.

Ich bin das hässliche Entlein. Zumindest im Vergleich zu meinen Schwestern.

Und die Tatsache, dass ich unrein bin – keine Jungfrau mehr – bedeutet, dass ich nicht genommen werde.

Der Scafoni-Bastard wird stattdessen eine ihrer kostbaren goldenen Töchter wählen.

Golden, im Vergleich zu meiner Dunkelheit. Golden – ganz wörtlich. Fast funkelnd sind sie, meine Schwestern.

Ich schaue sie an, als mein Vater mir die eiserne Fessel um die Knöcheln legt. Das tut er keiner von ihnen an. Sie werden tun, was man ihnen sagt, auch wenn ihre Blicke von den geschlossenen, drei Meter hohen Türen zu mir und wieder zurück fliegen.

Aber ich kann sie nicht beschützen. Nicht heute Nacht. Nicht in diesem Fall.

Mir brennen Tränen in den Augen, die ich nicht vergießen will.

„Wie kannst du das tun? Wie kannst du das zulassen?“, frage ich zum hundertsten Mal. Ich spreche mit meiner Mutter, während mein Vater mir die Fesseln um die Handgelenke legt, um sicherzugehen, dass ich die Monster nicht angreife.

„Besser, du knebelst sie auch."

Das ist die Antwort meiner Mutter auf meine Frage, und einen Augenblick später tut mein Vater, was ihm gesagt wird, und sorgt für mein Schweigen.

Ich glaube, ich hasse meine Mutter mehr. Sie ist ein Willow-Vierling. Sie war selbst Zeuge einer Ernte. Sie war Zeuge des Ergebnisses dieser grausamen Tradition.

Tradition.

Eine Tradition der Entführung.

Des Brechens.

Des Zerstörens.

Ich schaue wieder zu meinen Schwestern. Drei fast durchscheinende Kopien voneinander, mit langen blonden Haaren, die über ihre Schultern fallen, den Rücken hinunterfließen, die blauen Augen weit aufgerissen vor Angst.

Nun, außer Julia.

Sie ist anders als die anderen. Sie ist ... eifriger. Aber ich glaube nicht, dass sie eine Ahnung hat, was sie mit ihr machen werden.

Bei mir würde niemand vermuten, dass ich aus derselben Familie stamme.

Im Gegensatz zu ihrem Gold ist mein Haar so dunkel und schwarz, dass es fast blau erscheint, mit einem einzigen breiten silbernen Streifen, um den krassen Farbton zu mildern, ein Makel, mit dem ich geboren wurde. Und im Kontrast zu ihren kornblumenblauen Augen habe ich ein Mitternachtsblau; auch hier sind die einzige Aufhellung die silbernen Sprenkel.

Sie sehen aus wie meine Mutter. Wie perfekte Puppen.

Ich sehe aus wie meine Großtante, auch Helena genannt, bis hin zu der silbernen Strähne, die ich nicht färben will. Sie ist jetzt in ihren Neunzigern. Ich frage mich, ob man sie in ihrem Zimmer einschließen und ihren Rollstuhl stehlen musste, damit sie sich nicht in die Zeremonie einmischen konnte.

Tante Helena war das auserwählte Mädchen ihrer Generation. Sie weiß besser als jede andere, was auf uns zukommt.

„Sie kommen", sagt meine Mutter.

Sie hat ein super Gehör, das schwöre ich, aber dann, einen Moment später, höre ich sie auch.

Eine Tür schlägt ausserhalb Bibliothek zu, und der Luftzug bläst ein Dutzend der tausend Kerzen aus, die den riesigen Raum erhellen.

Ein Dienstmädchen eilt herbei, um sie wieder anzuzünden. Kein Strom. Tradition, nehme ich an.

Wenn ich Sebastian Scafoni wäre, würde ich mir den Preis, den ich das nächste Jahr ficken werde, genau anschauen wollen. Und ich habe keinen Zweifel, dass es Ficken geben wird, denn was sonst kann ein Mädchen so vollständig brechen, als ihr ausgerechnet das zu nehmen?

Und es ist nicht nur das eine Jahr. Nein. Wir werden für drei Jahre vergeben. Ein Jahr mit jedem Bruder. Vom Ältesten zum Jüngsten. Früher waren es vier, aber jetzt sind es drei.

Ich würde mich in den Arm kneifen, um sicher zu sein, dass ich wirklich hier stehe, dass ich nicht träume, aber meine Hände sind hinter meinem Rücken gefesselt, und ich kann es nicht.

Das kann verdammt nochmal nicht real sein. Es kann nicht legal sein.

Und doch sind wir hier, wir vier, nackt unter unseren durchsichtigen, zerfallenden Kleidern – ich schwöre, ich rieche die Verwesung auf ihnen – und schwanken auf den uns zugewiesenen Blöcken. Ich vermute, die Willows der Vergangenheit hatten kleinere Füße. Und ich gebe zu, dass ich Angst habe, als ich ihre schweren, selbstbewussten Schritte höre, die sich den alten Holztüren der Bibliothek nähern.

Ich habe verdammte Angst.

BÜCHER VON NATASHA KNIGHT

Das Willow Vermächtnis

Taken: Das Willow Vermächtnis

Torn: Das Willow Vermächtnis

Twisted: Das Willow Vermächtnis

Die Benedetto Brüder

Salvatore: Die Benedetto Brüder

Domenico: Die Benedetto Brüder

Killian: Die Benedetto Mafia

Giovanni: Die Benedetto Mafia

Sergio: Die Benedetto Brüder

Untrennbar Verbunden Ein Dark Romance Duett

Mine: Sie ist die Meine

His: Er ist der Meine

Collateral Damage Duet

Collateral: an Arranged Marriage Mafia Romance

Damage: an Arranged Marriage Mafia Romance

Dark Legacy Trilogy

Taken (Dark Legacy, Book 1)

Torn (Dark Legacy, Book 2)

Twisted (Dark Legacy, Book 3)

MacLeod Brothers

Devil's Bargain

Benedetti Mafia World

Salvatore: a Dark Mafia Romance

Dominic: a Dark Mafia Romance

Sergio: a Dark Mafia Romance

The Benedetti Brothers Box Set (Contains Salvatore, Dominic and Sergio)

Killian: a Dark Mafia Romance

Giovanni: a Dark Mafia Romance

The Amado Brothers

Dishonorable

Disgraced

Unhinged

Standalone Dark Romance

Deviant

Beautiful Liar

Retribution

Theirs To Take

Captive, Mine

Alpha

Given to the Savage

Taken by the Beast

Claimed by the Beast

Captive's Desire

Protective Custody

Amy's Strict Doctor

Taming Emma

Taming Megan

Taming Naia

Reclaiming Sophie

The Firefighter's Girl

Dangerous Defiance

Her Rogue Knight

Taught To Kneel

Tamed: the Roark Brothers Trilogy

Titel der Originalausgabe: Dishonorable
Copyright der Originalausgabe © 2017
Übersetzung: Chris McHart
Cover Design by CT Cover Creations

ÜBER DIE AUTORIN

USA Today Bestsellerautorin Natasha Knight schreibt besonders gerne über dunkle und gepeinigte Helden. Happy Ends sind fast immer garantiert, aber sie liebt es, ihre Protagonisten durch die Hölle gehen zu lassen, bevor sie sich das verdient haben. Sie ist einfach so böse.

Möchtest du mehr über ihre Neuerscheinungen erfahren? Melde dich für Natashas Newsletter an: https://natasha-knight.com/subscribe/

www.natasha-knight.com
natasha-knight@outlook.com